# o mapa de vidro

# NOVO Ocidente

Territórios Indígenas

Terras Baldias

N

POR *Dhadrack Elli*
MESTRE CARTÓGRAFO

# Terras Baldias
## E ERAS VIZINHAS

POR
*Shadrack Elli*
MESTRE CARTÓGRAFO

Índias Unidas

Patagônia Tardia

# S. E. Grove

# O mapa de vidro

## MAPMAKERS
### Livro 1

**Tradução**
Paulo Ferro Junior

1ª edição
Rio de Janeiro-RJ / Campinas-SP, 2015

VERUS
EDITORA

**Editora**
Raïssa Castro

**Coordenadora editorial**
Ana Paula Gomes

**Copidesque**
Maria Lúcia A. Maier

**Revisão**
Cleide Salme

**Capa**
Adaptação da original (© Stephanie Hans)

**Ilustrações dos mapas**
Dave A. Stevenson

**Projeto gráfico**
André S. Tavares da Silva

**Diagramação**
Eva Maria Maschio

---

Título original
*The Glass Sentence*

ISBN: 978-85-7686-354-0

Copyright © S. E. Grove, 2014
Todos os direitos reservados.

Tradução © Verus Editora, 2015
Direitos reservados em língua portuguesa, no Brasil, por Verus Editora. Nenhuma parte desta obra pode ser reproduzida ou transmitida por qualquer forma e/ou quaisquer meios (eletrônico ou mecânico, incluindo fotocópia e gravação) ou arquivada em qualquer sistema ou banco de dados sem permissão escrita da editora.

**Verus Editora Ltda.**
Rua Benedicto Aristides Ribeiro, 41, Jd. Santa Genebra II, Campinas/SP, 13084-753
Fone/Fax: (19) 3249-0001 | www.veruseditora.com.br

CIP-BRASIL. CATALOGAÇÃO NA FONTE
SINDICATO NACIONAL DOS EDITORES DE LIVROS, RJ

G926m

Grove, S. E.
  O mapa de vidro / S. E. Grove ; tradução Paulo Ferro Júnior. - 1. ed. - Campinas, SP : Verus, 2015.
  23 cm.      (Mapmakers ; 1)

Tradução de: The Glass Sentence
ISBN 978-85-7686-354-0

1. Aventura - Ficção infantojuvenil. 2. Ficção infantojuvenil americana. I. Ferro Júnior, Paulo. II. Título. III. Série.

15-23118                              CDD: 028.5
                                             CDU: 087.5

Revisado conforme o novo acordo ortográfico

*Para meus pais e meu irmão*

Não existe estudioso sem mente heroica. O preâmbulo do pensamento, a transição através da qual se passa do inconsciente ao consciente, é a ação. O que sei é apenas o que vivi. Instantaneamente sabemos quais palavras são carregadas de vida, e quais não são. O mundo — essa sombra da alma, ou *outro eu* — jaz espalhado ao redor. Seu encanto são as chaves que destrancam meus pensamentos e fazem com que eu conheça a mim mesmo. Eu corro ansioso para esse retumbante tumulto.
— RALPH WALDO EMERSON, "O estudioso americano", 1837

# Sumário

**Prólogo**   17

**PARTE 1 – Exploração**
  1 – O fim de uma era   23
  2 – O bonde do cais   34
  3 – Shadrack Elli, cartógrafo   43
  4 – Pela porta da biblioteca   55
  5 – Aprendendo a ler   67
  6 – Um rastro de penas   79
  7 – Entre páginas   90
  8 – O exílio   100
  9 – A partida   110

**PARTE 2 – Perseguição**
  10 – A capela branca   123
  11 – Nos trilhos   136
  12 – Viajando à luz da lua   147
  13 – A linha oeste   156
  14 – A Era Glacine   167
  15 – Porto seguro   177
  16 – Enjoo no mar   190
  17 – Um *Cisne* no abismo   202
  18 – Chocolate, papel, moedas   212
  19 – O Bala   222
  20 – Nos portões   227

## PARTE 3 – Armadilha

| | |
|---|---|
| 21 – O botânico | 241 |
| 22 – O solo das eras | 248 |
| 23 – Os quatro mapas | 258 |
| 24 – Na areia | 268 |
| 25 – A biblioteca real | 273 |
| 26 – As duas marcas | 282 |
| 27 – Com mão de ferro | 291 |
| 28 – Navegando para o sul | 298 |
| 29 – A árvore sem folhas | 301 |
| 30 – O eclipse | 311 |

## PARTE 4 – Descoberta

| | |
|---|---|
| 31 – O traço na mão | 323 |
| 32 – Inundação relâmpago | 332 |
| 33 – A vinha noturna | 336 |
| 34 – Uma era perdida | 345 |
| 35 – Embaixo do lago | 353 |
| 36 – Um mapa do mundo | 359 |
| 37 – O fim dos dias | 364 |
| 38 – Vento amigo, mão amiga | 372 |
| 39 – A cidade vazia | 378 |

## Epílogo – A cada um a sua era ... 388

## Agradecimentos ... 395

# Prólogo

Aconteceu há muito tempo, quando eu era apenas uma criança. Naquela época, os arredores de Boston ainda eram terras de cultivo, e eu passava os longos dias de verão brincando ao ar livre com meus amigos, voltando para casa apenas quando o sol se punha. Fugíamos do calor no riacho de Boon, que tinha uma correnteza rápida e uma piscina natural profunda.

Em um dia especialmente quente do verão de 1799, mais precisamente em 16 de julho, todos os meus amigos haviam chegado ao riacho antes de mim. Eu podia ouvir a algazarra que faziam enquanto corria em direção ao banco de areia, e, quando eles me avistaram no melhor ponto de mergulho, começaram a gritar e a me encorajar.

— Pula, Lizzie, pula!

Eu me despi e fiquei apenas com as roupas de baixo de linho. Então corri para tomar impulso e saltei. Eu não sabia que, quando pousasse, seria em um mundo diferente.

Eu me vi suspensa sobre a piscina. Com os joelhos dobrados e os braços em volta deles, eu me mantive no ar, olhando para a água e para o banco de areia ali perto, incapaz de me mover. Era como tentar acordar quando se está dentro de um sonho. Você quer acordar, quer se mexer, mas não consegue; seus olhos permanecem fechados e seus membros teimam em ficar paralisados. Apenas sua mente não para, insistindo em lhe dizer: "Levante, levante!" A sensação era exatamente essa, exceto pelo fato de que o sonho que me prendia era o mundo ao meu redor.

Tudo ficara em silêncio. Eu não conseguia sequer ouvir meu coração batendo. Ainda assim, sabia que o tempo estava passando, e estava passando rápido demais. Meus amigos estavam imóveis, enquanto a água em volta deles continuava fluindo rápido em correntes ondulantes, a uma velocidade assustadora. E então, às margens do riacho, vi algo acontecer.

A grama começou a crescer diante dos meus olhos. Ela crescia tão vigorosamente que atingiu a altura que em geral alcança no fim do verão. E então começou a murchar e a ficar marrom. As folhas nas árvores perto dos bancos de areia se tornaram amarelas, laranja e então vermelhas, e em pouco tempo começaram a cair. A luz ao meu redor brilhava acinzentada, como se estivesse presa entre o dia e a noite. À medida que as folhas começavam a cair, a luz diminuía. O campo se tornou castanho-prateado até onde meus olhos podiam enxergar, e, no momento seguinte, se transformou em uma imensa extensão coberta de neve. O riacho sob mim começou a correr devagar até congelar. A neve subia e descia em ondas, como se fosse a passagem de um longo inverno, e então começou a recuar, afastando-se dos galhos nus e do solo, deixando a terra cheia de lama. O gelo no riacho se partiu em pedaços e a água mais uma vez voltou a correr. Para além das margens, o terreno se tornou verde-claro, enquanto novos brotos surgiam e as árvores pareciam ganhar um cordão verdejante nas bordas. Depois de um tempo, as folhas assumiram o tom verde-escuro do verão e a grama cresceu alta. Um instante se passou, mas me senti como se tivesse vivido um ano inteiro à parte do mundo enquanto ele continuava a se mover.

De repente eu caí. Mergulhei no riacho de Boon e ouvi, mais uma vez, todos os sons do mundo ao redor. O riacho borbulhava e respingava, e eu e meus amigos nos olhamos em choque. Todos havíamos visto a mesma coisa, e não tínhamos ideia do que acontecera.

Nos dias, semanas e meses seguintes, a população de Boston começou a descobrir as incríveis consequências daquele momento, mesmo que não estivéssemos nem perto de começar a entendê-lo. Os navios vindos da Inglaterra e da França pararam de chegar. Quando os primeiros marinheiros que partiram de Boston depois da mudança voltaram, atordoados e aterrorizados, trouxeram histórias perturbadoras sobre portos antigos e pragas. Comerciantes que seguiram para o norte descreveram uma terra desconhecida cheia de neve, onde todos os sinais da existência humana haviam desaparecido e animais incríveis, conhecidos apenas na mitologia, surgiram subitamente. Viajantes que se aventuraram para o sul reportavam coisas tão variadas — cidades de vidro enormes, invasões de cavalos e criaturas desconhecidas — que não havia duas iguais.

Tornou-se evidente que, em um momento terrível, as várias partes do mundo se separaram. Elas se desprenderam do tempo. Girando livremente em diferentes direções, cada pedaço do mundo fora lançado em uma era diferente. Quando aquele momento passou, os pedaços ficaram espalhados, tão perto espacialmente uns dos outros como sempre estiveram, mas irremediavelmente separados pelo tempo. Ninguém sabia a idade real do mundo, ou qual das eras causara a catástrofe. O mundo como o conhecíamos havia se partido, e um novo mundo tomara seu lugar.

Nós chamamos esse momento de Grande Ruptura.

*— Elizabeth Elli para seu neto Shadrack, 1860*

# PARTE 1
# Exploração

# 1
## O fim de uma era

> *14 de junho de 1891: 7h51*
>
> *Novo Ocidente começou sua experiência com representação eleita cheio de esperança e otimismo. Mas logo foi manchado pela corrupção e pela violência, e ficou claro que o sistema havia falhado. Em 1823, um rico representante de Boston sugeriu um plano radical. Ele propôs que um parlamento único governasse Novo Ocidente e que qualquer pessoa que desejasse emitir uma opinião diante dele deveria pagar entrada. O plano foi aclamado — por aqueles que podiam pagar — como a iniciativa mais democrática desde a Revolução. Eles haviam preparado o terreno para a prática contemporânea de vender o tempo do parlamento, cobrando por segundo.*
>
> — Shadrack Elli, *História de Novo Ocidente*

O DIA EM QUE NOVO OCIDENTE fechou suas fronteiras, o mais quente do ano, foi também o dia em que Sophia Tims mudou sua vida para sempre ao perder a noção do tempo.

Ela havia começado o dia prestando muita atenção no horário. No Palácio do Governo de Boston, lá estava o grande relógio dourado, com suas vinte horas pendendo pesadamente sobre a tribuna do orador. Quando o relógio marcou oito horas, o Palácio do Governo estava lotado. Os membros do parlamento estavam organizados em meia-lua em volta da tribuna: oitenta e oito homens e duas mulheres, ricos o suficiente para adquirir suas posições. Diante deles estavam os visitantes que haviam pagado pelo tempo de se dirigir ao parlamento e, mais ao fundo, os que podiam pagar para ficar no térreo. Nos lugares mais baratos do balcão superior, Sophia estava cercada de homens e mulheres que se amontoavam nos bancos. O sol entrava pelas janelas altas do Palácio, fazendo brilhar as balaustradas douradas e as curvas do balcão.

— Brutal, não? — A mulher ao lado de Sophia suspirou, abanando-se com seu gorro lilás. Havia gotas de suor sobre o lábio superior, e seu vestido de popeline estava amassado e úmido. — Aposto que está cinco graus mais fresco lá embaixo.

Sophia sorriu nervosamente para ela, raspando as botas contra o assoalho de madeira.

— Meu tio está lá embaixo. Ele vai falar.

— Ele está lá agora? Onde? — A mulher colocou a mão rechonchuda no parapeito e olhou para baixo.

Sophia apontou para um homem de cabelo castanho-escuro que estava sentado muito ereto, de braços cruzados. Ele usava um terno de linho e equilibrava um fino livro com capa de couro sobre os joelhos. Os olhos escuros avaliavam calmamente o salão lotado. Seu amigo Miles Countryman, o rico explorador, estava sentado a seu lado, corado por causa do calor, seu tufo de cabelo branco molhado de suor. Miles passava bruscamente um lenço pelo rosto.

— Ele está bem ali, na primeira fileira de oradores.

— Onde? — a mulher perguntou, estreitando os olhos. — Ah, olha... o famoso Shadrack Elli está aqui.

Sophia sorriu orgulhosa.

— É ele. Shadrack é meu tio.

A mulher olhou surpresa para ela, esquecendo por um segundo de se abanar.

— Imagine só! A sobrinha do grande cartógrafo — exclamou, claramente impressionada. — Me diga seu nome, querida.

— Sophia.

— Então me diga, Sophia, como é que seu famoso tio não pode pagar um lugar melhor para você? Ele gastou todo o dinheiro na vez dele?

— Ah, Shadrack não pode pagar pelo tempo no parlamento — respondeu Sophia com naturalidade. — Foi Miles quem pagou... quatro minutos e treze segundos.

Enquanto Sophia falava, os procedimentos começavam. Os dois guardiões do tempo, um em cada lado da tribuna, com cronômetros nas mãos cobertas por luvas brancas, chamaram o primeiro orador, um tal de sr. Rupert Middles. Um homem gorducho de bigode bem cuidado se colocou adiante. Ajeitou a gravata mostarda, alisou o bigode com os dedos gordos e limpou a garganta. Os olhos de Sophia se arregalaram quando o cronometrista da esquerda acertou o relógio para vinte e sete minutos.

— Olhe isso! — a mulher roliça sussurrou. — Deve ter custado uma fortuna!

Sophia assentiu. Seu estômago se retraiu enquanto Rupert Middles abria a boca e seus vinte e sete minutos começavam.

— É uma honra para mim estar diante do parlamento no dia de hoje — ele começou estrondosamente —, neste 14 de junho do ano de 1891, para propor um plano visando ao aperfeiçoamento de nosso amado Novo Ocidente. — Ele respirou fundo. — Os piratas das Índias Unidas, as hordas de invasores das Terras Baldias, a gradual invasão de nosso território pelo norte, oeste e sul... Por quanto tempo Novo Ocidente continuará ignorando as realidades de nosso mundo alterado, enquanto os limites de nosso território são devorados pelas bocas gananciosas dos estrangeiros?

Vaias e aplausos ecoaram da multidão, mas Middles não parou.

— Apenas no último ano, catorze cidades em Nova Akan foram tomadas por invasores das Terras Baldias, sem pagar por nenhum dos privilégios obrigatórios por se viver em Novo Ocidente, mas aproveitando-os ao máximo. Durante o mesmo período, piratas se apoderaram de trinta e seis navios comerciais com carga vinda das Índias Unidas. Não preciso lembrar a vocês que, só na semana passada, o *Tempestuoso do Nordeste*, navio que é o orgulho de Boston, levando milhares de dólares em pagamento e mercadoria, foi capturado pelo notório Pássaro Azul, um desprezível pirata que — ele acrescentou, com o rosto vermelho pelo esforço — ancorou a menos de um quilômetro do porto de Boston! — Uivos de encorajamento raivosos subiram da multidão. Middles tomou fôlego rapidamente e continuou: — Sou um homem tolerante, como a população de Boston. — Ouviram-se alguns aplausos fracos. — E sou um homem diligente, como o povo de Boston. — Os aplausos aumentaram. — E estou cansado de ver minha tolerância e minha diligência sendo ridicularizadas pela ganância e pela esperteza dos estrangeiros!

Palmas e gritos irromperam da multidão.

— Estou aqui para propor um plano detalhado, que chamo de "Plano Patriota", e que certamente será aprovado, já que representa o interesse de todos que, como eu, acreditam na manutenção de nossa tolerância e de nossa diligência. — Ele se apoiou na tribuna. — A partir de agora, as fronteiras devem ser *fechadas*! — Fez uma pausa forçada pelos aplausos. — Os cidadãos de Novo Ocidente podem viajar livremente, se tiverem a devida documentação, para outras eras. Os estrangeiros que vivem em Novo Ocidente e não têm cidadania terão muitas semanas para voltar às suas eras de origem, e aqueles que aqui permanecerem serão deportados à força em 4 de julho deste ano, o dia em que celebramos a fundação desta grande nação.

Gritos mais entusiasmados irromperam, e uma grande parte da plateia se levantou para aplaudir, eufórica e incessantemente, enquanto Middles continuava seu vigoroso discurso.

Sophia sentiu o estômago afundar à medida que Rupert Middles detalhava as penalidades para os estrangeiros que permanecessem em Novo Ocidente sem os documentos e para os cidadãos que tentassem viajar para fora do país sem permissão. Ele falou tão rápido que ela pôde ver uma linha de espuma se formando na beira do bigode e a testa brilhando de suor. Gesticulando amplamente, sem se dar ao trabalho de secar a testa, ele batia na tribuna enquanto enunciava os pontos de seu plano e a multidão aplaudia.

Sophia já tinha ouvido tudo aquilo, é claro. Morando com o mais famoso cartógrafo de Boston, ela conhecera todos os grandes exploradores que passaram pela biblioteca dele e ouvira os mais detestáveis argumentos defendidos por aqueles que desejavam dar fim à Era da Exploração. Mas isso não fazia o discurso amargo de Rupert Middles nem um pouco menos apavorante ou seu esquema menos terrível. Enquanto Sophia ouvia os minutos restantes do discurso, ela pensou com ansiedade crescente no que significaria o fechamento das fronteiras: Novo Ocidente perderia seus laços com outras eras, amigos queridos e vizinhos seriam forçados a partir, mas ela, Sophia, sentiria ainda mais a perda. *Eles não têm os documentos certos. Não vão poder ficar, e vou perdê-los para sempre*, ela pensou, com o coração batendo forte.

A mulher sentada ao lado dela se abanou e balançou a cabeça, em sinal de desaprovação. Quando os vinte e sete minutos finalmente acabaram, o cronometrista tocou um sino. Então Middles cambaleou até seu assento, transpirando muito e ofegando, sob o som de muitos aplausos que encheram Sophia de pavor. Ela não podia sequer imaginar como Shadrack chamaria a atenção daquela plateia por meros quatro minutos.

— Que cuspidor de besteiras terrível — a companheira de Sophia disse com desgosto.

— Sr. Augustus Wharton — o primeiro cronometrista chamou, enquanto seu colega ajustava o relógio para quinze minutos. Os gritos e aplausos diminuíram quando um homem alto, de cabelos brancos e com um nariz adunco, caminhou com confiança até diante da plateia. Como não trazia anotações, ele segurou as bordas da tribuna com seus longos e pálidos dedos.

— Pode começar — disse o cronometrista.

— Venho diante desta assembleia — começou o sr. Wharton, com um tom de voz enganadoramente baixo — para elogiar a proposta apresentada pelo sr. Rupert Middles e persuadir os noventa membros deste parlamento de que não somente devemos aprová-la como devemos *levá-la adiante* — ele gritou, a voz aumentando gradualmente. A plateia no primeiro andar do parlamento aplaudiu em êxtase.

Sophia observava em agonia, enquanto a expressão de Shadrack se tornava cada vez mais dura e furiosa.

— Sim, devemos fechar nossas fronteiras e, sim, devemos aprovar a rápida deportação dos estrangeiros que sugam a força desta grande nação sem nada dar em troca, mas *também* devemos fechar nossas fronteiras para impedir que os cidadãos de Novo Ocidente o deixem e minem nossos alicerces. Eu pergunto a vocês: Por que *alguém* iria querer viajar para outras eras, que sabemos serem inferiores? O *verdadeiro* patriota não deve ficar em casa, onde é o seu lugar? Não tenho dúvidas de que nossos grandes exploradores, de quem temos tanto orgulho, têm as melhores intenções quando viajam para terras distantes, perseguindo um conhecimento esotérico que infelizmente é sublime demais para muitos de nós entendermos. — Ele falava com condescendência, enquanto inclinava a cabeça na direção de Shadrack e Miles.

Para horror de Sophia, Miles se levantou de um salto. A multidão vaiou quando Shadrack se pôs em pé rapidamente, pousando uma mão no braço do amigo, acalmando-o e fazendo-o sentar outra vez. Cheio de raiva, Miles se sentou, enquanto Wharton continuava seu discurso, sem se dar conta da interrupção.

— Mas certamente esses exploradores são ingênuos às vezes — ele continuou, diante dos gritos de aprovação —, ou talvez devamos dizer idealistas, ao não perceberem que o conhecimento que tanto prezam se tornou uma ferramenta distorcida dos poderes estrangeiros inclinados à destruição desta grande nação! — Isso gerou urros de aprovação. — Preciso lembrá-los do grande explorador Winston Hedges, cujo conhecimento da costa do Golfo foi impiedosamente explorado por piratas no cerco a New Orleans. — Vaias altas indicavam que a memória desse fato realmente ainda estava fresca. — E deve ainda ser da lembrança de todos — ele sorriu — que as criações primorosas de um *certo cartógrafo*, que hoje nos agracia com sua presença, tornaram-se o material de pesquisa perfeito para qualquer pirata, corsário ou tirano que pense em nos invadir.

Pega de surpresa por esse ataque direto, a plateia aplaudiu, um tanto relutante. Shadrack permaneceu em silêncio, com os olhos repletos de fúria, mas o rosto calmo e sério.

Sophia engoliu em seco.

— Sinto muito, querida — a mulher murmurou. — Isso foi desnecessário.

— Em suma — Wharton continuou —, desejo acrescentar uma emenda que colocará em prática o completo fechamento das fronteiras não apenas aos estrangeiros, mas aos cidadãos também. Middles tem o Plano Patriota, que nos protegerá dos estrangeiros. Eu digo que ele é bom, mas *não é bom o bastante*. Portanto proponho incluir uma medida para nos proteger de nós mesmos. A Emenda de Proteção: fique em casa, fique em segurança! — Os aplausos que se seguiram foram poucos, mas entusiasmados. — Eu proponho que as relações estrangeiras sejam restringidas e que o comércio com eras específicas seja facilitado, como segue.

Sophia mal ouviu o restante. Ela observava Shadrack, desejando desesperadamente que pudesse estar sentada ao seu lado em vez de olhando-o do balcão superior, e pensava no que aconteceria se o plano de Wharton fosse aprovado e a Era da Exploração chegasse ao fim.

Shadrack já a alertara sobre a possibilidade de isso acontecer. E fizera isso novamente na noite anterior, ao praticar seu discurso pela décima quinta vez, de pé diante da mesa da cozinha, enquanto Sophia preparava sanduíches. Ela achava impossível imaginar que alguém teria um ponto de vista tão tacanho. No entanto, pela reação do público ali, parecia que tudo era possível.

— Será que ninguém quer que as fronteiras permaneçam abertas? — Sophia sussurrou em certo momento.

— Claro que sim, minha querida — disse placidamente sua companheira de banco. — A maioria de nós quer. Mas não temos dinheiro para falar no parlamento, temos? Você não percebeu que todos que estão aplaudindo estão lá embaixo, nos assentos mais caros?

Sophia assentiu com tristeza.

Por fim, o sino tocou e Wharton triunfantemente deixou o palco.

O cronometrista chamou:

— Sr. Shadrack Elli.

Houve um punhado de aplausos educados enquanto Shadrack caminhava até a tribuna. No instante em que o relógio era ajustado para quatro minutos e treze segundos, ele olhou para o balcão e encontrou o olhar de Sophia. Sorriu, tocando o bolso do paletó, e Sophia sorriu de volta.

— O que ele quer dizer? — a companheira perguntou, animada. — Um sinal secreto?

— Eu escrevi um bilhete de boa sorte para ele.

Na verdade o bilhete era um desenho, um dos muitos que Shadrack e Sophia deixavam um para o outro em lugares inesperados: uma correspondência em forma de imagens. Mostrava Cora Chave de Corda, a heroína que haviam inventado juntos, triunfante diante de um parlamento intimidado. Cora Chave de Corda tinha um relógio no lugar do torso, a cabeça cheia de cachos, e braços e pernas bem finos. Felizmente, Shadrack era mais digno. Com o cabelo preto penteado para trás e o forte queixo erguido, ele parecia autoconfiante e bem preparado.

— Pode começar — disse o cronometrista.

— Estou aqui hoje — Shadrack começou calmamente — não como cartógrafo ou explorador, mas como um habitante do nosso Novo Mundo.

Então fez uma pausa, esperando dois preciosos segundos para que a plateia o ouvisse com cuidado.

— Há um grande poeta — disse suavemente — que temos a sorte de conhecer por seus escritos. Um poeta inglês, nascido no século dezesseis, antes da Ruptura, cujos versos todo estudante aprende e cujas palavras têm iluminado milhares de mentes. Mas, como ele nasceu no século dezesseis e, pelo que sabemos, a Inglaterra agora reside na Décima Segunda Era, ele ainda não nasceu. Na verdade, como os Destinos mudaram, ele pode nunca nascer. E, se isso acontecer, os livros que ele nos deixou serão ainda mais preciosos, e recairá sobre nós, *sobre nós*, a responsabilidade de passar adiante suas palavras e nos certificarmos de que elas não desapareçam da face da Terra. Esse grande poeta — ele parou, olhando para a plateia no mais completo silêncio — escreveu:

> Nenhum homem é uma ilha, isolado em si mesmo; cada homem é parte do continente, parte do todo. Se um seixo for levado pelo mar, a Europa será menor... A morte de qualquer homem diminui a mim, porque sou parte da humanidade.

— Não preciso persuadi-los a respeito dessas palavras. Sabemos que elas são verdadeiras. Depois da Grande Ruptura, vimos o vasto empobrecimento de nosso mundo enquanto as partes desapareciam, tomadas pelas marés do tempo, o Império Espanhol fragmentado, os Territórios do Norte perdidos para a pré-história, toda a Europa mergulhada em um século remoto, e muitas outras peças de nosso mundo perdidas para eras desconhecidas. E isso não faz muito tempo, foi há menos de cem anos; ainda nos lembramos dessas perdas. A mãe de meu pai, Elizabeth Elli... Lizzie para os íntimos... viveu a Grande Ruptura e viu essas perdas em primeira mão. Mesmo assim, foi ela quem me inspirou a me tornar cartógrafo, me contando a história daquele dia fatídico e me lembrando, todas as vezes, que eu devia pensar não no que perdemos, mas no que podemos ganhar. Levamos anos... décadas... para nos darmos conta de que este mundo fragmentado pode ser consertado. Que podemos chegar às eras remotas, superar as enormes barreiras do tempo e sermos mais ricos por isso. Nós temos aperfeiçoado nossas tecnologias pegando emprestadas as descobertas de outras eras. Temos descoberto novas maneiras de entender o tempo. Temos lucrado, e muito, com nosso comércio e com a comunicação com as eras mais próximas. E temos contribuído também. Meu bom amigo Arthur Whims, da editora Atlas — ele levantou um volume fino com capa de couro —, reeditou os escritos de John Donne, para que as palavras desse poeta possam ser conhecidas por outros além de sua era. E esse aprendizado através das eras não pode chegar ao fim; muito do Novo Mundo ainda é desconhecido para nós. Imaginem que tesouro, seja financeiro — e lançou um olhar sutil para os membros do parlamento —, científico ou literário, jaz além das fronteiras da nossa era. Vocês realmente desejam jogar esse tesouro ao mar? Desejam que nossa sabedoria fique limitada a este mundo, aprisionada em nossas fronteiras? Isso não pode acontecer, meus amigos, meus caros bostonianos. De fato somos tolerantes, e somos diligentes, como o sr. Middles alega, mas também somos parte do todo. Não somos uma ilha. E não devemos nos comportar como tal.

O tempo acabou no exato momento em que Shadrack se afastou da tribuna, e o cronometrista, capturado pela agitação das palavras, tocou o sino um pouco atrasado diante da plateia, que ainda permanecia em silêncio no Palácio do Governo. Sophia se colocou de pé, batendo palmas com força. O som pareceu despertar a plateia à sua volta, que começou a aplaudir enquanto Shadrack voltava para o lugar. Miles lhe deu tapinhas afetuosos nas costas. Os outros oradores permaneceram sentados, com a expressão dura como pedra, mas os clamores vindos do camarote deixavam claro que Shadrack havia sido ouvido.

— Foi um bom discurso, não foi? — perguntou Sophia.

— Maravilhoso — a mulher respondeu, batendo palmas. — E feito por um orador tão bonito, minha querida — ela acrescentou, um pouco impessoalmente. — Simplesmente estupendo. Espero que tenha sido o bastante. Quatro minutos não é muito tempo, e tempo vale mais que ouro.

— Eu sei — Sophia disse, olhando para Shadrack lá embaixo, totalmente alheia à agitação entre os membros do parlamento, que se recolhiam à câmara para tomar uma decisão. Ele olhou o relógio, enfiou-o novamente no bolso e se preparou para esperar.

### 9h27: O parlamento na Câmara

O SALÃO ESTAVA IMPREGNADO com o cheiro de lã molhada e amendoim, que os membros da plateia compravam dos vendedores do lado de fora. Algumas pessoas saíam para tomar ar, mas voltavam rapidamente. Ninguém queria estar ausente quando os membros do parlamento retornassem e anunciassem sua decisão. Havia três opções: não tomar nenhuma atitude, recomendar um dos planos para revisão ou adotar um deles para implementação.

Sophia olhou para o relógio sobre a tribuna e se deu conta de que já era a hora dez: meio-dia. Enquanto verificava se Shadrack já havia voltado, ela viu os membros do parlamento retornando para o salão.

— Estão voltando — disse para a companheira de banco. Vários minutos se passaram até que a plateia apressada retornasse a seus lugares, e então um silêncio desceu sobre o lugar.

O líder do parlamento andou até a tribuna, levando uma única folha de papel. O estômago de Sophia parecia dar um nó. Se eles tivessem votado por não tomar nenhuma atitude, como Shadrack recomendara, não precisariam de uma folha de papel para anunciar.

O homem limpou a garganta.

— Os membros do parlamento — começou lentamente, evidenciando que ele não havia pagado pelo tempo — votaram as medidas propostas. Com uma votação de cinquenta e um contra trinta e nove, aprovamos a implementação imediata — ele tossiu — do Plano Patriota, proposto pelo sr. Rupert Middles...

O restante das palavras se perdeu em um tumulto. Sophia permaneceu sentada, aturdida, tentando compreender o que havia acontecido. Ela puxou a alça da mochila por cima do ombro, se levantou e olhou por sobre a amurada do balcão, ansiosa para encontrar Shadrack, mas ele tinha sido engolido pela multidão. A plateia atrás dela expressava a decepção coletiva por meio de mísseis — um pedaço de pão, um sapato usado, uma maçã mordida e uma chuva de cascas de amendoim — arremessados sobre os membros do parlamento. Sophia se sentiu pressionada contra o balcão enquanto o público enfurecido a forçava para a frente e, por um terrível momento, ela se agarrou ao beiral de madeira para evitar ser empurrada sobre ele.

— Voltem para a câmara, voltem para a câmara! — um cronometrista gritou em um tom agudo. Sophia viu de relance os membros do parlamento passando apressados por ela.

— Vocês não vão escapar tão fácil, seus covardes! — um homem atrás dela gritou. — Vamos atrás deles!

Para seu alívio, a multidão subitamente recuou e começou a pular os bancos em direção à saída. Sophia olhou em volta procurando pela mulher que havia se sentado ao lado dela, mas ela sumira.

Ela ficou parada por alguns segundos no meio da multidão que se dispersava, com o coração ainda batendo forte, imaginando o que fazer. Shadrack havia dito que a encontraria no camarote, mas agora, com certeza, ele veria que era impossível. *Eu prometi esperar*, Sophia disse a si mesma, com firmeza. Tentou fazer as mãos pararem de tremer e ignorar os gritos que vinham de baixo, gritos que pareciam ficar mais violentos a cada segundo. Um minuto se passou, então outro; Sophia mantinha o olho no relógio para não perder a noção do tempo. Subitamente, ouviu um murmúrio distante que se tornou mais claro conforme as pessoas cantavam em uníssono:

— Vamos botar fogo, vamos botar fogo, *fogo*!

Sophia correu até a escadaria.

No térreo, um grupo de homens batia nas portas da câmara do parlamento com a tribuna arrancada do lugar.

— Vamos botar fogo! — uma mulher berrou, empilhando fervorosamente as cadeiras, como se preparasse uma fogueira. Sophia correu para a porta da frente, onde aparentemente toda a plateia havia se juntado, impedindo a passagem.

— Vamos botar fogo, vamos botar fogo, vamos botar fogo!

Ela segurou a mochila com força contra o peito e abriu passagem a cotoveladas.

— Seu fanático! — uma mulher na frente dela subitamente gritou, erguendo os punhos para um velho de terno cinza. Chocada, Sophia notou que era Augustus Wharton. Enquanto ele tentava se defender com a bengala com ponta de prata, dois homens com a inconfundível tatuagem das Índias se jogaram contra ele, um deles arrancou a bengala de sua mão e o outro puxou seus braços para trás. Uma mulher, de ferozes olhos azuis e cabelos loiros caindo sobre o rosto, cuspiu na cara de Wharton. De repente, ela caiu sobre os panos da própria saia, revelando atrás de si um policial com o cassetete ainda em riste. O oficial se aproximou de Wharton, em atitude protetora, e os dois homens fugiram.

Houve um berro seguido por uma cascata de gritos. Sophia sentiu o cheiro antes de ver: fogo. A multidão se espalhou, e ela viu uma tocha sendo arremessada pelas portas do Palácio do Governo. Os gritos aumentaram quando a tocha atingiu o chão. Ela forçou passagem por entre a multidão, tentando inutilmente encontrar Shadrack enquanto descia as escadas. O cheiro da fumaça atingiu-lhe as narinas com violência.

À medida que se aproximava da escadaria, ela ouviu uma voz fina gritando:

— *Pirata imundo!*

Um homem barbudo com bem mais que alguns dentes faltando subitamente tombou sobre ela, lançando-a ao chão. Em seguida ele se levantou com raiva e se atirou contra seu agressor. Sophia o empurrou debilmente com as mãos e os joelhos e, ao ver o caminho livre para a rua, se apressou e desceu os degraus que faltavam, com as pernas trêmulas. Na esquina do Palácio do Governo, pegou o primeiro bonde que avistou, sem nem verificar o destino.

# 2
# O bonde do cais

> *14 de junho de 1891: 10h#*
>
> *Ao norte jaz um abismo pré-histórico; a oeste e ao sul, um caos de eras misturadas. Mais doloroso, o abismo temporal entre os antigos Estados Unidos da América e a Europa se tornou inegavelmente mais claro nos primeiros anos após a Ruptura. Os Estados Papais e o Império Fechado desceram às sombras. E, caído a leste do mar e à margem ocidental do Atlântico, manteve-se a gloriosa tradição do Oeste. Os Estados Unidos se tornaram conhecidos como Novo Ocidente.*
>
> — Shadrack Elli, *História de Novo Ocidente*

SOPHIA RESPIROU FUNDO à medida que o bonde se afastava do Palácio do Governo e circundava o parque Boston Common. Ela enfiou as mãos trêmulas entre os joelhos, mas as palmas arranhadas esquentaram e começaram a arder. Ela ainda podia ouvir a multidão e, mesmo no bonde, todos estavam agitados e discutindo sobre a chocante decisão do parlamento.

— Eu não vou aceitar — um homem corpulento com um relógio de bolso reluzente disse, balançando a cabeça indignado e batendo a bota de couro envernizada no chão. — Tantos em Boston são estrangeiros; é totalmente impraticável. A cidade não vai aceitar.

— Mas somente alguns têm documentos e relógios — objetou uma jovem ao lado dele. — Nem todos os estrangeiros têm — continuou, as mãos nervosas alisando o colo da saia florida.

— É verdade que as deportações começarão em 4 de julho? — uma senhora perguntou, com a voz trêmula.

Sophia desviou o olhar e observou as ruas da cidade que passavam por ela. Havia grandes relógios com suas vinte horas em todas as esquinas de

Novo Ocidente. Eles ficavam pendurados nos postes de luz, na fachada dos edifícios, pairando sobre a cidade do alto de incontáveis monumentos. Enormes campanários dominavam o horizonte, e, no centro, o repicar de muitos sinos era ensurdecedor.

Cada cidadão de Novo Ocidente levava consigo um relógio que refletia o movimento desses grandes monumentos: um relógio de bolso com a inscrição da data de aniversário do dono, testemunha constante de uma vida a se desdobrar. Sophia frequentemente alisava o suave disco de metal de seu relógio da vida, reconfortando-se com cada tique-taque e sentindo prazer em ouvir os sinos e alarmes dos relógios públicos. E agora parecia que esses relógios, que sempre tinham sido sua âncora, faziam contagem regressiva para um fim desastroso: 4 de julho, dali a meras três semanas. As fronteiras seriam fechadas, e então, sem os papéis de que precisavam para voltar, as duas pessoas que ela mais queria ver no mundo estariam perdidas para sempre.

Sophia mal conseguia se lembrar do pai, Bronson Tims, ou da mãe, Wilhelmina Elli. Eles haviam desaparecido em uma expedição quando ela estava com pouco mais de três anos. Tinha uma lembrança preciosa deles, a qual usara tanto que se transformara em algo fino, apagado e insubstancial: os dois andando de mãos dadas com ela, cada um de um lado. O rosto sorridente dos dois a observando de longe com grande ternura.

— Voe, Sophia, voe! — eles diziam em uníssono, e subitamente a erguiam do chão. Ela sentia a própria risada brotando, se juntando à alegria da mãe e às gargalhadas profundas do pai. Isso era tudo.

Wilhelmina, ou Minna, como a chamavam, e Bronson eram exploradores de primeira linha. Antes do nascimento da filha, viajaram para o sul das Terras Baldias, o norte das Geadas Pré-Históricas, até o longínquo leste, nos Impérios Fechados. Depois planejavam viajar com Sophia, assim que ela tivesse idade suficiente. Mas uma mensagem urgente de um amigo explorador, vinda das profundezas dos Estados Papais, forçara-os a partir antes do esperado. Então eles se debateram terrivelmente com a dúvida de levar ou não a filha junto.

Foi Shadrack quem persuadiu sua irmã Minna e seu cunhado a deixarem Sophia com ele. A mensagem que haviam recebido sugeria perigos imprevisíveis para os quais nem eles estariam preparados. Se nem Shadrack Elli, doutor em história e mestre cartógrafo, podia garantir que a rota seria segura, certamente ela ofereceria riscos demais para uma criança de apenas três anos. Quem melhor para entender o potencial de tais riscos? Quem melhor para cuidar dela do que seu amado tio Shadrack? E então eles finalmente partiram, ansiosos, porém determinados, para uma jornada que esperavam ser breve.

Mas eles não voltaram. Conforme os anos se passavam, a probabilidade de reaparecerem com vida diminuía. Shadrack sabia disso; Sophia sentia. Mas ela se recusava a acreditar completamente. E agora a ansiedade que Sophia sentia ao pensar que as fronteiras se fechariam, de fato, tinha pouco a ver com as grandes ambições de exploração descritas no discurso de Shadrack. Tinha tudo a ver com seus pais. Eles haviam deixado Boston em uma época muito mais leniente, quando viajar sem documentos era algo comum, até mesmo prudente, já que evitava roubos ou danos em uma viagem perigosa. Os documentos de Bronson e Minna ficavam seguros em um pequeno gaveteiro no quarto deles. Se Novo Ocidente se fechasse para o mundo, como eles voltariam? Perdida nessas sombrias especulações, Sophia fechou os olhos, a cabeça descansando contra o assento.

Sobressaltada, ela se deu conta de que o espaço ao seu redor havia ficado mais escuro e o ar estranhamente mais frio. Seus olhos rapidamente se abriram. *Já é noite?*, pensou, com o pânico crescendo dentro do peito. Ela pegou o relógio, olhou rapidamente ao redor e percebeu que o bonde havia parado em um túnel. Bem distante deles, ela podia ver a luz na entrada. Então ainda era dia. Mas, quando forçou os olhos para ler o relógio, descobriu que já era a hora catorze e engasgou.

— Quatro horas! — exclamou em voz alta. — Eu não acredito!

Sophia foi rapidamente para a frente do bonde e viu o condutor parado nos trilhos, alguns metros à frente do vagão. Houve um ruído metálico agudo, e então o homem se arrastou de volta na direção dela.

— Ainda aqui, não é? — o condutor perguntou amigavelmente. — Você deve gostar dessa volta para ter viajado vinte e três vezes. É isso, ou você gosta do modo como eu guio.

Ele era corpulento, e, apesar do ar frio do túnel, escorria suor de sua testa e do queixo. Sorrindo, enxugou o rosto com um lenço vermelho enquanto se sentava.

— Perdi a noção do tempo — Sophia disse, ansiosa. — Completamente.

— Ah, não importa — ele replicou com um suspiro. — Em um dia tão ruim, quanto mais cedo acabar, melhor.

Ele soltou o freio e o bonde começou a rodar lentamente para frente.

— Você está voltando para a cidade agora?

Ele balançou a cabeça.

— Estou indo para o pátio. Você precisa descer no cais e procurar um bonde que siga para o centro.

Há anos Sophia não ia para essa parte da cidade.

— É na mesma parada?

— Eu aviso a você — ele assegurou.

Eles ganharam velocidade quando fizeram uma súbita curva acentuada para a esquerda. E então emergiram do túnel, a luz deslumbrando os olhos de Sophia. O bonde parou mais uma vez quase que imediatamente, e o condutor gritou.

— Bonde do Cais. Parada final. Sem passageiros.

Uma multidão olhava impacientemente para o túnel, esperando o próximo bonde emergir.

— Caminhe cerca de cinquenta passos naquela direção — ele disse a Sophia, apontando para além da aglomeração. — Há outro ponto ali que diz "embarque". Não tem como não ver.

### 14h03: No cais

A NOTÍCIA DO FECHAMENTO das fronteiras havia chegado ao porto de Boston, de modo que as pessoas correram para lá, causando uma confusão de carrinhos, barracas improvisadas de produtos e pilhas de caixas, gente gritando ordens, descarregando apressadamente suas cargas e fazendo arranjos apressados para viagens. Dois homens discutiam perto de um caixote quebrado cheio de lagostas, as garras se esticando livremente através das ripas de madeira rachadas. Gaivotas grasnavam por todos os cantos, mergulhando preguiçosamente, pegando os pedaços de peixes e pães largados pelo chão. O cheiro do porto — sal, alcatrão e a fraca e duradoura essência de podridão — flutuava sobre as ondas de ar quente.

Sophia tentava sair do caminho e era repetidamente empurrada para os lados. Enquanto se esforçava para encontrar o ponto do bonde, cedeu àquele familiar sentimento de derrota que sempre acompanha a perda da noção do tempo. Sua governanta, a sra. Clay, ficaria seriamente preocupada. E Shadrack — ele ainda podia estar procurando por ela no Palácio do Governo e temendo o pior quando não a encontrasse. Enquanto seguia tropeçando, Sophia suprimiu as lágrimas de frustração que ameaçavam transbordar.

Era uma frustração que ela sentia muito frequentemente. Para sua infinita humilhação, Sophia não tinha relógio interno. Um minuto podia parecer longo como uma hora ou um dia. No espaço de um segundo, ela podia experimentar a sensação de todo um mês, e todo um mês podia passar para ela como em um segundo. Quando era mais jovem, ela enfrentava dificuldades diárias por causa disso. Quando alguém lhe fazia uma pergunta, ela pensava por um momento e de repente descobria que todos estavam rindo dela há uns bons cinco minutos. Certa vez ela esperou durante seis horas na escadaria da biblioteca pública por um amigo que nunca chegou. E para ela sempre parecia que era hora de ir para a cama.

Ela teve de aprender a compensar a ausência de seu relógio interno e, agora que tinha treze anos, raramente perdia a noção do tempo durante as conversas. Ela observava as pessoas à sua volta para saber a hora das refeições, das aulas ou de dormir. No caderno de desenhos que sempre levava na mochila, começou a registrar cuidadosamente seus dias: mapas do passado e do futuro que a ajudavam a se guiar pelo vasto abismo do tempo imensurável.

Mas não ter noção do tempo ainda a perturbava de outras maneiras. Sophia tinha muito orgulho de sua competência: sua capacidade de andar por Boston e por lugares ainda mais distantes e estranhos conforme crescia e acompanhava Shadrack em suas viagens; seus trabalhos cuidadosamente disciplinados na escola, o que a fazia popular entre os professores, mas não tanto entre os colegas; sua capacidade de ordenar e dar sentido ao mundo, razão pela qual todos os amigos de Shadrack comentavam que ela era muito sábia para a idade. Tudo isso significava muito para ela, mas mesmo assim não compensava a falha que a fazia parecer, a seus próprios olhos, tão leviana e distraída, como alguém que não possuísse todas essas habilidades.

Ser de uma família famosa pela noção de tempo e direção tornava tudo ainda mais doloroso. Seus pais tinham bússolas e relógios internos dignos de grandes exploradores. Shadrack podia dizer as horas, até os segundos, sem olhar para o relógio, e não havia encorajamento da parte dele que pudesse persuadir Sophia a esquecer esse pedaço de si que ela acreditava ter se perdido. Cora Chave de Corda, uma criação de tio e sobrinha, fez luz a um problema que Sophia apenas fingia encarar com leveza.

Sophia nunca falava sobre isso com o tio, mas ela tinha uma terrível suspeita sobre como veio a perder sua noção de tempo. Ela se imaginava ainda bem criança, esperando por seus pais diante de uma janela empoeirada. O relógio da pequena Sophia corria sem parar, primeiro pacientemente, depois com preocupação e, finalmente, beirando o desespero, contando os segundos enquanto seus pais não voltavam. Então, quando ficou claro que a espera era inútil, o pequeno relógio simplesmente se quebrou, deixando-a sem os pais e sem nenhuma noção de tempo.

Entretanto, por mais que Shadrack amasse sua sobrinha, ele não podia passar o tempo todo com ela, e o fluxo constante de aprendizes que ele contratava para ajudá-lo nas tarefas combinadas de cartografia e cuidados infantis era propenso às mesmas distrações que ele. Enquanto seu tio e seus assistentes se debruçavam sobre mapas, a Sophia de três anos passava boa parte do seu tempo sozinha, muitas vezes esperando por seus pais com as mãos e o rosto literalmente pressionados contra a janela. Em sua memória — em sua imaginação —, esses momentos duravam longas horas de uma espera sem fim. O sol nascia e se punha, pessoas passavam pela janela constantemente, mas ela continuava esperando, ansiosa. Na ocasião, a figura de sua imaginação se obscurecia, o que lhe fazia parecer não uma criança pequena, mas quase uma adolescente, esperando por tantos anos na janela. E, de fato, seu tio às vezes encontrava a Sophia crescida ali sentada, perdida em pensamentos, o queixo pontudo apoiado na mão e os olhos castanhos focados em algo muito além do alcance da visão.

E agora ela estava parada no cais movimentado, esfregando os olhos com raiva e se esforçando para se recompor. E então, em meio a todos os gritos e a toda a animação, ela avistou cerca de uma dúzia de pessoas em uma fila. Com um esforço monumental, afastou o pensamento das quatro horas que havia perdido. *Aquela deve ser a fila para o embarque no bonde*, ela pensou. Enquanto se aproximava, ouviu, acima de todos os outros barulhos, o som de um homem gritando em um megafone. Ela bateu no ombro da mulher à sua frente.

— Perdão, esta é a fila para o embarque no bonde?

A jovem mulher balançou animadamente a cabeça coberta por um gorro. Ela segurava um panfleto, que colocou nas mãos de Sophia.

— Não há nada igual. Eles trouxeram criaturas de outras eras — ela disse, sem fôlego. — Estamos indo vê-las enquanto ainda podemos! — A luva de renda apontou para um cartaz a poucos metros de distância.

> **CIRCO DAS ERAS DE EHRLACH**
>
> ........................
>
> **UM CAVALEIRO**
> DO IMPÉRIO FECHADO
>
> ........................
>
> **MONSTROS**
> DAS GEADAS PRÉ-HISTÓRICAS
>
> ........................
>
> **SELVAGENS**
> DAS TERRAS BALDIAS
>
> ........................
>
> **E MUITO MAIS...**
> ENTRADA APENAS **5 CENTAVOS**

Ao lado do cartaz estava o homem que gritava no megafone. Ele era pequeno, usava uma barba pontiaguda, uma cartola que fazia sua cabeça parecer pequena e encenava floreios com a bengala de ponta prateada.

— Selvagens, monstros, criaturas que desafiam sua imaginação! — ele berrava, com as bochechas vermelhas por causa do calor e do esforço. O sotaque era característico das Terras Baldias ocidentais, o que fazia as vogais soarem esquisitas. — Descobertas pelo intrépido Simon Ehrlach e exibidas aqui para o entretenimento e a instrução dos visitantes! — ele apontava para uma pesada cortina que cobria a entrada do armazém atrás dele.

Uma mulher ainda menor que ele estava sentada à sua esquerda, contando o dinheiro, distribuindo e carimbando entradas, com a pequena testa enrugada em concentração, antes de guiar cada visitante para dentro do armazém acortinado.

— Homens e animais em uma exposição permanente de toda a fascinante variedade de eras! — o homenzinho continuou, banhando a plateia com enérgicas rajadas de cuspe. — Cada um exibindo os bizarros e até mesmo hipnotizantes hábitos de sua era! É realmente difícil acreditar que eles vivem neste tempo! — E, com a ponta da bengala, tocou em uma grande jaula que havia à sua direita. — Aqui, o garoto selvagem das Terras Baldias, em seu feroz uniforme de guerreiro. E ali, as ainda mais ferozes criaturas vindas também das Terras Baldias. Centauros, tritões e crianças com cauda. Veja enquanto é possível!

Sophia olhava fascinada para a jaula, e todos os outros pensamentos se perderam. Havia ali um garoto que parecia um pouco mais velho que ela, vestido com penas da cabeça aos pés. Ela podia dizer só de olhar que ele pertencia a uma era diferente. O cabelo era enrolado em plumas coloridas que pareciam sair do crânio, e os membros estavam cobertos com penas multicoloridas. Uma saia também de penas se pendurava na cintura, e uma aljava vazia pendia do ombro. O uniforme era impressionante, mas a maioria das penas estava quebrada ou amassada. Para Sophia, ele parecia um lindo pássaro, capturado em pleno voo e arrastado para a terra.

Mas não foi a beleza dele que lhe chamou a atenção. Foi sua expressão. Ele estava aprisionado em uma jaula, servindo de espetáculo para todos ao seu redor. E, apesar de tudo, ele olhava para a multidão como se *eles* fossem o espetáculo. Um sorriso fraco lhe surgiu nos cantos da boca. Olhando calmamente para eles, o garoto fazia a jaula parecer um pedestal; ele estava sereno, inabalável, magnífico. Sophia não conseguia tirar os olhos dele. Ela perdeu a noção do tempo novamente, mas de um modo que lhe parecia completamente novo.

— Eu lhes asseguro, senhoras e senhores — o homenzinho continuou —, que vocês verão até mesmo batalhas entre essas ferozes criaturas no Circo das Eras de Ehrlach. E, após a decisão de hoje do parlamento, os dias para verem as maravilhas das outras eras estão contados! Aproveite a oportunidade agora antes que seja tarde demais! — E, ao dizer isso, a bengala entrou pelas barras da jaula e atingiu o garoto vestido de penas com um golpe descuidado.

O garoto olhou para a bengala e a segurou suavemente, como se pegasse uma pena solta. E então a empurrou de volta na direção do mestre do circo, desinteressado, e continuou olhando para a multidão. Enquanto o homem continuava fazendo propaganda das maravilhas de Ehrlach, Sophia notou que o garoto estava olhando diretamente para ela. Ele ergueu as mãos e segurou as barras. Parecia a Sophia que ele podia ler seus pensamentos e que estava prestes a falar com ela. Ela sabia que estava começando a corar, mas não conseguia desviar o olhar nem se mexer; ela não queria se mexer.

— Ei, ei — ouviu alguém dizer. A jovem na frente dela na fila a sacudia pelo ombro. — Você não queria o bonde da cidade, querida? Ali está ele, melhor correr.

Sophia desviou o olhar do garoto. Certamente um bonde se aproximava. Se corresse, poderia pegá-lo. Ela voltou a olhar mais uma vez para o garoto, que ainda a observava, pensativo. E então ela correu.

# 3
## Shadrack Elli, cartógrafo

*14 de junho de 1891*

*E quem (no tempo) sabe onde poderá acabar*
*O tesouro de nossa língua? a quais praias estranhas*
*Este ganho de nossa melhor glória deverá ser enviado,*
*Para enriquecer quais nações com nossas provisões?*
*Quais mundos neste Ocidente que ainda não se formou*
*Poderão vir reencontrar os sotaques que são nossos?*

— Samuel Daniel, *Musophilus*, 1599

SOPHIA VIVIA COM SHADRACK na East Ending Street, 34, zona sul de Boston, em uma robusta casa de tijolos que seus avós haviam construído. A residência era adornada com persianas brancas, paredes tomadas pelas trepadeiras e uma coruja de ferro empoleirada discretamente sobre o portão de entrada, feito de maneira similar aos das casas vizinhas da calma rua, exceto por uma placa verde, em formato oval, pendurada sobre uma porta vermelha, que anunciava:

**SHADRACK ELLI**
Cartógrafo

Na verdade, a placa tinha pouca utilidade, porque todos que procuravam Shadrack sabiam exatamente onde encontrá-lo; além disso, eles sabiam que o mero título "cartógrafo" não chegava nem perto de descrever sua ocupação. Ele era mais um historiador, um geógrafo e um explorador do que um simples cartógrafo. E, além de professor na universidade, era também consultor particular para exploradores e funcionários do governo. Qualquer um que precisasse de conhecimento especializado da história e da geografia do Novo Mundo encontrava seu caminho na porta de Shadrack.

Eles vinham ver Shadrack porque ele simplesmente era o melhor. Em um tempo em que a maior parte do mundo ainda não havia sido mapeada e ninguém conhecia nada além de algumas eras, ele era o mais experiente. Embora fosse jovem para um mestre cartógrafo, ninguém era páreo para Shadrack em amplidão de conhecimentos e habilidades. Ele dominava a história de cada continente conhecido, podia ler os mapas de cada civilização conhecida de Novo Ocidente e, o mais importante, ele mesmo podia desenhar mapas brilhantes. O grande cartógrafo que o treinara disse que chorou maravilhado quando Shadrack Elli apresentou seu primeiro mapa completo do Novo Mundo. Ele tinha a precisão e a habilidade artística de qualquer desenhista, mas era seu profundo conhecimento que fazia dele alguém tão extraordinário.

Tendo crescido rodeada pelo trabalho de seu tio, Sophia às vezes tinha dificuldade em ver como ele era excepcional. Ela achava a criação de mapas uma profissão nobre, culta e um pouco confusa. A casa na East Ending Street era forrada do teto ao chão com mapas. Mapas de mundos contemporâneos, antigos ou imaginários cobriam cada centímetro de parede. Livros, canetas, compassos, réguas e mais mapas jaziam abertos ou enrolados como pergaminhos, ocupando cada superfície. A sala de estar e a biblioteca transbordavam de equipamentos, e até a cozinha havia começado a encolher, à medida que os balcões e armários se tornavam abrigos para mapas. Sophia se movia como uma pequena ilha de arrumação pela casa, endireitando livros, enrolando mapas, recolhendo canetas, no esforço de conter a maré cartográfica à sua volta. Os únicos lugares relativamente arrumados eram o quarto dela, onde guardava alguns poucos mapas e livros selecionados, e um terceiro andar da casa, onde vivia a governanta, a sra. Clay.

A sra. Sissal Clay chegara havia algum tempo, quando Sophia tinha oito anos, e, depois de uma longa entrevista com Shadrack, simplesmente se mudara para o inabitado terceiro andar. Shadrack sempre desaprovara o costume de manter serviçais, acreditando que tais arranjos perpetuam um sistema no qual os filhos dessa classe são retirados muito cedo da educação. Mesmo quando lhe foram destinados os cuidados de sua sobrinha de três anos, ele se recusou a contratar uma babá, confiando, em vez disso, na assistência paga de seus aprendizes, que, como argumentava, não estavam abandonando sua educação para realizar tarefas domésticas.

Um grande amor quase basta para sustentar uma criança. Mas nem sempre oferece as necessidades logísticas e práticas, incluindo um suprimento constante de roupas limpas e a compreensão de que crianças pequenas podem se aborrecer com certos aspectos da vida adulta, como as palestras de duas horas sobre a glaciação no mar Eerie feitas na universidade.

Shadrack era bem-intencionado, mas, tal qual seu mestre, seus assistentes, pouco preparados, também não tinham uma consciência muito apurada dessas necessidades, revelando-se presenças fugazes na vida de Sophia: brilhantes, inventivos, memoráveis e geralmente incompetentes como cuidadores. Um deles construiu para Sophia um magnífico barco de papel envernizado que ela navegou no rio Charles, para a eterna inveja de todas as crianças da vizinhança. Outro tentara lhe ensinar latim, e quase conseguiu, para que ela pudesse conversar fluentemente naquele idioma sobre fazendeiros, ovelhas e aquedutos quando tivesse sete anos. Eles eram bastante amáveis, mas poucos entendiam sobre a utilidade das horas das refeições e de dormir. Sophia aprendera cedo a vê-los como companheiros amigáveis em vez de guardiões confiáveis, então fez o que qualquer pessoa razoável faria: aprendeu a cuidar de si mesma.

Mas então a sra. Clay chegou. Por razões que Shadrack não pôde explicar, ele quebrou sua própria regra. A sra. Clay se tornou a governanta da casa na East Ending Street, 34. Como ela era um tipo diferente de mulher, a vida de Sophia mudou drasticamente nesse ponto. A sra. Clay era viúva e havia sido a governanta da academia de cartografia onde Shadrack estudara por dois anos em Nochtland, capital das Terras Baldias. A casa florescia sob seu comando, e dessa forma o espírito altamente caótico de Shadrack e seu afeto sem limites encontraram alguma ordem e bom senso. Mas logo Sophia se deu conta, jovem como era, de que sua governanta precisava de mais cuidados do que ela própria.

Acabrunhada, de olhos tristes e rosto largo, a sra. Clay se movia pelos cômodos da East Ending, 34, da mesma maneira que pelas ruas de Boston: silenciosamente, quase temerosa, como se a única coisa que procurasse fosse um bom lugar para se esconder. Ela era uma porção de bondade melancólica e duas porções de misterioso mal-estar. Sophia ao mesmo tempo gostava dela e sentia que realmente não a conhecia. Com o tempo, simplesmente aceitou a presença da sra. Clay e passou a depender mais e mais de si mesma, tornando-se a independente e peculiarmente prática pessoa que era.

### 15h19

Quando sophia finalmente voltou para casa, encontrou uma sra. Clay de olhos vermelhos e um Shadrack de barba por fazer à mesa da cozinha. Os dois se puseram de pé no momento em que Sophia entrou. Shadrack correu para abraçá-la.

— Sophia! Finalmente!

Era muito reconfortante voltar para casa e deixar-se envolver contra o queixo áspero de Shadrack e sentir o cheiro familiar de sabão de pinho do tio. Ela o apertou forte antes de sussurrar e logo em seguida se afastar:

— Sinto muito. Perdi a noção do tempo.

A sra. Clay colocou a mão no ombro de Sophia, murmurando um fervoroso agradecimento aos Destinos, e Shadrack balançou a cabeça com um sorriso afetuoso que ainda trazia traços de preocupação. Ele ajeitou o cabelo da sobrinha atrás das orelhas e segurou o rosto dela nas mãos.

— Eu estava prestes a voltar para o Palácio do Governo, pela terceira vez, para te procurar — ele disse. — Eu achei que você fosse esperar por mim no camarote.

— Eu esperei, mas não sabia quanto tempo esperar, e eles começaram a gritar que estava pegando fogo...

— Eu sei — Shadrack disse, com tristeza.

— Quando finalmente consegui sair, eu peguei o bonde errado. Depois perdi a noção do tempo e acabei no cais — ela concluiu, envergonhada.

— Está tudo bem — Shadrack disse, pegando-a pela mão e a conduzindo até a mesa da cozinha. — Eu estava preocupado, mas está tudo bem. Eu sei que a culpa não é sua.

Ele deixou escapar um suspiro profundo enquanto se sentava.

— O que aconteceu com você? — Sophia perguntou.

— Consegui chegar até as escadas que seguiam para o camarote com Miles, e então ele começou uma briga de socos com algum esquentadinho de gravata-borboleta. Quando eu consegui separá-los, os camarotes já estavam vazios. — Shadrack balançou a cabeça. — Mas que dia. A sra. Clay ouviu as novidades por aí, é claro. Agora Boston inteira já sabe, tenho certeza.

— Mas pelo menos você chegou em casa sã e salva, Sophia — disse a sra. Clay. Ela falou com o sotaque estranho do sul das Terras Baldias, e sua maneira de se vestir nunca perdeu suas excentricidades estrangeiras. Ela sempre enfiava uma flor, um trevo ou até uma folha seca em algum lugar; hoje, ela usava uma violeta murcha no cabelo. O rosto continuava vermelho e amassado, e Sophia entendeu que as lágrimas não tinham nada a ver com sua ausência: a sra. Clay não tinha relógio nem documentos.

— Obrigada. Desculpe por causar tanta preocupação — Sophia disse, sentando-se à mesa, ao lado deles. — Será que Miles partiu como tinha planejado?

— Sim — Shadrack disse, ajeitando o cabelo, de modo cansado. — O navio dele partiu na hora doze. Ele não imaginava que o dia seria tão importante, então ficou mais ansioso do que nunca para partir.

— Ele *vai* voltar, não vai?

— Vamos torcer para que sim, Soph. Por enquanto, o plano é fechar as fronteiras e deportar as pessoas de outras eras, a não ser que tenham documentos. O chamado "Plano Patriota" — ele disse secamente — é generoso o suficiente para permitir que os cidadãos de Novo Ocidente viajem livremente.

— Então ainda podemos entrar e sair? — ela olhou para a sra. Clay apologeticamente. — Quer dizer, qualquer um que tenha documentos pode entrar e sair?

Shadrack assentiu.

— Sim. Por enquanto. O que talvez você não tenha ouvido por conta da comoção — ele continuou — é que eles planejam reconsiderar a Emenda de Proteção Wharton no fim de agosto. É bem provável que a implementem também.

— E fechem as fronteiras para todos nós? Para *ninguém* poder entrar ou sair?

— Isso seria uma estupidez, é claro, mas não impediu o parlamento antes.

— Eu simplesmente não entendo por que isso está acontecendo agora — a sra. Clay protestou, com a voz perigosamente vacilante.

— Por medo, pura e simplesmente — Shadrack disse.

— Mas minha impressão sempre foi... e sei que ainda sou relativamente nova por aqui... mas eu sempre achei que as pessoas de Novo Ocidente, de Boston pelo menos, eram mais... intrigadas — ela disse cuidadosamente — pelas outras eras. Elas tratam os estrangeiros com curiosidade, não com hostilidade.

— Eu sei — Sophia concordou. — Não faz sentido; as pessoas adoram ver as outras eras. No cais, havia um circo com criaturas de outras partes do mundo. E um homem estava vendendo ingressos para ver um garoto coberto de penas em uma jaula. O garoto era um prisioneiro, mas estava tão calmo, mal parecia se importar, apesar de todos o estarem encarando. — Apesar da pressa em falar, ela percebeu que não havia como explicar como o garoto era notável ou o motivo pelo qual ele lhe passara tal impressão.

— Sim — Shadrack disse, olhando-a, pensativo. Ele passou a mão nos cabelos e franziu a testa. — Acho que a maioria das pessoas por aqui *está* intrigada... fascinada até... pelas outras eras. Para alguns, isso significa exploração, para outros, amizade com os estrangeiros, e, para outros ainda, observá-los em jaulas. — Não havia alegria em seu sorriso. — Mas tem muita gente que está com medo... não apenas com medo de pessoas de outras eras, que são diferentes, mas com medo simplesmente, embora não tenha nenhuma lógica, temendo pela própria segurança.

— O senhor se refere à pirataria e aos assaltos? — perguntou a sra. Clay.

— Sim. Ninguém pode negar — Shadrack disse — que os conflitos com as outras eras são reais. Os piratas das Índias Unidas são uma distração cara, e é verdade que os bandos de assaltantes das Terras Baldias estão continuamente atormentando os povoados que vivem às margens de Novo Ocidente... e ainda mais nos territórios indígenas. Mas — ele continuou tristemente — isso se dá nas duas direções. Navios partem de Seminole todos os dias com nossa bandeira e depois, em alto-mar, descem a bandeira e levantam uma de pirata. Mas existem bandos de assaltantes de Novo Ocidente que também vão para as Terras Baldias com tanta frequência quanto eles vêm para cá. — E fez uma pausa. — É por isso que você viu aquele garoto no cais, Soph, ele era mesmo um prisioneiro.

— Você quer dizer que ele foi sequestrado nas Terras Baldias?

— É bem possível. Eles afirmam que o encontraram em Novo Ocidente e que ele é um fora da lei, mas é mais provável que ele tenha sido capturado em um assalto, e o circo o comprou dos assaltantes como a mais nova atração do espetáculo — o tio respondeu, com a voz amargurada.

— Isso é horrível — Sophia pensava como o garoto parecia calmo e como ele tinha se aproximado das barras, como se estivesse a ponto de falar com ela.

— É sim. — O lado Elli da família, Shadrack e Minna, era de Boston. Mas os Tims vinham de lugares diferentes e os tataravós de Sophia haviam sido escravos: depois da rebelião, eles ajudaram a fundar o estado de Nova Akan, em 1810. O filho deles, o avô de Sophia, se mudara para Boston para frequentar a universidade. — O tataravô de Sophia tinha só dezessete anos quando a escravidão terminou — explicou Shadrack para a sra. Clay. Ele então se virou para Sophia. — Deve ter sido perturbador para você ver um menino atrás das grades daquele jeito.

— É isso que eu não entendo — disse a governanta. — Com certeza as pessoas de Novo Ocidente sabem que quase todos os que vivem aqui vieram de outros lugares, que todos foram estrangeiros no passado.

— Sim, mas o que temos visto hoje em dia — Shadrack respondeu — é o que acontece quando o medo se sobrepõe à razão. A decisão não tem lógica. Não faz sentido deportar alguns de nossos melhores trabalhadores, mercadores e negociadores. Isso sem falar de mães, pais e amigos. Eles viverão para se arrepender disso.

Os três permaneceram sentados em silêncio por um tempo, cada qual imerso nas próprias preocupações, à mesa vazia da cozinha. Sophia estava com a cabeça apoiada sobre o ombro de Shadrack. Ele se esticou um momento depois, como se algo acabasse de lhe ocorrer.

— Sra. Clay, peço desculpas. A senhora chegou em um momento bastante confuso, e eu estava muito preocupado por causa da Sophia. Vamos ver como conseguir os seus documentos, já que não temos tempo para consegui-los pelos meios apropriados — Shadrack balançava a cabeça. — A naturalização pode levar meses... às vezes anos. Temos que encontrar outra forma.

Ela lhe lançou um olhar de gratidão.

— Obrigada, sr. Elli. O senhor é muito gentil. Mas é tarde demais, e nem o senhor nem Sophia comeram ainda. Podemos conversar outra hora... eu não quero que se sinta obrigado — ela se levantou timidamente e levou a mão ao coque, ajeitando os cabelos dispersos.

— Bobagem — Shadrack disse, colocando gentilmente Sophia de lado. — A senhora está certa, ainda não comemos. E nem a senhora — e olhou para o relógio. — Vou entrar em contato com Carlton. Esta noite mesmo, se possível.

Carlton Hopish, igualmente cartógrafo e colega de universidade de Shadrack, trabalhava para o Ministério das Relações com Eras Estrangeiras e devia a Shadrack inúmeros favores. Graças à sua amizade com o mais conhecido cartógrafo de Novo Ocidente, Carlton parecia ser o membro mais bem-informado do governo; e Shadrack, por sua vez, sempre conseguia se manter convenientemente ciente das informações confidenciais da administração pública.

— Para começar, vou escrever a ele um bilhete esta noite a respeito da expedição de documentos para a senhora... Podemos tentar o caminho legal primeiro. A senhora fica para jantar conosco? Suportar sozinho as terríveis notícias que recebemos hoje não é nada bom. Por favor — ele acrescentou, quando viu a sra. Clay hesitar.

— Está bem. Obrigada pela gentileza.

— Sophia, você pode esperar um pouco antes de comer, enquanto escrevo para Carlton e discuto algumas coisas com a sra. Clay? — Shadrack perguntou, com um olhar apologético.

— Sim, claro. Eu também vou escrever para Dorothy.

— Boa ideia.

E, enquanto Shadrack e a sra. Clay se retiravam para a biblioteca, Sophia subiu para seu quarto.

## 16h27: No segundo andar da East Ending

SOPHIA SUSPIROU ENQUANTO subia as escadas. Ela passou pelo quarto que havia pertencido a seus pais e que permanecera quase intocado por muitos anos. Então deu um tapinha de leve na porta, como fazia todas as vezes que passava por ali. Quando era criança, frequentemente buscava refúgio naquele quarto, encontrando consolo ao se ver rodeada pelos pertences dos dois. Um retrato de Bronson e Minna desenhado por Shadrack repousava sobre uma mesa de cabeceira, e, quando ela era a pequena Sophia, acreditava que ele tinha propriedades mágicas. Parecia um desenho comum, feito com uma habilidade aceitável, já que Shadrack era melhor projetista que retratista. Nos primeiros anos após o desaparecimento deles, Sophia sempre pegava o desenho e seguia os traços de tinta com a ponta do dedo. De algum modo, ela conseguia ouvir a risada de seus pais e sentir a presença deles, como se realmente estivessem ali no quarto, ao lado dela. Mas, com o passar do tempo, Sophia passou a visitar cada vez menos aquele aposento, pois ele a fazia lembrar cada vez mais a ausência de seus pais. Ele a lembrava de todas as vezes que ela fora até ali e, como sempre, o encontrara vazio.

Havia muitas lembranças deles em todos os lugares: os brincos de estrela prateados que sua mãe sempre usava, que lhe deram por ocasião de seu primeiro aniversário; as fitas coloridas que ela geralmente usava como marcadores de páginas; o cachimbo de seu pai, ainda guardado na biblioteca de Shadrack, lá embaixo. Esses pequenos objetos formavam pequenas âncoras em volta dela, lembrando-a silenciosamente de que Minna e Bronson haviam de fato existido um dia.

O quarto de Sophia tinha algumas dessas âncoras, mas estava repleto de objetos que faziam parte da vida *dela*: uma magnólia em miniatura que crescera em um vaso; uma aquarela de Salém que lhe foi dada de presente por um artista amigo de Shadrack; um guarda-roupa com trajes cuidadosamente organizados; uma mesa com papéis cuidadosamente organizados; uma estante com livros cuidadosamente organizados — livros escolares na prateleira de baixo e livros pessoais na prateleira de cima. Os populares romances de Briony Maverill, a poesia de Prudence Lovelace e as obras de Emily Dickinson e Ralph Waldo Emerson repousavam ao lado dos livros ilustrados de que ela ainda gostava e que às vezes lia.

Sophia desfez a mochila e retirou o caderno de desenho e os lápis. Enquanto fazia isso, encontrou um pedaço de papel rasgado, dobrado ao meio. Então sorriu, já sabendo que era um desenho de Shadrack e que, de algum modo, ele havia conseguido escondê-lo em sua mochila naquela manhã. Ela abriu e sorriu ao ver o pequeno rabisco de Cora Chave de Corda, dormindo profundamente durante um entediante discurso no parlamento, com os pequenos pés jogados no colo de alguém. *Infelizmente*, Sophia pensou, colocando o papel dobrado em uma caixinha de lata, *o dia de hoje pode ter sido tudo, menos entediante.*

Antes de se sentar à escrivaninha, abriu a janela que ficava acima da cama para deixar o ar entrar. Depois se apoiou no parapeito para olhar a cidade. De sua janela, no segundo andar, ela podia ver a maioria dos telhados. Ela tinha uma visão estreita da East Ending Street, onde naquele momento um garoto pedalava lentamente sua bicicleta pela rua de pedras. O sol finalmente começava a se pôr, e, embora o ar não estivesse fresco, a brisa começava a soprar.

Depois de desamarrar as botas e as colocar perfeitamente alinhadas embaixo da cama, ela se sentou à mesa e começou a escrever uma carta para sua amiga Dorothy, que havia se mudado no final do ano. O pai de Dorothy tinha um cargo importante no setor de comércio e havia aceitado um emprego em Nova York que inconvenientemente privou Sophia de sua melhor — e, em muitos sentidos, única — amiga. O fácil bom humor de Dorothy tinha um jeito de equilibrar a seriedade de Sophia, e, com sua partida, as férias de verão tinham sido até agora longas e bastante solitárias. Dorothy havia escrito sobre sua solidão também, em meio à agitação barulhenta da cidade de Nova York, muito menos civilizada que Boston.

Mas agora as duas tinham preocupações mais urgentes. O pai de Dorothy havia nascido nas Índias Unidas, e parecia incerto de que conseguissem ficar em Novo Ocidente. Sophia escreveu para expressar sua preocupação e para dizer como Shadrack havia se esforçado para lutar contra a medida que agora mandaria toda a família de Dorothy para o exílio.

Com um suspiro, Sophia dobrou a carta, a colocou em um envelope e pegou o caderno de desenho. Ela sempre desenhava no fim do dia; isso lhe permitia recordar as horas, que, de outra maneira, facilmente lhe escapariam sem que ela notasse. Naqueles momentos, imagens e palavras se tornavam reais, tangíveis, visíveis.

Alguns anos atrás, ela havia feito uma viagem com Shadrack para Vermont e, enquanto eles estavam lá, se divertindo, os dias pareciam evaporar diante de seus olhos, até durarem apenas alguns minutos.

Quando voltaram para casa, Shadrack lhe deu um caderno de desenhos com um calendário, como forma de poder ajudá-la a fixar a noção de tempo.

— A memória é uma coisa complicada, Sophia — ele disse à sobrinha. — Ela não apenas recorda o passado, ela *cria* o passado. Se você se lembrar de nossa viagem como se durasse apenas alguns minutos, ela *vai durar* apenas alguns minutos. Mas, se você criar algo mais, ela será esse algo mais.

Sophia achara aquela ideia estranha, mas, quanto mais usava o caderno, mais percebia que Shadrack estava certo. Já que ela pensava com mais clareza usando imagens, Sophia colocara ilustrações nos quadradinhos do calendário para criar recordações cuidadosas de suas explorações ao longo do ano, mesmo que exigissem que ela saísse de Boston ou continuasse sentada tranquilamente em seu quarto. E, incrivelmente, o tempo se tornou ordenado, confiável e constante.

Agora Sophia não precisava mais de calendários; ela tinha seu próprio método para frear essas horas, minutos e segundos escorregadios. Ela até inventou sua própria maneira de prender o papel, para que seu caderno se desdobrasse como um acordeão e ela fosse capaz de visualizar a contínua passagem do tempo em uma linha livre e clara, como uma régua ao longo de uma página. Na margem, ela marcava cuidadosamente o tempo e registrava os acontecimentos do dia. O centro, ela preenchia com as imagens da ocasião, os pensamentos e citações de pessoas e livros. Muitas vezes, ela avançava ou recuava, para arrumar o modo como as coisas haviam acontecido ou especular como elas poderiam ter acontecido.

Talvez por causa da influência de Shadrack, ou por causa de suas próprias inclinações naturais, ela se dera conta de que seus desenhos e registros eram na verdade mapas: mapas para guiá-la através do tempo sem forma, que se esticava sem limites pelo seu passado e para o seu futuro. Linhas retas formavam os limites de suas observações, e linhas tracejadas ligavam as margens às memórias e aos desejos. Seus pensamentos se conectavam a elas com linhas pontilhadas, marcando suas viagens mentais, para que assim Sophia sempre soubesse não apenas o que aconteceu e quando aconteceu, mas o que ela estava pensando no momento.

Com um lápis macio e a ponta dos dedos, ela começou a desenhar o 14 de junho. Ela se pegou rascunhando o absurdo, o detestável bigode de Rupert Middles, e rapidamente riscou uma linha firme em volta dele, trancando-o com nojo. *Não é isso*, disse para si mesma, tentando tirar toda aquela manhã terrível da mente. Começou de novo e logo se deu conta de que estava desenhando o garoto do circo. Era difícil capturar a expressão que ele tinha no rosto, que tanto a impressionou. Ela olhou para o caderno. *Não é assim que ele era*, pensou.

Ela virou a página para recomeçar e então lentamente passou a virar as páginas na direção oposta, de volta para um desenho que ela havia feito no último dia de aula.

Uma mulher de meia-idade com rugas, baixinha e de cabelos ondulados, olhava com ternura para Sophia; um homem alto com um sorriso maligno e um pouco corcunda estava em pé atrás dela, como se a protegesse. Sophia havia desenhado seus pais muitas vezes. Ela tentava imaginar como eles estariam agora, mais velhos e um pouco mais pesados. Com o tempo, os desenhos se tornaram mais detalhados e vívidos. *Mas eu nunca vou conseguir desenhá-los como eles são, se nunca mais os vir novamente*, pensou. Ela fechou o caderno e o colocou de volta na gaveta, com um suspiro de frustração.

Enquanto fazia isso, Sophia percebeu que o quarto estava ficando escuro. Ela pegou seu relógio: era quase a hora dezoito. *Já faz tanto tempo que Shadrack está lá conversando com ela*, pensou. Enquanto descia a escada, ouviu a voz do tio, firme e segura, vinda da biblioteca. Mas, quando chegou à porta, parou abruptamente, vendo a sra. Clay aos prantos.

— Não posso voltar, sr. Elli — ela disse, com um tom de terror na voz.

— Eu sei, sra. Clay. Eu sei. Eu só disse isso porque quero que saiba como pode ser difícil. Espero que Carlton consiga os documentos, mas um relógio da vida emitido pelo governo é difícil de obter. Isso é tudo...

— Ainda consigo ouvir a Lachrima. Ainda ouço seus gritos ressoando em meus ouvidos. Prefiro ficar aqui ilegalmente a voltar. *Eu não posso.*

Sophia deu um passo à frente, desajeitada.

— Sinto muito interromper...

— E eu sinto muito deixar você esperando, Soph. Estaremos na cozinha em alguns segundos — disse Shadrack, com um olhar apologético, porém firme. A sra. Clay assoou o nariz com seu lencinho e não ergueu o olhar.

Sophia seguiu pelo corredor, remoendo a pergunta não feita: *O que é uma Lachrima?*

# 4
## Pela porta da biblioteca

> **15 de junho de 1891: 7h38**
>
> *Esta é a grande Era da Exploração de Novo Ocidente. A mente dos viajantes segue para o mais distante que seus navios, montarias e pés podem levá-los. Mas a exploração é um trabalho perigoso. Muitos exploradores nunca voltam, e grande parte do mundo permanece desconhecida. E mesmo esses lugares que podem ser explorados se provam terrivelmente distantes para todos, exceto para o viajante mais experimentado. Rotas postais são fragmentadas ou inexistentes. Rotas de comércio são cuidadosamente construídas para desmoronar. Estar constantemente conectado com o mundo é um trabalho difícil.*
>
> — Shadrack Elli, *História de Novo Ocidente*

Sophia sempre disse tudo a Shadrack; normalmente ele sabia o que ela estava pensando, sem precisar perguntar. E Shadrack dizia tudo a Sophia. A certa altura, ele precisou admitir que aquela criança, que teve uma criação estranha, possuía a maturidade e as capacidades de alguém bem mais velho. Ele conhecera estudantes de graduação menos aptos a manter a vida em ordem. E por isso ele também compartilhava as complexidades de seu trabalho com sua sobrinha, deixando-a muito mais conhecedora da cartografia que qualquer jovem de treze anos em Boston. Eles não guardavam segredos um do outro. Pelo menos era assim que Sophia achava.

Na manhã seguinte, Sophia encontrou Shadrack na biblioteca, escrevendo furiosamente. A mesa de mogno e o frasco de tinta sacudiam com a pressão de sua escrita urgente. Quando ela entrou, ele se afastou da mesa e lhe lançou um sorriso cansado.

— A sra. Clay ainda está aqui? — Sophia perguntou.

— Ela subiu por volta da hora um.

— Você não dormiu muito.

— Não — Shadrack respondeu. — Aparentemente, tudo que poderia dar errado está dando. Veja você mesma. As notícias dizem tudo.

Ele entregou a Sophia um jornal parcialmente desmontado, que descansava sobre a mesa.

As manchetes eram, é claro, o fechamento das fronteiras e a adoção do Plano Patriota de Rupert Middles. Mas o resto deixou Sophia sem ar:

## INCÊNDIO NO PALÁCIO DO GOVERNO TIRA TRÊS VIDAS

## MEMBRO DO PARLAMENTO ASSASSINADO AO SAIR DO PALÁCIO DO GOVERNO

## MINISTRO DAS RELAÇÕES ESTRANGEIRAS SOFRE "ACIDENTE"

Sophia levou um susto.

— Carlton! — ela gritou.

---

O Ministro das Relações com Eras Estrangeiras, dr. Carlton Hopish, foi encontrado esta manhã em sua casa, em Beacon Hill, vítima do que aparentemente pode ter sido um grave colapso no sistema nervoso. Quem o encontrou foi sua empregada, Samantha Peddlefor, que descreveu a condição de seu patrão como "apavorante".

O dr. Hopish aparentemente perdeu funções importantes do cérebro. Médicos do Hospital da Cidade de Boston dizem que é cedo para determinar se o dr. Hopish será capaz de falar ou voltar a exercer suas responsabilidades como ministro em curto prazo.

Considerando o papel crucial do dr. Hopish na execução do recém-implementado Plano Patriota, a conexão com a decisão do parlamento no Palácio do Governo não pode ser ignorada. De fato, alguns de seus colegas no ministério, assim como diversos membros respeitáveis do parlamento, prontamente assumiram que o que aconteceu ao ministro não foi um acidente. "Não tenho dúvida", disse o sr. Gordon Broadgirdle, membro do parlamento, "de que Hopish foi vítima da violência desmedida dos estrangeiros empenhados na vingativa extinção dos líderes de nossa nação."

---

— Que terrível! — ela exclamou.

— É mesmo — Shadrack reiterou, correndo a mão pelos cabelos. — E, como se a tragédia de Carlton não fosse ruim o suficiente, tudo isso só vai levar a um maior apoio ao Plano Patriota. Claro que eles estão culpando os estrangeiros por todos os três incidentes — e balançou a cabeça. — Foram as vinte horas mais desastrosas que já vivi.

Os dois ficaram em silêncio por um momento.

— Tudo vai ficar bem, não é? — Sophia perguntou calmamente.

Shadrack suspirou, levantou a mão, e Sophia a segurou. Apesar da aparência de exaustão de seu tio, sua expressão era reconfortante.

— Sim — ele respondeu. — Mas haverá mudanças.

— Que tipo de mudanças?

— Não vou mentir para você, Soph. São tempos difíceis, e vão permanecer assim, mesmo que o furor imediato desapareça. Estou muito preocupado com o fim de agosto. Como eu disse ontem, não ficaria surpreso se as fronteiras se fechassem completamente por causa dessa ridícula Emenda de Proteção... até para nós.

— Se... — ela engoliu em seco — se eles fizerem isso, então não poderíamos sair.

— Não — Shadrack concordou.

— E... as pessoas de Novo Ocidente que estão em outras eras agora?

— Entendo sua dúvida — ele disse depois de um momento.

— Os documentos deles estão aqui. Se quiserem voltar para casa agora, não terão como entrar. E, depois de agosto, não vamos poder nem sair... para os encontrar — ela olhou para baixo, evitando o olhar de Shadrack.

Ele se levantou e colocou as mãos em volta dos ombros de Sophia.

— Você sempre teve esperanças, Soph.

— É tolice, eu sei — ela murmurou.

Shadrack a apertou contra si.

— Não é nem um pouco tolo — ele disse com firmeza. — Manter a esperança viva, estar pronta para esperar o impossível... isso exige coragem. Você tem um poder de superação maravilhoso.

— Acho que sim.

— Tudo o que você precisa, Sophia, é de algo para fazer. Alguma coisa em que possa aplicar essa paciência excepcional, essa persistência.

— Eu não sei o que posso fazer...

— Mas eu sei, Soph — ele disse, dando um passo para trás e a soltando. Então ele a olhou nos olhos e continuou: — Sophia, você tem que me fazer uma promessa.

— Tudo bem — ela disse, surpresa.

— Somente algumas pessoas nessa era sabem o que estou prestes a te contar. — Sophia olhava para ele com expectativa. — Eu não vou pedir para que nunca fale sobre isso, porque sei que você vai ter bom senso e falar apenas quando precisar. Mas... — ele olhou para o chão — você deve me prometer mais uma coisa. Você deve me prometer que não... que não vai decidir... nem mesmo considerar — ele se corrigiu — ir à procura deles sem mim. — Seus olhares se encontraram, e a expressão de Shadrack era sincera. — Pode me prometer isso?

Sophia ponderou em silêncio por vários segundos, sentindo-se confusa, alarmada e esperançosa ao mesmo tempo.

— Eu prometo — ela sussurrou.

— Que bom — ele sorriu, um pouco triste. — Torço para que essa longa espera tenha servido para lhe ensinar a ser cautelosa. — Ele caminhou até uma das estantes e retirou um grosso volume com capa de couro. Shadrack esticou a mão até o fundo da prateleira, parecendo girar algo. E então a estante inteira, que ia do chão ao teto, rodou lentamente. Em seguida, uma entrada larga com um conjunto de degraus conduzindo para baixo se revelou.

Sophia ficou boquiaberta por um momento, espantada demais para falar. Shadrack se dirigiu até a entrada da passagem e ligou uma série de lâmpadas-tocha. Ele sorriu ao ver a expressão da sobrinha.

— E então? Não quer ver a sala dos mapas?

— Isso estava aí o tempo todo?

— Estava. É onde faço meu trabalho mais importante.

— Achei que quando você fechava a porta estivesse trabalhando aqui, na biblioteca.

— Às vezes. Normalmente estou lá embaixo. Venha comigo.

Ele a conduziu pela escadaria, que fazia duas curvas antes de chegar ao porão que Sophia nunca imaginou que existisse.

O cômodo era tão grande quanto o primeiro andar inteiro da casa. As lâmpadas-tocha elétricas ficavam espalhadas pelas paredes e mesas. Em muitos sentidos, parecia uma versão maior e mais organizada da biblioteca do andar de cima. Ali também prateleiras de livros cobriam as paredes e um par de mesas resistentes de madeira mostrava sinais de uso frequente. A sala cheirava a papel velho, lâmpada-tocha e madeira polida. Um carpete grosso, que abafava os passos de Sophia, cobria o chão, e, em um dos lados da sala, um sofá e duas poltronas formavam uma pequena área de estar. Mas, em outros aspectos, havia um forte contraste. Uma longa vitrine de vidro, semelhante à de um museu, brilhava sob as luzes da parede oposta, repleta de todos os tipos de objetos estranhos. Ali perto havia um conjunto de quatro enormes arquivos de carvalho, com dúzias de gavetas finas. E então a diferença mais marcante de todas: a sala estava limpa e bem organizada. Nada estava fora do lugar.

Sophia estava imóvel, olhando ao redor. Ela ainda não acreditava que aquela sala era de verdade.

— Há quanto tempo isso existe? — ela finalmente perguntou, com uma voz impressionada. — E por que está tão *limpa*?

Shadrack riu.

— Deixe-me contar uma pequena história de família... uma história que você não conhece. Meu pai, seu avô, era, como você sabe, o curador do museu da universidade. E, como curador, ele também era um explorador.

Sophia assentiu; até aí ela sabia.

— Sendo assim, papai passava bastante tempo não apenas fazendo curadorias para o museu, mas também explorando as diferentes eras e comprando peças. — Isso também não era novidade. — Bem, durante suas explorações, era natural que papai adquirisse coisas para si. Afinal, ele era um ávido colecionador. E, em suas viagens para as várias eras, ele conheceu pessoas que lhe davam presentes. As peças que ele comprava para o museu iam para o museu, e as peças que lhe eram dadas ou compradas para si eram guardadas aqui. Papai criou este espaço para ser seu próprio museu particular.

— Mas por que isso é mantido em segredo? — ela perguntou.

— Não era... nem sempre foi assim. No começo, ele simplesmente queria um lugar legal e reservado para que pudesse manter seus tesouros a salvo. Mas então, conforme os boatos sobre sua coleção particular começaram a aumentar, papai começou a receber visitantes de todo Novo Ocidente, pessoas que queriam comprar suas peças. Não preciso dizer que ele não estava interessado em vender nada. Mas, conforme a atenção de outros colecionadores e comerciantes ficou mais e mais insistente, papai decidiu que ele simplesmente sumiria com tudo. Ele fez correr a notícia de que havia doado sua coleção inteira para o museu, e então construiu as estantes para esconder a entrada. Foi um processo demorado, mas depois de um tempo os colecionadores pararam de incomodá-lo.

— E todo mundo esqueceu que a coleção existia?

— Quase todo mundo. Quando eu comecei a estudar cartografia — Shadrack continuou —, papai sugeriu que eu guardasse meus mapas e instrumentos cartográficos mais valiosos aqui. Ele tinha uma lista de regras que eu concordei em seguir — ele riu. — Uma delas era manter tudo limpinho. Eu concordei, e com o tempo eu tinha mais mapas e ferramentas que precisavam ficar escondidos. Depois que papai faleceu, transformei isso aqui em uma sala de mapas e mantive assim desde então. E, evidentemente, ela permanece secreta, por causa do trabalho que faço aqui. A maioria das coisas neste lugar é tão confidencial que deve ficar completamente escondida, até mesmo daqueles que moram nesta casa — ele acrescentou apologeticamente.

— Quem mais sabe sobre isso?

Algo parecido com dor cruzou o rosto de Shadrack inesperadamente e seus olhos escuros se retraíram, mas ele se recuperou quase que de imediato.

— Pouquíssimas pessoas sabem a respeito da sala de mapas. Meus alunos e colegas de universidade não fazem nem ideia. Nem a sra. Clay. Miles sabe, e seus pais também, é claro. Passávamos muitas horas aqui juntos, planejando as expedições deles.

Os pais de Sophia um dia haviam se sentado naquelas mesmas cadeiras com Shadrack! Ela podia imaginá-los juntinhos sobre a mesa, inclinando-se sobre mapas de todas as diferentes eras e conversando animadamente a respeito de rotas, suprimentos e costumes dos povos estrangeiros.

— Nós fazíamos uma bagunça nesta sala antes de cada viagem — Shadrack disse, sorrindo. — Aqui... — ele a levou até um mapa enorme e gasto, colado à parede acima das poltronas — era por onde sempre começávamos.

Era um mapa do mundo, pontilhado com alfinetes de diferentes cores.

— Depois que eles partiram, quando você era pequena — Shadrack baixou o tom de voz —, eu controlei a rota que eles estavam seguindo. Esta era a rota que eles planejaram. — Ele apontou para uma série de alfinetes azuis que se estendiam por sobre o Atlântico e através dos Estados Papais até as Estradas Médias. Sophia já ouvira sobre os motivos de seus pais viajarem diversas vezes, mas a jornada ganhava um aspecto diferente quando acompanhada pelo mapa. — A mensagem de nosso amigo Casavetti sugeria que ele havia sido feito prisioneiro durante a descoberta de uma era desconhecida aqui, nos Estados Papais — E apontou para um alfinete azul. — De algum modo, embora Casavetti conhecesse a região como a palma da mão, ele havia se deparado com algo novo... e obviamente perigoso. Seus pais planejavam chegar, resgatar Casavetti e voltar. Mas não creio que tenham chegado ao destino deles. Os alfinetes verdes mostram os lugares onde ouvi que eles estiveram. — Havia alfinetes verdes espalhados por todo o mundo: as Geadas do Norte, as Terras Baldias, as Rússias e até a Austrália. — Durante anos, exploradores conhecidos meus me mandavam notícias. Alguns afirmavam que os vira, mas era apenas um boato aqui, uma suspeita ali. Guardei cada trecho de informação e tentei traçar a rota deles, para entender o que estava acontecendo. Como você pode ver, não faz nenhum sentido. — Ele apontou para o mapa. — E então parei de receber notícias deles.

Sophia e Shadrack ficaram em silêncio por um momento, observando o agrupamento de alfinetes.

— Mas saiba, Sophia, que eu também não perdi a esperança. Eu não podia nem pensar em abandonar você e sair à procura deles. E levá-la comigo estava fora de cogitação. Quando você era pequena, eu aprendi tudo sobre os lugares onde seus pais haviam sido vistos. E esperei. Esperei até que você chegasse numa idade em que eu pudesse contar tudo o que sei. Uma idade em que fosse possível sairmos à procura deles... juntos.

Confusa, Sophia ponderou sobre os destinos longínquos marcados pelos alfinetes verdes.

— Sair à procura deles? — ela repetiu.

— Eu teria esperado mais alguns anos, eu teria sido capaz — Shadrack continuou. — Mas isso não é mais possível. Você e eu precisamos começar a nos planejar agora, para que possamos partir caso as fronteiras se fechem para todos. Temos apenas mais algumas semanas. Não podemos levar a sala de mapas conosco, então temos que levar tudo aqui. — E encostou a ponta do dedo na testa.

Os olhos de Sophia passearam pela sala e pararam no rosto esperançoso e determinado de seu tio. Ela sorriu para ele, exultante.

— Como eu começo?

Shadrack retribuiu o sorriso, com alguma coisa parecida com orgulho em seus olhos.

— Eu sabia que você estava pronta, Soph. — Ele esticou o braço e colocou a mão grande e gentil na cabeça da sobrinha. — Para começar, você tem que confiar um pouco em sua extraordinária paciência, porque os primeiros passos para se tornar um cartógrafo e um explorador são bem lentos.

— Eu consigo — ela disse, ansiosa. — Eu consigo ser paciente.

Shadrack riu.

— Então vamos começar a primeira lição. Antes disso, um breve passeio pela sala de mapas. — Ele começou a caminhar em direção às mesas de madeira. — Aqui é onde eu crio os mapas.

Enquanto Sophia passava pelas mesas, ela notou que em uma delas tinha uma superfície de couro gasta, coberta por pequenos cortes e arranhões.

— E essas prateleiras estão cheias de livros muito valiosos e por isso é arriscado que fiquem lá em cima. — Ele indicou alguns que tinham formatos e tamanhos incomuns, e então apontou para um grande arquivo de madeira. — Aquilo eu te mostro mais tarde. Primeiro... aqui, no caso, estão algumas coisas realmente belas. Tesouros de outras eras. Seus pais encontraram alguns deles para mim.

Shadrack apontou para um cilindro alto de metal adornado com pequenas pedras preciosas.

— Um leitor de mapas da Patagônia — ele disse orgulhoso. Ao lado havia algo que se parecia com uma concha comum, mas que de alguma forma fazia Sophia pensar na luz quente do sol e no murmúrio das vozes aquáticas. — Uma concha encontrada nos Mares do Sul. E isto — ele disse, indicando um objeto plano, maleável, com um aspecto ceroso e coberto de imagens brilhantes — é um mapa florestal dos Estados Papais.

Enquanto Sophia olhava para aquilo, ela o visualizava em um púlpito numa sala cheia de fumaça de incenso, banhada com uma fraca luz de velas. Havia muitos outros objetos misteriosos.

— Então todas essas coisas são mapas de verdade?

— Esse é o segredo, Soph — ele disse, com os olhos brilhando. — Pensamos em mapas como desenhos em papéis... algumas linhas, algumas palavras, símbolos. Certo?

Sophia concordou.

— Mas, na realidade, mapas podem ter todos os tamanhos e formatos... e, em outras eras, eles não são nada parecidos com os nossos. Minha teoria — Shadrack continuou — é de que seus pais se perderam porque não conseguiram ler os mapas da *era onde estavam*. Eles sabiam um pouco, mas contavam com seus mapas de papel para guiá-los. Se minha teoria estiver correta, há lugares onde você simplesmente não consegue navegar sem os mapas locais, e para isso é preciso um tipo totalmente diferente de conhecimento. Mais do que habilidade, é preciso um ajuste mental para ler e criar mapas diferentes daqueles que são desenhados no papel.

Sophia olhou para ele, pensativa.

— Você quer dizer que *você* os fez? Você criou esses outros mapas?

— É para isso — ele respondeu — que existe esta sala de mapas. Em Novo Ocidente, nós desenhamos mapas sobretudo no papel. Mas mapas podem ser projetados em quase tudo... pedra, madeira, terra, areia, metal, tecido, couro, vidro, até num pedaço de sabão ou numa folha. Cada cartógrafo tem suas especialidades, dependendo de onde está e a que era pertence. E algumas pessoas, como eu, têm tentado aprender a cartografia das outras eras.

— Mas não meus pais — a voz de Sophia era fraca.

— Eles conhecem os rudimentos de outras formas de cartografia, mas suspeito que não o suficiente. Eles podem ter ido parar em algum lugar distante da era dos mapas de papel, com apenas um mapa de areia diante deles. E então? — ele balançou a cabeça. — Isso não acontecerá novamente. Você e eu dominaremos todos os tipos de mapas quando sairmos à procura deles.

— Que outros formatos você conhece? — ela perguntou sem fôlego.

Shadrack a levou até um grande arquivo de madeira.

— Além do papel, do qual qualquer cartógrafo de nossa era depende, eu aprendi a criar mapas com quatro materiais essenciais: metal, vidro, tecido e argila.

Ao mesmo tempo em que falava, ele abria uma das gavetas do arquivo mais próximo e removia um fino retângulo de metal reluzente, segurando-o pelas pontas. Não era maior do que uma folha de papel. Em um dos cantos, estava escrito "Boston, fevereiro de 1831". Ao lado, havia um símbolo minúsculo: uma cadeia de montanhas em cima de uma régua. O restante da folha de metal parecia completamente vazio.

— Vamos deixar este de lado por enquanto — Shadrack disse, colocando-o sobre a mesa com superfície de couro. Ele abriu uma gaveta do arquivo seguinte e tirou uma folha de vidro quase do mesmo tamanho. Esta também estava inteiramente vazia, com exceção do local e da data: "Boston, fevereiro de 1831", e do símbolo da montanha gravado no canto.

— Mas estão em branco — Sophia disse.

— Só mais um pouco de paciência! — ele falou, abrindo gavetas no terceiro e quarto arquivos. Então retirou dali uma fina placa de argila e um retângulo de linho, gravado e bordado, respectivamente, com a mesma informação que os outros dois. Ele os colocou lado a lado na mesa e olhou satisfeito para eles. — Aí estão. Quatro mapas do mesmo tempo-lugar.

Sophia franziu a testa.

— Tempo-lugar?

— O encontro de um lugar particular e um tempo particular.

— Estes são mapas? Mas não tem nada escrito neles. São apenas retângulos em branco.

Shadrack foi até uma das estantes e correu a mão pelas lombadas dos livros. Quando encontrou o volume que estava procurando, ele o tirou da prateleira e folheou as páginas.

— Aqui! — ele disse, colocando o livro aberto sobre a mesa. — Isto é o que você estava imaginando, estou certo?

Sophia viu que o livro estava aberto em um mapa rotulado "Cidade de Boston". O formato familiar da cidade, com seus bairros, rios, estradas principais e ferrovias dispostos diante dela.

— Sim — ela disse. — Isso é um mapa.

— Agora, o que você diria se eu lhe contasse que cada um desses "retângulos em branco", como você os chamou, tivesse mais informação... cem vezes mais informações... do que esse mapa de papel? Eles não apenas mapeiam o lugar, eles mapeiam o *tempo* de Boston em fevereiro de 1831.

Sophia franziu as sobrancelhas.

— Você quer dizer, do mesmo modo como eu mapeio as coisas em meu caderno?

— Sim, muito parecido com seu jeito inteligente de registrar o tempo com desenhos e palavras. Apesar de que, nestes mapas, você não vai ver figuras e palavras, mas impressões animadas do que estava acontecendo no momento e no lugar. Eles fazem você sentir como se *realmente* estivesse lá.

Ela soltou um assobio de assombro.

— Como?

Ele sorriu.

— Posso lhe prometer uma coisa. Com a prática, você não apenas será capaz de ler cada mapa desses arquivos, mas de criar seus próprios mapas. — E puxou uma cadeira. — Sente-se. Vamos fazer uma tentativa.

Sophia se sentou ansiosa e olhou com expectativa para os quatro retângulos diante dela.

— Qual você acha que é o primeiro passo?

Ela olhou para ele, surpresa.

— Quer dizer que não vai me contar?

Ele sorriu.

— Isso acabaria com a minha proposta. Como eu disse, não é preciso ter habilidade, mas pensar nas coisas de um jeito diferente. Se eu lhe contar, você simplesmente vai memorizar o método. Se descobrir por si mesma, vai entender como aplicar o princípio que aprendeu. Quando você estiver em outra era, diante de um mapa que nenhum de nós entende, vamos precisar do pensamento mais inventivo que pudermos reunir. Memorizar não vai ajudar em nada.

— Mas eu não tenho ideia de como isso funciona!

— Talvez não no começo — Shadrack disse. — Mas você tem imaginação, e em algum momento vai descobrir. Vou lhe dar uma dica para começar. E essa é a base da primeira lição... uma lição sobre papel. — E se sentou em uma cadeira ao lado de Sophia. — Mapas de papel são valorizados por todas as eras por uma boa razão. São duráveis, são imutáveis, e são acessíveis a qualquer um que os pegar. Isso tem sua utilidade. Mas outros tipos de mapas, embora mais difíceis de ler e em muitos casos mais frágeis, são também mais dinâmicos e melhores para guardar segredos. Essas qualidades os deixam em igualdade. Um mapa de papel está sempre lá, mas os outros mapas... bem, eles dormem na maior parte do tempo. Às vezes você precisa acordá-los para que possam ser lidos.

Sophia balançou a cabeça, completamente perplexa.

— Confie em mim, isso será útil — Shadrack disse, levantando-se e caminhando na direção das escadas. — Agora preciso terminar as cartas que estava escrevendo a respeito da sra. Clay, para que possam seguir no correio da manhã, e investigar o que houve com Carlton. Volto logo para ver como está o seu progresso — ele falou de maneira afetuosa.

Depois que ele se foi, Sophia respirou fundo e olhou para os objetos espalhados diante dela na mesa. Ignorou o livro e se concentrou nos quatro retângulos em branco, todos contendo as misteriosas palavras "Boston, fevereiro de 1831" no canto inferior direito. O que Shadrack quis dizer com "acordá-los"? E que os mapas mostravam o tempo assim como o lugar? Como isso seria possível? Intrigada, ela pegou a placa de metal. Sentiu a frieza ao toque e a surpreendente leveza do objeto e viu a si mesma fracamente refletida no metal ocre. Mas não importava o quanto ela olhasse, nada em sua superfície mudava.

Ela o colocou na mesa e pegou a placa de argila. Sophia a virou, mas também estava em branco na parte de trás. A folha de vidro era mais opaca do que havia notado no início. Ela olhou para sua superfície leitosa e observou seu reflexo borrado aumentando. Finalmente, pegou o pedaço de linho pelos cantos e o segurou diante do rosto.

— O que existe dentro de você, pequeno lenço? — ela murmurou. — Por que não diz nada? Acorde, acorde.

Nada aconteceu. Ela deixou escapar um suspiro de frustração. O pedaço de linho flutuou brevemente, e, enquanto ele voltava para o lugar, ocorreu algo notável.

A superfície começou a mudar. Lentamente, linhas começaram a se desenhar sobre ela. Sophia olhava fixamente, com os olhos bem abertos, enquanto as extremidades se enchiam de arabescos e um mapa surgia no centro do tecido.

# 5
## Aprendendo a ler

> *15 de junho de 1891: 9h22*
>
> *Foram necessárias décadas, depois da Ruptura, para a cartografia se firmar como a mais importante forma de conhecimento de Novo Ocidente. Mas, uma vez que absorveu o campo da história e tornou-se essencial para os esforços do país na exploração, a cartografia se transformou na área mais importante dos trabalhos acadêmicos. O que sempre permaneceu como uma área de foco especializado — e até marginalizado — dentro do largo campo de pesquisa, entretanto, foi o estudo de como as outras eras praticavam a cartografia.*
>
> — Shadrack Elli, *História da cartografia*

SOPHIA SOLTOU O LINHO na mesa e correu para a base da escadaria.

— Shadrack, venha ver! — ela gritou. — Algo aconteceu!

— Está bem — ele gritou de volta lá de cima. — Vamos ver o que você conseguiu.

Ela retornou depressa para a mesa para se certificar de que a imagem ainda estava ali. E estava. As linhas finas e coloridas no mapa pareciam fortes, como se tivessem sido feitas com tinta. Do lado direito, a legenda consistia em dois relógios desenhados com tinta azul-clara: o primeiro era numerado de um a vinte e oito, o segundo era um relógio comum de vinte horas. Uma teia detalhada de cor marrom e verde preenchia o centro do linho, criando o formato familiar da cidade de Boston. As fronteiras, desenhadas com tinta dourada, repetiam um padrão incompreensível de arabescos e símbolos misteriosos.

— Então, como você descobriu? — Shadrack perguntou, sentando-se ao lado dela. Ele havia trazido um copo de água, que colocou a uma boa distância dos mapas.

— Não tenho certeza. Acho que respirei nele.

Ele sorriu, coçando o queixo.

— Está certo, muito bom. Frequentemente descobrimos coisas por acidente. Os mapas de tecido respondem ao ar. Uma brisa, uma ventania, uma respiração... dá no mesmo. A razão pela qual eles respondem ao ar é porque são mapas climáticos. Você pode desenhar qualquer coisa em um mapa de tecido, mas o que eles mostram com mais clareza são os padrões climáticos. Este aqui mostra o clima de Boston em fevereiro de 1831.

— Mas parece um mapa comum. Essas linhas são o clima?

— Você não consegue ler porque não especificou um dia e uma hora ainda. — E apontou para os relógios na legenda.

Os relógios não tinham ponteiros.

— Esses aqui são as horas e os dias? — Sophia perguntou.

— Isso mesmo. Escolha um.

— Como?

— Bem, o jeito tradicional é usando os dedos. Mas você pode usar todo tipo de coisas... miçangas, alfinetes, coisas assim. Eu gosto destes. — Ele foi até o arquivo mais perto e pegou uma pequena caixa de couro. Dentro havia pedrinhas comuns, todas mais delicadas e menores que uma unha.

— Ah, entendi — Sophia disse, animada. Ela colocou uma pedrinha no relógio do dia, no número oito, e outra no relógio das horas, no número nove. Nada aconteceu.

— Nove da manhã, de 8 de fevereiro de 1831 — Shadrack murmurou, bebericando sua água.

Sophia estreitou os olhos para o mapa.

— Ainda não vejo nada.

Shadrack olhou para ela atentamente.

— Antes de olhar para o clima de oito de fevereiro, deixe-me explicar sobre uma importante diferença entre estes mapas e os mapas a que você está acostumada. Estes são mapas da memória. Não são apenas a impressão de um cartógrafo sobre um lugar e um tempo. Eles guardam memórias coletadas de pessoas reais. Eles são histórias. Alguns mapas guardam as memórias de uma única pessoa, outros de muitas. Este mapa, por exemplo, guarda as memórias de centenas de indivíduos que viveram em Boston em fevereiro de 1831.

— Como ele faz isso? — Sophia arfou.

— Isso é o que você vai aprender quando começar a fazer mapas sozinha. Posso dizer que exige grande esforço de investigação. A coisa mais importante a saber é esta: quando você lê o mapa, será como ter lembranças... você experimentará as lembranças de outras pessoas que estiveram lá.

Os olhos de Sophia se arregalaram.

— Eu quero tentar.

Shadrack se inclinou sobre o mapa, mantendo os braços cuidadosamente fora da mesa.

— Tente apontar o parque Boston Common para mim. Pode encontrá-lo no mapa?

— Isso é fácil — Sophia escarneceu. Ela esticou o braço e colocou o dedo no desenho do terreno de cinco lados, pintado de verde no lado direito do mapa. E, subitamente, assim que seus dedos tocaram no tecido, ela teve uma lembrança vívida, uma memória que parecia ser sua. Ela viu o parque à luz da manhã, com nuvens passando sobre sua cabeça. A paisagem ao seu redor era borrada e escura, mas ela podia se lembrar vividamente da pontada de frio, do vento e da umidade no ar. Sophia tremeu, de tão clara que era a lembrança. Ela então perdeu o ar, tirou o dedo do mapa, e a sensação sumiu.

— Incrível — ela disse. — É tão real! É como se eu estivesse me lembrando disso.

Shadrack se recostou com um olhar de satisfação.

— Isso. É assim que deve ser. É isso que estes mapas fazem.

— Mas de quem são essas memórias? Você colocou todas elas ali?

— Bem, não... e sim. Eu descobri tudo que podia sobre as memórias desse tempo e desse lugar. O mapa só pode comportar o que o cartógrafo descobrir. Não é um olho que tudo vê. A lembrança vem de pessoas vivas... que estavam vivas quando criei o mapa... e de memórias escritas.

— Eu não entendo como eles estão *ali*.

Shadrack fez uma pausa.

— Você se lembra do desenho no quarto de seus pais? Aquele de Minna e Bronson, no dia em que se casaram?

Sophia olhou para ele.

— Eu não sabia que aquele desenho tinha sido feito no dia em que eles se casaram.

— Mas foi. Você deve ter notado que aquele desenho não é como os outros. É mais vivo, talvez.

— Eu notei — ela disse lentamente. — Mas achei que fosse minha imaginação. Quando eu era mais nova, eu lembrava deles de uma forma muito clara sempre que olhava para o desenho.

— Sempre que você tocava nele — corrigiu Shadrack. — Eu apliquei um pouco das técnicas que uso para criar mapas. Não é a mesma coisa, é claro... um retrato estático é bem menos poderoso do que um mapa. Mas é o mesmo princípio.

Sophia balançou a cabeça, pensativa.

— Mas eu ainda não entendo como as memórias *estão* no desenho. Como é que você faz isso?

— Imagine que quando eu fiz este mapa eu fui atrás de todas as pessoas que eu sabia que se lembrariam desse momento e pedi a elas que colocassem suas memórias em uma caixa. Então voltei para casa e mergulhei em todas as centenas de lembranças e usei meu conhecimento sobre os ventos, a temperatura, a umidade e a luz do sol, e coloquei todas as memórias em seus lugares e momentos certos.

— Você realmente usou uma caixa?

— Não, a "caixa" é este tecido. Assim como você acabou de ler o mapa pelo toque, ele também foi escrito pelo toque. Todas as memórias foram colocadas aí pelas pessoas que entraram em contato com este tecido, e então foi a minha vez de dar ordem e significado a elas. O cartógrafo transforma o material em um documento legível e compreensível — ele sorriu. — Fará mais sentido quando nós realmente praticarmos algum dia. Por enquanto, concentre-se em ler.

— Eu vou ler outro tempo — Sophia moveu as pedrinhas para doze no relógio dos dias e vinte no relógio das horas. E então colocou cuidadosamente o dedo sobre o Boston Common e imediatamente se lembrou de algo que ela nunca viveu: estar parada no parque no meio da noite enquanto flocos de neve rodopiavam ao redor dela. O céu estava prateado com nuvens, e o ar que a circundava estava gelado. A neve se movia cruzando o parque em delicadas correntes, como se formada por um hálito invisível.

— Não acredito!

E Shadrack falou com um leve toque de orgulho na voz:

— Não é um mapa ruim, modéstia à parte. Demorou um pouco para incluir os últimos dias do mês. Pouquíssimas pessoas se lembravam do clima. — E considerou os outros mapas na mesa. — E estes outros? Teve sorte?

— Ainda não.

— Vamos dar uma olhada neles. Que tal? — Shadrack reuniu as pedrinhas, levantou o pedaço de linho e gentilmente o virou. Quando o voltou novamente para cima, o tecido estava branco de novo, a não ser pelas inscrições no canto.

— Que tal a placa de argila?

Ela a pegou, em dúvida. Tentou soprar sobre ela, mas nada aconteceu.

— Eu não sei — ela disse, franzindo a testa.

— Seu sopro fez o linho mudar — Shadrack disse. — Foi a chave para o mapa... ele criou um movimento, um ímpeto, um catalisador que o destravou. O que você acha que faria a mesma coisa com uma argila... um pedaço de terra?

Sophia ficou em silêncio por um minuto, esforçando-se em pensar. Subitamente algo lhe ocorreu.

— Já sei!

Shadrack ergueu as sobrancelhas.

— O que você está pensando?

— Me dê a sua água.

Ele lhe ofereceu o copo, e ela mergulhou o dedo no líquido fresco. Em seguida, ela o segurou sobre a placa de argila e deixou uma única gota cair. Imediatamente a superfície da argila começou a mudar, e um intrincado mapa colorido surgiu na superfície.

— Eu adivinhei!

— Muito bem. A terra responde à água. Então tente uma data e um horário.

No canto superior esquerdo da placa havia uma legenda parecida com a do mapa de tecido. Sophia colocou as pedrinhas no número quinze do relógio dos dias e no número dez do relógio das horas: meio-dia, de 15 de fevereiro. E então examinou o mapa. As linhas de aranha sobre o barro teceram seu caminho firmemente em torno do centro da cidade e depois sumiram quando abriram caminho para fora.

— Mapas de argila são topográficos — Shadrack disse. — Eles mostram a terra: colinas, campos, florestas, rios e assim por diante. Acho que este causaria certa desorientação se olhássemos para o centro da cidade. Tente uma região periférica, ali — Shadrack indicou a parte oeste de Boston, onde havia uma grande área verde de terra quase sem linhas.

Sophia prendeu a respiração com ansiedade e tocou o mapa. Então foi invadida com a memória de colinas. Ao longe, viu um pequeno lago e, mais adiante, um bosque de árvores nuas. Ela levantou o dedo, afastando-se das lembranças.

— O que acontece se eu mover?

— Vá em frente, tente.

Ela cuidadosamente moveu o dedo para cima no mapa. Era como deslizar através de uma cascata de memórias. Ela se lembrou de florestas de pinheiros e do grosso carpete de espinhos que jazia sob seus pés; se lembrou de uma longa avenida cheia de bordos desfolhados; e se lembrou da beira de um riacho que estava completamente congelado, as folhas secas se acumulando nas margens.

— É lindo — Sophia disse calmamente. — Tantos lugares... e tão cheios de detalhes!

— Os mapas de argila geralmente exigem um trabalho menos intenso — Shadrack disse. — Nesse caso, o terreno não muda no decorrer do mês, então fui capaz de passar mais tempo trabalhando nos detalhes da paisagem.

— Eu quero ver os outros! — Sophia removeu as pedrinhas e então gentilmente virou a face do mapa para baixo. Em seguida pegou o mapa de metal.

— Acho que preciso de alguns fósforos. Estou certa? — E olhou para Shadrack, inquisitivamente.

Sem dizer nada, ele enfiou a mão no bolso e retirou uma caixinha.

Sophia acendeu um palito e o segurou sobre o mapa de metal. Um pequeno brilho laranja se acendeu logo abaixo do fósforo e se expandiu por toda a superfície acobreada. Assim que ela jogou o palito no copo de água, uma linha clara e prateada apareceu no centro da superfície. Parecia que havia sido gravada e não pintada, e as linhas brilhavam como mercúrio na superfície de cobre. Sophia admirou o mapa por alguns segundos antes de colocar ansiosamente as pedrinhas nos relógios.

— Para esse eu recomendo algo mais preciso — disse Shadrack, levantando-se da mesa. Ele foi até o arquivo onde guardou novamente as pedrinhas e voltou segurando uma longa pena. — Deve estar afiada o suficiente. Os mapas que contêm mais detalhes podem às vezes ser mais difíceis de ver com a ponta dos dedos. Tente apontar para uma superfície menor com a ponta da pena.

— Posso voltar para o parque? — ela perguntou hesitante.

— Claro que sim... Tente.

Ela colocou a pena em um canto do Boston Common e imediatamente se lembrou de estar em pé no cruzamento da Charles com a Beacon Street, entre o Common e o Public Garden. A paisagem ao seu redor parecia borrada, mas as casas de tijolos ao longo da Beacon Street pareciam bem nítidas. Havia menos edifícios no centro da cidade. Ela teve uma lembrança clara de olhar para a estrada à frente e ver a igreja da Parker Street e então o Palácio do Governo no topo da colina. Ela arrastou a pena ao longo da Beacon Street, em direção a oeste. As estradas se desfraldavam diante de si e os prédios se erguiam como se emergissem da névoa. Ela passou pelas mansões do centro da cidade, pelas altas igrejas e pelas fileiras de pequenas casas de tijolos, a caminho das pequenas fazendas nos arredores de Boston. Então teve uma lembrança súbita e vívida de estar parada diante de uma taverna vermelha com uma porta baixa e vermelha. Sophia seguiu adiante com a pena.

— É lindo. Simplesmente lindo. Não posso acreditar que você fez isso!

— Você consegue encontrar a East Ending Street?

Sophia moveu a pena cuidadosamente, planando sobre a zona sul.

— Ali está! — ela subitamente exclamou. — A East Ending Street!

Ela pousou a pena sobre o mapa. Na lembrança que invadiu sua mente, algumas das casas que ela conhecia não estavam lá e algumas outras eram irreconhecíveis, com tijolos recém-colocados e portas estranhamente coloridas. Mas então algo se agitou em sua mente e ela se deu conta de que estava olhando para uma casa familiar... a sua casa. Era quase a mesma... sólida e majestosa, com suas janelas de persianas brancas, a pesada coruja e a porta vermelha e brilhante. Só não estavam ali a placa oval de Shadrack e as trepadeiras nas paredes de tijolos.

— É a nossa casa! — ela exclamou.

Shadrack riu.

Sophia se demorou naquela memória mais alguns segundos e então tocou diferentes áreas do mapa, localizando sua escola e seu local favorito à beira do rio. Depois de vários minutos de exploração ansiosa, ela colocou a pena de lado.

— Então, se o mapa de tecido é o clima — ela disse lentamente — e o mapa de argila é o solo, o mapa de metal são os prédios...

— As construções — Shadrack esclareceu. — Isso inclui estradas, ferrovias, pontes e assim por diante. Tudo que foi feito pelo homem.

— Tudo que foi feito pelo homem — Sophia repetiu. — Isso é tudo que existe. E o que o mapa de vidro mostra?

Shadrack ergueu as sobrancelhas.

— Diga-me você. O que está faltando nas memórias?

Sophia olhou fixamente para a folha de vidro. Ela a segurou e a examinou de perto, mas tudo o que pôde ver foi seu reflexo embaçado. Subitamente algo lhe ocorreu, mas o pensamento foi tão maravilhoso que ela mal pôde acreditar.

— Não serão... *as pessoas?*

— Experimente e veja.

— Mas eu não tenho ideia de como despertar esse mapa.

— Você tem razão, este é o mais difícil. E é um pouco mais difícil fazer isso aqui, nesta sala em particular. — Ele se levantou. — Normalmente, se tem uma janela onde a luz do dia entra e se pode manter o vidro coberto. Traga a folha até a luminária da mesa.

— Ah... luz! — Sophia exclamou, levando a folha de vidro cuidadosamente até onde seu tio estava parado, ao lado de duas poltronas. Ela segurou a folha sob a luminária acesa e imediatamente as linhas brancas de aranha propagaram uma fina gravação por toda a superfície do vidro, como fios frágeis de geada sobre uma vidraça no inverno. Shadrack tirou o mapa das mãos da sobrinha e o segurou.

— O mapa de vidro se refere às ações humanas... à história humana. Pode ser perturbador na primeira vez que você vir um. É estranho se lembrar de pessoas que você não conhece, dizendo coisas que você nunca ouviu. Você deve manter em mente uma clara distinção entre as memórias que são suas e as memórias que vêm do mapa. Mas você vai aprender a fazer isso com o tempo. Neste mapa, eu sei com certeza que não há nada muito alarmante. Você pode saborear todas essas memórias sem se preocupar. — Ele levou o mapa de vidro de volta para a mesa principal e o colocou gentilmente com a face para cima. — Tente usar a pena — disse, encorajando-a.

Sophia franziu a testa. Ela se sentiu estranhamente relutante em mergulhar nas memórias que ela sabia estarem armazenadas diante dela.

— Vá em frente — Shadrack disse. — Que tal ali, perto do mercado?

Ela segurou a pena sobre o Mercado Quincy e a pousou sobre o mapa. Sophia sentiu uma repentina e poderosa onda de recordação. As pessoas conversavam ao redor dela, rindo, gritando e fofocando em voz baixa. Uma mulher parada perto contava seu dinheiro cuidadosamente. Um garoto passou andando com um caixote cheio de flores, e ela sentiu a súbita lembrança de seu poderoso cheiro de estufa. Ela podia se lembrar de ver as nuvens de brisa quente em meio ao ar gelado e o rosto sonolento de um produtor de batatas que havia trazido sua carroça para a cidade, vindo de muito longe. Tudo parecia incrivelmente intenso... como se ela mesmo tivesse vivido tudo aquilo. O espaço ao redor deles permanecia borrado. Era como se ela tivesse apagado todas as construções, todas as ruas e até mesmo o chão sob seus pés. Além das lembranças das pessoas, as lembranças dela eram fracas.

Sophia levantou a pena e piscou algumas vezes.

— É esquisito. Embora eu consiga me lembrar das pessoas e nada mais, sinto como se eu pudesse estar em qualquer lugar.

— Eu sei... é estranho nos vermos sem o mundo ao nosso redor, não é? — disse Shadrack, colocando gentilmente o painel de vidro de lado. — Vou lhe mostrar o que torna tudo melhor, o que faz tudo valer a pena, de verdade.

Ele pegou o tecido, soprou gentilmente nele e o colocou de face para cima sobre a mesa. Com a ponta do dedo, pingou água na placa de argila e a colocou sobre o tecido, com os cantos perfeitamente alinhados. E então acrescentou a folha de metal, com seu mapa ainda intacto. Finalmente, colocou a folha de vidro, com as pedrinhas no número dez dos dois relógios, no alto da pilha.

— Tente agora — ele disse.

Sophia pegou a pena e, hesitante, encarou o vidro. Ela podia ver os traços prateados do metal embaixo dele. Então respirou fundo e colocou a ponta da pena na esquina da Beacon com a Charles.

Todo ele — o mundo de fevereiro de 1831 inteiro — veio claramente para Sophia. No parque Boston Common, pessoas caminhavam apressadamente pelas alamedas, batendo os pés contra o chão gelado. As árvores nuas acenavam gentilmente à brisa gelada, balançando-se contra o céu cinzento. Um pequeno grupo de patinadores rodopiava sobre o lago congelado. Ao longo das ruas, as pessoas se apressavam com as cestas cheias de compras ou passeavam em suas bicicletas, com as rodas de borracha girando silenciosamente. E em todas as janelas de todas as casas, as pessoas se moviam em suas infinitas rotinas de comer, conversar, trabalhar e dormir.

Era como mergulhar em outro mundo, mas o mundo era só seu. Ela sabia que as memórias não lhe pertenciam, mas, mesmo assim, ali estavam elas, tão vívidas, tão lúcidas, que pareciam inteiramente dela. Sophia levantou a pena com um suspiro.

— Minhas memórias nunca são tão claras — ela disse. — São sempre muito falhas. Mas estas são tão perfeitas!

— Todos nós somos assim — Shadrack concordou. — É por isso que é de grande valia fazer os mapas em camadas. Não podemos nos lembrar de tudo de uma vez. Na verdade, é surpreendente a pouca quantidade de detalhes que as pessoas podem realmente se lembrar. Mas, se você somar o que todos se lembrarem sobre cada trecho, tudo se completa.

Sophia disse o que se passava em sua mente desde que descobriu o propósito do mapa de vidro.

— Você acha... que existe algum jeito... É possível que minha mãe e meu pai possam ter deixado memórias assim, armazenadas em um mapa em algum lugar?

Shadrack passou a mão pelos cabelos.

— Talvez — ele disse lentamente. — Eles não sabiam como criar mapas de memórias quando partiram de Boston, mas podem ter aprendido.

— Ou outra pessoa pode ter criado um mapa que os mostre nele.

— É um pensamento muito bom, Sophia. Mesmo um vislumbre pode ser inestimável. Você vai saber o que quero dizer se der uma olhada na East Ending, agora que os mapas estão sobrepostos.

Sophia colocou a ponta da pena no mapa. Ela se lembrou de um céu cinzento e da brisa fria e úmida. A rua estava quieta, algumas velas brilhavam fracas nas janelas, apesar do fato de ainda ser meio-dia; o céu escuro as tornava necessárias. A porta vermelha brilhante que ela conhecia tão bem estava fechada. Ela podia ver alguém através da janela do andar superior... um garoto. Ele lia concentrado em sua mesa, com o queixo apoiado na mão. A memória subitamente se tornou mais nítida, conforme um véu era retirado dos olhos de Sophia, e o garoto ergueu o olhar da leitura. Ele olhou diretamente para ela... para Sophia... e sorriu. Sophia perdeu o ar e afastou a pena.

— Ele olhou para mim. — Ela se virou para Shadrack. — O garoto na janela. Quem era ele?

— Você o viu! — Shadrack disse, pegando a pena e a colocando na East Ending. Depois sorriu quando a memória lhe surgiu à mente. — Você sabe quem ele é... pense um pouco.

— É o meu avô?

— Sim... é o meu pai; seu avô.

— Mas por que ele sorriu para mim?

— Porque essa é a memória de sua bisavó... vovó Lizzie. Ela estava ali para ver seu avô sorrindo para ela através da janela. — Shadrack colocou a pena de lado melancolicamente. — Essa foi boa, não foi?

Sophia sentiu uma onda de temor: ela estava vendo o mundo pelos olhos de sua bisavó, uma mulher que ela nunca conhecera. Uma parte dela se sentia desconfortável, como se ela tivesse invadido os pensamentos particulares de outra pessoa.

— É uma memória adorável — ela disse devagar. — Mas não é minha. E é realmente certo... nos apossar dela desse jeito?

Shadrack ficou pensativo.

— Essa é uma pergunta importante, Sophia. Tem a ver com o que eu falei antes, saber onde para a sua memória e onde começa a memória do outro. Talvez ajude saber que ninguém perde as próprias memórias na criação do mapa. As pessoas as compartilham. Mas levanta outro problema: toda memória é imperfeita. Eu tentei aprender tudo que foi possível a respeito desse mês em Boston. Juntei o máximo de lembranças que pude encontrar. E as combinei com o que eu sabia, com o tipo de roupas que as pessoas usavam, os edifícios, os navios, tudo isso. Mas você precisa saber que os mapas de memória... os mapas de todos os tipos na verdade... são inexatos. Eles são apenas aproximações. Pense neles como livros de história: o autor tenta ser o mais preciso possível, mas geralmente conta com pequenos traços de evidência, e existe mais uma arte de interpretação do que um conteúdo factual. Os melhores mapas vão mostrar mais a mão do cartógrafo na obra do que escondê-la, deixando claro o trabalho de interpretação e sugerindo, até, outras interpretações possíveis.

— Isso significa que pessoas podem criar mapas que distorcem o que realmente aconteceu? Mapas que são inventados?

— De fato, podem — respondeu Shadrack, sobriamente. — É um crime grave fazer isso, mas todos os cartógrafos sérios fazem um juramento de somente dizer a verdade. Você deve procurar pela marca desse juramento quando examinar um mapa de memória. Olhe aqui — ele disse, apontando para o pequeno símbolo das montanhas sobre a régua que aparecia ao lado da data em cada mapa. — Esta é a Régua da Insígnia. Ela é obrigatória nesses mapas cuja verdade só pode ser atestada por seu criador. Mas mesmo um cartógrafo honesto pode ser impreciso. Por exemplo — ele confessou —, existem algumas ruas neste mapa que ninguém se lembra às duas ou três da manhã de um ou outro dia. Quem pode dizer que algo não aconteceu e que eu falhei em registrar? Desse modo, o meu mapa também pode ser considerado uma distorção.

— Mas ainda é incrível. É a coisa mais bonita que já vi.

Shadrack balançou a cabeça.

— Meus mapas ainda são trabalhos de um novato. Existem mapas que fazem os meus parecerem meros rascunhos. Você verá alguns deles, muito em breve. Eu já li mapas de memória tão reais que uma pessoa é capaz de se esquecer dentro deles. Alguns são tão grandes que enchem todo um salão. Os mapas criados pelos mestres são realmente surpreendentes.

Sophia pulou na cadeira, animada.

— Eu quero ler todos eles.

Shadrack riu.

— Um dia você vai ler. Mas ainda há muito o que aprender, e devemos ser rápidos. Venha, deixe-me mostrar como navegar nos segundos.

# 6
## Um rastro de penas

> **15 a 21 de junho de 1891**
>
> *As leis brandas de Novo Ocidente há muito vêm permitindo que estrangeiros desfrutem dos benefícios da residência sem a necessidade de um pedido formal de cidadania. Apenas os estrangeiros que desejam votar, concorrer a cargos públicos ou formalizar uma empresa são obrigados a se registrar. A partir de 4 de julho essas leis vão mudar. A completa naturalização será necessária a todos os estrangeiros. Se você é estrangeiro e deseja trabalhar ou residir em Novo Ocidente, deve se inscrever por meio do formulário anexo para obter a documentação e um relógio da vida de estrangeiro. Todos aqueles sem documentação e sem relógios serão deportados em 4 de julho.*
>
> — Guia para Registro de Cidadania, segundo o Plano Patriota

PELO RESTO DO DIA, Sophia estudou os mapas de Boston de fevereiro de 1831, e Shadrack lhe ensinou os meandros das quatro formas de mapas. Ela aprendeu como usar penas diferentes para que pudesse ver mais ou menos detalhes, aprendeu como se aproximar de um minuto ou segundo em particular e começou a se acostumar com a enxurrada de memórias que não eram dela.

O mapa de vidro ainda a deixava desconfortável; lembrar-se de pessoas que nunca conhecera a deixava desorientada, como se ela tivesse despertado na pele de outra pessoa. Mas então ela começou a encontrar modos de distinguir suas memórias daquelas que experimentava enquanto lia os mapas: as memórias de mapas eram bem mais claras e vívidas que as suas próprias. Pelo menos um aspecto surgiu de modo tão natural que ela não teve de aprender nada: o fato de que dias, minutos e horas se desdobravam em passos diferentes; a sensação de que o tempo podia ser curto ou longo, dependendo de como se escolhia lê-los. Mais que tudo, Sophia amava essa qualidade dos mapas de memória. Embora eles revelassem lugares desconhecidos, sua maneira de comprimir e expandir o tempo a faziam se sentir completamente em casa.

Nos dias que se seguiram, Shadrack deu início a seu ambicioso plano de ensinar a Sophia a cartografia das outras eras. Ela aprendeu que esses mapas necessitavam de um cuidado especial; eles precisavam ser limpos e guardados com muito esmero para assegurar sua proteção. A cartografia, Shadrack explicou, era uma ciência e uma arte praticada em todas as eras, por todo o mundo. Os mapas de memória dinâmicos provavelmente foram inventados nas Terras Baldias ou nas Estradas Médias. Ninguém sabia com certeza, mas ele acreditava que essa invenção só seria possível em uma dessas regiões, onde as várias eras eram tão misturadas que passado, presente e futuro eram interligados.

Shadrack havia aprendido a criar mapas de memória na academia de Nochtland. A Guilda dos Cartógrafos era poderosa ali. A produção e a circulação de mapas eram cuidadosamente reguladas; cada mapa criado em Nochtland tinha de trazer a insígnia que garantia sua veracidade — a pequena cadeia de montanhas sobre a régua.

Sua coleção de mapas de memória chamou ainda mais a atenção de Sophia para as maravilhas da cartografia feita além de Novo Ocidente. Ela via partes do mundo que nunca imaginara ver. Os mapas variavam em escala: alguns relembravam apenas alguns quartos, outros uma cidade inteira; alguns continham memórias de apenas um minuto ou uma hora; outros traziam as memórias de todo um ano. Um mapa capturou vinte e quatro horas de Alhambra, em Granada. Outro mostrava a passagem de um ano na capital das Rússias. E ainda outro recordava os quatro meses cruciais da rebelião que levou à criação de Nova Akan. Ocorreu a Sophia, enquanto ela estudava os mapas, que espaço e habilidade eram os únicos limites. No terceiro dia de estudos, ela se voltou para Shadrack:

— Shadrack, você acha que existe um mapa de memória do mundo inteiro?

Seu rosto foi tomado por uma expressão estranha.

— Seria inimaginavelmente difícil criar tal mapa — ele finalmente disse. — Embora existam relatos de algo chamado *carta mayor*, um mapa escondido que traça a memória de todo o mundo, do começo dos tempos aos dias de hoje.

— Isso seria incrível.

Por um momento, o rosto de Shadrack ficou tenso.

— Exploradores passaram vidas inteiras perseguindo a *carta mayor*. Alguns até se perderam na procura.

— Então ela existe?

— É quase certeza que *não* — ele disse rapidamente. — Eu sempre argumentei que se trata de um mito niilistiano, daqueles que servem bem a seu propósito, mas sem base em fatos.

— O que é um niilistiano? — Embora houvesse um grande número de seguidores do niilistianismo em Boston, Sophia sabia pouco sobre eles além do que havia aprendido na escola.

Niilistianismo era uma das grandes seitas religiosas que surgiram como consequência da Grande Ruptura. Muitas pessoas ainda seguiam as velhas religiões ocidentais, mas um número crescente acreditava nos Destinos, cujos templos retratavam na entrada três deusas, cada uma segurando um globo em um fio. Outros praticavam o numismo ocidental ou onismo, que pregava que todas as coisas materiais e imateriais eram uma forma de moeda a ser comprada e vendida, trocada e intercambiada com as forças superiores. Certa vez, Sophia havia espiado o saldo de um onista, enquanto Dorothy, sempre mais intrépida, olhara escondido o *Livro das dívidas* particular que uma das professoras deixara sobre a mesa. Ele estava repleto de contas precisas e, para Sophia, terríveis. Uma em particular sempre lhe vinha à mente quando estava divagando: "Vinte e um minutos sonhando acordada com a viagem feita ano passado ao litoral com A, a ser paga com vinte e um minutos de trabalhos domésticos". Dizia-se que o estilo de vida onista era maravilhosamente produtivo, mas Sophia achou a perspectiva aterrorizante.

— Os niilistianos têm certeza que a *carta mayor* poderá mostrar o curso correto do mundo, não este — Shadrack disse. — Mas não consigo ver como tal coisa é possível.

Sophia estreitou os olhos, pensativa.

— É um mito muito perigoso para se acreditar — ela concluiu, decidida.

De vez em quando, durante seus estudos, Sophia vagava até o mapa que havia na parede, onde os alfinetes azuis e verdes marcavam a viagem que seus pais nunca fizeram e os lugares onde eles apareceram. Shadrack contou a ela tudo o que pôde. Um explorador de Vermont acreditava que havia vendido comida para eles em algum lugar nas profundezas das Geadas Pré-Históricas. Um explorador da Filadélfia conversara com um vendedor de rua nos Estados Papais que havia vendido sal para um casal de jovens aventureiros vestidos com roupas ocidentais. Um cartógrafo da universidade conversara com um marinheiro que pode ter levado os dois em um navio que partiu das Índias Unidas. Todos os encontros haviam sido breves, vagos e inconclusivos. Shadrack havia registrado cada um.

Sophia sentiu uma impaciência terrível quando contemplou o eventual propósito de seus estudos. Parte dela queria partir *imediatamente*, traçar o caminho dos alfinetes verdes para onde quer que eles levassem. Ela teve de lembrar a si mesma que receber a quantidade certa de conhecimento para a jornada representava um desafio mais significativo e importante que qualquer outro que pudesse vir a enfrentar mais tarde. Cada momento de aprendizado era essencial.

— Uma coisa de cada vez — Shadrack a encorajou, apontando para o mapa na parede. — Temos muito pouco tempo, Soph. Na verdade, eu desejaria que pudéssemos ir mais devagar.

Enquanto Sophia aprendia a trabalhar com os mapas, Shadrack ia de cá para lá entre a sala de mapas e a biblioteca no térreo. Ele havia conseguido documentos falsos e um relógio da vida para a sra. Clay, mas essa tarefa havia sido apenas a primeira de muitas. Amigos desesperados de todos os cantos de Novo Ocidente começaram a aparecer no número 34 da East Ending Street com pedidos de mapas e guias de rotas para outras eras. Exploradores estavam deixando os estados, apavorados por causa da decisão do parlamento. Shadrack mal tinha tempo para responder às perguntas de Sophia.

De sua parte, ela se tornou tão absorta em seus estudos que mal reparou na quantidade de dias que haviam se passado, sem contar as horas e minutos. Sua fascinação pela leitura de mapas era genuína e totalmente impressionante; mais ainda, não havia distrações que pudessem competir com aquilo. Sim, era verão, época em que as crianças comuns passavam o dia todo nadando, matando tempo e passeando com os amigos. Mas, com Dorothy morando em Nova York, não havia ninguém para bater à porta e arrastá-la para a luz do sol.

No final da semana, Shadrack desceu até a sala de mapas depois de uma longa reunião com um explorador que estava partindo para as Rússias. Ele parecia preocupado com sua sobrinha, debruçada sobre a mesa com tampo de couro, o cabelo loiro-escuro mais desarrumado que o normal, o rosto pálido pela falta de sono e as roupas de verão anormalmente amassadas. Ela parecia mais uma auxiliar de escritório sobrecarregada do que uma criança.

Sophia estava totalmente alheia ao escrutínio de Shadrack; ela estava brigando com um enigma no qual tropeçara enquanto comparava dois mapas. Pelo formato e pela configuração das ilhas mostradas em um deles, ela podia dizer que os mapas representavam exatamente a mesma localização. Mas um estava rotulado como *Índias Unidas* e o outro *Terra Incógnita*, e pareciam mostrar duas eras diferentes.

O primeiro tinha o som de sinos ao meio-dia em um silencioso jardim de pedras; um par de freiras passou por Sophia na lembrança, conversando calmamente uma com a outra, com o cheiro marítimo impregnando o ar. O segundo mostrava uma paisagem gelada e rochosa, sem sinal de vida. A única pista da diferença entre os dois estava no fato de que o mapa da Terra Incógnita havia sido criado mais recentemente: dez anos depois do mapa das Índias Unidas.

*Como isso é possível?*, Sophia se perguntou. *Como o lugar pode ter mudado tanto e tão rápido?* Ela estava estudando a Terra Incógnita, vasculhando o mapa à procura de sinais do que havia acontecido para tanta alteração, quando a voz de Shadrack a puxou para fora daquela memória.

— Sophia!

— Sim? — Ela levantou o olhar, assustada.

— Você está ficando pálida de tanto viver neste porão. Eu sei que temos muito a fazer, mas você não deve ficar enterrada aqui. Seus membros vão se tornar uma geleia.

— Eu não me importo — Sophia disse, ausente. — Shadrack, aconteceu algo recentemente no lado oriental das Índias Unidas? Eu não consigo entender. Estes dois mapas revelam o mesmo lugar, mas um deles mostra um convento, e o outro, de dez anos mais tarde, mostra... bem, nada.

— Eu achei que o mapa estava com o rótulo errado — Shadrack falou, encerrando o assunto. — Podemos ver isso depois; agora você precisa sair daqui um pouco. Vá refrescar a cabeça.

— Eu não acho que esteja com o rótulo errado. É o mesmo ponto, mas diferente. E me ocorreu... Você ainda tem a carta que Casavetti enviou? Eu acho...

— Sophia! — Shadrack se aproximou e puxou a cadeira dela para trás. — Seu entusiasmo é louvável, mas não servirá a nossos propósitos se você não conseguir carregar uma mochila pesada ou andar dez passos sem desmaiar. Vamos fazer um trato. Seis dias dentro de casa sendo cartógrafa e um dia lá fora, sendo exploradora.

Sophia resmungou.

— Está muito quente lá fora.

— Como você sabe? Você não vai lá fora há tempos! Vou lhe dizer uma coisa. Eu mesmo mal saí de casa, com todo esse tráfego de gente. Quando sairmos em nossa jornada, estaremos completamente despreparados. Vou lhe dar uma lista para que você comece a reunir nossos suprimentos.

A perspectiva de comprar suprimentos fez com que de repente a viagem parecesse bastante real, e a pulsação de Sophia acelerou.

— É uma boa ideia.

Shadrack riu.

— Estou feliz que você tenha concordado. Tudo bem, acho que sua melhor aposta será o Harding Suprimentos, no cais. Você esteve lá perto outro dia.

— Eu sei onde é.

— Eu tenho uma velha mochila que servirá bem, mas você também precisará de uma. Não escolha uma que seja grande demais... E veja se serve em você antes de comprar. Outra coisa que precisamos é de um tubo rígido para mapas. O meu está caindo aos pedaços de tão usado. Compre dois. E procure um estojo resistente a qualquer temperatura para o seu relógio da vida. — Ele pensou por um momento. — Isso é o suficiente por enquanto. Coloque o gasto em meu nome na loja; eu tenho uma conta. Parece bom?

— Mochila, tubos rígidos, estojo para o relógio — Sophia repetiu. — Parece bom.

Ela subiu as escadas para a biblioteca, notando, conforme passava pela casa, que os cômodos foram ficando mais e mais bagunçados durante os dias que ela passou na sala de mapas. A sra. Clay fez o possível, mas ela realmente não era páreo para os ataques explosivos de energia de Shadrack. Sophia entrou em seu quarto e se sentou para trocar de sapatos. E, enquanto fazia isso, seu olho passou por seu caderno de desenhos, e um pensamento a fez se levantar devagar e virar as páginas até o dia 14 de junho, o dia anterior à primeira vez em que entrou na sala de mapas, o dia em que ela havia ido ao parlamento. Ela se pegou olhando para o desenho que havia feito do garoto enjaulado do circo. *O que terá sido dele?*, pensou. Então olhou fixamente para as barras que havia desenhado. *Talvez ele ainda esteja lá. Preciso vê-lo novamente.* Uma perspectiva que lhe deixou brevemente com frio na barriga, mas que foi acompanhada por um pensamento sóbrio. *Será que ele saiu daquela jaula horrível? Não consigo acreditar que ele pode comer, dormir, passar a vida ali.* Uma súbita ideia tremeluziu em sua mente. *Ele não pertence àquela jaula*, ela refletiu, os pensamentos flutuando. *Ele não deveria passar nem mais um minuto naquela jaula.*

Com uma sensação de animação crescente, Sophia terminou de amarrar as botas e correu escada abaixo. Vendo que era quase hora do almoço, embrulhou apressadamente um pedaço de pão com manteiga em um guardanapo e o enfiou no bolso do vestido.

— Até logo, Shad — gritou antes de sair porta afora.

### 21 de junho, 11h57: Saindo para
### comprar suprimentos

O CALOR HAVIA AUMENTADO, chegando à casa dos trinta graus. Durante qualquer outro verão, tais temperaturas teriam levado cada morador da cidade para Cape Cod, mas, com o prazo do parlamento pairando sobre Novo Ocidente, Boston fervia com a atividade incessante. As acusações contra os estrangeiros publicadas nos jornais haviam aumentado em número e amargura, o que resultou em um fluxo interminável de protestos.

Enquanto Sophia seguia de bonde para o centro da cidade, ela notou grupos de pessoas caminhando na direção do Palácio do Governo. Conforme passavam pelo edifício, os olhos dela se arregalavam; o lugar estava cercado de policiais, e centenas de pessoas gritavam e carregavam cartazes. Shadrack havia lhe dito que a polícia estava patrulhando em volta do relógio, verificando os documentos de identidade de todos que passavam. Qualquer um sem documentos era brutalmente levado para o ponto de saída mais próximo de Novo Ocidente.

O bonde fez uma rápida parada no final do parque, a certa distância do Palácio do Governo, e depois desviou, correndo por dentro do túnel que ligava ao cais. Sophia se sentiu nervosa ao pensar que veria novamente o garoto das penas. *Talvez eu devesse comprar os suprimentos antes,* pensou. *Mas não quero estar carregando coisas se for tentar abrir a jaula. Preciso ir ao circo primeiro.*

O bonde saiu do túnel e o condutor avisou que eles haviam chegado à parada do cais. Sophia saltou, ansiosa e empolgada, e olhou para o armazém onde havia visto o circo.

O caos que reinava ali fazia o protesto perto do Palácio do Governo parecer sem graça. Uma multidão de pessoas — exploradores determinados, comerciantes ansiosos e estrangeiros exilados — seguia pela longa rua de paralelepípedos na direção dos navios atracados. Oficiais da polícia caminhavam tensos entre eles, com os cassetetes em punho, verificando documentos e pastoreando pessoas em filas. Todos os tipos de barcos e navios enchiam as águas para além do cais e esperavam para embarcar passageiros, buscando lucro no súbito êxodo. Sophia se afastava desanimada quando ouviu o capitão de um navio discutindo com um explorador sobre o preço exorbitante da passagem para o Império Fechado.

Avistando um armazém antigo ali perto, ela se enfiou entre a multidão e correu na direção dele. Com certeza, havia a placa do Circo das Eras de Ehrlach. Mas algo havia mudado. Não tinha uma fila de entrada, e a porta do armazém estava fechada. Não havia sinal do pequeno homem, da vendedora de ingressos ou do garoto na jaula.

Por um momento ela hesitou, olhando as pessoas passarem. Então se aproximou da porta e a empurrou. Parecia que alguma coisa a bloqueava do outro lado. Sophia empurrou com um pouco mais de força e a porta cedeu.

— Ah, não — disse em voz alta. O armazém cavernoso estava completamente vazio. Uma pilha de feno, alguns pedaços quebrados de cenário e algo parecido com uma rede espalhados pelo chão imundo. Sophia ficou ali imóvel, o olhar fixo. Ela se lembrou mais uma vez do garoto com a roupa de penas — seu ar de graça descuidado, o jeito calmo como ele empurrou para o lado a bengala do dono do circo. Agora ele havia partido. Ela o imaginou viajando para algum lugar desconhecido, aprisionado para sempre em sua jaula horrível, até que sua expressão sumiu e seus olhos perderam a animação.

Sophia saiu do armazém vazio, fechando a porta atrás de si.

— Com licença — ela disse a um velho que carregava uma pesada mala de viagem. — O circo já se foi?

— Foi sim, mocinha — ele respondeu, aproveitando o momento para descansar. — Fizeram as malas esta manhã.

— Achei que fossem ficar até 4 de julho.

— Eles poderiam, com certeza, mas Ehrlach queria passar as últimas semanas em Nova York. Parece que há mais oportunidade de lucro lá, sem os protestos contra o parlamento para os distrair.

— Entendo. Muito obrigada — Sophia disse. — Que azar, eu acho.

— Sim, que azar... para todos nós — o velho respondeu, colocando a mala sobre o ombro. — Sinto muito, mocinha.

Sophia ficou ali parada, olhando para a placa e tentando afastar a decepção. *Eu devia ter pensado nisso antes*, disse a si mesma. *Eu não me dei conta de quantos dias haviam se passado.* O sentimento familiar de frustração a dominou, mas ela teve de admitir que, nesse caso, seu relógio interno quebrado não fora inteiramente culpado. Ela se descuidara de uma maneira totalmente normal. Por uma semana inteira, ela se esquecera do garoto, e agora a chance de ajudá-lo não existia mais.

Ela olhou rapidamente para o próprio relógio e percebeu que havia perdido mais de uma hora. Então se lembrou da tarefa que lhe fora confiada e se dirigiu para a loja de suprimentos com um renovado senso de propósito. O estabelecimento estava bem próximo, com as portas duplas muito abertas para permitir o fluxo constante de clientes em busca de equipamentos de última hora para longas viagens além-mar. Como já havia perdido muito tempo, Sophia andou apressada por entre as prateleiras, inspecionando mochilas impermeáveis, sapatos de neve, chapéus dobráveis, lençóis de seda que podiam ser dobrados até caberem no bolso, cantis e binóculos. Ela saiu da loja com uma pequena mochila marrom-avermelhada, dois tubos à prova d'água para os mapas de papel e um estojo de couro oleado para o relógio.

### 15h09: Chegando em casa

Passava da hora quinze quando Sophia foi para casa. O sol do verão ainda estava alto no céu, e, quando ela entrou na East Ending Street, ocorreu-lhe que talvez ainda tivesse tempo de terminar o enigma que começara naquela manhã. Certamente Shadrack não se importaria, agora que ela tão diligentemente passara a tarde fora de casa.

Sophia se aproximou da casa e ficou surpresa ao ver a porta lateral aberta. Quando alcançou a escada, algo estranho chamou sua atenção: uma longa pena verde. Ela a pegou e a examinou.

— Que estranho — murmurou. Assim que chegou à porta de entrada, pôde ver que havia algo muito errado.

A casa estava um desastre. Parecia que algo destruidor passara por ali. Comida e pratos quebrados jaziam espalhados pelo chão da cozinha. Os tapetes no corredor estavam revirados e amontoados, enquanto restos de papel queimado e mapas enchiam o forno. Quase todos os mapas emoldurados, que normalmente ficavam nos quartos, haviam sido derrubados, deixando as paredes nuas. Até mesmo algumas tábuas do assoalho haviam sido arrancadas. E, caída diante dela na entrada, havia uma longa pena vermelha. Sophia ficou parada por um momento, sentindo o pânico crescer dentro de si. Então largou a pena verde, jogou de lado a mochila nova que carregava no ombro e correu na direção da biblioteca.

— Shadrack! — gritou. — *Shadrack!*

Mas ele não estava lá. Os mapas estavam espalhados por todos os lugares, muitos deles rasgados. Os livros haviam sido arrancados das prateleiras e jaziam no chão, em pilhas construídas a esmo. Horrorizada, Sophia viu a porta da sala de mapas aberta.

— Shadrack? — ela chamou, com a voz instável, do alto da escada. Não houve resposta. Então desceu lentamente, os degraus de madeira estalando sob seus pés. Quando chegou na parte inferior, parou atordoada ao ver o caos diante de si.

As caixas de vidro haviam sido destruídas, seu conteúdo havia sumido. Os arquivos estavam abertos, as gavetas vazias. Aqui também os livros haviam sido retirados das prateleiras e lançados ao chão. Os armários que continham mapas de papel estavam vazios. Sophia assimilou a destruição, atordoada demais para chamar novamente. Tudo que existia na sala de mapas havia sido destruído ou roubado. Um pedaço de mapa de vidro foi triturado por sua bota, e ela olhou sem expressão para os cacos. Havia uma longa cicatriz em toda a extensão do tampo de couro da mesa. Ela o tocou cautelosamente, para se certificar de que era real. Então ergueu a cabeça e seus olhos pousaram no mapa sobre as poltronas: o mapa da viagem de seus pais. Ele havia sido rasgado ao meio, de uma vez, de um lado a outro.

Sophia encarou, entorpecida, os alfinetes que se espalhavam ao redor, nas poltronas e no carpete, e um único pensamento lhe ocorreu: *Onde ele está? Onde está Shadrack? Onde ele está?* Então ela ouviu um som do outro lado do cômodo e, por um momento, foi incapaz de correr, gritar ou se mexer. O coração martelava no peito, e Sophia se obrigou a virar lentamente na direção das escadas. Não viu nada. Havia sido apenas um leve ruído, mas ela ouvira, e agora ela tinha certeza: ele vinha do pesado guarda-roupa embaixo da escada.

Na ponta dos pés, atravessou o chão acarpetado, evitando os cacos de vidro e pegando o braço quebrado de uma poltrona. Ela o ergueu diante de si com as duas mãos. Quando chegou aos degraus, parou para ouvir, mas não ouviu nada, a não ser a agitação do sangue em seus ouvidos. Foi até o guarda-roupa e parou, colocando-se na frente dele em silêncio. Então alcançou o puxador de cobre e, num suave movimento, abriu a porta com tudo.

*Penas*, ela pensou, quando a coisa saltou do guarda-roupa, golpeando-a e lançando-a ao chão. Sophia ficou ali, assustada, imóvel, olhando para o teto, e subitamente um rosto apareceu em cima dela. Parecia haver penas brotando dele em todos os lugares e em todas as direções.

Olhando para Sophia, estava o garoto do Circo das Eras do Ehrlach.

# 7
## Entre páginas

> *21 de junho de 1891, 15h52*
>
> *Consideramos que nem sabemos com certeza se a Grande Ruptura foi causada pela humanidade e, em caso afirmativo, em que era esta a causou. Muitas eras permanecem desconhecidas, completamente inexploradas e fora do alcance de qualquer comunicação. Das eras que conhecemos, todas foram lançadas em uma confusão e em um caos comuns nos primeiros anos após a Ruptura. Todas sofreram desorientação, ou súbito isolamento, ou ciclos intermináveis de violência. Qual era traria conscientemente tudo isso para si?*
>
> — Shadrack Elli, *História do Novo Mundo*

— Ei — o garoto disse. — Você está bem?

Sophia piscou.

— Desculpe por ter nocauteado você — ele disse. — Você está bem? Diga alguma coisa.

Ela se apoiou nos cotovelos.

— Sim — ela disse. — Sim, estou bem. — E encarou o garoto que se sentara ao lado dela no carpete. — Você estava no guarda-roupa — ela disse.

— Eu estava me escondendo. Onde *você* estava?

— Acabei de chegar. Eu estava fora. — Agora que o pior havia acabado, o medo começou a tomar conta de Sophia. Ela sentiu um tremor frio. O garoto esticou a mão para ajudá-la, mas ela recuou prontamente.

— Ei, está tudo bem. Não vou machucar você — ele disse calmamente, com as palavras truncadas e o sotaque baixo do nordeste das Terras Baldias. — Não fui eu quem fez isso.

Sophia se colocou de pé.

— O que aconteceu? Onde está Shadrack?

O garoto olhou para ela com uma expressão esquisita.

— Ele é seu pai?

Ela balançou a cabeça. O queixo tremia tão violentamente que os dentes começaram a bater.

— Ele é meu tio. Onde ele está? — perguntou, lançando uma olhadela rápida pela sala. — Tenho que procurar lá em cima.

— Não, espere. — O garoto ergueu uma mão para impedi-la. — Não. Ele não está aqui — ele continuou calmamente.

— *Onde ele está?*

— Eu não sei... eu não sei onde ele está agora.

— Mas você o viu.

Ele assentiu devagar.

— Sim, eu o vi — Ele a estudava, tentando decidir o que dizer. — Você mora aqui? Com Shadrack Elli?

Era estranho ouvir o nome de seu tio na língua do garoto. Sophia balançou a cabeça impacientemente.

— Sim. Sim, eu moro aqui. Eu disse... ele é meu tio. Por favor, apenas me diga o que aconteceu!

O garoto se deteve por um instante.

— Desculpa te dizer isto. Seu tio se foi.

Sophia sentiu como se o ar tivesse sido espremido de seu corpo. As palavras foram um choque, mas elas também a atingiram de um modo terrivelmente familiar. Uma parte dela, ela percebeu, sempre esperava que aqueles que ela mais amava desaparecessem.

— Eu vim aqui procurar por ele. Quando cheguei, a porta estava aberta. Pude ouvir todo tipo de barulho aqui dentro, mas eu não sabia o que estava acontecendo. — Ele fez uma pausa. — Eu esperei nos arbustos, lá fora. Depois de meia hora, alguns homens saíram levando seu tio. — O garoto parecia sondar a reação de Sophia antes de continuar. — Havia cinco homens. Eles colocaram seu tio e algumas caixas em uma carruagem e foram embora. Depois que eles se foram, eu entrei e, quando ouvi você lá em cima, me escondi. Achei que eles tinham voltado. — E desviou o olhar. — Sinto muito.

— Quem eram eles... que tipo de homens eram?

— Eu não sei. Quer dizer, eram normais. Bandidos, eu acho. — Ele franziu a testa. — Alguns deles tinham um tipo de... — ele parou, gesticulando um desenho com o dedo em frente ao rosto — cicatriz.

Sophia engoliu em seco.

— Ele estava bem? — ela se esforçou para perguntar. — Ele estava machucado?

— Ele estava bem — o garoto disse com firmeza. — Ele estava lutando com eles... e falando. Estava bravo, mas não machucado.

Sophia sentiu a garganta se fechar e se deu conta de que não seria capaz de evitar o choro. Ela se virou para o outro lado.

— Eu preciso ficar um pouco sozinha — sussurrou.

— Sinto muito mesmo — o garoto disse. — Eu, ah... — ele hesitou. — Vou lá pra cima.

Sophia ouviu os passos do garoto nos degraus, e então a porta se fechou. Na mesma hora parou de pensar nele, e todos os seus pensamentos se voltaram para Shadrack e para o fato de que ele se fora. Ela não resistiu e desabou. Os soluços vinham profundos, até que deram lugar às lágrimas.

Nada daquilo fazia sentido. Como Shadrack podia ter ido embora... daquele jeito? Naquela manhã ela estava sentada ao lado dele naquela mesma sala, lendo um mapa, e agora a sala estava destruída, Shadrack havia desaparecido e ela estava sozinha... totalmente sozinha. Ela chorou até que a cabeça começou a doer. Quando a dor ficou insuportável, ela se sentou no carpete, apática. A cabeça latejava e ela precisava de água. Então se sentiu vazia, terrivelmente vazia.

*Se eu não tivesse perdido a noção do tempo,* ela pensou. *Se eu não tivesse perdido a noção do tempo lá no cais, teria chegado antes e estaria com ele agora. E nenhum de nós estaria sozinho.*

Passaram-se apenas alguns minutos, mas o tempo se expandiu em torno de Sophia, assumindo uma aparentemente infinita sensação de perda. *Ele pode estar em qualquer lugar. Ele pode estar machucado*, pensava sem parar.

Então ouviu um som na biblioteca do andar de cima e dolorosamente se obrigou a voltar ao presente. Secando os olhos, Sophia respirou fundo e se pôs de pé. Ela não podia olhar em volta, não podia suportar ver a linda sala de mapas naquele estado, então manteve os olhos fixos no chão e lentamente subiu as escadas. Quando chegou à biblioteca, fechou a porta atrás de si.

O garoto estava agachado no chão, vasculhando os mapas no carpete. Ele ergueu o olhar para ela e parou o que estava fazendo.

— Ei — ele perguntou de novo —, você está bem?

— Sim. Obrigada.

Ele assentiu e então seguiu o olhar dela até os papéis que o cercavam.

— Eu estava procurando um mapa. Talvez um mapa de Novo Ocidente. Ele tem um? Quer dizer, com todos esses mapas jogados por aí...

— Sim — Sophia disse, com a mente trabalhando lentamente. — Posso encontrar um para você. Mas não... neste momento.

— Não — ele concordou. Então continuou parado e tentou em vão ajeitar algumas penas quebradas, presas em volta da cintura. Ele e Sophia olharam em silêncio um para o outro por vários segundos. — Sou o Theo — o garoto finalmente disse.

— Sophia — ela respondeu.

— Sophia, eu devia ter explicado que vim procurar o seu tio para que ele me ajudasse. Eu ouvi a respeito dele no cais... o famoso cartógrafo de Boston. Eu achei que ele pudesse me ajudar a voltar pra casa. Eu não sou daqui.

— Eu sei — ela disse suavemente. — Você é um garoto selvagem das Terras Baldias.

Theo fez uma pausa, surpreso, e então um lado de sua boca se levantou em um sorriso.

— Sim... eu não tinha certeza se você ia se lembrar.

— Vestido desse jeito? É difícil esquecer.

— É verdade — Theo riu, olhando para si mesmo e depois para ela. — Eu fugi esta manhã. Quando o circo partiu.

— Você fugiu?

— Sim.

Sophia não conseguiu pensar no que dizer em seguida. Sua mente não estava trabalhando direito... Ela não conseguia lembrar por que se importava com o fato de que ele havia fugido.

— Sophia — Theo disse. — Você precisa decidir o que quer fazer, e eu também. Posso... seria muito bom se eu pudesse trocar isto aqui.

Ela piscou.

— Quer dizer que esta não é a sua roupa normal?

Theo parou.

— Claro que não — ele finalmente disse. — Era assim que o idiota do Ehrlach me vestia para o espetáculo.

— Ah.

— Eu realmente preciso de sabonete — Theo disse. — E talvez de um pouco de removedor de tinta. Essas coisas estão grudadas com mel e cola... e são duras de sair. E algumas roupas?

— É claro.

Precisar pensar em coisas como removedor e sabão era um alívio. Ela podia arrumar a casa e colocar as coisas em ordem. O removedor de tinta estava na área de serviço, perto da cozinha; também havia panos limpos ali, no armário. Ela atravessou a cozinha destruída, pisando entre pedaços de louça, papéis rasgados e móveis quebrados. Era como se ela tivesse caído na casa de um estranho. Curiosamente, esse pensamento era mais fácil de suportar.

— Você pode usar o banheiro de Shadrack — ela disse, subindo as escadas. Theo a seguiu, deixando seu rastro de penas por todo lugar.

Surpreendentemente, o segundo andar parecia intocado. Os homens devem ter encontrado o que procuravam, ou acreditavam que não havia nada de valor nos quartos.

— Acho que meu tio tem algumas roupas que você pode usar — ela disse. — Elas devem ser um pouco grandes.

— Qualquer coisa que você tiver eu vou gostar — Theo disse. — Desde que eu não tenha que usar as penas.

Sophia procurou no guarda-roupa de Shadrack e encontrou uma camisa pequena, algumas calças e um cinto. Todos os sapatos ficariam grandes demais. Ela apontou para o banheiro e entregou o removedor de tinta e as roupas para Theo.

— Obrigado — ele disse, e então fez uma pausa. — Ei, eu... você não vai a lugar nenhum, vai? — Sophia olhou sem expressão para ele. — Eu estava pensando... vou precisar de um lugar pra ficar. Só por uma noite.

Sophia se deu conta do que ele estava pedindo.

— Você pode ficar.

— Obrigado. Te devo uma — continuou, estalando os dedos com um ar experiente e terminando num gesto como se apontasse uma arma. — Seria bom se conseguíssemos aquele mapa também... Amanhã eu sumo da sua frente.

A porta se fechou e, depois de um segundo, Sophia ouviu o som da água correndo.

Parada no quarto de Shadrack, que parecia tão normal, ela foi novamente dominada pela tristeza. As poltronas de couro, os livros na mesinha de cabeceira, as pilhas de mapas... era como se seu tio tivesse saído do quarto por um momento e estivesse prestes a voltar. O tapete azul estava gasto no caminho entre a porta e a escrivaninha de mogno, que, por sua vez, permanecia destrancada e aberta. Sophia seguiu na direção dela, sentindo um leve frio na barriga. Shadrack nunca deixava a escrivaninha aberta.

Um pingo de tinta no papel e um jornal aberto não deixavam dúvida: Shadrack fora surpreendido enquanto estava sentado ali, escrevendo. Vendo seu nome na página, ela leu o último parágrafo ansiosamente.

> *Luto para decidir o quanto devo contar a Sophia. Ela tem que entender os riscos, mas há uma linha tênue entre a compreensão útil e o alarme desnecessário. Enquanto ela saiu para comprar suprimentos, visitei Carlton no hospital e fiquei chocado com sua condição. O artigo não mencionava a horrível mutilação de seus membros e face. Só posso presumir que eles quiseram manter essa informação em segredo para não prejudicar as investigações policiais. Ele não me reconheceu, ele não reconhece ninguém. Duvido que tenha preservado qualquer faculdade cognitiva. Carlton está como uma criança indefesa. Emite sons inarticulados ocasionalmente e parece sentir dor quando os curativos são trocados, mas demonstra não ter mais consciência do mundo ao seu redor. Parece impossível que isso seja resultado de um ataque comum... e começo a suspeitar de que alguém*

O parágrafo terminava ali. Horrorizada pela imagem de Carlton Hopish destruído, Sophia recuou. Do que Shadrack suspeitava? Poderia ele ter visto algo no hospital que o colocara em perigo? Não havia nenhuma mensagem para ela naquelas páginas, como ela esperava encontrar — apenas uma charada ameaçadora que a deixou ainda mais assustada. Ela sentiu as lágrimas brotarem em seus olhos e respirou fundo várias vezes para detê-las.

A poltrona de Shadrack, onde ele sempre lia por uma hora ou duas antes de ir para a cama, ainda trazia a impressão de que ele havia se sentado ali na noite passada. Sophia cambaleou até ela e se deixou cair em seu assento. Tinha o cheiro de cedro, pinho e papel; o cheiro de Shadrack. E se a última vez que ela o viu ali lendo em sua poltrona foi realmente a última vez? Ela podia imaginar como o quarto ficaria dentro de um ou cinco ou dez anos. Ia ficar exatamente como o quarto de seus pais no fim do corredor: as paredes descorando em padrões estranhos; os livros se deformando após muitos verões úmidos; as roupas e sapatos parecendo menores e envelhecidos. Ela estava tentando manter aquele pensamento distante, mas, agora que havia imaginado o quarto de Shadrack caindo no abandono, não pôde evitar. Novamente, os momentos se expandiram, e Sophia imaginou um longo futuro sem ele, sem seus pais... completamente sozinha. Esse pensamento a fez se encolher na poltrona, e ela envolveu os joelhos com os braços.

Foi quando sentiu algo pontiagudo na lateral do corpo. No início, ela não deu importância, mas depois aquilo começou a lhe espetar as costelas, até que finalmente ela se sentou e afastou a almofada. Para sua surpresa, enfiado atrás dela, estava um de seus velhos cadernos de desenho.

*O que o meu antigo caderno está fazendo na poltrona de Shadrack?*, ela se perguntou, pegando-o. O caderno parecia pesado. Ela desamarrou as duas fitas de couro que mantinham o caderno fechado, e ele se abriu em algo que parecia um bilhete. Imediatamente Sophia reconheceu a letra de Shadrack, numa mensagem breve, que dizia:

*Sophia, vá até Veressa. Leve meu atlas. Com amor, SE*

Atrás dele, estava um mapa de vidro.

Maravilhada, Sophia olhou fixamente para o mapa e para o bilhete. Afinal, Shadrack havia lhe deixado uma mensagem! E havia encontrado o lugar perfeito. Entre as pesadas páginas de seu caderno de desenhos, a fina folha de vidro ficaria bem protegida. Sophia passou os dedos carinhosamente pelas letras do tio. A mensagem soava urgente, mas não desesperada ou temerosa. Shadrack não havia pedido para que ela fugisse. Sophia sentiu algo — não alívio, mas determinação — invadindo seu ser. Ela se lembrou do que Shadrack havia dito antes, sob circunstâncias diferentes: "Tudo o que você precisa, Sophia, é de algo para fazer".

E agora ela *tinha* algo para fazer: tinha que pegar o atlas de Shadrack e encontrar Veressa, seja lá o que isso fosse. E talvez, quando ela encontrasse Veressa, ela encontraria Shadrack!

Sophia se colocou de pé com um salto. Primeiro, ela decidiu, precisava ler o mapa de vidro. A luz do sol fraca da janela não surtiu efeito. Ela correu para acender as lâmpadas-tocha e segurou o mapa diante de uma delas. Mais uma vez, nada aconteceu. Não havia nenhuma inscrição de tempo e lugar no mapa, e era completamente transparente. *Poderia aquele ser simplesmen-*

*te um pedaço de vidro?*, ela se perguntou. Não, impossível. Por que Shadrack deixaria para ela uma folha de vidro que não fosse um mapa? Ela a examinou cuidadosamente, segurando-a perto da luz. Com certeza, no canto esquerdo inferior havia o sinal do cartógrafo: uma cadeia de montanhas em cima de uma régua. Mas o mapa não despertava. Ela mordeu o lábio e recolocou com cuidado o vidro entre as páginas do caderno. Ele teria que esperar. Quanto a Sophia, ela tinha de encontrar o atlas de Shadrack.

### 17h45: Procurando o atlas

COM O CADERNO NA MÃO, Sophia desceu apressadamente até a biblioteca. Ela respirou fundo, colocou o caderno no sofá e caiu de joelhos. O atlas de Shadrack certamente não seria difícil de encontrar; era alto e largo e estaria separado dos outros volumes. Ela revirou as pilhas impacientemente, procurando pela capa cor de vinho. Então se deu conta de que seria mais fácil se simplesmente os recolocasse nas prateleiras.

Ela começou pondo os livros na estante mais perto dela. Lentamente, o familiar padrão branco e azul-ardósia do carpete começou a emergir. Ela encheu quatro prateleiras e não encontrou o atlas. Os livros caíram desajeitadamente, alguns chegaram até a rasgar. Sophia tentava ser cuidadosa e ao mesmo tempo ágil. Estava preenchendo a quinta prateleira quando ouviu passos e viu Theo parado na porta.

Sophia quase não o reconheceu. Sem todas aquelas penas, ele parecia uma pessoa comum. Ele tinha o cabelo castanho, um pouco comprido — logo abaixo das orelhas — e uma covinha no queixo. Com as roupas de Shadrack, parecia mais velho. Sophia achou que ele tinha uns catorze anos, mas agora ela se perguntava se ele não teria quinze ou dezesseis. Ele até se portava de um modo mais adulto, com uma das mãos — cheia de cicatrizes, como se tivesse se ferido durante muitos anos — apoiada no batente da porta. Mas, mesmo sem as penas, ele ainda não se parecia com ninguém que ela já tivesse conhecido em Novo Ocidente.

Os garotos da idade de Sophia que estudavam na escola com ela eram bonzinhos, inofensivos ou erraticamente cruéis, dependendo de seus humores. Nenhum era muito interessante. E os garotos mais velhos, alguns dos quais ela veio a conhecer por meio do grupo de teatro e das equipes esportivas, pareciam ter as mesmas qualidades de um modo avançado: decididamente mais bonzinhos, inofensivos ou cruéis. Theo não parecia ser nenhuma dessas coisas. Ele tinha o ar calmo e autoritário que ela percebera no circo. Sophia sentiu que ruborizava quando se deu conta de que perdera a noção de quanto tempo o estivera encarando.

Seus olhos castanhos se encontraram com os dela, achando graça.

— Você está *fazendo limpeza*?

Sophia ficou ainda mais vermelha.

— Não, não estou limpando. Estou procurando algo, e esse é o jeito mais fácil. — E se levantou rapidamente. — Você precisa ver o que eu encontrei.

Sophia ainda não havia aprendido, em seus treze anos, que não é normal para estranhos em circunstâncias extremas se verem compartilhando uma súbita familiaridade. O choque de uma ameaça compartilhada faz do estranho um aliado. E então o estranho não parece tão estranho assim: ele também é uma pessoa em perigo tentando sobreviver. E se o estranho que não é mais um estranho acaba se tornando alguém amável, alguém que sempre pareceu atraente e intrigante desde o início, então ele acaba se encaixando imediatamente no lugar, e é quase como se ele sempre tivesse estado ali.

Além de tudo, o fato de não ter relógio interno exagerava esse efeito em Sophia; um breve momento com alguém poderia parecer muito maior. Theo era um estranho que não era mais um estranho: era um intrigante e inesperado aliado. Se alguém tivesse lhe perguntado naquele exato segundo quais eram suas razões para confiar em Theo, ela teria dificuldade em responder. A pergunta não lhe ocorreu. Ela gostava dele e *quis* confiar nele.

Então abriu o caderno de desenhos para lhe mostrar o mapa de vidro e a mensagem.

— Isto é um...

— Mapa — Theo disse, pegando-o cuidadosamente com a mão direita cheia de cicatrizes. — Eu imaginei.

Ele o segurou contra a luz, exatamente como Sophia havia feito, enquanto ela olhava para ele, surpresa.

— Como você sabe?

Ele o recolocou com cuidado no lugar, parecendo não ter ouvido a pergunta; então franziu a testa pensando na mensagem.

— Ele deveria ser o mapa para Veressa?

— Acho que sim. Ou Veressa deve estar no atlas.

— Você nunca ouviu falar antes?

— Não. Você já?

Theo balançou a cabeça e olhou ao redor.

— Como é o atlas?

— Grande, desta altura, largo e cor de vinho.

— Está certo, vamos encontrá-lo — ele sorriu. — E depois, quando o acharmos, talvez você me consiga um mapa de Novo Ocidente.

Ele se agachou diante da pilha de livros mais próxima e começou a colocar os livros ao longo da prateleira. Já estava quase na metade quando Sophia correu para uma pilha de quase um metro de altura, exclamando:

— Aqui está!

Ela não havia reconhecido o livro porque ele estava aberto, com as páginas viradas para cima.

— É este — disse, animada. — É o atlas de Shadrack — e o folheou rapidamente. — Está tudo bem; ele está inteiro.

Então mostrou a capa para Theo, onde se podia ler, em letras douradas, *Atlas anotado e descritivo do Novo Mundo, incluindo as Eras Pré-Históricas e as Terras Desconhecidas, por Shadrack Elli*.

— Você quer dizer que é *dele* — Theo disse, claramente impressionado. — Ele escreveu esse atlas.

— Ah, sim... este é o melhor. Os outros não têm metade das informações. — Sophia abriu o atlas rapidamente no índice. — Veressa... — ela murmurou, passando os dedos sobre a coluna v, mas Veressa não estava lá. — Que estranho. Todos os lugares do atlas estão listados aqui.

— Você está olhando em cidades e vilas — Theo disse, apontando para o cabeçalho da página. — Talvez seja um lago, um deserto, uma floresta ou qualquer outra coisa.

— Talvez — Sophia murmurou. Ela estava prestes a ler o índice novamente quando um barulho súbito fez seu coração pular. Alguma coisa estava mexendo na porta lateral da casa, a porta que Sophia fechara atrás de si. Ela e Theo olharam um para o outro, e, por alguns segundos, nenhum deles disse nada, só esperaram. E então ouviram o som da porta se abrindo.

# 8
## O exílio

*21 de junho de 1891, 18h07*

*A fronteira setentrional de Novo Ocidente, com as inabitadas Geadas Pré-Históricas — também chamadas de Geadas do Norte —, permanece uma área desprotegida e indefinida. As fronteiras ocidental e meridional, entretanto, tornam-se zonas cada vez mais disputadas entre o povo das Terras Baldias e de Novo Ocidente e seus Territórios Indígenas. Embora tenha se mostrado impossível determinar uma fronteira real, isso não impede que os habitantes das fronteiras cheguem a extremos para defender os limites de onde imaginam que elas estejam.*

— Shadrack Elli, *História de Novo Ocidente*

SOPHIA MERGULHOU SOB A pesada mesa de carvalho de Shadrack, arrastando Theo consigo. Da biblioteca, eles não tinham visão da porta lateral, mas quem quer que tenha entrado na casa chegaria até a passagem e logo ficaria visível. E, como era de se esperar, isso não tardou a acontecer.

— Que os Destinos nos protejam! — uma voz feminina ecoou. — Sr. Elli! Sophia?

— É a nossa governanta — Sophia disse a Theo enquanto saía de baixo da mesa. — Estou na biblioteca, sra. Clay — ela gritou. — Aqui.

A sra. Clay se apressou até a biblioteca e parou na porta, os olhos arregalados de medo.

— O que aconteceu aqui? Onde está seu tio?

Sophia viu refletida na expressão horrorizada da sra. Clay a extensão completa da destruição ao redor.

— Nós não sabemos — Theo respondeu, quando Sophia não conseguiu. — Ele não está aqui.

A sra. Clay se virou para Theo, fazendo uma pausa ao notar sua inesperada presença.

— O que quer dizer com isso? Quem é você?

— Ele foi levado há algumas horas — Theo falou, gesticulando para a destruição. — À força. — A sra. Clay o encarava sem compreender. — Theodore Constantine Thackary — ele acrescentou. — Theo, é como me chamam.

— Quem? Quem o levou à força?

— Alguns homens. Eu não pude ver bem quem eram. Eles tinham uma carruagem. A carruagem...

Sophia se virou para ele.

— O que é que tem?

— Acabei de lembrar que havia algo pintado na lateral da carruagem... uma ampulheta.

— Isso não é importante, eu acho — ela disse, desapontada.

A sra. Clay parecia estranhamente aliviada com a menção de vários homens e uma carruagem. Ela se aproximou de Sophia e a abraçou. Seu terror frenético parecia ter diminuído.

— Sinto muito Sophia. Sinto tanto, tanto... O que posso fazer para ajudar?

— Bem, Shadrack me deixou um bilhete.

— Um bilhete! — exclamou a sra. Clay. — Certamente é um bom sinal. O que diz nele?

— Diz para eu pegar o atlas dele e ir até Veressa — Sophia olhou para o livro aninhado nos braços. — Estávamos tentando descobrir onde fica quando ouvimos a senhora chegando.

A sra. Clay tinha uma expressão estranha.

— O quê? Você tem certeza? Ele disse Veressa?

— Sim.

— Me mostrem — ela disse secamente.

Sophia colocou o atlas na mesa e rapidamente retirou o bilhete de seu caderno de desenhos.

— Aqui diz "Vá até Veressa". — E olhou para a sra. Clay com esperança. — A senhora sabe onde é isso? Acha que ele pode estar lá?

A sra. Clay respirou fundo, parecendo se recompor.

— Sophia, isso é tão inesperado. Eu... eu acho que devo contar algumas coisas a você — ela disse. Em seguida, olhou ao redor. — A casa toda está desse jeito?

— Não, eles não foram lá em cima.

— Vamos para o meu apartamento, então, e fugir dessa bagunça terrível. Vamos comer alguma coisa e eu conto o que sei. Pode ajudar.

Subitamente Sophia se sentiu exausta. Ela se deu conta de que a última coisa que havia comido fora a fatia de pão a caminho da loja de suprimentos. Ela provavelmente ainda estava tremendo, em parte, por conta da fome.

— Obrigada, sra. Clay.

Deixar a biblioteca naquela desordem a angustiava, mas Sophia sabia que não havia mais nada a fazer naquele momento. Ela fechou o caderno com cuidado e o guardou junto com o atlas de Shadrack.

O apartamento da governanta no terceiro andar contrastava bastante com o resto da casa; naquele dia, ainda mais. O lugar estava limpo e muito arrumado, com o máximo de luz que as janelas abertas permitiam entrar. Um sofá azul-claro pontilhado com flores brancas, uma coleção de gaiolas vazias e uma frágil mesa de café branca eram os móveis principais da sala de estar. Plantas em vasos, muitas em flor, decoravam todas as superfícies: violetas, palmas e dúzias de samambaias. O ar era pesado com o cheiro de terra aquecida pelo sol.

O que mais chamou a atenção de Sofia foi o som — um leve, mas constante tilintar, como se fossem centenas de pequenos sinos. De cada centímetro do teto pendiam delicadas esculturas: teias de fios segurando cristais, cerâmica e metal. Pequenos globos, sinos, espelhos, cilindros e uma miríade de outras formas giravam devagar, colidindo gentilmente umas contra as outras e emitindo um tranquilo badalar que enchia o ambiente. As esculturas quase davam a impressão de serem coisas vivas, como se uma revoada de borboletas embriagadas tivesse entrado para descansar entre as vigas do teto. Theo inclinou o pescoço para olhar, fascinado.

— Eu não gosto de silêncio — a governanta explicou para ele. — Espero que o barulho não o incomode — ela disse, e apontou para a sala de estar. — Por que você não descansa? Vou preparar um café.

Sophia se empoleirou em uma das cadeiras e tentou não pensar no que a esperava lá embaixo. Os sons dos enfeites começaram a surtir efeito calmante, o que era, sem dúvida, o propósito de existirem. Ela e Theo observaram as esculturas girando lentamente acima da cabeça deles, enquanto a sra. Clay abria os armários e colocava a chaleira no fogo.

— Sinto muito por Shadrack não ter conseguido te ajudar — Sophia finalmente disse a Theo.

Ele deu de ombros.

— Acontece.

— Ehrlach vai mandar alguém atrás de você?

— Não. Ele não tem tempo — Theo disse com um meio sorriso. — Em outra época ele teria mandado, mas agora tudo o que Ehrlach quer é fazer uma última exibição em Nova York. A única coisa boa a respeito do fechamento das fronteiras é saber que ele está falido. Não dá para administrar um circo quando todas as atrações de seu show são ilegais, não é? Embora eu ache que ele simplesmente vai levar o show para outro lugar — ele acrescentou, com o sorriso desvanecendo. — As pessoas gostam de circo em qualquer parte do mundo.

A sra. Clay veio com uma bandeja, que colocou na mesa baixa de café. Havia xícaras e pratos, manteiga, geleia e um pedaço de pão integral com passas.

— Eu já volto — ela disse. Quando retornou com o bule de café, serviu uma xícara para cada um e se sentou. Então correu os dedos pela testa, ajeitou o coque e acariciou a nuca, se recompondo. Theo e Sophia estavam famintos. Sophia passou manteiga e geleia em seu pão e deu grandes mordidas. À medida que bebericava o café morno da xícara de porcelana azul, começou a se sentir melhor.

— Receio que o que tenho para lhe contar seja desagradável — a sra. Clay começou, focando o olhar em algo que nenhum dos dois podia ver no fundo de sua xícara. — São lembranças dolorosas para mim, mas Shadrack lhe pediu para encontrar Veressa, então eu preciso explicar por que não posso nunca mais voltar às Terras Baldias.

Theo se inclinou para frente.

— A senhora é das Terras Baldias?

A sra. Clay o olhou nos olhos.

— Sim.

— Eu também.

— Imaginei que fosse. Então tenho certeza que, quando você ouvir a minha história, vai entender a situação em que me encontro. Mas para Sophia é tudo novidade, e ela vai precisar de mais explicações. As pessoas aqui às vezes têm problemas para acreditar em como é lá fora... nas outras eras.

Sophia dobrou as pernas sobre a cadeira de veludo. A voz aguda e oscilante da sra. Clay ecoava no calmo tilintar dos enfeites acima.

— Eu não sei o quanto seu tio lhe contou — começou a sra. Clay — sobre quando nos conhecemos nas Terras Baldias.

— Ele me contou sobre a academia. Que ele estudou ali... por alguns anos, muito tempo atrás. E que a senhora trabalhou lá. Não muito mais que isso.

— Correto. Muitos anos atrás, ele era aluno da Academia Real de Cartografia de Nochtland, capital das Terras Baldias e a maior cidade das Triplas Eras. Você nunca esteve nas Terras Baldias, Sophia, então é muito difícil explicar como é aquele lugar, mas tenho certeza que você já leu e ouviu seu tio falar dele.

Sophia concordou.

— As Terras Baldias contêm muitas regiões, e cada região contém muitas eras antigas. Nochtland, de onde eu vim, é um belo lugar... às vezes sinto muita falta de lá. Sinto falta dos jardins e de como chovia. Chovia de verdade. E do ritmo muito mais lento e calmo — ela suspirou. — Mas lá também é um lugar terrível, onde tudo pode acontecer e mudar. — Ela balançou a cabeça, como se quisesse limpar a mente. — Deixe-me contar a história desde o início. Eu conheci Shadrack há mais de quinze anos. Ele era um jovem de vinte anos quando chegou à academia de cartografia de Nochtland. Eu era a governanta. O prédio era um grande e antigo edifício de pedra perto do centro da cidade, com pátios adoráveis e passeios cobertos. Eu tinha uma equipe de dez pessoas e gerenciava tudo: a cozinha, a limpeza, a lavanderia. A academia tinha sempre uns cinquenta alunos e professores, talvez. Acho que é justo dizer que eu era boa em meu trabalho — a sra. Clay sorriu melancolicamente. Sophia sorriu em resposta, mas na verdade tinha dificuldade em imaginar a tímida e dispersa sra. Clay supervisionando um único empregado, que dirá dez. — Eu já estava ali havia vários anos quando Shadrack chegou — a sra. Clay continuou. — Da primeira vez que o vimos, soubemos que ele iria se sair bem. Sabe como é, receber estudantes de Novo Ocidente era muito incomum. Os professores, é claro, vinham de quase todo o globo; mas os estudantes geralmente eram das Terras Baldias. Nós não estávamos certos sequer se os estudantes de Novo Ocidente sabiam de nossa existência. Shadrack havia de alguma forma descoberto a academia e estava determinado a frequentá-la, apesar... me perdoe... do atraso de sua era natal. Durante os dois anos que passou em Nochtland, ele se tornou particularmente próximo de um dos outros estudantes de sua classe, uma jovem das Terras Baldias, uma cartógrafa muito talentosa. Após o primeiro ano, quando seus graus foram conferidos e eles começaram o aprendizado, os dois se tornaram inseparáveis. Todos estávamos certos de que se casariam e sairiam da academia juntos, indo para o norte, em Novo Ocidente, ou para o sul, onde vivia a família dela, em Xela. Mas não foi assim. Shadrack finalizou seu aprendizado antes dela, e a amizade pareceu esfriar. Ninguém sabe o que aconteceu. Então, em vez de esperar um mês para que ela terminasse seu aprendizado, Shadrack simplesmente se despediu e foi embora. Acho que uma parte dela se foi com Shadrack. Eu gostava muito dela... e me preocupava com ela também — a sra. Clay fez uma pausa. — Seu nome era Veressa.

Sophia se endireitou na cadeira.

— O quê? Veressa é uma *pessoa*?

A sra. Clay confirmou.

— Por um tempo ela foi a amiga mais próxima de seu tio.

— Mas ele nunca me falou dela — Sophia protestou.

— Bem, como eu disse, os dois evidentemente tiveram algum problema um pouco antes de Shadrack ir embora. Pelo que eu sei, eles nunca mais se falaram. Eu não ficaria surpresa se Shadrack evitasse falar dela para não sentir a dor da lembrança.

Sophia balançou a cabeça.

— Ele nunca me contou nada disso.

— Tenho certeza de que ele tinha suas razões — a sra. Clay disse calmamente. — Você e Shadrack são tão próximos quanto duas pessoas conseguem ser — ela enrugou a testa. — Deixe-me contar o resto — e se serviu de um pouco mais de café, tomando vários goles. Ela parecia estar reunindo seus pensamentos... e sua força.

### 19h#: A sra. Clay conta sobre a Lachrima

— Depois que shadrack partiu — a sra. Clay começou —, Veressa demorou para completar seu aprendizado. Ela não foi bem durante esse período; ela parecia apenas uma sombra de quem tinha sido antes. Acho que Veressa deve ter amado muito o seu tio. Quando se graduou, ela foi ao meu quarto se despedir, mas eu não estava lá. Ela me deixou uma caixa de doces em formato de flores — a sra. Clay sorriu. — Mesmo triste, ela continuava muito gentil. Bem... eu nunca mais a vi. Ouvi o nome dela agora e naquela época por intermédio dos professores, mas Nochtland é uma cidade grande e você pode viver lá uma vida inteira sem ver a maioria dos moradores. Então tivemos alguns anos calmos na academia. Os estudantes chegavam e iam embora, e os professores continuavam suas aulas e suas pesquisas. Eu estava muito feliz. Mas depois, cerca de sete anos atrás, meus problemas começaram — a sra. Clay olhou fixamente para sua xícara de café e suspirou. — Não importa o quanto você leia, Sophia, existem coisas que você nunca saberá a respeito das Terras Baldias. Lá existem — ela fez uma pausa — criaturas que não existem aqui. Ah, eu sei que fazem um estardalhaço a respeito dos corsários nas fronteiras e das pessoas com asas ou caudas ou sei lá mais o quê, mas elas ainda são, no fim das contas, pessoas. Contudo, existem outras criaturas que poucos viram e que ninguém entende. E minha infelicidade foi conhecer uma. Eu lembro que a primeira vez em que ouvi uma dessas criaturas foi num belo domingo de outubro. A maioria dos estudantes passava o domingo descansando nos jardins ou visitando atrações na cidade. Eu havia pendurado todos os lençóis de linho para secar no pátio dos fundos, e, como o sol estava muito agradável, eu me sentei na lateral do quintal, observando os lençóis brancos tremularem na brisa. Minha equipe havia tirado a tarde de domingo de folga, então eu sabia que estava sozinha. Naqueles dias eu não tinha medo do silêncio, do jeito que tenho agora... pelo contrário. Fiquei sentada ali por quase meia hora, simplesmente me embriagando de sol e silêncio. E então eu ouvi. No começo, pensei que fosse um barulho vindo da rua, mas soava muito mais perto. Era um som baixo, o inconfundível ruído de alguém chorando. Eu me empertiguei, preocupada. O som era baixo, mas pungente; uma punhalada de pesar me colocou de pé. Pensei que alguém da minha equipe tinha se escondido no pátio para chorar. Eu fui procurar e, quando um dos lençóis foi erguido pelo vento, vi alguém correndo. Confusa, eu tentei seguir, mas a pessoa tinha ido embora. O som de choro continuou em um dos quartos... eu não sabia em qual... e toda a tristeza daquele lamento abafado também me afetou, até que as lágrimas começaram a escorrer pelo meu rosto. De repente eu também estava chorando. Eu retirei do varal todos os lençóis, que já haviam secado, e fiquei parada no meio do pátio vazio, tentando controlar as lágrimas e descobrir de onde vinha aquele ruído. Foi assim que duas das garotas que trabalhavam na cozinha me encontraram... parada ali, chorando. Assim que elas se aproximaram, o choro parou e o sentimento de desespero em mim sumiu. "Vocês ouviram?", perguntei. Elas balançaram a cabeça, chocadas com minha aparência. "Ouvimos o quê?", perguntaram. No dia seguinte, ouvi novamente, no momento em que acordei, e a horrível sensação de tristeza voltou. Antes mesmo de me vestir, eu bati na porta dos quartos que ficavam ao lado do meu. Ninguém estava chorando; ninguém podia me dizer de onde vinha o som. Mesmo assim, eu acreditava que havia alguém se escondendo pelos cantos para chorar sozinho. E, nos dias seguintes, o choro passou a ser mais constante. Eu comecei a ouvi-lo em todos os lugares, o tempo todo, mesmo quando outras pessoas estavam presentes. E elas começaram a ouvir também. Para onde quer que eu fosse, o som do choro me perseguia, e a tristeza começou a tomar conta de mim. Embora eu soubesse que não havia uma causa racional para isso, enquanto eu ouvia o choro, minha tristeza era incontrolável. O som era de cortar o coração. Havia momentos em que a coisa que eu ouvia chorava baixinho, amargamente. Em outros, gemia e soluçava. E outros ainda em que quase gritava, como se tivesse sido vítima de alguma violência terrível. Eu não tinha escolha, a não ser aceitar a verdade: eu estava sendo perseguida por uma Lachrima.

Theo fez um barulho de surpresa.

— Uma Lachrima de verdade?

Sophia se lembrou do que ouvira a sra. Clay dizendo a Shadrack, no dia em que o parlamento fechou as fronteiras, e fez a pergunta que foi incapaz de fazer a ele.

— O que é uma Lachrima?

— Eu nunca vi — disse Theo. — Dizem que são horríveis.

A governanta assentiu tristemente.

— E são mesmo. Ninguém sabe o que realmente são ou de onde vêm. Alguns acreditam que são espíritos. Outros, que são criaturas de uma terrível era futura. Existem tantas histórias sobre elas que é difícil acreditar quais são verdadeiras. Tudo o que sei é o que ouvi... e vi.

— Você a *viu*? — Theo perguntou, contendo a respiração.

— Durante várias semanas, os professores da academia foram muito gentis, insistindo que a presença da Lachrima não era culpa minha. Mas a verdade é que todo mundo, e não só eu, achava aquilo insuportável. Imagine como é ter que ouvir o som de alguém chorando o tempo todo, mesmo quando se está tentando dormir. Imagine sentir aquele fardo de dor inexplicável, inconsolável. Para o bem dos outros, eu me tranquei no meu quarto, achando que, se simplesmente esperasse, a Lachrima se cansaria de vir atrás de mim e seguiria seu caminho. Numa noite naquela semana, finalmente a vi. A exaustão de vários dias sem dormir tomou conta de mim, e por fim eu caí num sono profundo. Acordei no meio da noite com um som angustiante... gritos terríveis, como aqueles feitos por uma animal assustado. Eu me sentei, primeiramente, com o coração batendo forte. E então eu a vi. A Lachrima encolhida, ao lado da minha cama.

— E como ela era? — Theo perguntou, ansioso.

— Muito parecida com o que haviam me descrito, só que muito mais assustadora do que imaginei. Era alta e magra, vestida com um manto branco que se espalhava pelo chão. O cabelo era escuro e muito longo, e ela cobria o rosto com as mãos. Tinha uma aparência cansada, como se tivesse vivido durante anos em algum canto sujo e só naquele momento tivesse saído de lá. E então, enquanto continuava chorando, ela tirou as mãos do rosto. Eu nunca poderia imaginar algo tão horrível. Eu vi que o rosto dela... *o rosto não estava lá*. A Lachrima tinha só uma pele branca lisa, com o formato das cavidades dos olhos, da boca e da mandíbula; uma pele que parecia apagada de todos os traços. Por um momento, fiquei aterrorizada demais para fazer qualquer coisa. Então eu me levantei da cama e corri. Embora eu tenha corrido para o outro lado da casa, ainda podia ouvir seus lamentos distantes. De manhã, quando voltei para o meu quarto, ele estava vazio, mas o som ainda estava nos meus ouvidos. E assim eu resolvi que precisava partir. Naquela mesma manhã, guardei meus pertences e avisei o diretor da academia. Ele não tentou me impedir. Parte de mim esperava que, talvez, se eu abandonasse a academia, a Lachrima ficaria para trás. Mas é claro que isso não aconteceu. Durante meses eu tentei despistá-la, primeiro ficando em Nochtland e depois em pequenas cidades do interior. Para qualquer lugar que eu fosse, a Lachrima me seguia, trazendo para mim e para todos que me cercavam nada além de terror e desespero. Depois de muitos meses tentando me esquivar, finalmente eu vim para a fronteira do norte. Eu não me importava mais para onde ia ou o que eu fazia, contanto que o som do choro parasse. A tristeza se abateu de modo tão pesado sobre mim que eu não conseguia lembrar como era viver sem ela. Naqueles dias, eu tive que descobrir minha fé nos Destinos, pois as pessoas das Terras Baldias seguem outras religiões. Mas agora que eu conheço e acredito nesses poderes volúveis, gentis, cruéis e misteriosos, sei que eles estavam me colocando naquele caminho de propósito. Eles haviam tecido uma terrível teia em volta de mim e foram insistentemente me empurrando para frente. Num certo dia de novembro, mais de um ano depois que a primeira Lachrima apareceu, eu estava ao norte das Terras Baldias, perto da fronteira de Nova Akan. Uma família de comerciantes estava saindo do estado, e eles ficaram com pena de mim e me levaram junto. Entramos em Novo Ocidente à noite, e lembro que adormeci na carroça aberta, ouvindo o choro baixo e constante e observando as estrelas no alto. Quando acordei era manhã avançada, e a jovem mãe sentada ao meu lado estava acalmando seu bebê, que chorava. A criança começou a chupar os dedos e um silêncio completo se abateu sobre nós. Eu podia ouvir o trotar pesado dos cascos dos cavalos, o estalar das rodas da carroça e os ruídos satisfeitos do bebê sonolento. Os lamentos da Lachrima haviam cessado. Eu só conhecia uma pessoa em Novo Ocidente... seu tio, Sophia... e tentei encontrá-lo. Felizmente, ele já era um profissional famoso e não foi difícil descobrir que morava em Boston. Eu peguei o trem e, quando cheguei, pedi que Shadrack me ajudasse. Ele foi bondoso de uma maneira que eu nunca esperei, como você sabe, Sophia. Vocês dois têm sido muito bons para mim. Com o tempo, descobri que, apesar de a Lachrima ter ido embora, ela me modificou. Agora eu não suporto ficar em silêncio. E acho que não posso mais me concentrar tanto quanto antes — a sra. Clay balançou a cabeça. — Minha mente não é mais como era. Mesmo assim, viver com a lembrança da Lachrima é melhor do que viver com a presença dela. Agora você entende, não entende, por que eu não posso voltar?

# 9
## A partida

> **22 de junho de 1891, 0h54**
>
> *Os cidadãos de Novo Ocidente que desejem viajar para além de suas fronteiras devem a partir de agora levar consigo seus documentos de identidade e o relógio da vida recebido em seu nascimento, acompanhados da certidão de nascimento oficial. O número de série gravado no relógio da vida deve corresponder ao número de identidade encontrado na certidão de nascimento. Cópias autenticadas por um tabelião da corte são aceitas nos casos em que os originais tenham sido destruídos.*
>
> — Decreto parlamentar, 14 de junho de 1891

THEO TINHA QUE SATISFAZER sua curiosidade a respeito da aparição da Lachrima, e Sophia tinha que descobrir tudo o que fosse possível sobre Veressa. A sra. Clay lhes contou o que sabia, e já estava bem tarde quando eles finalmente exauriram suas perguntas. Ela os persuadiu a passarem a noite em sua sala de estar, no caso de alguém voltar, dizendo que eles decidiriam pela manhã o que fazer.

O tilintar dos enfeites sobre a cabeça de Sophia e os pensamentos ansiosos que lhe percorriam o cérebro a impediam de dormir. A imagem de Shadrack sendo levado da casa voltou à sua lembrança, seguida pela visão de uma criatura sem rosto, enlouquecida pela dor. Sophia abriu os olhos para dispersar a imagem. Ela podia ver pela luz fraca que Theo, deitado na cama improvisada sobre o carpete, também não estava dormindo.

— Pobre sra. Clay — Sophia sussurrou. — Eu não imaginava que a história dela era tão terrível.

— Eu gostaria de ter visto a Lachrima — Theo respondeu, sussurrando.

— Por que você gostaria de algo *assim*? Olha o que ela fez com a sra. Clay!

— Ouvi dizer que, se você se aproxima o bastante, dá para ver através da pele dela, e que na verdade existem faces por baixo. Mas dificilmente alguém tem a chance de fazer isso. Se quer saber, o risco vale a pena.

— Acho que sim. Mas, se eu tiver que ir para as Terras Baldias, prefiro não ver nem ouvir nenhuma.

Ela pôde sentir a atenção de Theo se aguçando.

— Então você vai para as Terras Baldias?

— Tenho que ir. Shadrack me pediu para encontrar Veressa, e provavelmente é lá que ela está. Acho que terei de ir para Nochtland e perguntar na academia.

Theo permaneceu em silêncio no escuro durante vários segundos e depois emendou:

— Vou te fazer uma proposta. Já que não tenho documentos, vai ser bem mais fácil voltar para as Terras Baldias se eu viajar com você. Se você me levar até a fronteira, eu te ajudo a chegar até Nochtland.

Sophia sabia que não poderia pedir à sra. Clay que a acompanhasse. Miles e os outros exploradores que Shadrack considerava amigos haviam partido, ansiosos, depois da notícia do fechamento das fronteiras. Viajar de trem para New Orleans, o ponto mais próximo de Nochtland, seria fácil, mas entrar nas Terras Baldias sozinha seria um grande desafio. Sophia sabia que era capaz; ela tinha confiança em si mesma como exploradora, mas sabia também que precisaria de ajuda.

— Tudo bem — ela disse. — Obrigada — acrescentou em seguida.

— Não tem problema. É justo... Você me ajuda, eu te ajudo. — Ela o ouviu se virar e se ajeitar para dormir.

Sophia fechou os olhos, um pouco aliviada agora que tinha um caminho a percorrer, um jeito de seguir as instruções de Shadrack. Mas ela não dormiu. Felizmente sua mente abandonou as perturbadoras imagens de Shadrack e da Lachrima e se voltou para horários de trem e outras preparações. Ela começou a listar os itens que precisava embalar.

Seus pensamentos foram interrompidos por um ruído maior que o dos enfeites. Ela ficou deitada com os olhos fechados enquanto Theo se levantava e saía dali. Sophia não pensou mais nada até que ouviu, surpresa, que ele estava abrindo a porta para a escada que o levaria aos andares de baixo.

Seus olhos se abriram rapidamente. Ela permaneceu imóvel por mais alguns segundos, ouvindo enquanto ele descia os degraus. Em seguida se pôs de pé.

Ela podia ouvir Theo lá embaixo. Ele havia parado no segundo andar. Sophia podia ver a luz amarelo-pálida das lâmpadas-tocha se expandindo sobre o assoalho do corredor. Ela franziu a testa e uma sensação de incômodo a invadiu. *O que ele está fazendo?*, se perguntou. Em silêncio, começou a descer os degraus até o segundo andar.

Deixando sua noção de tempo relaxar, Sophia era capaz de se mover tão lentamente quase sem fazer barulho. Muitos minutos depois, ela estava parada na porta do quarto de Shadrack, vendo Theo abrir e fechar as gavetas do guarda-roupa de seu tio.

— O que você está fazendo? — ela exigiu saber.

Theo deu um pulo. Então viu Sophia parada na porta e balançou a cabeça, rindo.

— Você é boa nisso. Como consegue andar tão silenciosamente?

— O que você está fazendo no quarto de Shadrack?

— Não fique brava — Theo disse num tom apaziguador. — Eu acabei de ter uma ideia.

— Que ideia? — Sophia perguntou. Por um momento, ela pensou que ele tivesse se lembrado de alguma pista, algum sinal, algo que os levasse até Shadrack.

— Eu estava pensando, sabe, é provável que seu tio não tenha tido tempo de pegar os documentos e o relógio da vida dele.

Os momentos seguintes avançaram na mente de Sophia para entrar em compasso com um sentimento muito maior de traição.

— Você ia *roubá-los*? — ela sussurrou. — Você ia roubar os *documentos de Shadrack?*

— Não! — Theo protestou. — Não, eu não ia... roubar.

— Ia fazer o quê?

— Eu só achei que a viagem ia ficar mais fácil se eu estivesse com eles... Você sabe, se eu pegasse *emprestado*.

— Você ia pegar os documentos de Shadrack e partir por conta própria — Sophia disse, seu tom se endurecendo.

Theo revirou os olhos.

— Eu não ia fazer isso. Eu ia usar os documentos, seria mais fácil ao longo do caminho, e depois eu iria devolver para você quando chegássemos às Terras Baldias.

— Isso não faz o menor sentido. Por que precisaria viajar comigo se tivesse os documentos? Documentos *roubados* — ela acrescentou amargamente.

— Eu já disse por quê — Theo respondeu, subitamente irritado. — Eu disse que iria com você... nós fizemos um acordo.

— Então você poderia ter esperado amanhecer e te perguntado. Você acha que eu não sei onde Shadrack guarda os documentos dele? — a voz de Sophia estava trêmula.

— Tudo bem, se você não quer acreditar em mim — Theo respondeu rapidamente. — E se eu tivesse partido sozinho? O que você faria?

— Eu...

— Seu tio pode conseguir documentos novos na hora que ele quiser — Theo respirou fundo. — Estou acostumado a cuidar de mim, e isso significa que penso em mim em primeiro lugar. Você acha que eu me preocupo com o que aconteceu com Ehrlach sem o animalzinho enjaulado dele? Não. De onde eu venho, você não pode colocar outras pessoas em primeiro lugar. É cada um por si.

— Entendo — Sophia disse, magoada. — Então eu sou exatamente como o Ehrlach... Shadrack é como o Ehrlach. Cada um por si. Foi *isso* que você pensou quando viu aqueles homens levando Shadrack embora?

Theo andou de um lado para o outro com raiva.

— Sim. É exatamente o que eu estava pensando. Um garoto vestido de penas e cinco homens armados. As chances não eram exatamente favoráveis. Eu podia ter corrido para me meter na confusão, e agora eu estaria seja lá onde seu tio está. Isso também não seria de muita ajuda para nenhum de nós. Ou poderia ter feito o que fiz: ver o que aconteceu, ficar por perto para te contar e estar aqui para te ajudar a chegar às Terras Baldias.

— Por que você deveria me ajudar? Você nem sequer se importa com o que aconteceu com Shadrack! Você só quer os documentos dele — Sophia cerrou os punhos com força para se conter.

Theo soltou um suspiro longo de frustração.

— Olha, você está fazendo uma ideia errada. Sim... prefiro fazer as coisas do meu jeito. É assim que sempre foi, e não vou me desculpar por isso. Mas eu sempre mantive minha palavra. Nós fizemos um acordo, e vou cumprir o que eu disse. Você pode pensar o que quiser; eu não ia roubar os documentos do seu tio. Eu só estava pensando como seria mais fácil chegar a Nochtland.

Sophia olhou fixamente para Theo — os olhos castanhos, estreitados a ponto de se tornarem apenas traços cansados, as mãos fechadas —, e então percebeu que não fazia a menor ideia de quem ele era. O senso de súbita familiaridade, de que ela podia confiar nele, de que ele podia ser um amigo, evaporou-se.

— Você deve ir sozinho — ela disse bem alto, o rosto queimando. — Eu vou ficar bem.

— Não seja ridícula. Neste momento, só faz sentido nos ajudarmos. Vamos lá, pense nisso — Theo disse, num tom brando. — Você faz ideia de como chegar a Nochtland saindo da fronteira?

Sophia ficou em silêncio, sentindo uma onda de pânico quando pensou naquilo.

— Tudo bem — ela disse em voz baixa.

— Que bom — Theo respondeu. — Nosso trato continua, então. — Ele sorriu, o que fez cada traço de raiva subitamente sumir de seu rosto.

Sophia recebeu seu sorriso fácil com indignação, lançando-lhe uma cara feia em retribuição.

— Shadrack guarda os documentos em uma carteira de couro em seu colete — ela disse suavemente. — E o relógio da vida fica em uma corrente presa ao bolso dele. Tenho certeza que ele está com os dois.

Sem esperar por uma resposta, ela se virou, o cabelo batendo nos ombros, e caminhou até a sala de estar da sra. Clay.

Pouco tempo depois, Theo se juntou a ela, esticando-se no carpete ao lado do sofá. Sophia ainda estava brava; ela podia sentir o sangue latejando nas têmporas. E estava ansiosa; ela sabia que não tinha alternativa melhor, mas a ideia de confiar em Theo, que havia se mostrado tão imprevisível e desconhecido, a enchia de apreensão. Ela tentou se acalmar olhando para os enfeites que giravam lentamente sobre sua cabeça. Eles refletiam a luz pálida que vinha da janela, lançando pequenos pontos brilhantes na parede e no teto. Depois que vários minutos se passaram, ela ouviu a respiração pesada de Theo e soube que ele estava dormindo. Então lançou um olhar pungente em sua direção. *Cada um por si*, Sophia pensou amargamente. *Que tipo de filosofia é essa? Não é o tipo de filosofia que faz você querer resgatar alguém que está em uma jaula, com certeza. Queria nunca ter pensado em ajudá-lo.*

### 8h35: Acordando na sala da sra. Clay

Sophia acordou quando o sol já estava alto. Ela viu as horas; já passava das oito. Theo continuava dormindo profundamente no carpete, com o rosto virado para a parede. Sophia sentiu cheiro de ovos e café. Na cozinha, encontrou a sra. Clay ao fogão, cantarolando baixinho. Com o cabelo preso no coque habitual e o vestido protegido por um avental branco bordado, ela parecia calma e renovada.

— Bom dia, sra. Clay — Sophia cumprimentou.

— Bom dia! — a governanta respondeu, virando-se para ela. — Venha tomar café da manhã. Estou me sentindo otimista, Sophia. — Ela pegou uma panela com ovos mexidos do fogão e colocou uma grande porção no prato de Sophia. — Tenho fé de que os Destinos irão te ajudar.

— A senhora acha? — Sophia perguntou ansiosamente e se sentou.

Shadrack acreditava que os Destinos eram uma convenção tolerável, na melhor das hipóteses, e uma ilusão perigosa, na pior. Sophia queria seguir o exemplo de Shadrack e banir tais besteiras, mas parte dela achava que a injusta desaparição de seus pais certificava a existência dessas três forças cruéis e arbitrárias que produziam pesar, infelicidade e morte tão facilmente quanto alguns produzem roupas. Quanto mais a sra. Clay falava disso ao longo dos anos, mais Sophia se convencia de que os Destinos eram reais e de que coordenavam todos os acontecimentos do mundo, seguindo um padrão que apenas os três conseguiam compreender.

— Eu tomei a liberdade — a sra. Clay prosseguiu, servindo uma xícara de café para Sophia — de falar com os Destinos em seu nome. — E pegou sua cesta de costura da bancada. — São realmente criaturas muito difíceis — ela balançou a cabeça —, totalmente sem coração. Recusaram-se a dizer qualquer coisa a respeito de Shadrack, mas pareciam encorajar você a procurar Veressa. E insistiram muito para que eu lhe entregasse isto — ela estendeu a Sophia um rolo de linha prateada. — Quem sabe qual é a intenção deles com isso?— ela suspirou. — São inconstantes, na melhor das hipóteses... E cruéis na pior. Mas acho que é sábio fazer o que pedem, quando fazem recomendações tão específicas.

— Obrigada — Sophia disse, com sincera gratidão, enfiando o rolo no bolso. — Talvez eles me ajudem ao longo do caminho.

— Talvez sim. É o mínimo que posso fazer, já que não posso ir com você. Bom dia, Theo — ela acrescentou.

Sophia se virou para ver um Theo sonolento na porta da cozinha, e depois se voltou para o seu prato, irritada.

— Bom dia — Theo respondeu.

— Espero que tenha dormido bem.

— Muito bem. O carpete estava extremamente confortável. Vocês estavam discutindo os planos para a viagem? — ele perguntou, sentando-se à mesa.

— Ainda não começamos. Você gostaria de um pouco de ovos mexidos? — a sra. Clay perguntou, indo até o fogão.

— Seria ótimo, sra. Clay — Theo disse com seu tom mais cortês. Sophia olhava fixamente para sua xícara.

— Nós conversamos sobre isso ontem à noite — ele continuou, confortavelmente. — E concordamos em viajar até Nochtland juntos. Certo, Sophia? — ele sorriu para ela.

Sophia olhou para ele sem sorrir.

— Foi isso o que combinamos.

— Posso viajar até a fronteira com vocês — disse a sra. Clay, incerta, entregando um prato cheio para Theo.

— É muita bondade sua, sra. Clay — disse Sophia. — Mas a viagem até New Orleans será fácil. Provavelmente só teremos que trocar de trem uma vez. — Ela não acrescentou que era a segunda parte da viagem que a preocupava: quando ela mais precisaria, a sra. Clay não poderia ajudar. *Talvez cheguemos à fronteira e Theo simplesmente desapareça*, ela pensou.

— Eles vão verificar os documentos no trem — a sra. Clay disse. — Ouvi dizer que estão colocando estrangeiros em um vagão separado.

— Sim, mas tenho meus documentos, e eles não vão incomodar o Theo se ele estiver comigo — Sophia disse, sem emoção. — Ainda não é 4 de julho.

— Theo, você precisa falar com alguém? A viagem para Nochtland vai durar várias semanas.

— Minha família não está esperando que eu volte tão cedo — ele respondeu calmamente.

— E você vai tomar conta de Sophia quando chegarem às Terras Baldias?

— É claro. Viajei essa rota dezenas de vezes... sem problemas.

— Me parece uma viagem longa demais para vocês dois fazerem sozinhos — a sra. Clay disse, alisando o coque e suspirando. — Se eu conhecesse alguém que morasse perto da fronteira...

— Seria de grande ajuda — Sophia disse — se a senhora ficasse aqui no caso de Shadrack voltar. De outro modo não teríamos como saber.

— Graças a ele, agora tenho documentos e um relógio da vida, então posso ficar despreocupada. Se algo acontecer nas próximas vinte horas, eu envio uma carta expressa para a primeira grande estação na rota em que você estiver.

Com um guia ferroviário aberto sobre a mesa da cozinha, eles decidiram pegar o trem para o sul, que atravessava Novo Ocidente até chegar a Charleston, na Carolina do Sul, e então fazer baldeação em outro que seguisse para o oeste, até Nova Akan. A jornada levaria vários dias. A rota seguiria apenas até New Orleans, e eles teriam de cruzar a fronteira entre Novo Ocidente e as Terras Baldias de cavalo ou a pé.

Sophia olhou apreensiva para o espaço em branco que ilustrava a fronteira de Nova Akan para o oeste e para o sul e dobrou o mapa lentamente.

— Vamos fazer as malas — disse. — Talvez a gente consiga pegar o trem do meio-dia para Charleston.

### 9h03: Partindo para Charleston

SOPHIA PEGOU A MOCHILA nova de onde a havia deixado, perto da porta da frente. Ela não imaginava que precisaria usá-la tão rápido. Puxando um pequeno baú de couro do armário em seu quarto, começou a separar roupas, sabonete, escova de cabelo e um par de cobertores. Embora as botas que usava no dia a dia fossem bem confortáveis, ela decidiu levar os sapatos de couro com cadarço que costumava usar durante as competições atléticas da escola. Se nada saísse como planejado, pelo menos seria capaz de correr o mais rápido que seus pés pudessem aguentar. Theo observava tudo da porta.

— Pode pegar emprestada qualquer camisa de Shadrack que sirva em você — ela disse, sem levantar o olhar. — E as meias dele estão na última gaveta do guarda-roupa. Talvez você se lembre de tê-las visto ali.

— Muita bondade sua — Theo disse sorrindo, reconhecendo a ironia. — Você ainda está brava?

— Estou bem — Sophia disse, empurrando os cobertores para que eles coubessem no baú.

— Se é o que você diz, tudo bem. Volto já... preciso conseguir uns sapatos.

Sophia fechou o baú e abriu a mochila. Costurada com lona impermeável para durar mais e com múltiplos bolsos dentro e fora, ela enfiou lápis, borracha e uma régua ali. Pegou uma fronha reserva do guarda-roupa, envolveu o mapa de vidro nela e o colocou em seu atual caderno de desenhos, junto com o bilhete de Shadrack. O caderno e o atlas couberam perfeitamente.

Foi mais uma vez até o quarto de Shadrack e abriu a gaveta da escrivaninha, onde ele guardava dinheiro. Depois de colocar as notas dobradas em uma pequena bolsa de couro ao lado de seus documentos de identidade e de seu relógio da vida, ela fechou a escrivaninha. Fechou também as gavetas que Theo deixara abertas e ajeitou a cama. Então, com um último olhar pelo quarto, passou as alças da mochila por sobre os ombros e seguiu para baixo, a fim de encontrar os mapas necessários para sua viagem a Nochtland.

Theo voltou com um par de belas botas marrons que pareciam gastas, mas bem cuidadas. Ele parecia bastante satisfeito com elas.

— Onde você conseguiu isso aí? — Sophia perguntou, suspeitosa.

— São boas, não são? Eu dei uma volta no quarteirão e encontrei uma sapataria. Então eu entrei, disse ao sapateiro que deixei pago o conserto de um par de botas no mês passado, mas que tinha perdido o recibo. Ele procurou no quarto dos fundos e voltou com estas. Ele disse que estava prestes a jogar as botas fora!

— Bem, espero que ninguém pare você na rua e as peça de volta — ela disse, lacônica. Então cuidadosamente enrolou os mapas, os colocou diante dela na mesa e os guardou no novo tubo rígido. — Eu tenho muitos mapas para a viagem de trem, e encontrei um mapa de Nochtland, mas sem muitos detalhes da fronteira e nada para todo o caminho entre a fronteira das Terras Baldias e Nochtland.

— Eu já falei... eu conheço o caminho — Theo disse. — Não precisamos de mapa.

Eles ouviram passos nos degraus.

— Embalei um pouco de comida para vocês — disse a sra. Clay enquanto entrava, entregando a Theo uma cesta que parecia cheia até a borda. — Desculpem-me por não poder fazer mais do que isso. — Seus olhos se encheram de lágrimas. — Sinto muito, Sophia querida — ela limpou a garganta. — Você já fez as malas?

— Estamos prontos para ir — Sophia disse.

A sra. Clay a abraçou carinhosamente.

— Tome cuidado, querida. Não se preocupe comigo ou com a casa... Estaremos bem. Apenas tome cuidado. Eu estou com seu cronograma, e estarei aqui para dizer a Shadrack o que aconteceu, caso ele volte.

— Obrigada, sra. Clay.

A governanta apertou a mão de Theo.

— Vocês devem tomar conta um do outro — ela disse. — E que os Destinos olhem por vocês também.

# PARTE 2
# Perseguição

# 10
## A capela branca

> *21 de junho de 1891:*
> *O desaparecimento de Shadrack (dia 1)*
>
> *Muitas pessoas acreditavam que As crônicas da Grande Ruptura haviam sido escritas por um charlatão, um falso profeta: um homem que chamava a si mesmo de Amitto e que, nos primeiros dias após a Ruptura, decidira tirar vantagem do medo e do pânico que se espalhavam por todos os lugares. Elas contêm poucos detalhes e pouca substância: palavras vagas sobre guerra, morte e milagres. Mas, em alguns círculos, as Crônicas ganharam credibilidade, e os seguidores de Amitto, particularmente aqueles da seita nülistianista, clamam que os relatos trazem não só a verdadeira história da Grande Ruptura como também as verdadeiras profecias.*
>
> — Shadrack Elli, *História do Novo Mundo*

EM UMA COLINA ALTA rodeada por pinheiros ao norte dos limites de Novo Ocidente havia uma enorme mansão de pedras embranquecidas pelo sol. As janelas da mansão brilhavam sob a luz clara, e os cata-ventos de prata reluziam nos telhados pontiagudos. Uma estrada de terra com uma única trilha serpenteava em meio aos pinheiros até o alto do morro, fazendo um círculo diante da entrada. Não havia nenhum movimento ao longo da trilha. Alguns corvos voavam preguiçosamente, vindos dos pinheiros em direção a uma cruz de pedra no ponto mais alto da mansão. Numa das extremidades, conectada por uma arcada estreita, ficava uma capela. Os corvos rodearam, grasnaram e então pousaram sobre a cruz. Assim que se empoleiraram, toda a cena entrou na mais perfeita quietude... ou mesmo paz. Os pinheiros, a constante luz do sol, a mansão pálida, tudo isso formava uma paisagem serena. Mas, dentro da capela, não havia quietude. Naquele espaço cavernoso, um movimento cheio de propósito ia ganhando força.

Shadrack estava sentado sozinho, as mãos amarradas atrás do corpo e os tornozelos presos às pernas da cadeira. Ele olhava fixamente para o teto, com a cabeça apoiada na gelada parede de pedra atrás dele. O chão havia muito fora liberado de seus grandes bancos, para que a capela se parecesse mais com uma sala de trabalho do que com um lugar de devoção. Centenas de livros pesavam sobre as prateleiras, que enchiam as paredes, e as longas e muitas mesas estavam cobertas com pilhas de papéis, livros abertos e frascos de tinta. Na frente da capela, onde um dia houvera um altar, havia agora uma imensa e negra fornalha. Naquele momento, contudo, estava apagada e em silêncio, na companhia de seus foles, pinças e um par de luvas de couro chamuscadas. Pelas ferramentas e materiais espalhados ao redor, podia-se ver que a fornalha tinha apenas um propósito: fabricar vidro.

Shadrack observava as criações da fornalha cercando silenciosamente a capela logo acima de onde ele estava: centenas de enormes globos de vidro em uma constelação flutuante, controlados por um único mecanismo que se erguia do centro do salão. Os mecanismos de metal que os conectava — não muito diferentes do mecanismo de um relógio, para o olho inexperiente de Shadrack — haviam sido lubrificados, porque não emitiam nenhum ruído. Ele observava a suave e interminável rotação dos globos, olhando para aquilo durante horas.

As superfícies dos globos não eram imóveis. Cada uma parecia tremer em um movimento contínuo, que se assemelhava à vida. Os raios de luz atravessavam os vitrais coloridos, refletindo-se na parede e no teto. Eles estavam muito altos para que Shadrack conseguisse ver claramente, mas aquele tremeluzir delicado apenas aumentava sua beleza. Conforme mergulhavam e se aproximavam, os globos às vezes pareciam revelar formas e expressões sutis. Shadrack sabia que, se observasse com atenção, o padrão de movimento que eles faziam se tornaria claro.

Ele também tentava desesperadamente se manter acordado, pois não havia dormido desde que havia sido tirado de sua casa, na East Ending Street. Em parte, ele havia tentado descobrir quem o havia feito prisioneiro. Os homens que o haviam levado eram niilistianos. Era evidente pelos amuletos que traziam pendurados no pescoço: pequenos ou grandes, de metal, madeira ou pedra entalhada, todos exibiam o distintivo com o símbolo da mão aberta. Mas eles não se pareciam com nenhum outro seguidor de Amitto que Shadrack já havia conhecido, e ele especulou que pertenciam a alguma seita militante obscura — além dos amuletos, eles carregavam ganchos de ferro. Shadrack podia dizer, pelo modo como usaram as armas nos quartos de sua casa, que eles tinham bastante prática. O mais perturbador era que os homens silenciosos tinham o mesmo tipo de cicatriz incomum: linhas que se esticavam do canto da boca e cruzavam as bochechas até acima das orelhas. Eles formavam sorrisos, terríveis, imutáveis e artificiais, gravados em rostos que não sorriam.

Uma vez que Shadrack os persuadira de que já haviam encontrado o que procuravam, eles terminaram o ataque à casa e recuaram em um silêncio sem reação. A viagem para fora de Boston na carruagem foi longa, e ele havia tentado — com certo sucesso — mapear a rota. Isso se tornou mais difícil depois que lhe puseram uma venda e o colocaram em um vagão de trem, mas sua bússola interna lhe permitiu notar que havia viajado para o norte por muitas horas, e, pelas ocasionais rajadas de vento frio, ele suspeitou de que não estavam a mais de uma hora ou duas das Geadas Pré-Históricas.

Toda a raiva que ele havia sentido quando o capturaram sumiu lentamente durante o longo dia de jornada. Ela havia se transformado em uma atenção aguçada. O ar noturno, quando saíram do vagão, estava fresco, mas ainda veranil. Ele sentiu o cheiro de pinheiro e musgo. Os niilistianos o levaram direto do vagão para a capela, amarraram-no em uma cadeira e removeram-lhe a venda. E então desapareceram. O lento movimento dos globos havia acalmado o que lhe restara da raiva, e agora ele sentia apenas uma intensa curiosidade quanto às circunstâncias e aos arredores. Seu sequestro havia se tornado outra exploração.

Enquanto ele olhava fixamente para os globos, de repente ouviu uma porta se abrindo em algum lugar perto do altar. Ele se virou para olhar. Dois dos homens entraram na capela, seguidos por uma mulher usando um vestido cor de creme com mangas justas abotoadas. Um véu de linho amarelado escondia completamente suas feições. Enquanto ela se aproximava com passos rápidos e leves, Shadrack tentava descobrir o que podia, mesmo sem conseguir ver seu rosto.

A mulher parou a alguns metros dele.

— Finalmente o encontrei, Shadrack Elli. Mas não o Rastreador de Vidro que eu desejava... Onde ele está?

No momento em que Shadrack ouviu a mulher falando, o significado de suas palavras se tornou indistinto. Sua voz era linda... e familiar: baixa, gentil, e até mesmo com um leve sotaque que ele não conseguiu identificar. Embora suas palavras não demonstrassem emoção, o som delas o atirou em uma tempestade de memórias antigas. Ele havia ouvido sua voz antes; ele conhecia aquela mulher. E ela devia o conhecer também; por que então esconder o rosto atrás de um véu? Contudo, apesar da apressada noção de familiaridade, ele não conseguia se lembrar de onde ela era. Shadrack despertou, tentando afastar o sentimento que o tomara. Ele se obrigou a se concentrar e não entregar nada em sua resposta.

— Sinto muito. Eu dei aos seus homens o que eles pediram. Eu não sei a qual vidro você se refere.

— Sabe sim, Shadrack — a mulher disse suavemente e se aproximou mais um passo. — Você e eu estamos do mesmo lado. Diga-me onde ele está, e prometo resolver tudo.

Por um instante, Shadrack acreditou nela. Ele precisou fazer um esforço monumental para compreender o significado das palavras e não apenas seu som.

— Se você e eu estamos do mesmo lado — ele disse —, então não há razão para seus capangas niilistianos me arrastarem para fora de casa, para começo de conversa. — E, enquanto falava, ele percebeu que o efeito causado pela voz da mulher estava sumindo.

A mulher balançou a cabeça e o véu estremeceu.

— Antes de mais nada, eu realmente devo insistir para que você me diga onde ele está — ela pousou levemente a mão enluvada no ombro de Shadrack. — Você enganou meus Homens de Areia, mas não vai me enganar. Onde está o Rastreador de Vidro? — ela sussurrou.

Shadrack olhou o mais fixamente que pôde, tentando ver por trás do véu, mas, mesmo tão perto, nada foi revelado.

— Tenho dúzias de mapas de vidro. Ou pelo menos tinha, antes que seus "Homens de Areia" quebrassem a maioria deles. Talvez você devesse procurar entre os cacos... o vidro que você quer provavelmente está lá.

A mulher soltou um pequeno suspiro e se afastou.

— Imaginei que seria desse jeito, Shadrack. Ainda assim, estou feliz de ter você aqui. — O tom da mulher era calmo e apenas um pouco perturbado, como se ela estivesse discutindo uma preocupação trivial com um amigo em vez de direcionar ameaças para um homem amarrado. Ela indicou os globos de vidro que giravam acima dela. — Você talvez seja o maior cartógrafo de que se tem notícia em Novo Ocidente... talvez até no mundo — ela disse. — Mas terá de me perdoar por dizer que eu acredito ser a maior cartógrafa *desconhecida*. — Ela ergueu o olhar até os globos e falou sem se voltar para Shadrack. — Eu teria me beneficiado de sua companhia antes. Anos e anos de trabalho — ela disse em voz baixa. — Tentativa e erro... a maioria erro. — E mais uma vez olhou para seu prisioneiro. — Você sabe o quanto é difícil criar um mapa de vidro esférico? Demorei eras para me aperfeiçoar somente na técnica de assoprar o vidro; e trabalhar com uma esfera acrescenta uma nova dimensão, digamos, ao ato de criar mapas. Mesmo assim — ela disse suavemente —, o esforço valeu a pena. Não acha?

— Eu realmente teria que lê-los pessoalmente para determinar a qualidade.

A mulher se virou abruptamente.

— Sim... Por que não? Houve uma época que isso foi tudo o que eu mais quis — ela fez um sinal para os dois homens, que estavam parados a certa distância. — Naquela mesa — ela disse, apontando. Sem desamarrar Shadrack, os dois homens fisgaram a cadeira com seus ganchos e a arrastaram até a pesada mesa que ficava a alguns metros de distância. Havia um globo de vidro em um apoio de metal.

A mulher desamarrou as mãos de Shadrack.

— Vá em frente... por favor. Olhe mais de perto.

Shadrack esfregou os pulsos e, depois de um olhar afiado para sua captora, voltou sua atenção para o globo. Ele era levemente opaco — turvo — e tinha mais ou menos o tamanho de uma cabeça humana. A base de metal havia sido primorosamente forjada — cobre, pelo que parecia — e o vidro era perfeitamente liso. Shadrack observou que o globo brilhou em um movimento agitado. Por vários minutos ele olhou fixamente para o objeto sem compreender, e então se deu conta de que a ilusão de movimento dentro do globo era criada por grãos de areia. Eles moviam algum poder invisível, circulando gentilmente como em uma espécie de dança. Eles se lançavam para baixo, se espalhavam no fundo do globo e arqueavam novamente para o alto. Subitamente a areia formou um padrão, e Shadrack viu um inconfundível rosto humano olhando para ele.

Ele recuou.

— Isto não é um mapa do mundo. É um mapa da mente humana.

A mulher inclinou o rosto oculto pelo véu em sua direção, como se admitisse o raciocínio dele.

— Você está bem perto.

Shadrack ainda não havia tocado o globo. Naquele momento, com certo tremor, ele colocou a ponta dos dedos gentilmente sobre a superfície lisa. As memórias que surgiram em sua mente eram mais poderosas que qualquer coisa que ele experimentara. Ele foi dominado pelo cheiro de madressilva e ouviu o ribombar de risadas nos ouvidos; ele havia sido jogado em uma moita de madressilva, e sentiu as folhas sendo esmagadas sob suas mãos enquanto tentava se levantar. Ele se lembrou de ficar em pé e correr por um gramado úmido e então tropeçar, caindo de cara na grama. Ele sentiu as folhas molhadas nas bochechas e o cheiro da terra no nariz. Aquelas eram memórias de uma criança.

Shadrack tirou os dedos, respirou fundo e olhou novamente para o globo embaçado, balançando a cabeça.

— É impressionante. — Sua voz era de franca admiração. — Eu nunca experimentei cheiros, visões e sons tão poderosos. Confesso que estou curioso. Como conseguiu mapear memórias tão vívidas?

A mulher se inclinou para a frente e tocou o globo com um dos dedos enluvados.

— Você deve saber, por também fazer mapas de memórias, que não importa o quanto você tente, as pessoas sempre acabam se contendo. As memórias ainda são delas, no fim das contas. Já que o cartógrafo apenas reúne um fraco eco delas.

Shadrack deu de ombros.

— Melhor uma vaga memória do que nenhuma. Todos os mapas são assim. Eles apenas expressam os contornos, um guia para um mundo bem mais rico.

— Sim, mas eu não quero contornos. Eu quero as memórias em si.

Mais uma vez, ele olhou fixamente para o véu amarelado.

— Isso seria impossível. Além do mais — ele acrescentou em tom de advertência —, cada um tem suas próprias memórias.

A mulher não falou. Ela esticou a mão e gentilmente tocou o globo mais uma vez com o dedo enluvado. Ela se demorou por um momento, então o puxou de volta e falou, ignorando as últimas palavras de Shadrack.

— Não é impossível. Eu realizei tal feito.

— O que quer dizer?

— As memórias são tão vivas porque elas estão *completas*. Elas foram capturadas em sua totalidade por esses grãos de areia — completou, como se descrevesse algo de grande beleza.

Shadrack olhou consternado para o globo.

— E o que aconteceu com a pessoa a quem elas pertenciam? O garoto... ou homem... que tinha essas memórias?

— As memórias não são mais dele.

— Você as roubou? — A mulher deu de ombros, como se considerasse aquela palavra grosseira mas adequada. — Não acredito em você — Shadrack disse, e encarou o véu em silêncio. — Como fez isso? — ele finalmente perguntou.

A mulher soltou um rápido suspiro de satisfação.

— Eu sabia que você se interessaria. Eu lhe mostro o processo algum dia. Por enquanto, só posso dizer que envolve submergir a pessoa na areia e então usar essa areia para fazer o globo. É um método lindo. Mas os resultados... são ainda mais belos. Você entende, o globo para o qual está olhando não é o mapa. Este é o mapa. — E indicou a constelação de globos que circulava acima deles. — Este é o mapa que me levou até você.

— Então você terá de lê-lo para mim — Shadrack disse com acidez —, porque eu não vejo um mapa nessa coleção de memórias roubadas.

— Não vê? — a mulher perguntou, soando levemente surpresa. — Veja mais de perto. Veja com se movem... pairando, deixando-se levar, de repente se aproximando. Todas essas memórias estão conectadas. Alguém passando por alguém na rua. Uma pessoa vendo outra através de uma janela. Alguém encontra um livro perdido aqui, alguém o entrega lá. Alguém descobre um velho baú cheio de painéis de madeira, e outra pessoa os vende no mercado. Alguém compra esses painéis e faz um armário com eles. Alguém rouba o armário. Isso tudo lhe soa familiar? Pode ter acontecido antes de seu tempo. Há uma história... uma história... circulando sobre sua cabeça, e o mapa que a desenhou me levou até você. Eu tomei muitas memórias para encontrar o Rastreador de Vidro, e você com ele.

Shadrack não conseguia falar.

— Então você perdeu seu tempo.

— Não — ela disse em voz baixa. — Eu aprendi muito. Muito mais do que esperava. Você sabe... as lembranças das pessoas são mais ricas do que elas imaginam. Elas ignoram memórias que não lhes parecem importantes, mas, para um leitor cuidadoso, elas se sobressaem, cheias de significados. — Ela ergueu o globo de vidro e o girou lentamente, e então o colocou na mesa, diante de Shadrack. — Esta última foi a chave. Leia novamente.

Depois de um momento de hesitação, Shadrack pressionou a ponta dos dedos no globo. Imediatamente se lembrou de uma biblioteca repleta de livros empilhados. O cheiro de papel úmido ao redor dele e a luz fraca entrando pela janela. Na mesma hora, soube a quem o quarto e as memórias pertenciam. Ele perdeu o ar, assombrado.

Como se para dirimir qualquer dúvida restante, a memória se demorou sobre um letreiro gravado na porta aberta:

### CARLTON HOPISH
*Cartógrafo*
*Ministro das Relações com Eras Estrangeiras*

Um rosto que parecia ao mesmo tempo familiar e estranhamente distorcido apareceu de repente ao lado da placa. Era o seu próprio rosto. Shadrack queria se afastar do globo e do horror ali estampado, mas não conseguiu. Ele se lembrou da conversa que haviam tido, mas agora através dos olhos de seu amigo Carlton, do cumprimento entre eles e de Carlton o convidando a se sentar. Shadrack fez uma careta; ele sabia onde aquilo ia parar, e de repente entendeu, claramente e em pânico, por que a mulher do véu o havia sequestrado.

— *Solebury está partindo no próximo mês* — *Carlton disse.* — *No começo ele não queria dizer, mas depois acabei arrancando a informação dele.* — *Carlton se inclinou para frente e deu um tapinha triunfante no joelho de Shadrack.* — *Ele acredita que finalmente encontrou uma indicação definitiva da localização da carta mayor.*

*Shadrack franziu a testa.*

— *Ele está perseguindo uma ilusão* — *disse rispidamente.*

— *Não me venha com essa* — *Carlton protestou.* — *Logo você... Um dos poucos que conseguem ler e escrever mapas de água.*

— *Não é nada mais do que uma fantasia.*

— *Fantasia? Como pode dizer isso? Achei que você ia querer ir com ele* — *Carlton disse, com um ar magoado.* — *Não é do seu feitio dei-*

xar passar a chance de fazer uma grande descoberta... a chance de encontrar o mapa vivo do mundo, o mapa que guarda cada momento, passado, presente e futuro, um mapa que pode mostrar quando a Ruptura aconteceu...

— Não há nada a descobrir.

Carlton permaneceu em silêncio, estudando a expressão cautelosa e relutante diante dele.

— Seria de grande ajuda. Particularmente — acrescentou maliciosamente — se for verdade que você tem o Rastreador de Vidro Poliglota.

Shadrack lançou um olhar pungente para ele.

— Onde você ouviu isso?

— Então é verdade! — Carlton exclamou. — Eu daria tudo para vê-lo.

— Eu estou com ele — Shadrack desviou o olhar. — E não existe nenhum prazer em ler o que há ali, acredite em mim.

Carlton diminuiu o tom da voz até chegar a um sussurro.

— Mas você poderia usá-lo para encontrar a *carta mayor*. Seria um grande serviço ao seu país, Shadrack.

— Eu disse não! E não discutirei mais sobre isso.

— Venha, Shadrack, não fique bravo comigo — Carlton disse, em tom conciliatório. — Eu não sabia que você tinha sentimentos tão fortes a esse respeito.

Shadrack tirou os dedos do globo, como se ele o machucasse. A imagem de Carlton na cama de hospital, indefeso e desprovido de inteligência, uma mera casca vazia, inundou sua mente.

— O que você fez com ele? Você é a responsável por deixá-lo... arruinado?

— Eu dou valor às lembranças dele — a mulher disse, com o que parecia um sorriso. — E sempre darei. Elas me levaram até você.

— Você o destruiu por nada — disse Shadrack, com a voz endurecida pela fúria. — Se você está procurando a *carta mayor*, está perdendo seu tempo.

— Por que você é tão veemente em sua negação? — O véu tremeu levemente. — Eu me pergunto. Será que você realmente acredita que ele existe? Será que a simples menção dele lhe toca em uma ferida aberta, em um velho machucado que nunca realmente se curou? E pensar — ela disse suavemente — que tal conhecimento pode estar bem atrás dessa frágil parede de pele e osso.

Ela pressionou os dedos contra a testa de Shadrack.

— Você está perdendo seu tempo — Shadrack repetiu com raiva, repelindo-a. E então ele se deu conta, chocado, de que a mulher diante dele podia facilmente deixá-lo como havia deixado Carlton: vazio, indefeso, destituído de qualquer esperança de melhora. Shadrack fez um esforço para controlar a raiva.

— Você está familiarizado com a última seção de *As crônicas da Grande Ruptura?* — ela perguntou.

Enquanto Shadrack encarava a mesa diante dele, olhando para nada mais além do globo, seus olhos avistaram uma tesoura.

— Estou familiarizado, é claro, mas as *Crônicas* de Amitto são, sem dúvida, apócrifas. Eu considero um trabalho de ficção manipulativa. — E lentamente pousou o braço sobre a tesoura enquanto falava.

— Ah, não — ela sussurrou. — Elas são reais. Tudo que existe nas *Crônicas* aconteceu ou acontecerá. Lembre-se da frase final... 27 de dezembro: "Considere que nosso tempo sobre a terra é um mapa vivo; um mapa desenhado na água, sempre se misturando, sempre mudando, sempre fluindo".

— Eu me lembro — Shadrack disse cuidadosamente, enfiando a tesoura na manga. — Mas isso não significa nada. É poesia vazia, como o resto das *Crônicas*.

Ela deu a volta na mesa para que pudesse ficar de frente para Shadrack.

— O que você diria se eu contasse que tenho provas, nos globos sobre sua cabeça, de que a *carta mayor* é real: o mapa vivo do mundo desenhado na água existe. E mais, um cartógrafo hábil pode não apenas lê-lo — ela fez uma pausa — como alterá-lo; alterar o mundo alterando o mapa.

— Ninguém jamais viu a *carta mayor* — Shadrack disse, laconicamente. — Então me parece bastante presunçoso começar a especular suas propriedades.

— Você não está ouvindo — ela se inclinou na direção dele. — Eu tenho a prova. A *carta mayor* é real. Não apenas um mapa do mundo que foi e do mundo que é. Ele mostra todos os mundos possíveis. E, se um cartógrafo como você modificar a *carta mayor*, poderá mudar o presente. Poderá até mudar o passado... reinventar o passado. Reescrever a história. Você me entende? O mundo todo pode ser *redesenhado*. A Grande Ruptura pode ser *desfeita*.

— Não pode ser desfeita. Todo cartógrafo, cientista, cosmógrafo dirá a mesma coisa: só poderá haver outra ruptura. O mundo é como ele é agora... seu curso foi determinado. Mudar as eras significa causar uma nova ruptura no mundo... e as consequências são desconhecidas, inimagináveis. A única maneira de transformar o mundo num grande agora é por meio da exploração, da comunicação, das alianças, do comércio. Em princípio, faço objeção ao tipo de mudança que você descreve. Mas minha objeção não tem importância; a tarefa que você se propôs a completar é impossível — sua voz era dura. — Você está enganando a si mesma se acredita no contrário.

— *Você* está enganando a si mesmo — ela respondeu, repudiando o argumento. — Sua pouca curiosidade pelas outras eras. Uma viagem marítima aqui, uma caminhada pelas montanhas ali. O que você espera realizar com explorações tão triviais? O que é a exploração comparada à esperança de *sincronia*, de harmonia? À esperança de restaurar o *verdadeiro* mundo?

— Isso não pode ser feito. Acredite em mim. Eu tenho trabalhado com mapas de água. Imagino que você não tem, caso contrário, eu não estaria aqui. Isso não pode ser feito.

O véu da mulher estremeceu.

— Mas você ainda não viu a *carta mayor*. Será diferente.

Shadrack balançou a cabeça e se inclinou mais sobre a mesa. E, quando ele fez isso, soltou a mão direita até sentir que a tesoura tocava a corda que prendia seu tornozelo. A mulher ainda estava do outro lado da mesa. Os dois niilistianos com cicatrizes estavam perto da fornalha fria, com os ganchos pendurados nas mãos. Ele olhou rapidamente para a outra extremidade da capela e viu uma porta dupla que sem dúvida se abria para o ar livre. Então ele se inclinou para mais perto do globo de vidro, como se o examinasse.

— Seu trabalho é impressionante, e eu admiro suas sensibilidades cartográficas... sinceramente. Mas não posso ajudá-la; e, mesmo se pudesse, não iria.

Ele conseguiu cortar a corda que lhe prendia o tornozelo direito e se inclinou ainda mais para alcançar o outro tornozelo por sob a mesa.

— Não posso ajudá-la porque não acredito nas *Crônicas* nem na *carta mayor*. E não vou ajudar porque não quero ver a Grande Ruptura se repetir novamente. Não quero ser parte disso. Minha única consolação é de que a tarefa que você se propõe a fazer é impossível de realizar — Shadrack cortou as cordas de seu tornozelo esquerdo e rapidamente deslizou a tesoura de volta para sua manga e se endireitou na cadeira.

— Ah! — a mulher disse, dando a volta até o lado de Shadrack da mesa. — Então devemos colocar nossas crenças à prova? Se você realmente acredita que a *carta mayor* não existe, me diga onde o Rastreador de Vidro está. Você pode me provar que as *Crônicas* não são nada além de poesia vazia.

Shadrack permaneceu em silêncio, com o rosto impassível.

— Acho que, se o mapa de vidro não está aqui, só há um lugar onde ele possa estar. Com sua sobrinha. Sophia.

— Já lhe disse... Todos meus mapas de vidro estão estilhaçados no chão do meu escritório.

A mulher colocou a mão enluvada no braço de Shadrack — o mesmo braço que escondia a tesoura na manga.

— Eu ainda não lhe disse meu nome — continuou suavemente. — Pode me chamar de Blanca. Como o branco de uma página não escrita... de um mapa em branco. Ou a areia branca. Ou uma pele bela e imaculada.

Shadrack olhou para ela, mas não disse nada. Em seguida olhou para os dois Homens de Areia, que pareciam perdidos em pensamentos, olhando para os globos no alto.

— Sophia está com o mapa, não está? — Blanca perguntou. — E tudo o que eu preciso é de algo para persuadir sua sobrinha a me entregá-lo.

Shadrack subitamente se levantou da cadeira, dobrando o braço de Blanca para trás. A tesoura voou pelo ar e descreveu um arco, destruindo um dos globos. Uma chuva de estilhaços e areia caiu sobre eles, mas ele já havia começado a correr na direção oposta da capela, tentando chegar às portas largas que havia no fundo. Ele ouviu os passos dos homens atrás dele e o grito furioso de Blanca ao ver o globo quebrado.

As largas portas duplas diante de Shadrack subitamente se abriram e quatro Homens de Areia entraram na capela. Shadrack desviou para a esquerda e correu até uma das janelas: ele podia subir em uma daquelas mesas e saltar e, com sorte, conseguiria atravessar o vitral. Então sentiu uma súbita e dolorosa fisgada na perna.

Ele havia sido preso ao chão, com o peito colidindo dolorosamente contra a pedra. No momento seguinte, estavam todos sobre ele. Shadrack sentiu o gosto de sangue na boca enquanto os homens o levantavam, prendendo seus braços atrás das costas. O gancho havia rasgado a perna de sua calça, deixando dois longos vergões da coxa até a barra. Por sorte, o gancho não atingiu fundo seu músculo.

Os Homens de Areia o arrastaram, lutando, cruzando o salão da capela até a cadeira perto da mesa.

— Prendam o braço esquerdo dele bem forte — Blanca disse, calmamente. — Segurem o braço direito, e o deixem livre. — Os ombros de Shadrack doíam enquanto o peito era endireitado e a mão esquerda amarrada. — E coloquem a mordaça. Apenas na boca... preciso dos olhos dele abertos.

O homem diante dela segurava um pequeno bloco de madeira do tamanho de uma barra de sabão transpassado por um pedaço de fio metálico. Shadrack travou os dentes e enfiou o queixo no peito. O homem ao lado puxou a cabeça dele para trás e lhe golpeou a garganta, com força suficiente para que Shadrack fosse forçado a tossir. Antes que pudesse fechar a boca, ele sentiu o bloco de madeira entre os dentes e os fios contra as bochechas, com nós fortemente amarrados atrás da cabeça.

O fio metálico começou a lhe machucar os cantos da boca. Agora ele sabia como os niilistianos haviam conseguido suas cicatrizes.

— Se você não se debater, o fio não vai cortar — Blanca disse, docemente. — Você vai escrever uma carta para mim. — Ela colocou papel e caneta diante dele e se inclinou. — Agora.

Shadrack pegou a caneta sem firmeza. Blanca se afastou devagar, e Shadrack pôde ver o rosto dela por trás do véu.

## 11
## Nos trilhos

> *22 de junho de 1891: 11h36*
>
> *As linhas ferroviárias surgiram como um empreendimento de risco patrocinado pelo governo, mas investidores privados logo começaram a fazer fortuna colocando os trilhos que atravessam Novo Ocidente. A ideia de uma ferrovia nacional foi abandonada, e lá pelo meio do século duas ou três companhias privadas compraram cada centímetro de trilho e cada composição. Os milionários das ferrovias se tornaram os indivíduos mais poderosos de Novo Ocidente.*
>
> — Shadrack Elli, *História de Novo Ocidente*

EMBORA SOPHIA VIAJASSE TODOS os verões com Shadrack, ela nunca tinha ido para o sul além de Nova York, nem para o oeste além de Berkshires, e se debruçar sobre mapas das rotas de trem não a prepararam para a emoção de viajar uma distância tão longa em um trem elétrico.

Ela se sentiu meio tonta enquanto se afastavam de Boston em alta velocidade. Ela e Theo tinham uma cabine para a viagem até New Orleans, que contava com um longo banco de couro e dois beliches que se desdobravam saindo da parede, cada um com lençóis brancos engomados. Theo se aconchegou na cama de cima e dormiu contente. Sophia desejou que também fosse capaz de dormir, mas ela não conseguia sequer ficar sentada quieta. Então começou a caminhar entre a porta e a janela na pequena cabine com paredes de madeira, desejando perder a noção do tempo. Sua mão se fechou sobre o carretel de linha prateada no bolso da saia e ela o segurou com força, como se, fazendo isso, chamasse a atenção dos Destinos para que ficassem a seu lado e fizessem o trem andar mais rápido. Para se distrair, começou a revisar a lista de coisas que havia comprado, consultar os horários dos trens e calcular quanto tempo iam levar para viajar da fronteira até Nochtland.

Conforme se aproximavam de Providence, em Rhode Island, ela abriu a janela para ver a plataforma. A cidade surgia diante dela como um labirinto de construções, salpicadas aqui e ali com torres brancas. Como uma fita escura, o Canal Blackstone tecia seu curso através das edificações de tijolos. Árvores verdes empoeiradas cercavam a estação de trem que se aproximava, proporcionando a única sombra sobre a plataforma de madeira apinhada de gente. O ar cheirava a serragem e água de rio. Policiais e funcionários da estação verificavam passagens e documentos de identidade, arrebanhando pessoas em diversos compartimentos. Famílias estrangeiras viajando juntas, solitários exilados carregando bagagens extracheias e expressões de desânimo — todos esperavam na plataforma com viajantes comuns que olhavam para eles com curiosidade, simpatia e às vezes indiferença. A cena em Providence se repetiu uma hora depois nas exuberantes planícies verdes de Kingston, onde se podiam ver vacas reunidas sobre uma sombra ocasional. Em todos os lugares, o sentimento de inquietação era o mesmo. O trem partiu para o sudoeste de Rhode Island e rumou para Connecticut.

Os vidros do vagão estavam bem abertos para que a brisa entrasse, e Sophia se inclinou na janela para se refrescar. Enquanto o trem seguia seu caminho pela costa, ela sentiu o cheiro do sal no ar e olhou pensativa para as pequenas velas brancas flutuando na superfície do oceano. Parecia que o tempo havia reduzido sua velocidade, a ponto de ficar insuportável. Sophia suspirou. *Tenho que fazer o tempo passar mais rápido*, pensou, desesperada, *ou isso vai parecer uma eternidade.* Ela deixou de lado todos os pensamentos que tinha da casa na East Ending Street, que estava deixando para trás, e de Theo, com quem mal havia trocado uma palavra desde que embarcaram, e se concentrou no horizonte.

Enquanto observava, a paisagem mudava. Os trilhos se afastavam da costa e seguiam para o interior. Bordos finos cresciam perto da ferrovia, e Sophia podia sentir aquele cheiro das folhas que passavam o dia todo no sol. A velocidade do trem diminuiu quando se aproximou da parada final em Connecticut, e Sophia viu árvores dando lugar a uma plataforma baixa e uma pequena estação. Poucas pessoas esperavam ali. Suas preocupações retornaram quando ela viu a expressão ansiosa dos viajantes. O que aconteceria se

Shadrack voltasse para casa depois que ela já tivesse se aventurado pelas Terras Baldias, onde a sra. Clay seria incapaz de contatá-la? Ela sentiu uma reviravolta no estômago. Naquele momento, não havia nada que ela pudesse fazer; se Shadrack voltasse para Boston, ele teria de segui-la para o sul.

Enquanto Sophia se afligia com esses pensamentos, ela notou dois homens na estação conversando com o condutor. Ela só podia ver as costas deles, mas estava claro que o condutor estava com medo. Ele havia se encostado de modo desconfortável contra a parede e se afastava ao máximo dos dois. Enquanto ouvia, alisou o bigode hirsuto e arrumou o chapéu nervosamente. De repente, um dos homens se virou, vigiando a plataforma, e seu companheiro fez o mesmo. Sophia ficou sem ar. Eram homens comuns, com roupas normais, mas tinham longas cicatrizes que lhes atravessavam o rosto.

— Theo — ela chamou. — Venha ver esses dois homens. — Enquanto ela falava, o condutor assoprava o apito anunciando a partida.

Theo, que aparentemente já estava acordado há algum tempo, desceu do beliche e se juntou a ela na janela. Mas os homens tinham ido embora, e Sophia bufou de frustração.

— Eles devem ter embarcado no trem. Eram dois homens com cicatrizes. — E, com o dedo, ela traçou o formato da cicatriz, que ia do canto da boca até a orelha. — E você disse que os homens que foram na minha casa tinham cicatrizes.

Theo se sentou ao lado dela.

— Bem, se eles estão no trem, é provável que a gente os veja. A não ser que eles desçam em Nova York. Talvez seja só uma coincidência. Tem muita gente com cicatrizes no mundo.

— Sim, é verdade — ela disse, não inteiramente convencida.

Então pegou seu caderno e tentou se distrair desenhando, mas essa rotina, que normalmente a acalmava, a deixou ainda mais ansiosa: o caderno estava cheio de Shadrack. Os momentos comuns da vida que compartilhavam — refeições tarde da noite, depois dos longos dias de Shadrack, passeios nos museus de Boston, discussões sobre as novas compras na Livraria Atlas, pedaços de papel onde Shadrack havia desenhado Cora Chave de Corda — pareciam profundos com o peso das coisas perdidas e irrecuperáveis. Havia citações de passagens de escritos do seu tio espalhadas por todos o caderno, e a lembrança de sua voz calma e segura, falando sobre o jeito que o mundo era e deveria ser.

Em vez de desenhar, ela pegou o atlas e começou a folhear distraidamente as páginas. É claro que Sophia já havia lido grande parte dele muitas vezes antes, mas o atlas parecia ganhar novo significado quando ela pensou nele como um guia a lugares que ela poderia visitar realmente. A longa parte sobre Nova York descrevia seu cais, parques e os enormes mercados que se davam em lugares fechados. As ilustrações capturavam muito pouco das carruagens barulhentas e dos cavalos e do cheiro de peixe que Sophia lembrava.

Ela virou as páginas até a parte que abrangia as Terras Baldias. Ela sabia que eram chamadas assim por causa de como eram descritas pelos primeiros exploradores que se aventuraram para o sul e o oeste de Novo Ocidente. *Tierras baldías*, os habitantes desses lugares diriam, o que significava "terras inúteis" ou "terras improdutivas", em espanhol. E assim foi traduzido, mantendo o mesmo termo usado para Terras Baldias.

Havia três grandes cidades nas Terras Baldias: Nochtland; a cidade costeira de Veracruz; e Xela, no extremo sul. Historiadores postulavam que todas as três emergiram da Ruptura como misturas das três eras principais: o século dezessete, como era conhecido na antiga maneira de calcular; uma era mil anos antes dela; e outra era mil anos depois. Pequenos bolsões de outras eras existiam ali também, mas a teoria das três eras estava bem estabelecida, e as cidades eram descritas coletivamente como "Triplas Eras". O povo das Triplas Eras seguia uma velha religião que entendia que o tempo era cíclico; os ciclos do tempo eram carregados como pacotes embrulhados nas costas dos deuses, que marchavam incansavelmente com seus fardos. Eram deuses acomodados, aceitando sacrifícios, tributos e concedendo indulgências onde podiam.

Além das Triplas Eras, as Terras Baldias eram bem menos coesas. O homem que havia proclamado o império das Terras Baldias, o imperador Leopoldo Canuto, se importava pouco com conquistas e explorações. Em vez disso, nos primeiros anos depois da Grande Ruptura, ele havia estabelecido uma magnífica corte no centro de Nochtland, não poupando gastos para transformar a caótica cidade em uma metrópole de esplendores. Seu filho, o imperador Julian, havia seguido seus passos, vivendo em isolamento com seus cortesãos e raramente deixando as fronteiras da cidade. Durante seu reinado, o restante das Terras Baldias havia ficado a contento sem governo. A colisão de eras díspares se desdobrou de centenas de modos diferentes, criando alguns lugares que podiam ser considerados paraísos da beleza e outros de imensas terras sem lei. Estes últimos deram às Terras Baldias sua reputação de selvagem, e é verdade que esses bandos de saqueadores errantes haviam se tornado poderosos e gananciosos, dominando cidades inteiras como um fazendeiro domina seus poucos acres.

O filho de Julian, Sebastian, era o oposto de seu pai. Não se interessava na exploração para seu próprio bem; era, sem dúvida, um conquistador. Quando sua jovem esposa morreu, deixando-o sozinho com uma filha, ele fez disso uma missão e trouxe todo o império das Terras Baldias para seu redil. Pelos últimos vinte anos, ele enviou seus soldados para cada canto das Terras Baldias, tentando extirpar aqueles que por tanto tempo ignoraram o estado de direito. Mas Sebastian encontrou mais dificuldades do que esperava. Ele acabava com um bando de salteadores apenas para ver outro surgindo em seu lugar. Enquanto isso, sua filha, Justa, permanecia na retaguarda, governando em seu lugar. A passagem no atlas de Shadrack indicava que a família real de Nochtland tinha a "Marca da Vinha", e não a "Marca do Ferro", termos que Sophia nunca ouvira antes.

— Você alguma vez viu a princesa Justa? — ela perguntou a Theo.

Ele olhou para ela com uma expressão divertida.

— Nunca. Quase ninguém viu.

— O que significa essa tal de "Marca da Vinha" que ela tem?

Theo se virou para olhar pela janela.

— Parece que tem a ver com a linhagem da família.

— É como uma árvore genealógica?

— Algo assim.

— No atlas diz que existem mais jardins do que prédios em Nochtland — Sophia observou. — É mesmo?

Theo deu de ombros.

— Parece possível.

— Você já *esteve* em Nochtland, não é? — ela perguntou, com certa provocação.

— É claro que eu já estive lá. Eu só nunca morei lá.

— Então, se você não é de Nochtland, de *onde* você é?

— Eu sou do norte das Terras Baldias — ele segurou as mãos juntas. — Mas eu já estive em todo lugar.

Sophia olhou para ele atentamente.

— E os seus pais? Eles estão no norte das Terras Baldias? — Ela fez uma pausa. — Você não acha que estão preocupados com você?

— Estou ficando com fome — Theo falou abruptamente, abrindo a cesta que a sra. Clay havia preparado. — Você quer alguma coisa?

Sophia estreitou os olhos. Ele estava pouco à vontade, o que aumentou a determinação dela em descobri por quê.

— Ninguém está preocupado que você tenha acabado preso em um circo, ou ninguém sabe?

Theo parecia querer dizer "Não é da sua conta", mas, em vez disso, ele perguntou:

— Aquele é o homem que você viu na plataforma?

Sophia se virou no assento. Parado no corredor e claramente visível através da janela da cabine, estava o homem com as duas longas cicatrizes que saíam dos cantos da boca.

— É ele — ela sussurrou.

O homem estava discutindo com outro, parrudo, da mesma altura que ele, e que impedia sua passagem pelo corredor. Enquanto Sophia e Theo observavam, a discussão se tornou mais barulhenta, e eles a puderam ouvir de dentro da cabine.

— Eu reservei minha cabine há várias semanas — o homem parrudo protestava — e não dou a mínima para o que o condutor prometeu a você. A cabine é minha.

O volume da resposta do homem com cicatriz foi inaudível.

— Eu certamente *não* vou esperar em Nova York por outro trem. Mas que ideia! Acha que eu não sei o valor do dinheiro? Eu paguei uma boa quantia por essa cabine.

O homem com cicatriz deu uma resposta curta em voz baixa.

Por um momento seu antagonista o encarou com uma crescente indignação, enquanto seu rosto ficava vermelho.

— Quando chegarmos à cidade de Nova York, senhor — ele disse lentamente —, vou chamar o primeiro policial que encontrar e denunciar você. Você é um perigo para os outros passageiros desse trem. — Ele virou e se afastou rapidamente. O homem com cicatriz o encarou por um instante. Então lançou um olhar maléfico para a cabine deles, fazendo Sophia recuar em seu assento, e em seguida ele também se afastou.

Ela continuou sentada, em silêncio.

— Definitivamente é ele. Aquele é um dos homens que estiveram na minha casa?

Theo balançou a cabeça.

— Acho que não. É o mesmo tipo de cicatriz, mas o rosto é diferente.

*Talvez seja apenas coincidência*, ela pensou, sem se convencer completamente.

Algumas horas depois, o trem chegou à cidade de Nova York. No começo, parecia uma versão um pouco mais agitada das outras estações. Policiais encurralavam os passageiros e os arrebanhavam na direção dos trens; vendedores com carrinhos de mão se espremiam entre eles. A plataforma estava repleta de folhas de jornal soltas. Um relógio com o ponteiro dos segundos quebrado e pendurado se erguia entre dois trilhos paralelos. Olhando o ambiente, Sophia tentou retomar o fôlego.

— Theo. Venha ver uma coisa.

Eles observaram assombrados enquanto o homem que viram discutindo por sua cabine era conduzido para fora do trem por dois homens com o rosto também marcado de cicatrizes. Sophia engasgou quando eles passaram. — Aquilo é uma... — sua voz sumiu. Ela viu o reluzir de um objeto de metal afiado perto das costelas do homem, e um olhar de terror suprimido em seu rosto.

— Eles tinham algo encostado nele. Uma faca ou um revólver — Theo disse suavemente e assobiou. — Eles realmente queriam aquela cabine.

Horrorizada, Sophia viu quando os dois homens levaram o outro, passando direto por um grupo de policiais que guiavam os passageiros para o trem. Um dos policiais lhe deu um breve aceno com a cabeça.

— Você viu aquilo? O policial deixou que eles passassem!

Theo balançou a cabeça.

— Acho que o que dizem sobre a polícia daqui é verdade.

— O que vamos fazer? Devemos dizer a alguém?

— Sem chance — Theo disse, enfático. — Se a polícia não ajudou aquele cara, quem ajudaria? Ei, se dê por satisfeita que eles não estão mais no trem.

Sophia envolveu os braços ao redor de si.

— Eu estou.

### 15h49: No trem, seguindo para o sul

O *Costa Marítima Limitada* deixou Nova York por volta da hora dezesseis. Enquanto a noite caía, Sophia finalmente desembrulhou um sanduíche da cesta, forçando-se a engolir o pão com queijo. O camareiro passou para se certificar de que tinham roupa de cama, e Theo subiu em sua parte do beliche, pedindo para Sophia alguns mapas para estudar. Ela abriu a cama e tentou ler o atlas, mas não conseguia tirar da cabeça o homem aterrorizado que vira na plataforma. Então seus pensamentos voaram para Shadrack, e sua ansiedade cresceu ainda mais. As maneiras de encontrá-lo pareciam frágeis e incertas durante o dia; à noite então, completamente impossíveis. Enquanto tentava ler, percebeu que não conseguia se concentrar; sua mente estava viciada em imaginar horrores. Finalmente, com um suspiro, fechou o atlas e o segurou com força contra o peito.

Despertou um pouco mais tarde, com o rosto pressionado contra o livro. Um pesadelo que ela não conseguia lembrar havia feito seu coração disparar, e ela se levantou para olhar pela janela. Theo se inclinou na beirada da cama.

— Achei que você tinha ido dormir — ele disse em voz baixa.

— Eu fui, mas perdi o sono depois. — Ela olhou para o relógio; era quase a hora vinte. Então olhou para a lua cheia e branca que brilhava por sobre as árvores. — Você sabe onde estamos?

— Não faço ideia. Nas últimas duas estações estava escuro demais para ler as placas.

Sophia esfregou os olhos.

— Vou esticar as pernas. Passamos quase o dia todo aqui.

Theo se sentou, batendo a cabeça no teto da cabine.

— Ei, eu vou com você.

— Tudo bem. — Adormecer cheia de preocupação e despertar em um lugar estranho havia dispersado o que ainda havia de ressentimento contra Theo; ela se sentia cansada demais, e havia muitos outros medos se juntando no fundo de sua mente. Ela colocou o atlas na mochila e a colocou nos ombros.

Eles passaram por diversas cabines silenciosas, em direção ao vagão-restaurante. O ar fresco da noite entrava nos corredores pelas janelas. Ninguém mais no trem parecia estar acordado, e o vagão-restaurante estava completamente deserto, a não ser pelo cheiro fraco de prata polida e batatas cozidas. A lua brilhante fazia com que as lâmpadas fossem desnecessárias; o salão inteiro, com suas toalhas de mesa brancas e seus assentos de couro com pregos de latão, estava banhado pelo luar prateado.

— Esta é a viagem de trem mais longa que já fiz — Sophia disse, sentando-se a uma das mesas e olhando para os trilhos.

Theo sentou na frente dela.

— Eu também. Na verdade, é a primeira vez que estou em um trem.

Sophia olhou para ele, surpresa.

— Sério?

— Já estive em trens, mas nunca dentro de um — ele sorriu secamente. — Primeira vez em Novo Ocidente também. E bem quando decidiram fechar as fronteiras.

Sophia retribuiu o sorriso.

— Você foi muito para eles. A gota d'água.

— Devo ter sido. Quente demais para tocar. — Ele estalou os dedos e apontou a arma imaginária para ela, encerrando o gesto com uma piscadela. Por alguns minutos, os dois permaneceram em silêncio, olhando para a lua e para a silhueta negra das árvores. Então Theo disse: — Não tem ninguém preocupado.

Sophia olhou para ele, que ainda olhava através da janela.

— O quê? — ela perguntou.

— Poucas pessoas sabem que Ehrlach estava comigo, mas elas não se preocuparam.

— Por que não?

Theo lançou outro sorriso, mas os olhos escuros, sob a luz da lua, estavam sérios.

— É cada um por si, como eu disse. Eu não tenho pais... não que eu saiba. Eu morava com os piratas na fronteira ocidental, e eles não se importavam muito se eu estava lá, ou no circo, ou nas Geadas. Para eles dá no mesmo.

Na luz pálida era difícil ver a expressão de Theo, mas, para Sophia, seu rosto parecia mais pensativo que triste.

— O que aconteceu com os seus pais?

— Eu não sei. Nunca os conheci. Desde que me lembro, eu e as outras crianças morávamos com um ou outro pirata.

Sophia não conseguia sequer imaginar isso.

— Então quem tomava conta de você?

— As crianças mais velhas, na maioria das vezes. Uma garota mais velha foi quem me encontrou. Ela me achou em um barril vazio, atrás de um buraco d'água.

— O que é um buraco d'água?

— Um salão. Uma taverna — Theo virou os olhos e encontrou os dela. — Ela me deu roupas, me deu um nome, me alimentou durante anos. E então eu simplesmente comecei a tomar conta de mim mesmo. Era mais fácil desse jeito. Eles iam e vinham; e eu também. Sem laços, sem preocupações.

Seus olhos castanhos olhavam diretamente para ela, e Sophia então percebeu que a ideia que ela fazia dele subitamente havia mudado. Como devia ser estar sozinho... realmente sozinho?

— Por que você não disse isso antes? Quando a sra. Clay perguntou?

Theo balançou a cabeça.

— As pessoas sentem pena de mim quando eu conto isso a elas. As mais velhas principalmente, sabia?

Sophia sabia.

— E como foi que Ehrlach encontrou você?

— Estávamos fazendo negócios na fronteira... vendendo cavalos para um homem de Nova Akan. Aquelas cidades de fronteiras estão cheias de pessoas vendendo e comprando tudo quanto é coisa. Ehrlach parecia só mais um negociante tentando conseguir alguma coisa barata. Ele comprou um cavalo de Aston... esse é o nome do pirata com quem eu e os outros garotos morávamos... e pediu que eu o levasse até a tenda dele. Aston me disse para seguir em frente e entregar a encomenda. Quando entrei na tenda, ele tinha homens me esperando com longas facas. Tive minha cota de lutas contra homens empunhando facas — ele disse, erguendo a mão cheia de cicatrizes — e não me importava em ter mais uma. Tentei pegar o cavalo e fugir, mas eles me impediram. Partimos antes que Aston sentisse minha falta — ele soltou uma risada. — Não que ele fosse sentir.

Theo falava de uma maneira tão leve, com o jeito casual, quase desleixado, do norte das Terras Baldias, que as palavras pareciam jogadas em todas as direções. Mas seu jeito calmo não conseguia abafar as pontadas afiadas da dor em seu íntimo: cacos de vidro sob um tapete fino. Sophia sentiu algo estranho no peito, como uma onda de admiração e tristeza ao mesmo tempo. A impressão que Theo passava de estar acima de tudo — acima de qualquer perigo, acima de qualquer dignidade — vinha acompanhada de um preço.

— Acho que você também não sente falta de Aston.

Theo abriu um largo sorriso.

— Não.

Agora foi a vez de Sophia desviar o olhar. Ela manteve os olhos na lua enquanto dizia:

— Eu não consigo me lembrar dos meus pais, mas sei bastante sobre eles. Tenho sorte. Tive Shadrack para me contar. Eles partiram quando eu era pequena. Em uma exploração. Eles se perderam e nunca mais voltaram. Shadrack podia ter ido atrás deles, mas ele tinha que tomar conta de mim.

— Sophia não sabia por que tinha colocado as coisas daquela maneira, exceto que pela primeira vez lhe ocorreu que havia sido ela quem impedira Shadrack de sair em busca de Minna e Bronson. Ela havia perdido os pais, mas Shadrack havia perdido irmã, e mesmo assim ele nunca havia sequer sugerido que Sophia ficara em seu caminho, sendo um empecilho para encontrá-la.

Eles permaneceram em silêncio por um minuto, observando a luz da lua tremeluzindo sobre a mesa enquanto atravessava as árvores.

— Shadrack estava me ensinando como ler mapas — Sophia continuou — para que pudéssemos ir atrás deles juntos. Mas a verdade é que eles seriam estranhos para mim. Shadrack era minha mãe e meu pai.

— Você quer dizer que ele *é* — Theo a corrigiu. — Nós o encontraremos. Você já descobriu como ler o mapa de vidro?

Sophia alcançou a mochila.

— Como soube que era um mapa? A maioria das pessoas só conhece os de papel.

— Eles não são tão raros.

Ela retirou o mapa de vidro de dentro da fronha e o colocou cuidadosamente sobre mesa. Enquanto os dois olhavam para ele, algo notável aconteceu. A lua se ergueu acima da linha das árvores, e sua luz recaiu inteiramente sobre a placa de vidro. Subitamente, uma imagem ganhou vida em sua superfície. O mapa havia despertado.

## 12
## Viajando à luz da lua

> *22 de junho de 1891: 19h#*
>
> *Entre os mapas que foram parar em coleções de museus e bibliotecas universitárias, há alguns do Novo Mundo que cartógrafos de Novo Ocidente ainda não aprenderam a ler. Seja porque foram forjados por civilizações antigas, seja porque refletem algum aprendizado ainda não descoberto, são simplesmente ilegíveis até para os mais exímios cartógrafos ocidentais.*
>
> — Shadrack Elli, *História de Novo Ocidente*

— A LUZ DA LUA! — Sophia gritou, inclinando-se na direção do mapa. — Eu devia ter pensado nisso.

Theo se inclinou para a frente.

— O que está acontecendo?

— Os mapas de vidro respondem à luz. Normalmente apenas à luz de uma lâmpada ou do sol. Nunca me ocorreu que devia existir algum feito para reagir à luz da lua — ela manteve os olhos no mapa, tentando entender as linhas que se desdobravam em sua superfície.

Aquele mapa era diferente dos que ela havia visto na biblioteca de Shadrack. Com exceção da insígnia do cartógrafo, não havia relógios nem legendas de nenhum tipo na borda. Luminoso, com escritas prateadas que enchiam a placa, de alto a baixo. A maioria das coisas escritas era ininteligível. No meio havia cinco frases em idiomas diferentes, usando o alfabeto romano. A frase em português dizia: "Você verá através de mim". Sophia ainda se lembrava do latim ensinado a ela por um diligente estudante universitário para notar que as palavras em latim da frase algumas linhas abaixo diziam a mesma coisa.

Ela balançou a cabeça.

— Nem sei dizer se isso é um mapa. Eu nunca vi nada parecido. Mas, se é um mapa de memória, podemos ler, mesmo se não entendermos o que está escrito.

— Isso tem que significar *alguma coisa*.

Ela olhou para o mapa, incerta sobre onde devia colocar a ponta do dedo.

— Tente tocar parte da superfície. — Eles colocaram a ponta dos dedos em pontos diferentes ao mesmo tempo.

Sophia nunca havia experimentado emoções tão violentas ao ler um mapa. Mesmo antes de ver qualquer coisa, ela se sentiu inundada por um sentimento esmagador de desespero e medo. Seu coração batia rápido, e ela virava a cabeça sem parar de um lado para o outro, mas nada fazia sentido. O sentimento de pânico aumentou, fazendo com que cada detalhe ao redor dela fosse inexpressivo, confuso e caótico.

Sophia se sentiu cercada pelas pessoas que estavam claramente presentes, mas todas eram indistintas. Elas estavam à sua esquerda, como se enfileiradas ao longo de um corredor, e davam um passo à frente para falar com ela. Cada voz abafava a próxima, e Sophia não entendia nada do que diziam. Começando a se sentir alarmada, se pôs a subir, mas não via a escada sob seus pés. Ela abriu caminho entre todos que estavam ali em direção a um ponto calmo lá no alto. O sentimento de desespero aumentava. Ela sabia que a memória não era dela, mas sentia como se ela, Sophia, empurrasse algum objeto pesado com toda a força. E então sentiu a coisa cedendo, e então rolando, e então, subitamente, caindo.

Por alguns momentos, sentiu que estava em pé, imóvel, como se a tensão da espera fizesse cada nervo de seu corpo formigar. E a estrutura invisível ao redor dela começou a tremer e balançar. Ela sabia, sem dúvida, que em breve tudo ao seu redor desmoronaria.

Então voltou apressada para o corredor onde as pessoas estavam enfileiradas. Ela as ignorou, o coração a ponto de explodir enquanto corria para baixo, percorrendo uma passagem espiralada. O chão sacudiu sob seus pés, ela tropeçou, se levantou e continuou correndo. Pessoas chamavam por ela enquanto ela passava, mas as palavras não faziam sentido; ela não as *escutaria* — não eram importantes. A corrida se tornou mais frenética. Uma porta esperava por ela — uma porta invisível que estava em algum lugar adiante —, mas ela ainda não a havia alcançado e as paredes começavam a cair aos pedaços. O medo a cegava. Tudo que podia ver era um espaço em branco na frente, onde deveria haver uma porta e nada mais. Ela sentiu os degraus desmoronando sob seus pés.

E então, subitamente, irrompeu por uma porta — embora a porta em si não fosse mais que um borrão. Diante dela, além da abertura, não havia nada nem ninguém. O mundo estava vazio. Um brilho fraco ao longe começou a aumentar: alguém corria em sua direção. Logo em seguida, a memória se esvaneceu.

Sophia se afastou abruptamente e viu que Theo havia feito a mesma coisa.

— Do que você se lembrou? — ela perguntou.

— Eu estava em um lugar cheio de gente — Theo disse hesitante, claramente abalado. — Eu empurrei algo, e então o lugar começou a desmoronar e eu corri para fora.

— Eu vi a mesma coisa — ela notou que estava respirando com dificuldade. Eles olharam fixamente um para o outro. Sophia viu a preocupação e a necessidade de compreensão refletidas nos olhos de Theo.

— O que você acha que aconteceu?

— Eu não sei — Theo disse lentamente. — Acho que alguém destruiu aquele lugar... seja lá qual for. Não sei por quê.

— Eu acho que quem fez isso pode ter sido a única pessoa que sobreviveu — Sophia disse. — E esse mapa é a memória que ela tem disso.

— Mas onde foi isso? Quando isso aconteceu?

— Eu não sei. É difícil dizer, porque tudo que podemos ver são as pessoas. Não podemos ver o prédio nem a área ao redor. Precisamos das outras placas de mapas para ver tudo. — Ela balançou a cabeça. — Deve haver uma razão para essa pessoa ter deixado isso para mim. Talvez eu não deva entender, mas só tomar conta.

— Não é muito divertido assistir — Theo disse, amargamente.

— Não, é horrível — Sophia ergueu a placa de vidro e gentilmente a virou. Enquanto ela guardava o mapa em branco novamente na fronha, um movimento rápido chamou sua atenção. Ela olhou para o fundo do vagão-restaurante, para a janelinha redonda que havia na porta, que permanecia fechada. Alguém os observava.

Sophia olhou fixamente, congelando. O homem que estava discutindo do lado de fora da cabine deles olhava diretamente para ela. Ele manteve o olhar por um momento, ameaçador, e então se virou.

— Vamos sair daqui — Sophia sussurrou, guardando o mapa na mochila.

— O que há de errado? — Theo olhou por sobre o ombro.

— Ele está aqui... o homem das cicatrizes. Ele não desceu em Nova York. — Theo foi até a porta rapidamente e espiou pela janelinha.

— Não... — Sophia sussurrou ferozmente.

Theo vasculhou o corredor diante dele.

— Ele se foi.

Sophia colocou a mochila nos ombros, e eles se apressaram na direção oposta do vagão.

— Ele nos viu lendo o mapa — Sophia sussurrou ansiosamente, enquanto eles percorriam o trem.

— E daí? Ele não sabe o que é.

Ela balançou a cabeça.

— Não pode ser coincidência.

Eles entraram no vagão deles, e Theo abriu a porta com Sophia em seu encalço. Então ele parou de repente, e Sophia trombou nele. A luz de uma única lâmpada lançava sombras pelas janelas e pelos estofamentos. Espalhados no assento, um par de revólveres e uma variedade de facas brilharam no pálido luar. Um enorme gancho com pontas afiadas brilhou ao lado deles. Sophia perdeu o fôlego.

Theo se virou e a empurrou pela porta. Eles correram para o corredor e para dentro da cabine deles, uma porta adiante, e ali ficaram, iluminados apenas pelo luar, recuperando o fôlego.

— É ele... ele está na porta ao lado — Sophia finalmente conseguiu falar. Ela sentia que precisava de todo o ar que havia no pulmão para falar.

— Vamos contar para o condutor e pegar outro quarto.

— Não podemos. Ele estava falando com o condutor antes. E eu vi como o condutor estava. Ele estava aterrorizado. *Foi assim que ele conseguiu a cabine* — ela sussurrou desesperadamente.

Theo pensou por um momento.

— Você acha que estamos muito longe de Charleston?

— Não tenho ideia. Eu não... não consigo ter noção de tempo. — Sua voz estava trêmula.

— Está bem — Theo disse, acalmando-a, sem entender sua preocupação. Então ele colocou a mão em seu ombro. — Escuta, ele já teria vindo aqui se quisesse nos machucar, certo? Bem agora, no restaurante, ele poderia facilmente ter invadido. Se ele não fez nada, é porque não quer.

Sophia concordou e respirou fundo.

— Temos que ficar na cabine — ela disse. — Até chegarmos em Charleston.

## 23 de junho, 9h51

SOPHIA ACORDOU E NOTOU que a cabine havia sido invadida pela luz do sol. Ela não conseguia acreditar que tinha adormecido. O pensamento de que havia um perseguidor muito bem armado no quarto ao lado havia deixado Theo e ela no limite. Eles permaneceram acordados até quase amanhecer, tensos demais para dormir, conversando e olhando para a porta como falcões. Agora Theo estava encolhido em uma posição desconfortável no banco, dormindo profundamente. Sophia olhou para o relógio e viu, surpresa, que já era quase a hora dez. Quando ela se levantou, Theo acordou. Ele esfregou os olhos e olhou meio grogue para a janela.

— Onde estamos?

Um céu nublado e uma mancha de vegetação que ia até onde a vista podia alcançar não diziam nada para Sophia.

— Não tenho certeza.

Theo gemeu e se colocou de pé, espreguiçando-se. As roupas emprestadas estavam amassadas e os olhos castanhos lançaram um olhar nebuloso para elas.

— Bem, estou feliz que não estejamos mortos.

Sophia lhe dirigiu um olhar sério. Ele pegou a cesta e começou a caçar o café da manhã.

— Vamos ter que comprar comida no vagão-restaurante depois do almoço.

— Depois do almoço podemos esperar até chegarmos a Charleston — Sophia disse. — Estaremos lá por volta da hora do jantar. Se o trem estiver no horário.

Theo assentiu, mastigando pensativamente um pedaço de pão de frutas. Sophia também comeu um pouco, esforçando-se para engolir.

Ele se levantou um minuto depois.

— Preciso ir até o banheiro.

— Eu sei; eu também. Acho que não temos escolha. Eu vou logo depois de você. Tome cuidado.

Depois que Theo saiu, Sophia observou as árvores que passavam, esperando que o trem parasse em alguma estação para que ela soubesse onde estavam. Ela estava preocupada com algo que havia acontecido enquanto estava adormecida, mas não conseguia se lembrar. A ideia enchia as profundezas de sua mente, inalcançável. Ela pegou seu caderno de desenhos e completou uma página com qualquer coisa, esperando que a ideia viesse à tona. Conforme a velocidade do trem diminuía, Sophia observava a placa que surgia na plataforma. Ela consultou os horários do trem e notou com alívio que estavam dentro do previsto.

As árvores ao longe chacoalhavam com a brisa, e subitamente um pardal passou voando, deu a volta e pousou no peitoril da janela. Ele virou a cabeça para um lado e em seguida para o outro, como se inspecionasse a cabine. Sophia pegou lentamente seu caderno. Ela o abriu em silêncio, pegou um lápis e começou a desenhar. Perdeu a noção do tempo enquanto sua mão se movia vagarosamente pela página. O pardal a estudava. Dando pequenos saltos pelo peitoril, voou abruptamente até o banco ao lado de Sophia, bicou uma migalha e voltou para a janela. Então o apito tocou, destruindo a calma, e, um momento depois, o trem avançou. O pardal irrompeu pelo ar e se foi. Sophia assistiu melancolicamente ao voo e olhou para o desenho. E então, de repente, a ideia que estava pairando em sua mente emergiu direto para a superfície.

Ela estava sentada no beliche de cima, lendo o atlas, quando Theo voltou. Ele não estava sozinho. Sua expressão era furiosa, e quatro homens o acompanhavam: o com cicatrizes que viram no carro-restaurante e mais três outros. Dois deles tinham cicatrizes idênticas no rosto. Conforme entraram, Sophia notou os amuletos que traziam pendurados no pescoço. Dois eram de madeira com cordões de couro; um era de bronze em uma corrente fina do mesmo material. Todos tinham o símbolo da mão aberta do niilistianismo. Todos os três homens com cicatrizes tinham ganchos, que estavam pendurados nos cintos, em cordas longas e cuidadosamente enroladas. O quarto homem, alto e bem-vestido, não tinha cicatriz, nem gancho, nem amuleto. Com um bigode fino em um sorriso calmo e um terno cinza que parecia combinar mais com um casamento ao ar livre do que com um assalto ao trem, ele parecia completamente fora de lugar. Seus olhos azul-claros se fixaram em Sophia.

Enquanto Theo e os três homens com cicatrizes, com expressões duras como pedra, apertavam-se desconfortavelmente perto das cortinas fechadas, o homem alto se sentou e sorriu para Sophia, com uma expressão de calmo divertimento. O espaço ao redor deles parecia impossivelmente pequeno, como se todos estivessem enfiados em um guarda-roupa.

— Então! — o homem alto disse, lançando a ela um largo sorriso. — Você se manteve escondida, trancada como uma princesa numa torre.

Sophia olhava para ele com frieza.

— Não sou uma princesa. — Ela ficou satisfeita por ter soado tão calma, apesar do estômago estar revirando de medo.

O homem riu, como se realmente achasse aquilo uma ótima piada.

— Não, você certamente não é, srta. Tims.

— Você sabe quem eu sou. Quem é você?

— Pode me chamar de Montaigne. — E cruzou os braços confortavelmente. — Você pode não ser uma princesa, srta. Tims, mas fiquei sabendo que você tem uma peça de tesouro digno de uma.

— Duvido — ela disse calmamente.

Montaigne inclinou a cabeça para um lado.

— Vamos lá, srta. Tims. Você sabe muito bem que aquilo não é um pedaço comum de vidro. O Necrosador aqui — e fez sinal para o homem mais próximo — o viu em ação. Luz da lua, não é? Muito esperto — ele piscou. — Eu entendo quanto ele é valioso, por isso é que estou disposto a pagar. Me dê o seu preço.

Sophia balançou a cabeça.

— Não está à venda.

— Em Novo Ocidente — Montaigne disse, erguendo as sobrancelhas —, tudo está à venda. — Ele enfiou a mão no paletó e retirou uma carteira comprida de couro. — Me dê o preço, srta. Tims.

— Não importa o que diga, eu não vou vender.

O sorriso de Montaigne encolheu. Ele se levantou e levou a mão à cabeça, como se estivesse pensando.

— O negócio é o seguinte, srta. Tims — ele disse. — Entre nós quatro, temos seis revólveres. Isso dá três revólveres para cada um de vocês. Uma distribuição generosa, qualquer um pode dizer. Acrescentando que você claramente não está familiarizada com os métodos dos Homens de Areia. Para o seu bem, espero que nunca precise. Escute, esses ganchos que os Homens de Areia trazem consigo sempre pescam os peixes pequenos, por mais escorregadios que sejam. — E deu algumas batidinhas no rosto com o dedo indicador. — Mas eu nunca gostei de conseguir as coisas à força. É vulgar. É desagradável. E... — ele disse, levantando o gancho mais próximo com um dedo — pode fazer muita sujeira. — Ele se aproximou do beliche, o rosto diante dos joelhos de Sophia. Ela recuou, arrastando-se para trás. — Eu posso negociar algo que seja para o benefício de ambos. Se você não aceita dinheiro, talvez esteja interessada em algum tipo de troca. Uma permuta parece mais atrativa para você?

— Depende — Sophia disse. — O que você tem para trocar?

O sorriso voltou ao rosto de Montaigne.

— De tudo. O que você gostaria?

— Shadrack. Você pode ficar com o vidro se me der Shadrack.

O sorriso de Montaigne se alargou.

— Como é que eu já sabia que você diria isso? Que bom que vim preparado! — Ele pegou novamente a longa carteira de couro no bolso e tirou um pequeno pedaço de papel. — Temo que o sr. Elli esteja a *eras* de distância daqui — Montaigne disse. — E eu não o trocaria por nada. Mas você pode estar interessada nisto aqui.

Sem deixar que Sophia visse o que havia no papel, Montaigne cuidadosamente o rasgou ao meio. Entregou a metade de cima para ela, que o arrancou da mão dele. No papel estava escrito:

*querida sophia,*

Não havia dúvida de que era a letra de Shadrack.

— Me dê o resto! — ela gritou.

— Calminha, calminha — Montaigne disse. — Como eu já falei, estou disposto a trocar. Você pode ficar com o resto da carta quando me der o Rastreador de Vidro.

Sophia permaneceu em silêncio. O trem estava desacelerando. Sem dúvida, estavam se aproximando de uma estação. A locomotiva deu um solavanco quando fez a curva, e ela olhou para o pedaço de papel rasgado em sua mão. Ela queria o resto da carta. Mais do que qualquer coisa, ela queria ler com os próprios olhos que Shadrack estava em segurança.

— Tudo bem — ela disse.

— Sophia! — Theo gritou. — Não entregue pra ele. Deixe que ele *tome* o mapa se quiser.

Sophia olhou para ele e balançou a cabeça. Montaigne assentiu, sorrindo.

— Garota esperta.

— Me dê a carta.

— O vidro primeiro, se possível.

Sophia alcançou a mochila e retirou a fronha. Em seguida, puxou a folha de vidro dali e a entregou. Montaigne a pegou, segurando-a com a mão enluvada, e vasculhou a superfície vazia.

— Luz da lua, não é? — ele murmurou novamente. — Muito esperto. — Então se virou para os outros homens. — Tudo bem, acabamos por aqui.

— A carta! — Sophia engatinhou até a beirada da cama.

— Não se preocupe, srta. Tims... Eu sempre cumpro minhas promessas — Montaigne disse, despreocupado, largando a outra metade do bilhete em cima da cama.

Sophia o pegou e, enquanto o trem parava e os homens começavam a sair da cabine, leu a mensagem de Shadrack:

*eLes disserAm que posso esCrever neste bilHete puRa e sImplesmente seu noMe*
*— shAdrack*

— Espere! — Sophia disse. — *É isso?* — Ela pulou da cama. — Você o fez escrever isso. Não diz nada aqui!

Montaigne piscou para ela mais uma vez.

— Eu nunca disse que valia a pena ler a carta. Isso não fazia parte do acordo.

Sophia agarrou o braço dele.

— Onde ele está? — perguntou, com a voz a ponto de falhar. — Me diga que ele está bem.

Montaigne se soltou calmamente.

— Ele não diz mais respeito a você, garotinha — ele retrucou friamente. Cada traço de divertimento havia sumido de seu rosto. — Ponha isso na cabeça.

E fechou a porta atrás de si.

# 13
## A linha oeste

> 23 de junho de 1891: 11h36
>
> *Nova Akan: membro de Novo Ocidente desde 1810. Depois da Ruptura, a rebelião no Haiti incitou rebeliões similares nos territórios escravagistas. Revoltas nas antigas colônias sulistas do império britânico culminaram em uma segunda revolução que, depois de oito anos de guerrilhas intermitentes, colocou um ponto-final na escravidão e tornou possível a formação de um grande estado sulista, chamado pelos líderes da rebelião de "Nova Akan".*
>
> — Shadrack Elli, *Atlas do Novo Mundo*

SOPHIA CORREU ATÉ A janela. Como esperado, Montaigne e os outros homens estavam na plataforma e se afastavam. Eles tinham conseguido o que queriam.

— Foi ele, Sophia — Theo disse. — Montaigne. Eu o vi do lado de fora da sua casa.

Sophia parecia não ouvir.

— Devemos chegar a Charleston na hora do jantar. Mas já vai estar escuro quando a gente partir?

Theo olhou para ela como se a garota tivesse enlouquecido.

— Preciso conferir — ele disse, abaixando-se para pegar o papel com o horário dos trens que estava em cima do banco. — O trem que faz conexão para Nova Akan parte de Charleston às dezessete da noite. Vamos chegar lá por volta da hora dezesseis, então vamos ter cerca de uma hora antes da conexão.

Ela se sentou com um olhar de frustração.

— Vai ser bem apertado.

— Eu preferiria que não — Theo disse lentamente —, mas você não quer ir atrás deles? Ainda podemos desembarcar. Pode ser que eles levem você até seu tio, e, na pior das hipóteses, você pode tentar pegar o mapa de volta.

Sophia balançou a cabeça.

— Não. Não quero nem chegar perto deles quando escurecer.

O apito soou e o trem avançou.

— Bom, lá vão eles — disse Theo. — E lá se vai sua chance de segui-los. — Ele olhou pela janela aberta, e então se inclinou abruptamente para frente.

— Ei...! — ele exclamou, fechando e abrindo a pequena janela perto dele. Era uma esquadria de metal do tamanho de uma folha de papel que se fechava com uma pequena tranca. A esquadria de metal estava vazia, e o vidro havia sido removido. — Sophia — ele disse, a verdade lentamente se abatendo sobre ele —, você deu a eles o *vidro da janela*?

Sophia confirmou.

— Pensei nisso quando você foi ao banheiro. Então coloquei o vidro da janela na fronha. O mapa está no meu caderno. — E mordeu os lábios. — Mas, quando ficar escuro e eles olharem para ele sob a luz da lua, vão descobrir.

Theo ergueu as sobrancelhas e se deixou cair no assento ao lado dela.

— Nada mal — ele balbuciou, soltando o ar.

— Talvez eles estejam bem longe de Charleston nessa hora — Sophia continuou. — Como desembarcaram... eles devem ficar aqui ou ir para o norte. Não devem estar indo para Charleston. Então temos um tempinho... dependendo de onde eles estiverem quando a lua aparecer.

Theo olhava para ela admirado.

— Foi um lance bem esperto.

— Sim — ela disse sem entusiasmo. Agora que Montaigne e os Homens de Areia se foram, Sophia começava a sentir o peso do que havia feito. Ela apertou as mãos; elas estavam tremendo. — Eles vão ficar possessos quando descobrirem.

— Sem dúvida — Theo comentou, recostando-se no banco. — Bem, não há nada que possamos fazer até estarmos em Charleston. E, pelo menos, temos o trem só pra nós.

Sophia concordou, mas não sentiu nenhum alívio. Estava pensando nos ganchos que os Homens de Areia carregavam, tentando não imaginar como é que eles os usavam. Ela estremeceu.

### 16h02: Charleston

Theo e Sophia passaram o dia com medo da noite que se aproximava. O trem chegou tarde a Charleston, parando na estação quando já passava da metade da hora dezesseis. Eles desembarcaram a bagagem e tiveram tempo para um rápido lanche de pão, queijo e carne fria, na movimentada estação, antes que o trem para Nova Akan começasse o embarque. Sophia escrevera uma carta para a sra. Clay no trem e a postou apressadamente. Os últimos raios de sol atravessavam as nuvens altas. Pombos enchiam o teto abobadado da estação, e o som do apito dos trens cortava, estridente, o barulho baixo e incessante.

Sophia não viu sinal de Montaigne ou dos Homens de Areia. Havia homens de negócios viajando sozinhos e famílias viajando em enormes grupos. Algumas freiras esperavam pacientemente no átrio da estação. O trem para Nova Akan estava cheio, e, enquanto esperavam na estação, Sophia e Theo viram por quê: uma longa fila de policiais estava parada ao lado de uma multidão de estrangeiros que esperava para embarcar.

Sophia se sentiu tocada pelo olhar derrotado daqueles viajantes relutantes. Alguns pareciam indignados ou ultrajados. Mas a maioria parecia simplesmente desolada, como um casal com a expressão resignada, cujo filho chorava calma e incessantemente, agarrando a saia da velha atrás deles. Entre as lágrimas, ele suplicava:

— Não vá, vovó. — Ela colocou a mão trêmula na cabeça do garotinho e secou as próprias lágrimas. Naquele momento, enquanto assistia àquela cena, Sophia não conseguiu pensar na noite que se aproximava e na ameaça que vinha com ela.

— Todos a bordo! — o condutor anunciou, e os passageiros começaram a entrar no trem. Sophia seguiu Theo até o último vagão, arrastando seu baú atrás de si.

Assim que encontraram a cabine e a bagagem foi guardada, Sophia começou a observar a plataforma. O *Golfo Regional* era um trem velho, com um assento de couro bem gasto e lâmpadas fracas. Demoraram-se vários minutos até que todos embarcassem, e então, à hora dezessete, o condutor tocou o apito. O trem deslizou para fora da estação, mergulhando na escuridão.

Sophia suspirou aliviada.

— Ainda bem que é verão e o sol se põe mais tarde — disse, olhando para a lua pálida.

Eles se ajeitaram, e Sophia abriu a mochila para se distrair. Ela segurou o mapa de vidro contra a janela, mas nada aconteceu; ainda não havia luz da lua o bastante. Enquanto guardava novamente o mapa no caderno, ela viu os dois pedaços do bilhete de Shadrack. Desanimada, se sentiu pouco satisfeita de ter enganado Montaigne, já que ele a enganara também. Era óbvio que eles haviam obrigado Shadrack a escrever o bilhete com o propósito de ludibriá-la.

Mas, quando Sophia olhou fixamente para o papel, notou que havia algo um pouco estranho com a escrita de Shadrack. Sua mão estava firme e segura, como sempre, mas a escrita estava quebrada em alguns pontos por estranhas letras maiúsculas:

*querida sophia,*
*eLes disserAm que posso esCrever neste bilHete puRa e sImplesmente seu noMe*
*— shAdrack*

Ela anotou as letras maiúsculas uma por uma no caderno, e, quando terminou, levou um susto.

— Theo, olhe!

Depois de um momento, seu rosto se iluminou.

— Lachrima — ele disse suavemente. — Me deixa ver — e leu novamente. — Por que ele escreveria isso?

— Eu não sei.

— Ele pode estar apenas alertando você a respeito delas — Theo disse.

Sophia franziu a testa.

— Talvez. Mas é estranho. Por que me alertar a respeito de algo que todo mundo já tem medo?

— Mas ele não sabe que você sabe sobre elas.

— É verdade, embora eu tenha ouvido a sra. Clay contar para ele o que aconteceu com ela. Mas, mesmo assim, ainda me parece estranho. — Ela pegou o caderno de volta. — Theo, me conte o que mais você sabe sobre elas.

— Posso te contar o que ouvi — ele disse, com a voz se aquecendo. A Lachrima com certeza era seu assunto favorito. — Como eu disse antes, nunca vi uma, mas existem muitas delas perto das fronteiras. Elas normalmente se escondem, tentam ficar longe das pessoas.

— Por que você acha que existem tantas perto das fronteiras? — Sophia devaneou.

— Eu não sei.

— Talvez exista algo nas fronteiras... algo que as atraia para lá.

— Talvez — ele respondeu, mas não parecia convencido.

— Você já ouviu alguma?

— É difícil saber. Às vezes, quando você ouve alguém chorando, as pessoas dizem que é a Lachrima, mas é só porque elas têm medo de que possa ser uma. Eu já ouvi gente chorando, mas acho que o som que uma Lachrima faz é diferente... muito pior. É um som que você não consegue tirar da cabeça.

— Pobre sra. Clay — Sophia murmurou.

— Um comerciante que encontrei certa vez disse que cruzou com uma na casa dele — Theo continuou, entusiasmado. — Ele tinha ficado fora por uma semana e, quando voltou, escutou a Lachrima antes mesmo de chegar à porta. Ele andou em silêncio e viu aquela pessoa alta com os cabelos muito longos andando pela casa como um furacão, arrancando coisas das paredes e quebrando tudo. Então a coisa subitamente deu meia-volta e olhou para ele com sua cara sem rosto. O comerciante disse que saiu correndo e nunca mais voltou.

— Shadrack deve saber algo sobre elas. — *A Lachrima, o mapa de vidro, Montaigne e os niilistianos*, ela pensou. *O que eles têm a ver entre si?* — Montaigne chamou o mapa de vidro de "Rastreador de Vidro". Eu me pergunto o que isso significa.

— Talvez seja apenas outro jeito de descrever um mapa de vidro?

— Talvez — Sophia considerou, e tentou outra abordagem. — Você sabe alguma coisa sobre as pessoas que eles chamaram de "Homens de Areia"?

Theo balançou a cabeça.

— Eu nunca nem ouvi esse nome.

— Eles são todos niilistianos.

— Como você sabe?

— Os amuletos — Sophia disse, surpresa. — A mão aberta.

Theo deu de ombros.

— Eu sei a respeito dos niilistianos. Eles acham que o nosso mundo não é real. Eles usam *As crônicas da Grande Ruptura* para provar que o mundo real se perdeu na época da Ruptura e esse... nosso mundo... não deveria existir. A mão aberta é o sinal do profeta Amitto, que escreveu essas crônicas. Ele significa "deixe partir".

— Então você nunca ouviu esse termo? "Homens de Areia"?

— Nunca. Eles devem ser, de alguma maneira, diferentes. Mas não consigo dizer qual é a diferença... — Sua voz sumiu enquanto sua mente trabalhava para juntar as peças. O que Shadrack havia lhe dito recentemente sobre os niilistianos? Ela não conseguia se lembrar. Ele havia contado algo a ela, e tinha a ver com mapas. *Talvez eu tenha escrito em meu caderno*, ela pensou. Mas não havia pistas.

Enquanto o trem seguia para o oeste, o céu escureceu e uma lua amarela emergiu, pairando baixa, logo atrás das árvores. Theo subiu na cama para dormir, e Sophia permaneceu sentada, observando a paisagem que passava, sentindo muitas coisas, menos sono. Colinas com cumes cobertos de pinheiros davam lugar a planícies repletas de fazendas. Cada vez que o trem parava em uma dessas pequenas estações rurais da linha oeste, ela tinha certeza de que Montaigne e seus homens embarcariam, mas as pessoas que estavam sob as luzes daquelas lâmpadas invariavelmente estavam sonolentas, viajantes apressados a caminho do oeste. Até aquele momento, Sophia e Theo estavam a salvo.

### *24 de junho: 1h18*

Passava da uma da manhã quando o trem cruzou a fronteira entre a Carolina do Sul e a Geórgia. Sophia pegou seu caderno. Homens com cicatrizes, uma criatura sem rosto e de cabelos longos encolhida e um pequeno pardal ganharam vida no papel. Cora Chave de Corda se sentava curvada num dos cantos, com as sobrancelhas franzidas, contemplando o problema. Sophia olhou para a página por um longo tempo. Havia um enigma ali; uma charada que ela teria de resolver. Ela desenhou uma linha, fazendo uma margem em volta da Lachrima. Sua mente cansada percorria as imagens desenhadas como o trem percorria os trilhos.

Virando a página, Sophia mudou para um enigma mais fácil de resolver. Escreveu: "Onde será que T aprendeu a ler? Por onde mais ele viajou nas Terras Baldias?" Ela lançou um olhar para a cama de cima, onde Theo dormia em silêncio. "E por que Sue deixou de cuidar dele?" Embora fosse mais um lugar-comum, a resposta para o enigma é que Theo também lhe fugia à compreensão, e Sophia fechou o caderno com um suspiro.

Eles seguiram em velocidade constante pela Geórgia. A cada parada, o apito soava na noite calma. Às cinco, o trem entrou em Nova Akan. O sol começava a iluminar os limites do horizonte, mas o céu ainda estava repleto de estrelas. Os largos campos se estendiam como um calmo oceano em volta dos trilhos. Quando pararam na primeira estação de Nova Akan, Sophia se inclinou sobre o vidro. O ar úmido tinha cheiro de terra. Apenas uma mulher com duas crianças pequenas estava parada ao lado do agente da estação na plataforma. Os três passageiros subiram e o trem continuou parado ali por vários minutos. Dois coletores de passagens foram até a plataforma esticar as pernas. Em seguida, apertaram a mão do agente da estação.

— Bill, que surpresa ver você aqui. Achei que os mosquitos o comeriam vivo.

— Se eles se aproximarem de mim, correm o risco de se afogarem em suor — disse o agente da estação, secando a testa. — Este é o mês de junho mais úmido de que me lembro.

— Parece que não troco de camisa há dois dias — um dos coletores disse, abanando a gola do paletó do uniforme.

Então o apito tocou e os coletores de passagem subiram a bordo. Conforme o trem se afastava, Sophia viu a luz rosada do amanhecer atrás da plataforma.

Eles viajaram durante mais uma hora e meia por Nova Akan. O céu começava a clarear completamente quando o trem subitamente parou. Mas não havia plataforma. Pelo que Sophia podia notar, eles estavam no meio do nada. Na direção da dianteira do trem, ela viu o que parecia ser um grupo de cavalos. Ela se inclinou mais para ver melhor, com a barriga pressionada contra o vidro, e, na luz cinzenta da manhã, viu que o grupo de cavalos era na verdade uma carruagem. Algumas pessoas saíam dela bem ali, ao lado dos trilhos, e embarcavam na frente do trem. Dois, três, quatro homens.

Os Homens de Areia os haviam alcançado.

Sophia se enfiou de volta na cabine.

— Theo! Eles estão aqui. Estão embarcando no trem. *Levanta!*

— O quê? — ele murmurou da cama de cima.

— *Acorda!* — Sophia estava quase gritando. — Precisamos sair do trem, agora! — Ela enfiou o caderno na mochila, jogou-a sobre os ombros e amarrou os cintos inferiores em volta da cintura. Enquanto enfiava os sapatos, o trem começou a se mover novamente.

— Ah, não! Tarde demais.

Amassado, mas alerta, Theo já estava amarrando as botas.

— Onde estamos?

— Em algum lugar de Nova Akan. Quatro homens acabaram de subir no trem. Não estamos sequer em uma estação! — Sophia podia sentir o coração batendo forte, mas a mente estava calma. Durante toda a noite, ela se preparara para a situação que se colocava diante dela agora. Era chegada a hora, e foi quase um alívio. Ela abriu a porta e olhou para o corredor. Não havia ninguém à vista.

— Você acha que devemos nos esconder? — Theo sussurrou.

— Vamos pular do trem.

Com Theo em seu encalço, ela se apressou para o fundo do trem e abriu a porta, saindo para a estreita plataforma na parte traseira do vagão. Os trilhos passavam atrás deles, desaparecendo no céu da manhã, enquanto o trem continuava a ganhar velocidade. O vento soprava forte nas laterais da plataforma, e as rodas tiniam contra os trilhos num rápido e acelerado staccato.

— Você está certa disso? — Theo disse no ouvido de Sophia, por cima do barulho. — Não sou perito em trens, mas estamos indo bem rápido.

— Se não pularmos, eles vão nos encontrar. Devemos fazer isso antes que eles percebam que fugimos.

Sophia andou até o limite da plataforma. Subitamente, Theo agarrou seu braço.

— Espera um pouco — ele berrou, apontando para uma escada estreita que levava da plataforma para o teto do vagão. — Talvez a gente possa subir lá pra cima e esperar eles saírem. Eles vão achar que nós pulamos. Podemos ficar vigiando de lá e ver quando eles forem embora.

Sophia hesitou. Ela olhou para baixo, para o borrão de chão cheio de pedras ao lado dos trilhos e novamente para a escada.

— Está certo — ela gritou. — Eu vou primeiro.

Subindo com habilidade na grade em volta da plataforma, Sophia se virou para segurar a escada. O vento a golpeou, mas ela se segurou nos degraus e se moveu rapidamente. Quando chegou ao teto, caiu de barriga e se arrastou pela superfície de metal.

Um segundo depois, Theo apareceu. Eles se apoiaram com cuidado nas mãos e nos joelhos no meio do vagão e então se deitaram, com o metal escorregadio vibrando contra o corpo deles.

— Isso deve dar — Theo gritou, mais alto que o vento. — Agora é só esperar por eles.

*Ajude-nos a escapar deles, por favor*, Sophia implorou aos Destinos.

Durante vários minutos, eles ficaram em silêncio, ouvindo o zunir das rodas contra os trilhos. O teto de metal era duro e fazia doer as costelas, e Sophia se agarrava desesperadamente à superfície, sentindo que qualquer solavanco a lançaria para fora como uma migalha arrancada da roupa.

Então ela ouviu o som que tanto temia: a porta dos fundos do vagão de repente se abriu, e alguém saiu na plataforma. Um momento depois, ela ouviu o retinir de botas.

— Eles estão na escada!

Theo se preparou.

— Temos que correr! — Ele se levantou, passou por cima de Sophia e estendeu a mão. — Vamos! — Ela se levantou e tentou se equilibrar. Theo continuou, tentando chegar ao próximo vagão.

Sophia deu alguns passos e então desatou a correr. Ela se virou para olhar por sobre o ombro, quase tropeçando; Necrosador estava subindo no teto.

— *Corre!* — ela gritou. — Continue correndo!

Theo chegou à beirada e, com um salto, pulou para o vagão seguinte. Embora a distância entre os vagões fosse de apenas poucos centímetros, Sophia sentiu os joelhos tremendo diante da perspectiva de saltar no ar, em cima de um trem em movimento. Ela olhou por sobre o ombro novamente. Necrosador estava na metade do caminho e, de algum modo, ele conseguiu, mesmo com o balanço do trem, soltar a longa corda com o gancho na ponta do cinto. Sophia se abaixou, com os joelhos tremendo, e então saltou.

*Voe, Sophia, voe!* Um par de vozes distantes chegou até ela: a lembrança de seus pais, segurando-a acima do chão. Por um momento ela voou, ou flutuou, pega no ar pelo vento. Sophia olhou para baixo e viu os trilhos, dois longos borrões negros em uma tela cinza, e então seus pés pousaram no outro teto, como se as duas mãos que a seguravam tivessem a colocado a salvo no chão, gentilmente.

Ela correu hesitante por toda a extensão do segundo vagão. O trem se movia embaixo dela toda vez que ela colocava o pé no chão, e cada passo ameaçava jogá-la para os lados. Ela se segurou com força, se equilibrando. Necrosador havia saltado o espaço entre o primeiro e o segundo vagão e começava a se aproximar. Ele soltou o gancho e o segurou ameaçadoramente na mão direita, preparando-se para atirá-lo.

Theo e Sophia pularam, um depois do outro, para o terceiro vagão. O violento ruído de metal se chocando contra metal soou mais alto que o som do vento. O gancho havia se prendido na beirada do vagão, e Necrosador o puxava em sua direção como se fosse uma linha de pesca.

— Temos que saltar do trem — Theo gritou.

— Não, espere — Sophia disse. — *Olha!* — Um trem que seguia na direção oposta havia parado nos trilhos paralelos para permitir que o trem onde eles estavam passasse. Em alguns segundos, eles estariam ao lado dele.

— Perfeito — gritou Theo. — Vamos para o primeiro vagão. — Ele acelerou, e Sophia correu despreocupada, com os braços soltos, sem olhar para onde seus pés pousavam. Ela mantinha o olhar para a frente do trem, passando por três vagões, e então um quarto e um quinto. Eles estavam quase na frente. O outro trem se agigantava, à espera.

— Tudo bem — Theo berrou. — Vamos nessa!

E então eles ficaram lado a lado com o trem. Uma rajada de ar balançou o vagão. Theo rapidamente recobrou o equilíbrio, então correu e saltou. Sophia olhou para trás. Ela só tinha mais alguns segundos. Foi quando viu Necrosador, a um vagão de distância, lançando o gancho. Ele parecia suspenso no ar: uma forma giratória que refletia a luz do sol nascente. O brilho cinzento aumentou, girando na direção dela, com as pontas afiadas brilhando enquanto giravam.

Sophia voltou ao presente. *Não perca a noção do tempo agora!*, disse a si mesma, desesperada.

Ela correu com toda força em direção à extremidade e pulou. Um segundo depois, sentiu o metal duro atingindo-lhe o rosto, as costas, os joelhos — ela estava rolando, rolando rápido, como uma bola de gude no alto do vagão. Ela não encontrava nada para se segurar, e a beirada se aproximava. Subitamente, algo caiu sobre suas pernas, mantendo-a no lugar. Ela abriu os olhos, e sua cabeça estava pendurada sobre a borda do vagão, mas ela estava em segurança. Theo havia se jogado sobre ela, e seu peso a segurou no lugar.

Sophia se levantou enquanto o trem começava a se mover novamente, em direção a leste. O outro trem já estava bem distante.

— Onde ele está? — ela gritou. — Ele nos seguiu?

— Ele não pulou — Theo disse, aumentando o tom de voz para ser ouvido acima do barulho. Sophia viu com surpresa que ele sorria para ela em franca admiração. — Aquilo foi totalmente imprudente, mas funcionou.

— O quê?

— Esperar até o último segundo para que ele não pudesse pular atrás de você — Theo apontou para a beirada do vagão. O gancho estava preso na escada como uma pipa perdida, com a corda balançando para trás.

— Certo — Sophia respirou fundo. O trem começava a ganhar velocidade. — Temos que descer.

— Na próxima estação — Theo gritou.

Eles se deitaram na superfície gelada enquanto quilômetros e mais quilômetros de planícies passavam por eles. A luz do sol pintava de amarelo os campos ao redor, transformando o ar úmido em névoa. O metal chacoalhava dolorosamente contra o peito de Sophia, e a estação parecia estar a eras de distância.

Finalmente, o trem começou a desacelerar. Ele se posicionou ao longo da plataforma pela qual haviam passado ao amanhecer. ROUNDHILL, dizia a placa de madeira pendurada sobre a porta da estação. Sophia e Theo se arrastaram até o final do vagão e desceram do teto.

# 14
## A Era Glacine

> **23 de junho de 1891:**
> **O desaparecimento de Shadrack (dia 3)**
>
> *No caótico despertar político da Ruptura, o Partido da Vindicação emergiu como o mais estável e durável de todos. Tendo como fundamento as filosofias contidas em A vindicação dos direitos das mulheres, de Mary Wollstonecraft, o partido lutou agressivamente — e com sucesso — pelos direitos das mulheres. Talvez, se não houvesse a Ruptura, o Partido da Vindicação encontraria mais resistência, mas, em tal confusão, ele reivindicou determinados territórios que nunca foram contestados novamente. O sufrágio se tornou um trampolim, e logo se podiam ver mulheres no parlamento, à frente de grandes fábricas, universidades e outras posições de poder.*
>
> — Shadrack Elli, *História de Novo Ocidente*

SHADRACK DORMIRA MUITO POUCO durante suas noites de cativeiro. Embora tenham lhe dado água e algumas sobras de comida, ele conseguia sentir apenas o gosto do bloco de madeira. A madeira úmida, fedendo ao medo dos outros homens, havia deixado um gosto em sua boca que nada podia tirar. Seu rosto não havia sido cortado pelo fio metálico, mas ele não queria testar sua sorte uma segunda vez. Ele tinha boas razões para acreditar que, na mansão de Blanca, aquele era apenas um de muitos horrores.

Eles o levaram da capela para um pequeno quarto em uma torre alta. Nesse quarto — um ambiente de teto baixo que devia ser usado como depósito — havia apenas uma bacia e um cobertor em farrapos. Uma janela estreita, um pouco maior que seu antebraço, permitia que ele visse uma passagem circular perto da entrada. Ele a usava para manter a noção do tempo, fazendo o possível para afastar as influências deprimentes daquelas paredes de pedra e da conversa com Blanca.

Ela havia destruído Carlton, deixando-o uma concha sem consciência. Exatamente como, Shadrack não sabia, mas parecia claro que ela não sentia nenhuma compaixão e facilmente faria o mesmo com ele. Todavia, Shadrack sabia que sob nenhuma circunstância poderia ajudá-la a encontrar a *carta mayor*. Por mais que sentisse por Carlton, ele forçou a mente a lidar com o problema diante de si. Ele *não podia* permitir que Blanca fosse bem-sucedida em seus objetivos.

O problema de como impedi-la o mantinha acordado durante a noite. Mas ele não conseguia se concentrar; a mansão era cheia de barulhos peculiares. Às vezes, ele ouvia um arrulho ou um choro, fraco e etéreo, pairando sobre um ruído mais alto e mais chocante: um rangido estridente e quase constante, como o de uma roldana ou roda. Ele parecia se estender por sua cela como uma teia fina e cáustica, impedindo-lhe o sono. Esse som se estabeleceu no ar, de modo que, quando parava, ele continuava o ouvindo.

Na segunda noite de cativeiro, um Homem de Areia abriu a porta e colocou um copo de água e uma casca de pão seco no chão.

— Por favor, me diga que som é esse — Shadrack interpelou. Ele estava sentado, encostado em uma das paredes de pedra. A perna, ferida, dolorida e latejando, repousava sobre o assoalho frio.

— Que som? — o homem perguntou.

— Esse som... o rangido.

O homem ficou em silêncio por um momento, como se tentasse ver sentido nas palavras de Shadrack. O rosto marcado por cicatrizes lentamente parecia entender o problema. Finalmente, uma fraca luz passou por seus olhos.

— É o carrinho de mão.

— O carrinho de mão? Do quê?

— De areia — o homem respondeu, como se fosse evidente.

— Areia para quê? — Shadrack persistiu.

— Para a ampulheta. — A luz desapareceu dos olhos do homem, como se a simples menção à ampulheta ceifasse seus pensamentos. Ele deu um passo para trás e bateu a porta antes que Shadrack pudesse falar novamente. O rangido continuou, afiado como uma serra.

O terceiro dia amanheceu frio e cinzento, e Shadrack viu, pela janela estreita, o que parecia ser a preparação para uma viagem. A passagem pela propriedade de um trem sem programação sugeriu a ele, desde o início, que Blanca tinha laços poderosos com uma das companhias ferroviárias. A presença de vagões particulares na frente da capela com a característica insígnia da ampulheta confirmava isso. Por várias horas, os niilistianos carregaram os vagões com suprimentos. Lá pelo meio da manhã, dois homens apareceram em sua porta e o levaram do quarto.

Shadrack não se esforçou em resistir. Ele mal conseguia reunir energia para ficar em pé. No começo, ele pensou que o levariam para os vagões, mas, em vez disso, eles o levaram para dentro do edifício, através de longos corredores de pedra. Foi a primeira vez que Shadrack viu os tesouros históricos e artísticos que enchiam a mansão. As pinturas, tapeçarias, esculturas e artefatos culturais que transbordavam dos corredores fariam os museus de Boston se envergonhar.

— Tintoretto — ele grunhiu em voz baixa, sentindo a dor que vinha da perna e da breve visão de tal obra de arte escondida do mundo. Indiferentes aos fabulosos tesouros em volta deles, os Homens de Areia o arrastaram por várias escadarias até finalmente entrarem em um corredor de teto arqueado que terminava atrás do altar da capela. Blanca esperava no centro do salão.

— Shadrack — ela disse calmamente, ignorando suas roupas amassadas e sua aparência de clara exaustão. — Eu e você partiremos em breve. Nossa tarefa é mais urgente do que você imagina, e nosso tempo está se esgotando. Mas para onde vamos depende inteiramente de você — ela hesitou. — Eu sei quanto você desaprova meu plano no momento e percebi que você vai precisar de persuasão para me ajudar a encontrar a *carta mayor*.

— Não sei se o termo "desaprovar" faz justiça ao que eu acho — ele respondeu.

Blanca caminhou em sua direção, com o vestido cinza de seda farfalhando discretamente, e tocou gentilmente o braço de Shadrack com a mão enluvada.

— Quando eu explicar, não tenho dúvida de que você será persuadido — ela continuou, como se ele não houvesse dito nada.

Então apontou para um enorme mapa de Nova York desenhado em uma peça de couro e preso a uma mesa de madeira. Espalhado por sobre o mapa e criando um estranho padrão havia montes de areia... negra, castanha e branca. Por toda a ponta sul do continente, um punhado de areia branca cobria todo o território inexplorado ao qual os cartógrafos se referiam como Tierra del Fuego. Ele seguia para cima até a Patagônia Tardia.

— Você sabe quais eras jazem aqui? Bem no limite do hemisfério?

Shadrack balançou a cabeça, exausto.

— Nenhum explorador conseguiu chegar até este ponto.

— É outra Era do Gelo, como as Geadas Pré-Históricas que ficam ao norte dali.

Ele subitamente se colocou em alerta.

— Como você sabe disso?

— Eu estive lá.

— Como você chegou até lá? Eu conheço muitos que tentaram e não conseguiram ir além do sul de Xela.

— Isso não importa no momento — ela disse. — Acredite em mim; a Era do Gelo está lá. O importante é: a Grande Ruptura não aconteceu do modo como acreditamos. Você acha que a terra física se soltou do tempo e se juntou a ele novamente, se aglutinando ao longo de linhas falhas que separavam as eras?

— Mais ou menos, sim.

— Começou dessa maneira — ela disse, passando o dedo pelo mapa de couro. — Mas não terminou desse jeito. Durante décadas, as linhas falhas permaneceram imóveis. E agora, mais uma vez, elas estão se movendo.

Shadrack olhou fixamente para ela com uma mistura indisfarçada de assombro e ceticismo.

— Explique o que você quer dizer.

— Simplesmente que os limites das eras estão mudando — ela apontou para Novo Ocidente. — Talvez você não tenha ido para o distante norte para notar que, em alguns lugares, as Geadas Pré-Históricas estão derretendo diante do avanço de Novo Ocidente. Sim — ela disse antes que ele pudesse falar —, essa localização estava presa pelo gelo. Agora o ar está esquentando, e existem pessoas nativas de sua era. Aqui, a mudança é fragmentada e decisiva. As neves desaparecem, e novos estados, contemporâneos de Novo Ocidente, estão tomando o lugar delas.

Shadrack olhava fixamente para a areia, tentando entender o que estava ouvindo. Subitamente, um conjunto de imagens, como uma dispersão de impressões de um mapa de memória, surgiu em sua mente. Mas as memórias não vinham de um mapa; elas eram dele mesmo. Ele relembrou da carta enviada muitos anos atrás pelo explorador Casavetti, que sua irmã e seu cunhado foram tentar resgatar: "Neste lugar que eu achei conhecer tão bem, descobri uma nova era". Foi essa descoberta de uma nova e hostil era que o levou a ser capturado e que fez com que Minna e Bronson partissem em uma jornada em direção ao outro lado do globo.

Em seu olho da mente, Shadrack via Sophia estudando os dois mapas das Índias, há apenas alguns dias. Ela havia perguntado como um convento poderia ser substituído, em apenas uma década, por um deserto. Ela havia *visto* a evidência de uma mudança similar. E ele estava cego demais para reconhecer a importância daquela descoberta. Com todo o seu estudo, sua experiência e intuição, como ele pudera deixar de ver aquilo? Depois de um momento de silêncio aturdido, ele perguntou:

— Todas as fronteiras estão em fluxo?

Ela balançou a cabeça.

— Nem todas... mas muitas — ela disse, com uma pitada de satisfação ao ver o assombro de Shadrack. — E estão mudando em lugares diferentes. A fronteira que está mudando mais rapidamente é esta — e apontou novamente para Tierra del Fuego, na extremidade sul do Hemisfério Ocidental. — A fronteira dessa Era do Gelo são as Geadas do Sul. Ela tem se movido de forma desigual, mas substancialmente, em direção ao norte, através da Patagônia Tardia, durante o último ano. Pouco a pouco, ela está se movendo na direção das Terras Baldias, e cada era que ela toca desaparece sob o gelo. Creio — Blanca continuou, num tom de voz baixo — que sua sobrinha esteja viajando para o sul, não é?

Shadrack sentiu o sangue subir para as têmporas; ao tentar mandar Sophia para o lugar mais seguro que conseguira pensar, ele havia, por engano, a colocado em um perigo terrível.

— Mas então — ele perguntou lentamente —, as pessoas que agora estão lá...?

— Vão desaparecer — Blanca disse. — Ou, para ser mais específica, o avanço da fronteira é bem mais... prejudicial. As geadas não se aproximam devagar. Tudo que elas tocam é destruído.

— Eles precisam saber disso... as pessoas vão fugir das fronteiras que se aproximam — Shadrack disse, desesperado.

— Na verdade, já foi dito a eles que uma força poderosa segue em direção ao norte. Mas eles acreditam que é um furacão... um sistema climático destrutivo e nada mais.

Shadrack a encarou por um momento, tentando compreender.

— *Você mesma* plantou essa crença?

Blanca deu de ombros.

— Eu não podia fazer com que toda a massa de humanos que habitam as Terras Baldias corresse para o norte como uma torrente de formigas apressadas. A princesa Justa Canuto, a quem conheço bem, é uma monarca típica: ela quer mais o que é melhor para ela, não o que é melhor para o seu reino. É uma simples questão de persuadi-la de que Nochtland sobreviverá ao furacão ficando como está. Além disso, não fará diferença se eles fugirem ou não.

— Com qual velocidade as Geadas do Sul estão se movendo? — Shadrack exigiu saber.

— Elas começaram lentas, mas a velocidade parece crescer exponencialmente. O que começou como uma mudança imperceptível, centímetro a centímetro, agora acontece quilômetro a quilômetro.

—- Mas ainda deve existir uma maneira — ele insistiu. — Uma maneira de pará-la. O que está causando isso?

— Acredito que nós estejamos causando isso.

Shadrack a encarou.

— Como?

— A causa é desconhecida. Você, com seu espírito empírico, sem dúvida discutirá minha teoria, que é mais especulativa. Eu cheguei à conclusão de que nós fomos a causa por não conseguirmos viver de acordo com um único tempo. Você sabe quantas formas de calcular o tempo existem atualmente no mundo? Mais de duas mil. O mundo não consegue mais manter essas eras tão discrepantes. O tempo está sendo literalmente rasgado diante de nossos olhos. — Ela fez uma pausa, como se quisesse pesar o efeito de suas palavras. — Eu sabia que você se convenceria. Agora você entende: a não ser que partamos rápido, o mundo será engolido pelas Geadas do Sul.

— Partir para onde?

Blanca apontou para o mapa, exibindo certa frustração.

— Eu não sei, Shadrack. É isso que você deve me dizer. Temos que chegar à *carta mayor* antes que ela também seja destruída pelo gelo. E então você, o único cartógrafo vivo que pode escrever mapas de água, deve fazer uma revisão nele. Você deve restaurar o mundo para como ele era antes da Ruptura.

— Mas não existe *essa coisa* de mundo antes da Ruptura! Você está sendo atormentada pelas mesmas ilusões que seus niilistianos. Não há como restaurar um passado perdido, e, supondo que eu pudesse revisar o tempo, como eu poderia determinar a era correta do globo? Nós não sabemos quando a Ruptura aconteceu. Em nossa era? Quatrocentos anos depois dela? Para qual era devo restaurar o mundo?

Quando Blanca falou, Shadrack pôde ouvi-la sorrindo.

— Para a minha.

— Mas isso é muita arrogância — ele respondeu impacientemente. — Nós não temos como saber se a nossa era...

— Para a *minha*. Não a sua.

— Para a sua? O que você quer dizer com isso?

— Nós não somos da mesma era — ela disse. — O que a sua era é para o passado pré-histórico do homem, a minha era é para a sua. — Ela fez uma pausa. — Imagine uma era onde a paz paira sobre todos os cantos do globo; onde há uma compreensão perfeita do mundo natural e de sua ciência; onde a humanidade chegou ao ápice de seus esforços. É de onde eu venho. Você não ouviu falar dela, Shadrack. É chamada de Era Glacine.

Shadrack notou o fervor em sua voz com surpresa.

— Perdão se não estou impressionado, mas se há algo que a Ruptura nos ensinou é que não existe era perfeita ou inviolável.

Blanca plantou os dedos enluvados na areia.

— Eu não achava mesmo que você entenderia, Shadrack... A Era Glacine é superior a todas as eras, em todos os aspectos. — Ela balançou a cabeça, e, quando falou, sua voz tinha um tom triste. — Você tem ideia dos *erros* que a humanidade cometeu ao longo das eras? Os terríveis atos de destruição, as oportunidades perdidas, as crueldades vazias... a Era Glacine está completamente além de tudo isso. Imagine um mundo sem esses horrores. Na Era Glacine, todos os erros terríveis do mundo estão no passado. Eles irão desaparecer como grãos de areia no mar. Será como se nunca tivessem existido. — Ela parou e soltou um pequeno suspiro de prazer. — Você vai revisar o mapa de água, Shadrack, assim como faria com um mapa de papel: vai apagá-lo cuidadosamente, linha a linha, para redesenhar um mapa completamente novo. Você e eu iremos desenhar a Era Glacine, inteira e intacta, para que ela cubra o mundo.

Shadrack balançou a cabeça.

— Isso é loucura.

— É? — Blanca perguntou suavemente. — Você é um cientista... Você sabe que o tempo passa e a superfície da terra muda. Todas as eras passam. Você não deseja a chegada de uma era em que haja conhecimento, uma vida mais fácil e cheia de paz? Você simplesmente está com medo de perder o mundo que lhe é familiar.

— Sua arrogância é assustadora — Shadrack afirmou, com repugnância. — Eu nunca vi um tipo de fé tão cega.

Blanca balançou a cabeça coberta pelo véu.

— Você é que está sendo arrogante — ela respondeu em voz baixa. — Pense no custo de preservar as eras primitivas às quais você se agarra. Para satisfazer tal sentimento, você se dispõe a aceitar pequenos tiranos, guerras sem fim, ignorância generalizada. Você, que valoriza tanto a educação, deveria dar boas-vindas a algo que coloque um fim nessa era das trevas, onde cada pedaço de conhecimento é falso.

— Sem nossos "conhecimentos falsos" e nossos "erros", a sua era nunca teria acontecido — Shadrack disse, rispidamente. — Cada era futura tem uma dívida com as eras passadas.

— Mas as *consequências* dessa falsidade... — Blanca continuou. — Sua cegueira é mais destrutiva do que você imagina.

— Certamente você me superestimou. Do seu ponto de vista, eu sou apenas um grão de areia irritante do passado.

— Isso pode ser verdade. Mas você, em particular, é um grão de areia que tem importância.

Ele riu, amargurado.

— Se sua intenção é me ganhar para a sua causa, não está funcionando.

Blanca olhou para o mapa. Então pegou um punhado de areia branca de uma pilha próxima e despejou cuidadosamente sobre ele, cobrindo todas as partes de terra. Tudo o que sobrou foi gelo e oceano.

— Essas eras de trevas não sobreviverão, independentemente de qualquer coisa. As Geadas do Sul estão se movendo para o norte, Shadrack. Podemos discutir a respeito de tudo, mas não disso.

Shadrack olhou com dureza para o véu, com o coração batendo forte. Ele detestava olhar para ela, e, em parte, ainda não acreditava no que ela dizia. Mas, pelo menos a respeito de uma coisa, ele não podia correr o risco de não acreditar. Se uma Era do Gelo realmente se abatesse sobre as Terras Baldias, e de modo tão rápido, ele teria de encontrar Sophia antes que a devastação a alcançasse. Ele sentiu um lampejo de fúria consigo mesmo por enviá-la para Nochtland. E então se recompôs.

— O que você planeja fazer?

Por um momento, ela ficou em silêncio.

— Estou numa posição difícil. Eu não sei a localização da *carta mayor*, e você não vai me dizer.

— Porque eu não sei — Shadrack disse.

— Nem vai me dizer onde Sophia está indo com o Rastreador de Vidro. — Como Shadrack não respondeu, ela deu de ombros. — Eu posso criar um globo de suas memórias para descobrir. — Ela fez uma pausa, esperando que ele protestasse. Shadrack olhou para o chão, com o rosto impassível. — Mas então, eu ficaria sem suas habilidades de cartógrafo. — Ela se aproximou de Shadrack e tomou uma de suas mãos entre as delas, cobertas por luvas. — Eu preciso de mais do que só sua memória para revisar a *carta mayor*. Eu preciso de suas mãos. Quando você concordar em me ajudar, eu lhe direi mais. — Shadrack permaneceu em silêncio. — Considere — Blanca disse, ansiosa, pressionando as mãos dele e em seguida as soltando — que a Era do Gelo já está avançando. Ela começou aqui, aqui e aqui — prosseguiu, retirando a areia que colocara sobre a Patagônia Tardia. — Não é mais uma questão de semanas... está mais para dias... antes que a fronteira chegue a Nochtland. — Ela tocou a capital das Terras Baldias, deixando uma pequena depressão na areia. — Vamos — ela disse, encorajando-o. — Diga-me para onde você enviou o Rastreador de Vidro.

Shadrack se afastou, lutando para controlar a frustração. Houve poucos momentos em sua vida em que se sentiu tão encurralado pelas circunstâncias, e ele não gostava desse sentimento. Blanca parecia saber que Sophia seguia para o sul, e ela iria atrás do Rastreador de Vidro, quer ele a ajudasse ou não. Se ele ajudasse Blanca, o vidro certamente cairia em suas mãos, e a segurança de Sophia seria praticamente irrelevante.

Só havia um caminho a seguir. Ele teria de escapar enquanto viajavam para o sul para encontrar Sophia. Era a única maneira de manter sua sobrinha e o mapa a salvo. Ele se virou para Blanca.

— Eu farei tudo que for possível para evitar que você o veja ou toque nele.

Por um momento, ela não falou nada.

— Ah. Bem, eu descobri *uma* coisa. Você acredita que a *carta mayor* existe. Caso contrário, não iria tão longe — Shadrack travou a mandíbula, com o olhar duro. — Você deve reconsiderar. É apenas uma questão de dias até encontrarmos sua sobrinha.

— Vou arriscar — Shadrack disse, com a voz rouca.

— Se concordar em me ajudar, vou me certificar de que ela seja bem tratada quando a encontrarem. Eu tenho cinquenta homens nas paradas ao longo da ferrovia pela qual ela está viajando. Ela não poderá subir ou descer de um trem sem o meu conhecimento. — E ergueu um dos ombros. — Essa é a vantagem de ser dona da segunda maior companhia ferroviária de Novo Ocidente — Shadrack piscou. — Ah, os trilhos e trens particulares que o trouxeram aqui não foram provas suficientes para você? Sim. Talvez você aprecie a ironia disto: eu dei meu primeiro passo na direção de fazer fortuna nas mesas de jogo de Nova York, apostando contra membros do parlamento. Dali foi apenas questão de comprar minha primeira plantação de tabaco... Tabaco é um vício *tão grande* em Novo Ocidente! — Ela balançou a cabeça. — Uma plantação facilmente se tornou dez. Dez plantações é o suficiente para financiar qualquer tipo de investimento especulativo. Aço, por exemplo. E é claro que a fabricação de aço é útil na construção de ferrovias. Fumaça Branca Tabaco, Aço Bigorna Branca e a Trilhos Brancos Companhia Ferroviária. Uma simetria perfeita, não acha? — Seu tom era triunfante.

Shadrack pressionou os lábios com força.

Blanca soltou um leve suspiro e se virou na direção dos Homens de Areia, que permaneciam esperando.

— Partimos em uma hora. Coloquem todos os objetos de Boston em um baú... ou mais de um, se for preciso. Não o deixem perto de nenhuma tesoura — ela acrescentou.

# 15
## Porto seguro

> *24 de junho de 1891: 8h00*
>
> *Estação Roundhill: Esta estação foi construída em 1864 pela Trilhos Brancos Companhia Ferroviária, apenas oitocentos metros a norte de See-Saw, onde aconteceu a Batalha Final de See-Saw, em 1809.*
>
> — Placa na estação

O MAPA DE VIDRO estava intacto, e Sophia ainda estava com sua mochila, contendo o atlas, todos os mapas necessários para a viagem, seu caderno de desenhos e uma variedade de instrumentos para desenhar. Tão importante quanto todo o resto, era sua bolsa de couro, que continuava presa ao cinto; sem dinheiro, sem seu relógio da vida ou sem documentos de identidade, eles não iriam muito longe. As cabines do trem já estavam todas ocupadas, então eles compraram passagens em duas cadeiras no vagão comum para New Orleans. Ela e Theo se sentaram na beira da plataforma para esperar, durante uma longa e lenta hora, pelo próximo trem em direção ao oeste.

Toda a energia nervosa que havia tomado conta dela durante aquela noite e começo da manhã se dissipara como ar vazando de um balão. O queixo e os joelhos estavam machucados; as costelas e a coluna doíam por causa da queda no teto do vagão, e tudo que ela queria era dormir. *Certamente*, pensou, *não precisamos nos preocupar com os Homens de Areia aparecendo por aqui.* Ela enfiou a mão no bolso da saia e pegou os dois talismãs que lhe traziam conforto: o leve e liso disco do relógio de bolso e o carretel de linha prateada. O tempo estava seguro em sua mão, e os Destinos olhavam por ela.

O ar úmido da manhã caía sobre ela como um pano úmido enquanto as horas se arrastavam lentamente. Mais pessoas começaram a aparecer na plataforma, o ruído das botas empoeiradas sobre o chão de madeira em uma cansada procissão de passos e conversas. Sophia encostou-se em um baú que alguém abandonara ali, enquanto Theo olhava placidamente para os trilhos. Ela fechou os olhos e lhe pareceu que eles ficaram fechados por apenas alguns segundos quando um grito a despertou.

Sophia olhou para cima e uma das mulheres mais extraordinárias que já havia visto na vida caminhava em sua direção a passos largos. Todos que esperavam na plataforma se afastavam para lhe dar passagem. Ela era alta e usava um extravagante e sinuoso vestido cinza-escuro enfeitado com rendas e um chapéu de plumas que cobria a maior parte do rosto. Preso à cintura fina, um cinto de couro com um coldre e um revólver prateado. As luvas brancas se plantaram na cintura quando ela parou diante deles; o aroma de flor de laranjeira flutuou na direção de Sophia.

— Acharam que iam fazer isso bem debaixo do meu nariz, não é? — ela perguntou com um olhar de estranho prazer. Seu sorriso não era amigável.

Sophia olhou para o rosto da mulher. Ela era linda, os cabelos longos e escuros chegavam até a cintura, e os olhos negros brilhavam. Sophia sentiu-se em pânico por um momento — *Necrosador está em um trem seguindo para o oeste, então Montaigne mandou outra pessoa!* Rapidamente ela se levantou e Theo se juntou a ela. Comparada a essa mulher autoritária, ela se sentia como uma criança. Os joelhos e as mãos estavam esfolados por ter se arrastado no teto do trem, e a saia — de algodão simples e listrada, mesmo nos melhores dias — estava rasgada em vários lugares. As roupas limpas, é claro, haviam se perdido em um baú que seguia para o oeste. Ela fechou os punhos e tentou usar, pelo menos, uma expressão digna.

— Não é seu — ela disse, com uma voz que parecia bem menos grandiosa do que pretendia.

A mulher riu.

— Essa é a sua defesa? Porque eu não sei como você espera explicar o conteúdo dela.

Sophia pensou em fugir, mas então olhou para o revólver e pensou em Shadrack. Ela engoliu em seco e sua voz tremeu. — Onde está o meu tio?

A bela expressão da mulher mudou abruptamente, tornando-se pensativa.

— Você me entendeu mal. Não sou esse tipo de pirata. E o baú não vale nada — ela disse.

— Baú? — Sophia perguntou, confusa.

A mulher lhe deu uma boa e longa olhada, e então riu até sacudir o chapéu. Quando terminou, lançou a Theo e Sophia um largo sorriso.

— Acho que eu também entendi mal — ela disse. — Estou me referindo ao baú a seus pés. E, a não ser que eu esteja errada, você está se referindo a uma pessoa.

— Você pode levar o baú — Theo disse a ela.

— Nós só o encontramos aqui — Sophia falou ao mesmo tempo.

— Bem, minha querida, minhas desculpas. Mas confesso que fiquei intrigada. Seu tio foi levado por piratas? — Ela parecia genuinamente curiosa, e sua voz era cheia de cordialidade.

— Não — Sophia respondeu, antes que Theo pudesse dizer alguma coisa.

A mulher ergueu as sobrancelhas.

— Segredo, não é? Bem, não se preocupem comigo, eu sei tudo sobre segredos. Eu me chamo Calixta — ela acrescentou.

— Sou Sophia. E este é Theo.

— É um grande prazer conhecer vocês. Peço perdão por terem visto meu lado violento logo de início, e completamente sem necessidade. Deixem-me compensar essa situação da maneira apropriada — Calixta continuou, olhando para um ponto distante, atrás de Sophia. — Vocês gostariam de dividir a cabine comigo?

Sophia seguiu o olhar de Calixta e viu um ponto se movendo no horizonte; o trem estava se aproximando.

— Ah, obrigada, mas temos bilhetes para os bancos no vagão principal.

Calixta acenou com a mão enluvada.

— Esqueçam o vagão principal. Eu tenho a maior cabine na parte da frente do trem, e tem espaço demais para esta pequena pessoa aqui. Carregador! — ela chamou. Um momento depois, dois homens emergiram apressadamente do escritório da estação. — Decididamente, não são carregadores de verdade — ela disse, de lado. — Quem deixa um baú *sozinho* em uma plataforma de trem? Mas vamos fingir que são. Ainda mais em uma estaçãozinha lamentável no meio do nada — ela acrescentou. — Por favor, tragam meus outros baús — ela ordenou aos homens, que obedeceram prontamente.

No momento em que o trem parou, as portas se abriram e os coletores de passagens surgiram. Calixta caminhou em direção à frente, seguida pelos carregadores, e embarcou no primeiro vagão.

— Será que devemos mesmo viajar com ela? — Sophia perguntou em voz baixa.

Theo deu de ombros.

— Por que não?

— Ela é uma pirata!

— Ela é inofensiva. É só um pouco extravagante.

— Eu não sei — Sophia disse, enquanto entregavam as passagens ao coletor.

O vagão principal estava lotado. Uma mulher com cinco crianças, três das quais berravam com toda a força dos pulmões, tentava arrebanhar suas crias em um único banco. Perto da janela, um homem pesado rudemente tomou conta de dois bancos ao se sentar em um e colocar as botas lamacentas que havia tirado em outro. O cheiro pungente de suas meias já atraía expressões consternadas dos passageiros em volta dele. Dormir ali seria impossível.

— Tudo bem — Sophia disse para Theo. — Vamos encontrar a tal mulher. Mas não diga a ela nada a respeito do mapa ou de Shadrack. — Eles atravessaram o vagão barulhento e outros dois antes de chegar à frente do trem. A cabine à esquerda estava aberta, e Calixta estava lá dentro, supervisionando os carregadores que guardavam seus baús.

— Aí estão vocês! Muito obrigada — ela disse aos dois carregadores, entregando uma moeda para cada um. — Ugh! — ela suspirou, sentando-se de repente, o que fez seu vestido inflar. — Mal posso esperar para fugir deste pântano miserável e voltar para o meu navio. O ar cheira a terra, tudo é coberto de poeira, e as pessoas! É impressão minha ou elas nunca tomam banho? — E deu um tapinha no assento ao lado dela. — Sophia?

Sophia fechou a porta da cabine e se sentou cuidadosamente ao lado de Calixta. Theo, na frente delas, parecia estar com a língua presa na boca.

— Você vai zarpar de New Orleans? — ele conseguiu perguntar.

— Sim, finalmente. O *Cisne* estará nas docas... meu irmão está esperando... e então partiremos de lá. — E começou a desprender o chapéu. — Pode me dar uma ajuda, por favor? — Sophia retirou o último grampo, e Calixta colocou o chapéu na prateleira, em cima dos baús. Ela ajeitou o cabelo no lugar e voltou a se sentar. — Que dia! E está apenas começando. — Em seguida começou a tirar as luvas. — Não estão com fome? — perguntou, continuando a tirá-las enquanto se levantava de novo. — Olá? —

gritou no corredor, saindo da cabine por um momento. O apito soou e o trem começou a se mover.

Sophia e Theo trocaram olhares. Calixta entrou novamente, fechando a porta atrás de si.

— Está resolvido... café da manhã para três. Agora... — ela disse, enquanto o trem ganhava velocidade e a brisa entrava pela janela aberta. — Eu não vou perguntar sobre o seu fascinante tio nem sobre o que você insistiu *não ser* meu, mas talvez eu possa perguntar para onde vocês estão indo.

— Sim — Sophia hesitou. — Theo tem que voltar para as Terras Baldias, e eu estou indo para Nochtland.

— Vocês também vão zarpar de New Orleans?

— Estamos pensando em seguir para Nochtland da fronteira — Theo colocou.

— Ah, vocês não vão querer fazer isso. Vai levar eras, e certamente vão acabar roubando os cavalos que vocês vão usar. Vocês deviam ir de barco, saindo de New Orleans até Veracruz. Apenas uma sugestão, é claro, mas, se eu fosse vocês, não ia querer ficar em terra nem mais um minuto — Calixta revirou os olhos.

— Por que você está aqui? — Sophia perguntou, com o que ela esperava ser uma demonstração educada de interesse.

— Ah, eu só vim negociar um novo contrato com um comerciante. Última chance, com as fronteiras se fechando e tudo o mais. Eu tentei enviar meu irmão Burr, já que sou a capitã e ele é apenas o contramestre, mas ele disse que eu negocio melhor. E, bem... — ela suspirou — meu irmão é um querido, mas também é verdade que ele raramente consegue os contratos lucrativos que eu consigo. — Ela se animou, rindo. — E ele também não recebe as propostas que eu recebo! Se eu soubesse que minha viagem resultaria em três propostas altamente ridículas de casamento, eu teria recusado; os contratos que se danem. Uma foi de um banqueiro que insistia em concordar veementemente com tudo que eu dizia. Encantador, mas nem tanto quando estava com a boca cheia de comida. — E enrugou o nariz delicadamente. — Com a falsa impressão de que ele seria financeiramente beneficiado se se casasse comigo, sem dúvida. Depois, um advogado que já havia se casado e enterrado nada menos do que *três* esposas; muito suspeito, não é? E por fim o filho do comerciante, que certamente só fez a proposta para enraivecer o pai. E foi muito bem-sucedido! Os homens podem irritar uma mulher completamente por acidente, mas acho que eles foram feitos para enfurecer uns aos outros — Calixta riu alegremente, abanando-se com as luvas. — É verdade — ela disse com certo orgulho —, eu sempre dou mais trabalho do que valho.

Sophia não pôde evitar e acabou sorrindo.

— Eu não diria isso. Nós realmente apreciamos seu convite para acompanhá-la. — Ela sabia que aquilo tinha soado bem rígido e sério.

Calixta sorriu para ela.

— De modo algum, querida. O prazer é meu.

Uma batida na porta interrompeu a conversa deles, e Calixta avisou:

— Pode entrar.

Um garçom do vagão-restaurante empurrou um carrinho para dentro da cabine.

— Três pratos de ovos, madame.

— E eles realmente têm cheiro de ovos. Obrigada — Calixta disse, tirando uma moeda da bolsa.

Depois que o garçom saiu, eles tomaram o café da manhã e logo Sophia notou que a comida quente e o murmúrio calmo do trem a estavam deixando sonolenta.

— Por que você não dorme no beliche? — Calixta sugeriu.

— Preciso ficar acordada — Sophia murmurou.

— Besteira. Você precisa dormir. Theo e eu vigiamos tudo.

Sophia concordou, sem se incomodar em perguntar o que eles vigiariam. Ela subiu no beliche, colocou a mochila a seu lado e deitou a cabeça, caindo num sono profundo.

### 12h05

A VIAGEM DA CIDADE próxima à fronteira da Geórgia até New Orleans levou algumas horas, e Sophia dormiu a maior parte do tempo. Ela acordou pouco a pouco com a risada baixa de Calixta, o som ajudando-a a dispersar o sentimento de preocupação. *Realmente,* Sophia pensou, *os Destinos foram bondosos em colocar uma benfeitora tão bem-humorada em nosso caminho.*

O humor da pirata era contagiante. Normalmente era Theo quem encantava as pessoas, mas, em Calixta, ele claramente havia encontrado uma rival. Ele havia deixado sua autoconfiança arrogante de lado e respondia prontamente às perguntas dela.

— Eu cresci em meio a um monte de crianças. Sem pais por perto. As crianças maiores tomavam conta de mim, e eu tomava conta das menores. Nós criávamos uns aos outros, sabe?

— Que doce — Calixta disse. — Um típico bando de piratas.

Theo sorriu.

— Bem isso.

Sophia ficou de costas e discretamente verificou seu relógio. Eram doze e cinco... o dia já passava da metade. Se ela tinha lido os horários corretamente, eles logo chegariam a New Orleans.

— Era um orfanato, então? — Calixta perguntou.

— Sim — Theo disse. — As freiras que tomavam conta dele. Mas elas deixavam a gente meio que por conta própria.

Sophia guardou o relógio e ficou alerta. *Theo está mentindo*, ela pensou, com uma estranha sensação de aperto no estômago.

— Você era muito jovem quando seus pais o abandonaram lá?

— Não muito. — A voz de Theo era suave; não parecia que ele estava mentindo. — Eles eram comerciantes. Eu tinha seis anos quando nossa casa foi destruída por um furacão e os dois morreram. Eu sobrevivi, por pouco.

— Que história triste — Calixta disse, sentida. — Foi assim que machucou sua mão? Quando tinha seis anos?

— Sim. No final, as freiras cuidaram de mim. Todas as crianças me chamavam de "Theo Sortudo", porque nossa casa virou uma pilha de entulho, mas eu sobrevivi.

— Sem dúvida foram as freiras que o transformaram no anjo que você é — ela disse maliciosamente. — Arriscando sua vida para ajudar a garota que ama. É encantador. Aposto que você iria a qualquer lugar por ela.

Theo soltou uma risada esquisita.

— Sophia e eu acabamos de nos conhecer.

— Ah, você não me engana, Theo Sortudo — Calixta disse, docemente. *Eu não quero ouvir isso*, pensou Sophia, com o aperto no estômago dando lugar a um peso entorpecido. — Vocês podem ter acabado de se conhecer — Calixta continuou —, mas aqui está você, resgatando o tio dela.

— Nah — Theo zombou. — Não estou resgatando ninguém. Eu não faço essas coisas. — O peso parecia se apoderar de todo o corpo de Sophia, até que ela se sentiu paralisada. *Ou talvez ele não esteja mentindo. Talvez ele esteja mentindo para mim. Ele só diz o que as pessoas querem ouvir. E todo mundo acredita nele.* Então se sentiu inundada de vergonha, e seu rosto parecia queimar. *Eu disse a mim mesma que não deveria confiar nele, mas confiei mesmo assim. Como sou idiota!*

— Ah! — Calixta exclamou, pouco surpresa. — E eu aqui, achando que você e Sophia iam viajar a cavalo para as Terras Baldias para salvar o tio dela. Certamente soou como algo do tipo.

Sophia sabia que devia se levantar e dar um fim àquela conversa, mas ela não conseguia se mexer.

— Você entendeu tudo errado — Theo continuou. — O tio da Sophia fugiu há alguns dias com uma atriz de Nochtland. Ele até deixou um bilhete dizendo que a linda atriz havia roubado o coração dele e que ele nunca mais voltaria. Obviamente — ele colocou com esperteza —, Sophia confundiu você com a bela atriz.

Calixta gargalhou, reconhecendo o elogio.

— Foi isso que aconteceu? Bem, isso deixa as coisas mais claras.

— Se quer saber — Theo continuou, implacável, agora que sua história havia ganhado forma —, é uma coisa muito cruel de se fazer. Abandonar a sobrinha, que não tem mais ninguém no mundo, por uma atriz? — O rosto de Sophia estava tão quente que parecia que ia pegar fogo, e o peso no estômago começava a doer. — Mas esse é o tipo de homem que ele é — e suspirou. — É claro que toda essa viagem para Nochtland é sem esperança. Sophia não vai encontrá-lo, e, se encontrar, ele vai mandá-la de volta pra casa. Eu não quero estar por perto para ver *isso* — ele concluiu amargamente. Sophia sentiu os olhos enchendo de lágrimas, tanto pela verdade quanto pela mentira, e as secou com raiva quando o trem começou a desacelerar.

— Bem, é melhor acordarmos a pobre garota. Finalmente estamos chegando em New Orleans.

A cabeça de Theo apareceu na beirada do beliche.

— Estou acordada — Sophia disse, com a voz engasgada.

Ele sorriu inocentemente.

— Levante-se, então. Já chegamos.

O trem começou a parar na estação e Calixta abriu a porta da cabine para chamar o carregador. Enquanto Sophia descia, com a mochila no ombro, o homem entrou na cabine e começou a retirar os baús de Calixta.

— Vou pegar uma carruagem até as docas — a pirata disse, colocando o chapéu. — E, se quiserem, eu levo vocês até o entreposto, onde poderão negociar os cavalos. Se é isso realmente o que querem.

Theo estava prestes a segui-la, mas Sophia o segurou pelo braço.

— Eu ouvi tudo o que você disse sobre Shadrack.

Ele sorriu.

— Muito bom, né?

— *Muito bom?* — Sophia exclamou, as lágrimas novamente enchendo seus olhos, apesar do esforço para controlá-las. — Como pôde dizer aquilo sobre Shadrack? *Uma atriz?* — E, para o desespero de Sophia, Theo riu.

— Não é engraçado.

— Venha, anime-se. Você está levando isso muito a sério.

Sophia sentiu as bochechas ficando vermelhas novamente.

— Não vejo nada de errado em ser séria. Isso é coisa séria! Eu ouvi o que você disse sobre não estar por perto. Eu nunca pedi que você ficasse por perto. Você pode ir embora quando quiser. Eu vou sozinha.

— Ei — Theo disse, segurando o braço dela. — Acalme-se... Foi só uma história que eu contei pra ela. Você disse para não contar nada sobre Shadrack. Eu achei que era um bom jeito de distraí-la.

— Você estava mentindo? Sobre tudo isso?

— Claro que eu estava mentindo... É o que você disse para eu fazer.

— Eu não disse para você *mentir*. Eu só disse para não contar nada para ela. Como vou saber quando você está falando a verdade?

— Sophia, o que eu disse para ela não significa nada. Confie em mim.

Ela deu uma risada curta e desviou o olhar.

— Certo. *Confiar em você* — emendou, notando que novos passageiros estavam embarcando. — Agora precisamos ir — disse laconicamente, virando-se para sair. Theo balançou a cabeça e a seguiu.

Sophia saltou do trem e viu Calixta na ponta da plataforma, coordenando os carregadores enquanto amarravam os baús no topo de uma carruagem. Assim que Sophia começou a caminhar na direção dela, ouviu um súbito grito. Ela se virou para trás e os viu no mesmo segundo: três... não, quatro... homens com o rosto marcado com cicatrizes da mesma forma, correndo pela plataforma. Por um momento, ela congelou no lugar. Então agarrou a mochila e começou a correr, os pés batendo com força no chão de madeira.

Theo logo a alcançou e passou por ela. Calixta, cujos baús já estavam presos em segurança no teto da carruagem, precisou só de alguns segundos para entender a situação. Com um movimento rápido, ela abriu a porta e sacou o revólver.

— Entrem! — ela gritou. Theo mergulhou primeiro e Sophia cambaleou atrás dele. Calixta colocou o pé no degrau da carruagem aberta e agarrou o bagageiro com a mão livre. — *Ande!* — ela berrou.

Os cavalos empinaram e se colocaram em movimento, puxando a carruagem, enquanto Calixta se inclinava graciosamente e disparava um único tiro na direção da plataforma. Sophia observava enquanto os homens mudavam de direção e corriam desajeitadamente para a fila de carruagens; os cavalos estavam assustados com a situação, em pânico por causa do tiro da pistola. Calixta entrou na carruagem e fechou a porta.

— Você pode me ajudar com o chapéu novamente, querida? — ela pediu.

Sophia colocou a mochila de lado e tentou, com os dedos trêmulos, tirar os grampos do chapéu de Calixta enquanto a carruagem sacolejava loucamente pela estrada.

— Saíram — ela finalmente disse, enfiando os grampos no laço do chapéu.

Calixta balançou a cabeça, soltando os cabelos e inclinando-se para a janela.

— Condutor — ela gritou. — Pago o triplo se nos levar a salvo até o fim das docas. Até o navio com velas vermelhas e brancas. — E entrou novamente. — Eles já devem ter conseguido uma carruagem.

As ruas de New Orleans passavam rapidamente. O condutor os levou pelos limites da cidade, mas, mesmo assim, havia um bom tráfego, e os gritos das pessoas que desviavam da carruagem apressada podiam ser ouvidos claramente. Sophia viu uma barraca de frutas sendo derrubada sem cerimônia pelos cavalos que passavam em alta velocidade, e um sem-número de cachorros que os perseguiam latindo.

— Só mais um minuto — Calixta disse, espiando pela janela. — Quando chegarmos lá, saiam da carruagem na mesma hora e corram para o navio com velas vermelhas e brancas.

Eles concordaram.

— E cuide do meu chapéu — ela disse a Sophia. — Não fique tão preocupada, docinho — ela sorriu. — Sou uma excelente atiradora.

A carruagem chacoalhou e então saltou quando subitamente chegou às docas.

— Saiam do caminho — o condutor berrava. Os cavalos desviaram de um carrinho virado para cima, e uma pilha de caixotes despencou atrás deles.

De repente, ouviu-se um estalo alto no fundo da carruagem, bem entre a cabeça de Sophia e o ombro de Calixta.

— São eles — Calixta disse. — Abaixem a cabeça.

Ela se inclinou pela janela e disparou dois cuidadosos tiros. E então subitamente eles pararam, e Calixta abriu a porta com tudo.

— Venham — ela gritou. — Velas vermelhas e brancas. Digam a Burr para vir pessoalmente, porque com certeza não vou deixar meus baús para trás.

Ela se ergueu com os pés bem separados e com o olhar fixo nos perseguidores.

Sophia tropeçou carregando o chapéu de Calixta e procurou ansiosamente as velas. Onde eles estavam? Onde estava Theo, falando nisso? Ele havia desaparecido. Havia caixotes por todo lugar, marinheiros, um cavalo com a sela negra e brilhante puxando agitadamente as rédeas e dois cães latindo, a longa língua vermelha aparecendo. Theo estava se escondendo em algum lugar? Sophia se escondeu atrás de uma pilha de caixotes de madeira e olhou para baixo: serragem e metade de um peixe morto. Por alguma razão, o ar cheirava a rum: como se tivesse *chovido* rum. Ela olhou para cima; onde estava o navio com velas vermelhas e brancas? *Todas* as velas eram vermelhas e brancas... e azuis, verdes e amarelas.

Ela então viu alguns marinheiros correndo na direção de Calixta; eles tinham que ser do navio dela. Um tiro e então outro se fizeram ouvir atrás dela, e Sophia espiou por trás dos caixotes para ver a pirata calmamente parada, defendendo a carruagem com tiros precisos enquanto os marinheiros tiravam os baús do bagageiro. Sophia levantou e se preparou para correr atrás deles.

Mas, assim que virou, ela viu Theo a certa distância, gesticulando para ela com urgência com uma das mãos; ele segurava uma pistola na outra e andava para trás, atirando com firmeza, enquanto um pesado homem atrás dele carregava um dos baús. *Theo sabia atirar?*

E então, subitamente, Calixta não estava mais ao lado da carruagem. Na verdade, Sophia notou, horrorizada, que as docas estavam quase desertas. E lá estava a pirata, em pé no convés de um navio com velas vermelhas e brancas. O navio estava ancorado bem perto dali, e suas velas firmemente enroladas. Agora elas estavam captando o vento, sacudindo como fitas. Theo estava ao lado de Calixta no convés, apontando. Ele apontava para Sophia, separada do navio por uma fila de Homens de Areia.

*Eu perdi a noção do tempo!*, Sophia se deu conta, assustada. E, pior ainda, ela notou, agitada, que não estava com sua mochila. Ela ainda segurava o chapéu de Calixta, mas a preciosa mochila não estava à vista. *Devo ter deixado na carruagem*, pensou, freneticamente. Os Homens de Areia dispararam na direção do navio; eles ainda não a tinham visto. Com o chapéu equilibrado na cabeça, Sophia começou a se rastejar, apoiada nas mãos e nos joelhos, em direção à carruagem. Theo, Calixta e outros dois piratas ainda trocavam tiros com os Homens de Areia, e um deles começava a preparar o gancho.

Para o alívio e a surpresa de Sophia, ela viu um dos piratas segurando a mochila dela nos ombros. *Calixta deve ter encontrado minha mochila. Agora só falta eu conseguir chegar até o navio*. Ela conseguia ver o passadiço. Cinco passos rápidos a levariam até ele.

Ela se levantou, pronta para correr, e disparou, colidindo com um homem alto e magro, com um chapéu ainda mais largo que o de Calixta. Ele segurava um revólver em uma mão e uma longa espada em outra. Com a ponta do revólver, ele empurrou o chapéu para trás, revelando um rosto belo e barbudo e um largo sorriso. Ele olhou para Sophia com um ar de avaliador.

— Quando minha irmã disse para manter o chapéu dela a salvo — ele disse —, você realmente levou ao pé da letra.

— Me... me desculpe — Sophia gaguejou.

— Foi a coisa mais sábia que você podia ter feito — ele disse alegremente. Então enfiou a espada na bainha, pegou a mão de Sophia e a guiou, correndo, até o passadiço do navio com velas vermelhas e brancas. Enquanto corriam, os Homens de Areia os avistaram e imediatamente mudaram de direção. Sophia ouvia os passos na doca de madeira, e então o ruído de algo se estilhaçando. Houve um silêncio e em seguida gritos de todos os lados. Um gancho atingiu o chão de madeira, bem ao lado de seu pé. Sophia se pegou correndo desajeitadamente pelo passadiço de madeira até chegar ao convés.

Ela se virou, sem fôlego, enquanto o navio começava a se afastar. A doca estava abandonada, exceto por quatro estranhas figuras: os Homens de Areia, atolados em uma substância negra que os prendera como moscas no mel. Sophia estreitou o olhar, sem compreender. E então uma onda de tontura violenta se abateu sobre ela. Sophia tentou chegar à amurada do convés e notou que ela havia sumido. Ela caiu de joelhos. Seu rosto atingiu o lustroso chão de madeira do convés, e o mundo todo havia se inclinado para o lado.

# 16
## Enjoo no mar

> *24 de junho de 1891: 16h46*
>
> *Se as terras do Novo Mundo continuassem em sua maior parte inexploradas, os mares também continuariam. Filósofos de Novo Ocidente consideraram a questão: se uma rota do oceano pertencesse ao século trigésimo, nós nunca saberíamos disso navegando por ela? Pragmaticamente falando, não há um método provável para determinar as várias eras dos oceanos.*
>
> — Shadrack Elli, *História do Novo Mundo*

Depois que a tontura inicial que a atingiu no convés passou, Sophia se ergueu e observou, admirada, que o navio já estava em movimento: os homens de Calixta aparavam as velas, gritando uns para os outros, até que todas estivessem ao vento. O sol se apagou atrás de uma nuvem passageira, e o cheiro de oceano subitamente a engoliu. Sophia respirou fundo. Quando conseguiu falar, tentou se desculpar por ter colocado em risco a partida deles quando perdeu a noção do tempo, mas ninguém parecia achar que ela havia feito algo de errado.

— Você tem que agradecer a este rapaz por ter visto você — Burr disse, passando o braço em volta de Theo com um sorriso. — Assim como eu agradeci por ele ser um atirador tão bom. Melaço, hein? Você deve ter acertado quatro barris. Deixou aqueles quatro patifes bem grudados lá atrás. Você nasceu para ser pirata.

Theo se iluminou, quase enrubescendo com os elogios de Burr.

Além do mais, qualquer inconveniência que Sophia pudesse ter causado aparentemente sumiu diante da tragédia sofrida por um dos baús de Calixta, que chegou ao convés com dois buracos de bala. Ela despejou sua fúria no pirata que o carregara e em seu irmão, que o devia ter carregado pessoalmente. Burr atravessou o convés a passos largos assim que deixaram o porto, gritando instruções casuais e tentando esquecer os insultos que Calixta lhe dirigia.

— Você se sentiria melhor se fizesse alguns buracos de bala no pobre Peaches? — Burr perguntou. — Então faça, por favor.

Ele apontou para o infeliz Peaches, um velho que puxava as pregas da manga com uma expressão aflita.

— *Eu realmente devia* — Calixta rosnou. — Você sabe como é difícil encontrar anáguas do tamanho certo?

Peaches balançou a cabeça, desolado.

— Desculpa, capitã Morris.

— Em vez de contar a todos sobre suas anáguas, querida — Burr disse —, talvez você devesse verificar os danos.

Calixta olhou de cara feia mais um pouco e então abriu o baú. Ela inspecionou as roupas em silêncio com Peaches parado a seu lado e observando cautelosamente, e finalmente olhou para ele com a expressão mudada.

— Bem, parece que minha caixa de pó de arroz segurou as balas. Peaches — ela disse friamente —, você me deve uma caixa nova de pó de arroz.

— Certamente, capitã... Assim que chegarmos ao porto — ele respondeu, bastante aliviado. Calixta foi até sua cabine, seguindo os baús. Enquanto os piratas andavam pelo navio com o riso solto e com eficiência, Sophia ergueu a cabeça e tentou controlar as ondas de náusea que se abatiam sobre ela.

Os piratas não eram nem um pouco parecidos com o que ela imaginava. Eles se pareciam mais com viajantes ricos, com suas roupas extravagantes e seu ar indiferente. Todos falavam com um sotaque preciso e quase singular das Índias. Até o mais baixo marinheiro parecia a Sophia mais um lacaio de luxo que um bandido endurecido pelo mar.

Theo já era um dos favoritos depois de sua demonstração de boa pontaria e fora arrastado pela atenção dos marinheiros na mesma hora.

— Ei, você está bem? — ele agora perguntava. Sophia, ciente de que estava brava demais para se importar, se refugiou em seu enjoo e não falou com ele. Finalmente ele deu de ombros e se afastou.

Ela estava mais inclinada a contar com os piratas do que com Theo, considerando que Calixta salvara sua mochila e Burr salvara a *ela própria*, mesmo que fosse muito mais simples abandoná-la no cais. *Terei que pedir aos piratas para me ajudarem a chegar a Nochtland*, Sophia decidiu, tentando reprimir a ansiedade, que só piorava sua tontura. Ela podia somente ter esperança de que, chegando em Nochtland, encontraria Veressa e então, de algum modo, elas resgatariam Shadrack antes que algo terrível lhe acontecesse.

Mesmo depois de horas navegando, o forte enjoo não melhorou. Ela se resignou a ficar sentada, bem quieta, observando o horizonte e o mar agitado. Conforme a noite caía, tudo foi ficando mais calmo e o ar se tornou agradavelmente mais fresco. Calixta a chamou do outro lado do convés.

— Querida, venha jantar em minha cabine.

— Vou ficar aqui — Sophia respondeu. — Eu me sinto pior aí dentro. De qualquer forma, não estou com fome.

— Pobrezinha. Tudo bem, vê se melhora.

Calixta se retirou, e Sophia fez um esforço para ver melhor o pôr do sol. Acima, as estrelas começavam a aparecer, e o céu se curvava em uma contínua descida do roxo para o azul e rosa. Sophia olhou fixamente para a borda rosa do céu e por um momento sentiu sua náusea diminuir. Um instante depois, ouviu passos e se virou para ver alguém atravessando o convés em sua direção.

— Eles me mandaram subir para lhe fazer companhia, querida — Sophia olhou curiosa para a senhora que estava parada a seu lado. Ela não era muito mais alta que Sophia e era quase tão magra quanto. Embora se mantivesse bem ereta e falasse com uma voz muito clara, parecia a pessoa mais velha que Sophia já vira. Os cabelos brancos estavam trançados e presos no alto da cabeça numa longa espiral, e ela usava um vestido lilás muito bem passado, com inúmeras pregas na saia e nas mangas.

— Eu sou a vovó Pearl — ela disse, pousando a mão enrugada nas de Sophia. — Embora eu não seja vovó de ninguém. — E sorriu, segurando a mão de Sophia entre as suas. — E você... me disseram que está com enjoo, pobrezinha.

— Sim — Sophia disse, de repente se dando conta, pela pressão gentil que os dedos de vovó Pearl faziam e pelo modo como ela mantinha a cabeça erguida, que a velha era cega. — O enjoo não passa.

— Ah — vovó Pearl disse, sorrindo. Os dentes pequenos e brancos brilharam, não muito diferentes das pérolas de verdade. — Eu sei por quê. Posso sentir aqui, na palma de sua mão.

Sophia piscou.

— Pode?

— Posso sim, amor. Está claro para qualquer um que segurar sua mão. Você não está ligada ao tempo. É óbvio que essa explicação soa ainda pior. Sem relógio interno, é assim que chamam? Sem noção de tempo?

Sophia sentiu que corava enquanto a escuridão da noite crescia.

— Sim. É verdade que eu tenho isso... Sempre perco a noção do tempo. Não é algo de que me orgulho... — ela balbuciou.

— Não é nada para se envergonhar, amor — vovó Pearl disse, ainda sorrindo. — É um raro dom estar desligada do tempo. Pense nisso... Você é livre para vagar, para flutuar, como um navio sem âncora para te prender.

Sophia olhou para as mãos enrugadas que envolviam as suas.

— Mas às vezes a pessoa quer uma âncora.

A velha mulher a levou até as cadeiras que havia no convés.

— E você tem uma. Você não leva um relógio com você? As pessoas não te lembram sempre das horas? Você não está cercada por relógios, com seus ponteiros implacáveis, lhe dizendo as horas? Não estamos todos?

— Acho que é verdade.

— Então para que você precisa de um relógio interno? Acredite em mim, amor. Você está melhor sem. Em meus noventa e três anos, conheci apenas três pessoas desligadas do tempo, e todas eram excepcionais.

Sophia absorveu a informação com dúvidas.

— Mas por que isso me deixa com enjoo? — ela perguntou enquanto se sentava.

— Porque você está navegando através de uma sopa de diferentes eras. Quando as eras se separaram, as águas estavam em um lugar. Agora, as diferentes eras se misturam no mar, então cada copo dessa água contém mais de uma dúzia de eras.

Nenhum dos amigos exploradores de Shadrack jamais mencionara isso. Sophia levantou a cabeça para sentir o ar salgado, como se estivesse testando a verdade do que havia acabado de descobrir.

— Isso é possível?

— Eu vivi em navios a maior parte da minha vida, e vi mistérios que só podem ser explicados dessa forma.

— Que tipo de mistérios?

— Estranhas cidades construídas na superfície do oceano que aparecem por um momento e desaparecem no outro. Selkies e tritões construindo bolsões de água para reter uma única era. E, na maioria das vezes, eu vi coisas bem peculiares abaixo da superfície... fragmentos, poderíamos dizer... que parecem pedaços quebrados de muitas eras, perdidos nas correntezas.

— Então você já enxergou? — Sophia perguntou, fascinada.

— Sim, enxerguei... Apesar de que, se você me perguntar, minha visão era de certa forma como aquela âncora da qual estávamos falando. Assim como você está melhor sem sua noção de tempo, eu estou melhor sem minha visão. Eu sei que parece estranho dizer isso, mas foi só quando perdi a visão que comecei a entender o mundo ao meu redor.

— O que você quer dizer com isso?

— Bem, a sua mão, por exemplo. Quando eu era jovem, eu poderia pegar a sua mão do mesmo jeito, mas eu teria olhado para seus olhos e seu sorriso para ter uma boa noção de quem você é, e não teria sequer prestado atenção em sua mão. Depois que eu perdi a visão, eu noto coisas que não teria notado antes, pois era distraída pela visão.

— Acho que entendo o que quer dizer — Sophia disse. E subitamente se deu conta de como estava se baseando na aparência de vovó Pearl para ter noção de quem ela era: o cabelo, o vestido bem passado, as profundas rugas em volta dos olhos. — Então tenho que prestar atenção no que eu observo, já que eu não percebo o tempo.

— É isso mesmo, amor — sua companheira disse, aprovando. — O que mais existe lá fora que ninguém nota porque está vendo as horas? Você não é distraída pelo tempo, então está preparada para ver coisas que ninguém mais consegue. — Ela fez uma pausa, deixando Sophia considerar aquilo. — Talvez demore um tempo para você descobrir, ânimo! — acrescentou com uma risada.

Sophia sorriu.

— A senhora está certa. — E olhou para as mãos enrugadas de vovó Pearl. — Se a senhora tem noventa e três anos, isso quer dizer que viveu na época da Grande Ruptura.

— Eu vivi, mas não me lembro. Eu era um bebê naquela ocasião. Embora minha mãe tenha me contado. Nas Índias Unidas, onde a sobrevivência de todos depende de constantes viagens para todos os pontos do Atlântico, o choque foi extremo. Os antigos portos europeus sumiram. As colônias nas Américas se transformaram. E as Terras Baldias mergulharam em guerras, caos e confusão. Imagine centenas de milhares de pessoas acordando e descobrindo o mundo em volta delas virado totalmente de cabeça para baixo... todas se tornando exiladas solitárias de mundos que não existiam mais. Parecia que o continente todo tinha enlouquecido. Minha mãe sempre falava disso como se fosse um sonho, um longo e profundo sonho que mudou o mundo para sempre. E minha mãe era uma leitora de sonhos. Ela sabia mais do que ninguém que os limites entre o acordar e o sonhar são incertos.

— Sua mãe também era uma... — Sophia hesitou. — Uma pirata?

— Ah, era sim, mas a pirataria era uma coisa diferente naquela época. Um trabalho perigoso e não remunerado. Não é como agora. Minha mãe cresceu em navios e nunca teve um par de sapatos na vida, coitadinha. Ela fez sua fortuna lendo as águas e os sonhos. Ela teve uma vida dura. Mas agora... é a grande era da pirataria.

Sophia achava, ouvindo a voz de Shadrack, que na verdade era a grande era da exploração, mas não a contradisse.

— O navio da capitã Morris certamente é muito valioso — ela disse humildemente.

— Ela é uma boa capitã. Somos todos bem tratados e temos folgas regulares. Burr e Calixta têm um bom lucro, sem dúvida, mas não são gananciosos; eles o dividem com o restante de nós. Não temos nenhum motivo para reclamar. Se você vir os outros navios, vai perceber que este é bem modesto comparado a eles. — Vovó Pearl balançou a cabeça. — Há mais riquezas nesses navios do que em algumas das menores ilhas, eu juro. Nas maiores ilhas a história é diferente, é claro. Já esteve em Havana, querida? É cheia de moedas de todos os tipos.

— Eu nunca estive nas Índias Unidas — Sophia admitiu. — Nunca estive nas Terras Baldias, também. Na verdade, antes desta viagem, o lugar mais longe onde eu estive foi no sul de Nova York.

Vovó Pearl riu e acariciou a mão de Sophia.

— Bem, há muito mais para se esperar. As Terras Baldias vão tirar seu fôlego; elas sempre tiram na primeira vez.

— É o que todo mundo diz.

— Lembra do que eu disse a você sobre um copo de água dos mares? Bem, as Terras Baldias são exatamente assim, só que em terra. Todas as diferentes eras, agrupadas de uma só vez.

— Não consigo nem imaginar — Sophia disse, franzindo levemente a testa.

— Bem, você não verá desse jeito, não de uma só vez — a velha explicou. — Talvez bem pouco depois da Grande Ruptura você pudesse ver as linhas onde as eras colidiram; uma rua em um século, a próxima em outro. Mas agora, depois de mais de noventa anos, as eras se ajustaram. Nas Triplas Eras, por exemplo, as três eras se fundiram em uma. Você pode ver que uma construção é do passado e outra do futuro, ou que alguém está usando uma mistura de roupas de três eras diferentes, ou que um animal de uma era antiga fica ao lado de um animal de uma era mais nova. Agora parece exatamente o que é: uma única era inteira derivada de três.

Sophia se inclinou para a frente, ansiosa.

— Me conte a respeito dos animais. Ouvi que existem as mais estranhas criaturas.

— Existem os mais assombrosos animais, é verdade — vovó Pearl concordou. — Mas, nas Terras Baldias, você tem que ter cuidado com o uso destas palavras... animal ou criatura.

— Ah! Por quê?

— Por causa da Marca da Vinha e da Marca do Ferro. — Ela fez uma pausa, ouvindo o silêncio de Sophia. — Você já ouviu falar disso?

— Ouvi a respeito delas — Sophia respondeu, lembrando-se da menção no atlas de Shadrack. — Mas eu nunca as entendi de verdade. O que são?

Vovó Pearl se ajeitou na cadeira.

— Bem, não estou surpresa. As pessoas não gostam de falar disso. Particularmente as pessoas das Terras Baldias. Mas você não vai entender o lugar a não ser que entenda essas marcas. Elas sempre estiveram lá, pelo menos desde a Grande Ruptura, mas o modo cruel de vê-las veio com o tempo. Gostaria de ouvir a história de como tudo isso começou?

— É claro.

— Ela foi colocada em versos pelo poeta Van Mooring, um homem de Nochtland que se tornou marinheiro. Todos os homens do mar o conhecem. — Ela começou uma lenta e fúnebre canção, em uma voz que se estendeu por sobre o convés como uma frágil linha.

Em Nochtland, ao forte e de ferro portão
O guarda vigia e bloqueia a multidão
Daqueles que querem invadir em arrastão
Para ver o palácio que poucos verão.

De relance se veem os vidros brilhantes
Entre os jardins e os belos mirantes
Onde é permitido por seus portões imponentes
Passarem os cidadãos e os viajantes.

Até que o estranho apareceu
Com o capuz que seu rosto escondeu
Exigindo ali permanecer
Afirmando parente do rei ser.

O guarda se recusou; o estranho lutou.
Enquanto o prendiam, o capuz negro caiu
E com as pernas e braços presos se viu
Sendo jogado para fora feito um barril.

Seu casaco caiu e suas asas se abriram.
O estranho não mentia, foi o que todos viram.
As folhas esmeralda com as quais ele voou
Eram a Marca da Vinha e assim se provou.

O guarda saltou com poderosa tração
E com maior poder o arrastou ao chão.
Ele caiu em terra com as asas quebradas
A altivez e a dignidade arrasadas.

A Marca do Ferro o manteve na terra.
A crueldade da Marca o lembrou quem era
E ao guarda teve que pagar em quantia total
O custo de ter a mente de metal.

Sua voz foi sumindo, ainda que as imagens vívidas permanecessem na mente de Sophia.

— O que isso significa? O custo de ter a mente de metal?

Vovó Pearl inclinou a cabeça.

— Por que você não conta a ela, querido, sobre a Marca do Ferro?

Sophia olhou além da cadeira onde a velha estava sentada e viu, com surpresa, que Theo estava parado na parte escura do convés, fora do alcance da visão, mas aparentemente não tão longe que não pudesse escutar. Ela se deu conta de que havia se esquecido por um instante de sua náusea e de sua raiva. Depois de uma hesitação momentânea, ele se aproximou e sentou.

— A Marca do Ferro — ele disse com a voz baixa — pode ser qualquer osso feito de metal. Geralmente é o dente de uma pessoa. Eles são afiados e pontudos e diláceram.

Sophia recuou.

— Eles rasgaram as asas do homem com os *dentes*?

— Eles estavam defendendo o portão. Eles só estavam fazendo o que era esperado que eles fizessem.

Vovó Pearl concordou.

— É verdade que os guardas argumentaram em defesa própria que estavam protegendo o portão. E afirmaram que não havia como saber se o estrangeiro era mesmo sobrinho do rei, voltando para Nochtland depois de anos nas fronteiras ao norte. O rei, entretanto, declarou que a Marca da Vinha devia ser prova suficiente.

— O que aconteceu ao sobrinho do rei? — Sophia perguntou.

— Suas asas foram diláceradas pelos guardas, mas, com o tempo, elas cresceram novamente, como penas novas.

— Mas os guardas foram condenados à morte — Theo acrescentou.

Vovó Pearl se virou para ele.

— Os guardas foram condenados à morte, sim, e a longa inimizade entre as duas marcas começou a se intensificar. Era apenas uma antipatia antes, uma suspeita, mas, com a execução do guarda do palácio, o abismo entre eles cresceu. A Marca da Vinha deve ser um sinal de privilégio e aristocracia. Entre a realeza, a marca geralmente surge como asas. Para outros, pode ser um pedaço de pele, um cacho de cabelo, um par de dedos. A mais pálida marca, se você tiver a sorte de nascer com ela, é o suficiente para transformar a mais humilde das crianças na mais abençoada. Aqueles que têm essa marca são favorecidos nas Terras Baldias, e aqueles que não têm, pessoas normais como você e eu, tentam emulá-la. A Marca do Ferro foi criada para ser um sinal da barbárie e da desgraça. Nos dias de hoje, ninguém com a Marca do Ferro ousa colocar os pés em Nochtland. Foram todos expulsos. A família real tende a ver conspiração no menor pedaço de metal. Deixou de ser desprezado e se tornou criminoso.

— Mas não no extremo norte — Theo colocou.

— É verdade — vovó Pearl concordou. — Os corsários do norte usam seus dentes de ferro com orgulho e não têm vergonha de exibi-los para todo mundo. Você poderá ver alguns em Veracruz e nas estradas em volta da cidade. Mesmo assim, eles evitam Nochtland. Estou certa?

Theo afastou o olhar, observando a água.

— Com certeza. As pessoas com a Marca do Ferro têm um jeito de acabar do lado errado da lei, mesmo que não tenham feito nada ilegal.

— E alguns classificam aqueles com a Marca do Ferro como homens selvagens, ou coisa pior. Não é raro ouvi-los sendo chamados de "criaturas" ou "animais" por aqueles que têm a mente pequena, por isso é que estou avisando você.

— Mas esses com a Marca do Ferro realmente são tão terríveis? — Sophia perguntou.

— Claro que não — Theo zombou. — Os corsários que eu conheço não são piores do que ninguém. São apenas pessoas... uns bons, outros maus.

— Então veja — vovó Pearl alertou. — Trata-se de um jeito cruel de pensar e que tem dividido as pessoas nas Terras Baldias durante muitas décadas.

Sophia percebeu que o sol havia se posto completamente. O céu estava escuro e repleto de estrelas, e uma delicada lua brilhava no horizonte.

— E é isso que eles querem dizer quando falam sobre "criaturas".

— Bem — a velha disse —, existem também aqueles que você e eu chamamos de criaturas... animais de outras eras e seres estranhos que não vemos na terra ou no mar.

— Como a Lachrima — Theo disse. Sophia revirou os olhos na direção da escuridão.

Vovó Pearl ficou em silêncio por um momento.

— Sim, como a Lachrima. — E baixou a voz: — Eu não acredito em superstição, mas algumas pessoas a bordo aqui não gostariam de ouvir essa palavra. Eles acham que chamá-la pelo nome a trará para perto.

— Quem diria... Os piratas *também têm* medo de alguma coisa, afinal — Theo sorriu, e o ar sombrio que havia tomado conta dele anteriormente pareceu ter sido banido.

— Ah, sim! Nós gostamos bastante de atirar, mas aparições e Lachrima são assuntos diferentes.

— Você já ouviu uma? — Theo perguntou, curioso.

— Já — ela respondeu sombriamente. — A primeira vez foi há muito tempo, nas Terras Baldias, mas há alguns anos, quando estivemos em Havana, ouvi falar de um navio assombrado chamado *Rosaline*.

— Então, elas não estão apenas nas Terras Baldias? — Sophia perguntou.

— Geralmente elas ficam mais lá, mas você pode ouvir uma em quase qualquer lugar. Essa ficou a bordo do *Rosaline* por semanas. Os pobres marinheiros estavam à beira da loucura. Quando aportaram em Havana, abandonaram o navio, e o capitão não conseguiu convencer uma única alma a voltar. No fim, o capitão ou seja lá quem for soltou o navio, deixando-o à deriva, sozinho, a não ser pela Lachrima. Ele não afundou, está por aí agora, navegando ao redor do mundo com seu solitário passageiro. Sem dúvida, ele vai cair aos pedaços... um navio vazio em um mar vazio. E a Lachrima vai desaparecer com o tempo.

— Ah, elas *desaparecem* — Sophia disse, com uma súbita compreensão. Então pensou na história da sra. Clay e no abrupto desaparecimento da Lachrima na fronteira. — Como? Por quê?

— Difícil dizer. Por essa razão, elas aparecem para alguns como monstros, para outros como fantasmas e, ainda para outros, apenas como um som distante. Em Xela, elas aparecem na maioria das vezes do último jeito; as pessoas se referem ao seu choro como *el llanto del espanto*, "o lamento do espírito". Ninguém sabe como elas desaparecem. Nunca foram compreendidas, pobres criaturas. Mas eu sinto que elas compreendem o próprio destino. Elas sabem que estão desaparecendo. E estão assustadas com isso. Você não estaria? — Vovó Pearl se colocou de pé. — Bom, agora vou deixar vocês aqui. Distraí você de seu enjoo?

— Sim, obrigada — Sophia disse. — Esqueci completamente.

— Que bom. Amanhã falaremos sobre coisas mais alegres, não é? — E pousou uma mão na testa de Sophia e depois deixou a mão flutuar até a testa de Theo. — Boa noite, crianças.

— Boa noite, vovó Pearl — ele disse, pegando a mão dela e beijando-a gentilmente.

— Ah! — ela falou, segurando a mão dele entre as suas e sentindo as cicatrizes carinhosamente. — É por isso que você me deu sua mão esquerda, querido — e sorriu para ele. — Não há vergonha nessa mão, Theo. Apenas força.

Ele deu uma risada forçada, mas não respondeu.

— Apenas força — ela repetiu, acariciando a mão dele. — Boa noite. Durmam bem.

## 17
## Um *Cisne* no abismo

> 25 de junho de 1891: 17h41
>
> *Depois de 1850, com a expansão do comércio de rum e açúcar entre as Índias Unidas e Novo Ocidente, a pirataria no Caribe se tornou cada vez mais lucrativa. As plantações nas Índias tiveram de encarar a perspectiva de roubos contínuos na rota do comércio ou uma colaboração dispendiosa. A maioria optou pela última e, com o passar dos anos, os piratas viram muito de seus navios se transformarem em negócios legítimos, encarregados de gerenciar a rota do comércio. Isso resultou em um abismo cada vez maior entre os piratas ladrões e seus primos mais prósperos empregados nas plantações.*
>
> — Shadrack Elli, *História do Novo Mundo*

CALIXTA E BURTON MORRIS vinham de uma longa linhagem de piratas. Seus pais e avós haviam navegado pelas perigosas águas do Caribe quando todos os navios, independentemente de suas velas, eram um potencial inimigo. Ninguém que encontrava Calixta e Burr, como ele era conhecido de todos, suspeitava pelos seus modos a tragédia que havia em seu passado. Na verdade, foi a tragédia em si que os permitiu aproveitar a vida de forma tão plena; eles sabiam que ela podia ser arrancada deles a qualquer instante.

Eles eram gêmeos, duas crianças em meio a sete. Sua mãe era a filha de um capitão pirata. Seu pai foi o primeiro marinheiro do infame *Tufão*. Por anos eles navegaram juntos, rodeados pela família que estava crescendo, até que o capitão do *Tufão*, em seu zelo de manter a reputação do navio, atacou um ambicioso rival. A batalha foi longa e amarga, e só terminou quando restou apenas o casco queimado do navio.

Calixta e Burr tinham menos de um ano de idade na época, estavam deitados no berço e ficaram à deriva, nos restos queimados do navio, sendo arrastados até a praia. Vovó Pearl foi uma das poucas sobreviventes do *Tufão*, e parece que o fogo causou sua perda de visão. Ela ficou com o berço e protegeu os bebês com toda a força que lhe restava.

Foi vovó Pearl quem os criou, e foi ela quem escolheu o *Cisne*, o navio comandado pelo velho e bondoso capitão Aceituna. Embora se considerasse um pirata, Aceituna ficara mais cauteloso na velhice e somente navegava por rotas seguras. Ele se dedicava a transportar a borracha colhida no sul das Terras Baldias para as Índias Unidas e para Novo Ocidente, onde o material era usado para fazer pneus, botas e outros artigos valiosos. A "madeira que chora" dos arredores das Triplas Eras fizeram com que muitas pessoas, incluindo Aceituna, ficassem ricas.

Claro que a tragédia da família pairou sobre Calixta e Burr, mas vovó Pearl e ou outros no *Cisne* fizeram a vida das duas crianças o mais feliz possível. Quando Aceituna se aposentou, deixando o navio aos cuidados de Calixta e Burr, os dois juraram que o *Cisne* nunca se tornaria como o *Tufão*. Eles não queriam grandeza; eles queriam prosperidade. O *Cisne* nunca atacou sem ser provocado. Os irmãos Morris riam com naturalidade quando os piratas de outros navios zombavam deles, chamando-os de "piratas educados".

— Melhor educados do que mortos — Burr sempre respondia. — Além do mais — ele às vezes acrescentava —, por que procurar briga quando as melhores sempre me acham?

Calixta traçava as rotas navegadas por outros piratas e mapeou os caminhos do *Cisne* para evitar confrontos inesperados.

Em sua segunda noite a bordo, Sophia teve a chance de estudar os mapas náuticos, e isso lhe deu a oportunidade pela qual ela esperava. Ela já havia decidido pedir a Burr e a Calixta que a ajudassem a chegar a Nochtland. Ela não tinha escolha, mas, mesmo que fosse capaz de chegar lá sem eles, ela teria pedido. O modo com que Burr a havia ajudado no porto de New Orleans e o fato de que Calixta havia salvado sua mochila quando podia ter simplesmente a deixado para trás ou a pegado para si facilitaram a decisão. A bondade de vovó Pearl a convenceu mais ainda. Os piratas claramente não tinham nenhuma relação com os Homens de Areia e com Montaigne, e isso só ajudaria, ela decidiu, a contar a eles o que havia acontecido com Shadrack.

Ela se sentou no convés cercado por lanternas, debruçando-se sobre mapas de rotas e meteorológicos que Burr havia pegado na cabine. Ele e Calixta estavam a alguns passos de distância, tentando ensinar a Theo os rudimentos do combate com espadas. Vovó Pearl estava sentada ouvindo tudo com um sorriso no rosto.

— Melaço, não fique aí parado me olhando como se estivesse pedindo para ser espetado — Burr aconselhou. — Posicione seu corpo de lado.

— É pesada — Theo protestou, dando um passo para trás e segurando a espada com as duas mãos. — Eu prefiro simplesmente usar um revólver.

— E acima de tudo é preguiçoso — Burr disse, avançando na direção dele e revirando os olhos para Calixta. — Calixta tem metade do seu tamanho e lida com essa espada que você está segurando do mesmo modo que lida com aqueles grampos dela.

— Metade do tamanho dele? — ela exclamou, atacando o irmão e o desarmando com a vara de madeira que ela segurava. — Eu pareço o que para você, um peixe gordo?

— Um peixe não seria tão inútil como você, queridona — Burr respondeu, desviando da vareta e rolando pelo convés para recuperar sua espada. — E eles não ficam tão charmosos usando anáguas rendadas — ele concedeu, voltando-se para Theo. — Use a outra mão — disse. — A que você gosta de usar como alvo.

Theo sorriu e passou a espada para a mão cicatrizada.

— Eu estou dizendo, um revólver é bem mais fácil.

Burr rapidamente soltou uma corda presa ao seu lado e Theo olhou para cima. Tarde demais.... Acabou preso no meio de uma rede de pesca.

— Argh! — ele gritou, soltando a espada e lutando contra a rede.

— A pistola não faria muito por você agora, não é, Mel?

— Nós compramos essa rede mês passado — Calixta reclamou.

— Ele não vai cortá-la. Olhe para ele — Burr riu enquanto Theo lutava para se desenroscar. — O que você estava dizendo sobre os peixes gordos?

Sophia, que estava completamente absorta nos mapas que estudava, subitamente soltou um gritinho.

— Ah! — ela exclamou, levantando o mapa de papel. — Este é Shadrack!

— Quem, querida? — vovó Pearl perguntou.

Sophia se recompôs.

— Meu tio, Shadrack Elli. Ele fez este mapa.

— Ele fez, sério? — Burr disse, interessado. Ele e Calixta espiaram por sobre o ombro. — Ah, sim! E é um belo mapa. Esta ilha — ele disse, apontando — é tão remota que a maioria das pessoas nem ouviu falar dela. Apenas piratas vão até lá. E esse mapa é incrivelmente preciso. Cada correnteza, cada pedra... é impressionante.

— Sim. É um mapa adorável — Sophia concordou, olhando para as belas linhas desenhadas pela familiar mão de seu tio.

— Como ele fez isso? Ele nunca esteve lá, tenho certeza.

— Não sei ao certo — ela admitiu. Shadrack era um cartógrafo excepcional, claro, mas mesmo com tudo que ela sabia a respeito de seus métodos, muitos ainda lhe fugiam. — Provavelmente ele conversou com algum explorador. É assim que ele faz a maioria de seus mapas.

— Mas com esse grau de precisão?

— Ele é bom nisso. Se você descrever algo para ele, ele consegue fazer um mapa perfeito.

Calixta balançou a cabeça.

— Mas as pessoas nunca *conhecem* inteiramente o que vêm. Elas sempre esquecem coisas ou não prestam atenção. Todos os mapas dele são como esse?

— Bem — Sophia respondeu, hesitante —, ele realmente faz todos os tipos de mapas. — Ela fez uma pausa e então lentamente enfiou a mão em sua mochila. — Na verdade, esse mapa que ele me deixou é muito diferente. Eu ainda não fui capaz de compreender. — Sophia retirou o mapa de vidro, que ela havia deixado desperto. Suas linhas brilharam fracas. — Sabe, Shadrack não fugiu com uma atriz. Ele nunca faria algo assim — ela disse, lançando a Theo um olhar contundente enquanto ele saía do meio da rede de pescar. — Ele foi sequestrado. E deixou um bilhete me dizendo para encontrar uma amiga dele em Nochtland, e então me deixou isto. Os homens em New Orleans, os Homens de Areia... Eles estavam atrás disto.

Burr lançou um olhar penetrante enquanto Calixta se sentava ao lado dela.

— É um mapa de vidro — Sophia disse. — Vocês já viram um?

Calixta e Burr balançaram a cabeça.

— Eles não teriam como saber — Theo disse. — Eles são comuns nas Terras Baldias, mas em nenhum outro lugar.

Burr ergueu as sobrancelhas.

— Podemos dar uma olhada?

Ela concordou e os dois se juntaram a ela.

— Descreva-o para mim, por favor — vovó Pearl sussurrou.

— É uma folha de vidro — Sophia disse — que sob a luz da lua fica coberta por escritos. A maioria deles em outras línguas.

— Aqui está escrito em português *Você verá através de mim* — Burr disse.

— Mas isso são só os escritos — Sophia disse.

— O que você quer dizer com "só os escritos"? — ele perguntou, sem tirar os olhos do vidro.

— É um mapa de memória. — Agora que ela se confrontava com ele novamente, se sentiu relutante em experimentar as memórias que sabia estarem ali guardadas. — Theo e eu já o lemos antes. Acho que são as mesmas, não importa onde você coloque o dedo.

— E então o que acontece? — Calixta perguntou.

— Você vê as memórias que estão no mapa.

Por um momento os piratas olharam para Sophia sem acreditar, e então Calixta se inclinou para a frente.

— Primeiro eu. — Ansiosamente colocou a ponta do dedo no vidro e imediatamente sua expressão mudou. Ela fechou os olhos, com o rosto imóvel e pensativo. Quando tirou o dedo, estremeceu.

— Céus, Calixta. O que foi? — perguntou Burr.

— Tente você — ela disse.

Ele tocou a superfície do vidro, e sua expressão se tornou grave enquanto as memórias inundavam-lhe a mente.

— Eu nunca vi nada assim — ele disse lentamente quando terminou sua vez. — O que, exatamente, *é* esse mapa?

— Nós não sabemos — Sophia disse. — Meu tio deixou pra mim. Eu nunca o vi antes. E é estranho que seja todo escrito. Eu não tenho ideia de quando ou de onde ele seja.

— Eu gostaria de tentar, meus queridos — vovó Pearl disse, esticando o braço. — Se puderem guiar minha mão.

Sophia o fez, e, assim que tocou o vidro, a velha senhora perdeu o ar. Sophia retirou a mão dela.

— Não... eu quero ver tudo — ela disse, e Sophia colocou o dedo da senhora novamente na superfície lisa.

— Seu tio nunca mencionou esse evento em outro contexto? — Burr questionou.

Sophia balançou a cabeça.

— Não que eu me lembre.

Vovó Pearl finalizou a leitura. O rosto estava inexpressivo, a testa franzida.

— O negócio — Sophia disse, um pouco consternada — é que eu não sei muito a respeito de mapas de memória. Eu estava começando a aprender sobre eles. Shadrack disse que eles vêm das lembranças do passado. Isso é realmente tudo o que sei.

— Tem certeza disso, meu amor? — perguntou vovó Pearl.

— Como assim? — Sophia perguntou.

— Eu me pergunto — a velha senhora disse. — Ele me lembra alguma coisa. A parte da memória, quando algo pesado rola pela beirada, e então tudo é destruído. Parece uma velha lenda que minha mãe costumava me contar. Poderia o mapa ser uma história? Poderia ser algo inventado?

Surpresa, Sophia pegou de volta o mapa de vidro.

— Eu não sei. Shadrack diz que um mapa só pode conter o que o autor sabe. Eu suponho que possa ser uma história, desde que seja verdadeira. Ele traz a insígnia do cartógrafo, e isso significa que a pessoa que o escreveu jurou que fez um relato preciso. Qual é a lenda?

Vovó Pearl se recostou na cadeira.

— É uma história que nunca contei a vocês, Calixta e Burton, porque é muito triste e horrível. Na verdade, foi muito tolo da parte da minha mãe me contar isso.

Burr sorriu para ela.

— Bem, agora estamos todos crescidos, vovó. Conte o pior.

Seu rosto se encheu de ternura.

— Garoto tolo. Essa história é capaz de encher qualquer coração de terror, seja jovem ou velho. É uma história sobre o fim do mundo. Eu acho que minha mãe me contou porque a história a assombrava também. Ela a chamava de "A história do garoto da cidade enterrada".

### 18h20: A história de vovó Pearl

— A história é esta:

"Em uma cidade distante, em um tempo que ainda não chegou, havia um garoto, um órfão. O garoto era um pária; ninguém o queria por causa de uma horrível queimadura que ele tinha de um lado do rosto. Ele não sabia de onde a queimadura tinha vindo; só que ela o deixara marcado para sempre e que ninguém o amava por isso. Ele vagava pelas ruas sozinho e era expulso de todas as portas nas quais batia. Então, envolto em grande tristeza e desespero, o garoto sobe até o alto de um templo, onde, no topo de quinhentos degraus, o deus de pedra que protegia a cidade ficava sentado em uma elevação. Ele pergunta à vidente do templo como ele se tornara o que era e como podia mudar isso. A vidente encara por um longo tempo os ossos que caíam uniformemente diante dela e, por fim, lhe diz:

— Você não é daqui. Você é de uma cidade subterrânea. Aquele é seu verdadeiro lar. É por isso que ninguém aqui o ama e você sente que não pertence a este lugar.

O garoto lhe perguntou como podia chegar à cidade subterrânea, mas a vidente não sabia. Ela também sentia repulsa por causa do rosto queimado dele.

— Tudo o que sei é que o deus de pedra que nos protege cairá antes de você a encontrar.

O garoto ficou impressionado quando soube disso e procurou por toda a cidade alguma entrada, alguma porta, algum túnel para a cidade subterrânea. Ele nunca a encontrou. Finalmente, desesperado, pensou em um plano. Ele faria com que o deus de pedra caísse. Ele destruiria a cidade e encontraria a passagem subterrânea nas ruínas. Ele havia sido muito mal-amado, afinal. Talvez, se houvesse uma única pessoa na cidade em quem ele pudesse pensar com carinho, ele não teria sido capaz de fazer o que planejava. Mas não havia ninguém em quem ele pensasse desse modo. Ele subiu os quinhentos degraus correndo e seguiu até a elevação onde o deus de pedra estava. O garoto era pequeno, mas a pedra cedeu facilmente e caiu. O templo inteiro começou a desmoronar ao seu redor, e, enquanto ele descia os quinhentos degraus, o incêndio começou.

A cidade queimou por uma semana, até que nada restasse, a não ser cinzas. Então o garoto procurou entre as pedras, buscando a entrada para a cidade subterrânea. E ficou surpreso com o que encontrou. Havia entradas para a cidade subterrânea por todos os lugares — em quase todas as construções de todas as ruas. Mas, antes do fogo, elas haviam sido cuidadosamente fechadas, seladas, cobertas e escondidas. Parecia que, quando a cidade fora criada, todos tiveram a intenção de deixar preso o que havia lá embaixo.

O garoto seguiu por uma das passagens, entrando cada vez mais nas profundezas da terra. Ele viajou durante horas. E, no final, encontrou a cidade que a vidente prometeu a ele. Era uma bela cidade, construída nos subterrâneos, com pedras brilhantes. Havia vastas piscinas cheias de água e largas ruas. Metais preciosos se enfileiravam nas estradas e joias piscavam para ele das portas das casas. Só tinha um defeito. A cidade estava vazia. Enquanto o garoto andava por ela, ele só ouvia seus passos ecoando através das vastas e desertas cavernas. Ele passou muitos dias explorando a cidade vazia e, no quinto dia, descobriu, para sua surpresa, outra pessoa. Bem no centro da cidade subterrânea encontrou um homem muito, muito velho, que dizia ser vidente. O garoto se sentou diante dele.

— Já estou cansado de videntes — falou. — Então não vou lhe perguntar sobre meu destino. Mas me diga: Por que esta cidade está vazia? Para onde foram todas as pessoas e por que você ainda está aqui?

O velho olhou para o garoto com firmeza e, embora lhe doesse responder, falou:

— Esta cidade foi abandonada há muito tempo. Um vidente disse aos anciões deste lugar: 'Um garoto desta cidade subterrânea destruirá a cidade inteira, e cada um que sobreviver perecerá'. Temendo essas palavras, os anciões abandonaram tudo e se mudaram para a superfície, onde esperavam fugir da profecia. Minha mãe era a vidente, e foi a única que restou. Ela acreditava que as palavras, uma vez ditas, encontravam uma maneira de se tornarem reais. Minha mãe faleceu há muito tempo, e agora sou o único que vive aqui.

O garoto ouviu aquelas palavras e entendeu que, na tentativa de encontrar seu lar, ele o destruíra. Então chorou até mal conseguir enxergar, e suas lágrimas formaram uma poça, muito parecida com as piscinas subterrâneas ao redor dele. Quando parou de chorar, abriu os olhos e viu seu reflexo na poça criada por suas lágrimas. E então viu que as cicatrizes começavam a desaparecer. Elas sumiram, e um rosto completamente novo e lindo o encarou de volta. Aqueles que o conheceram certamente o amariam. Mas ninguém havia sobrevivido. Ele permaneceu nos subterrâneos com o vidente, passando o resto de seus dias na cidade enterrada. E é assim que a lenda diz que o mundo acaba."

Todos ficaram em silêncio.

— Sua mãe contou essa *história de ninar* para você? — exclamou Calixta.

Vovó Pearl suspirou.

— Ela vivia muito no mundo dos sonhos e teve uma vida difícil. Ela nunca soube bem onde a vida normal terminava e a tragédia começava.

— É o que eu diria — Burr comentou.

— Mas isso não é *verdade*, é? — Sophia perguntou, ansiosa. — Ou aconteceu de verdade?

— Bem, essa é a coisa estranha a respeito do tempo em nossos dias e era — vovó Pearl respondeu. — A gente nunca sabe o que aconteceu antes ou o que vai acontecer depois. Eu realmente não sei. Minha mãe sempre contou como se fosse uma lenda.

— Eu não entendo por que essa história estaria nesse mapa, ou por que esse mapa seria tão importante.

Vovó Pearl assentiu.

— Eu posso estar errada, afinal. Só achei parecido. Essas lembranças podem ter acontecido em qualquer lugar. Existem muitos lugares que sofreram uma destruição assim.

Sophia virou o mapa gentilmente para limpar as imagens e, quando fez isso, viu de relance algo através do vidro. Ela o segurou diante do rosto e olhou para o convés, onde uma das tábuas do assoalho parecia brilhar como se fosse iluminada por dentro.

— O que é aquilo? — ela perguntou. Sem o vidro, o chão do convés parecia normal sob a fraca luz da lua.

Burr olhou para ela, curioso.

— O quê?

Sophia ergueu o vidro novamente e a tábua se destacou claramente.

— Ali — ela disse, apontando. — Uma das tábuas parece que tem uma luz que vem de dentro. — Ela colocou o vidro de lado. — Que estranho... Mas só quando eu olho através do vidro.

— Deixe-me ver isso — Burr disse, menos educado que de costume. Sophia lhe entregou o vidro. — Incrível — ele sussurrou. — Calixta, olhe para isso.

Calixta segurou o vidro e prendeu a respiração.

— O que é? — vovó Pearl perguntou, ansiosa.

— Vendo através do vidro — Burr disse lentamente —, uma das tábuas do assoalho parece iluminada.

— O assoalho de Aceituna? — vovó Pearl perguntou.

— Sim — Burr disse, virando-se para Sophia e Theo e diminuindo o volume da voz. — O capitão Aceituna nos deixou todos os seus mapas e documentos. Ele também deixou um mapa que aponta para os seus... Como você o chama, Calixta?

— Fundos de emergência — ela devolveu o vidro para Sophia com uma expressão pensativa.

— Tesouro enterrado? — Theo perguntou num sussurro.

— Bem, ele não está realmente enterrado — Burr disse. — Mas sim... tesouro. Fundos de emergência. No caso de um ataque hostil, ele gravou o mapa em madeira de cedro e o colocou, com a face para baixo, no convés do navio. E é aquela madeira do assoalho, aquela que brilha tão intensamente com seu vidro, Sophia.

## 18
## Chocolate, papel, moedas

> 26 de junho de 1891: 2h#
>
> *Aceitamos APENAS cacau, prata ou cédulas das Triplas Eras. Pedras, vidro ou temperos não serão aceitos. Cédulas de Novo Ocidente são aceitas com taxa cambial de 1,6. Para trocar outras moedas, consulte o cambista.*
>
> — Placa no Mercado de Veracruz

FORAM PRECISOS APENAS ALGUNS testes para determinar por que o Rastreador de Vidro iluminava as instruções de Aceituna. Embora houvesse examinado cada centímetro do *Cisne* através do vidro, Sophia descobriu que apenas um tipo de objeto brilhava: mapas. Os mapas náuticos que Burr havia lhe trazido brilhavam como folhas de ouro; o mapa da ilha desenhado por Shadrack brilhava como uma estrela; a cabine de Calixta, repleta de mapas, parecia inundada de luz, que atravessava dezenas de janelas do tamanho de mapas. Como experimento final, Sophia pediu a Burr que desenhasse um mapa em uma folha de papel branca enquanto ela o observava através do vidro. No começo, a folha, Burr e a pena com a qual ele traçava pareciam bem comuns. Mas, no momento em que a linha fina que ele traçava se tornou uma rota, o papel ganhou um aspecto diferente. Quando desenhou uma pequena bússola no canto, a folha brilhou completamente.

O mapa de vidro, independentemente de seu conteúdo, iluminava outros mapas. Sophia ponderou o significado de sua descoberta enquanto Burr, Calixta e Theo dormiam nas cabines e vovó Pearl permanecia sentada a seu lado no convés, ressonando levemente. Na maioria dos casos, é claro, o vidro era redundante: os mapas náuticos de Burr eram claramente mapas náuticos, e o vidro não os deixava mais fáceis de ler. Mas, se alguém estivesse procurando um mapa escondido, Sophia refletiu, com a mente agitada, o vidro poderia ser muito útil. *E se um mapa de vidro estivesse escondido em uma janela?*, ela pensou. *E se em toda uma biblioteca houvesse apenas três mapas?* Em tais circunstâncias, o Rastreador de Vidro seria inestimável. *Então rastrear significa encontrar, e não delinear*, ela refletiu. As instruções multilíngues, que antes pareciam tão estranhas — "você verá através de mim" —, agora faziam o mais perfeito sentido. Qualquer um que pudesse ler saberia o propósito do vidro à primeira vista.

Mas isso não a deixou mais perto de entender as lembranças. Antes, a descoberta a fez reconsiderar o motivo pelo qual Shadrack havia lhe confiado o mapa de vidro. *Talvez não fosse para ajudar a encontrar a ele mesmo, mas para me ajudar a encontrar outro mapa. Um mapa que mais ninguém possa ver, talvez? E Veressa deveria me ajudar?* Seus pensamentos vagavam, e de repente ela se endireitou na cadeira, eletrizada. Silenciosamente, alcançou sua mochila e tirou de lá seu caderno. Passando pelas páginas, encontrou os desenhos que fizera depois do confronto com Montaigne.

Todas as diferentes peças do quebra-cabeça estavam lá: a Lachrima do bilhete de Shadrack, o mapa de vidro, Montaigne e os niilistianos que viajavam com ele. Parecia não haver nenhuma conexão, mas, de repente, lá estavam elas, pelo menos algumas peças, porque Sophia conseguira se lembrar de algo que antes não fora capaz. Na East Ending Street, enquanto aprendia a ler mapas, ela perguntara a Shadrack sobre o mapa do mundo, e ele lhe contara sobre algo chamado *carta mayor*: um mapa da memória de todo o mundo, que ele dissera ser um mito niilistiano. Será que os niilistianos acreditavam que o mapa de vidro lhes mostraria onde estava a *carta mayor*? *Talvez o mapa do mundo não esteja realmente escondido*, Sophia pensou. *Talvez esteja escondido à vista de todos.* Ela segurou o vidro diante dela e olhou para o negro céu noturno.

— Você verá através de mim — sussurrou. As estrelas do outro lado do vidro piscaram, tremularam e observaram, como se fossem milhares de olhos distantes.

### 6h37: Porto de Veracruz

O *CISNE* APORTOU NO início da manhã seguinte. A cidade de Veracruz, entrada oriental ao reino do imperador Sebastian Canuto, brilhava como uma concha branca. Do convés de um navio, Veracruz parecia uma promessa brilhante, iludindo a vasta e fragmentada paisagem que havia além dela. As cidades de Nochtland, Veracruz e Xela tiveram seu esplendor preservado e até aumentado ao longo dos anos, filtrando toda a riqueza das cidades vizinhas e florescendo em um estágio de exagerado e inebriante resplendor. A princesa Justa, de seu ninho no castelo brilhante no coração do império Canuto em Nochtland, podia fingir que todos os seus domínios gozavam de tal luxo. Seu pai, o imperador Sebastian, que viajara para o norte a fim de pacificar os grupos de corsários rebeldes, sabia que não era bem assim. Ele entendia que atrás dos muros das cidades que existiam nas Triplas Eras, o império era apenas um punhado de fortalezas sitiadas, cidades empobrecidas e fazendas miseráveis cercadas por terras selvagens e inexploradas. Sebastian havia muito abandonara o objetivo de unificar seu império. Ele lutava com os invasores do norte talvez não com a intenção de subjugá-los, mas de evitar a volta para um castelo de onde, agora ele entendia, não governava quase nada. O pensamento de mais uma vez usar o manto inútil, a coroa brilhante e o ar grave da corte o deprimia e o enchia de terror. Ele deixaria tais ilusões para a filha, a quem melhor serviam.

Ainda nas Triplas Eras, tanto para os visitantes como para os habitantes, a ilusão se mostrava mais convincente. Sophia estava no convés do *Cisne* e observava a paisagem com uma animação que a fazia estremecer: um porto cheio, uma cidade que se estendia em tons de branco rochoso, e, para além desta, palmeiras e areia que se estendiam no horizonte. Gaivotas voavam baixo, com grasnidos famintos e urgentes. Ela podia ver o movimento abafado de centenas de navios que se agrupavam na costa. A descoberta das propriedades do mapa de vidro lhe abrira uma porta inesperada, e ela tinha a sensação de que estava prestes a irromper por ela. Todo o vasto mundo das Terras Baldias se apresentava diante dela, com mistérios à espera de serem descobertos. Ela finalmente chegara — depois do que lhe pareceu uma viagem longa e febril — um passo mais perto de encontrar Veressa. Seu estômago revirou e então, para seu alívio, subitamente se acalmou quando o *Cisne* aportou.

Burr deu instruções especiais à tripulação: com exceção de vovó Pearl e Peaches, que ficariam no navio, os outros teriam uma semana de folga. Burr anunciou que ele e Calixta acompanhariam mercadorias até Nochtland, e que ela levaria encomendas ou mensagens de quem quisesse evitar a viagem por terra.

— Vamos partir às oito da noite em que voltarmos — Burr disse à tripulação. — E não esqueçam que temos de usar o relógio de nove horas aqui. Portanto, quando eu digo oito, quero dizer oito no relógio das Terras Baldias.

Os piratas se dispersaram, e Burr se juntou a Calixta, Theo e Sophia.

— É dia de compras. Por que vocês não vão encontrar Mazapán? — ele perguntou à irmã.

Calixta lançou-lhe um olhar sério.

— Acho que devemos contratar uma carruagem. Você está sendo pão-duro.

— É muito caro chegar a Nochtland? — Sophia perguntou, preocupada, percebendo que não fazia ideia de até onde o dinheiro de Novo Ocidente poderia levá-la.

Calixta fez sinal para que ela não se preocupasse.

— Você e Theo são nossos convidados, querida, então nem pense em gastar um só centavo. E, de qualquer modo, a carruagem não custa quase nada — ela disse para Burr.

— Mazapán tem uma carroça — Burr continuou. — Não faz sentido contratar uma carruagem se ele pode nos levar. Vou atrás dele, volto para pegar os caixotes e partimos em uma hora. E você fique aqui, colecionando mais propostas de casamento, que tal? — Calixta bufou e se afastou. Burr ajeitou o largo chapéu confortavelmente na cabeça. — Sophia, Theo... Vocês querem conhecer o mercado?

— Você acha que é possível que tenhamos sido seguidos até Veracruz? — Sophia perguntou, preocupada.

— É possível — ele admitiu —, mas improvável. Seus admiradores em Novo Ocidente podem ter descoberto a rota que pretendíamos seguir, mas não podem ter chegado aqui antes de nós.

Eles não precisaram de mais argumentos.

— Enquanto estamos aqui, posso postar uma carta para Boston? — ela perguntou.

— Melhor deixar isso com Peaches. Ele a deixará no próximo *paquebot* com destino às Índias, e de lá tenho certeza de que alguém a levará até Boston.

Enquanto eles cruzavam a doca lotada, Sophia notou que seria fácil não perder Burr de vista por causa de seu enorme chapéu, mas seria difícil acompanhar suas largas passadas. Ele desviou de um homem que carregava caixotes nas costas, de uma pilha instável de madeira e de um porco fugitivo que grunhia a caminho da praia, perseguido por seu dono com extrema facilidade. O porto de Boston parecia um lugar quieto e organizado em comparação ao de Veracruz.

O tumulto de partir, carregar, descarregar e embarcar piorava com as atividades além das docas, um denso emaranhado de barracas, carroças e balcões improvisados. A massa de pessoas ao redor deles parecia uma onda que os arrastava como se fossem grãos de areia: andando rapidamente, agrupando-se, atravancando o caminho e espalhando-se sem resistência. Diante deles e um pouco à direita, uma orla de edifícios brancos — a cidade de Veracruz — formava uma fraca barreira contra o mercado selvagem. Conforme Burr abria passagem empurrando a multidão, Sophia se agarrava à mochila ao mesmo tempo em que segurava com força na barra do casaco do pirata.

Assim que entraram no mercado, ficou difícil ver com clareza, porque Sophia foi imediatamente esmagada entre Burr e Theo. Enquanto avançavam, Sophia conseguiu ver de relance vendedores de tomates, laranjas, limões, pepinos, abóboras, cebolas e dezenas de produtos agrícolas que ela nunca havia visto antes, colocados sobre cobertores ou em altas pilhas dentro de cestos. Eles passaram por uma barraca cheia de sacos com um tipo de pó branco e amarelo que ela identificou como farinha, e por outra que vendia especiarias aromáticas que enchiam o ar: canela, cravo-da-índia e pimenta. Uma mulher com uma pequena tenda tinha caixas cheias de galinhas, e, ao lado dela, um homem com baldes repletos de peixes. Sentado placidamente ao lado dele e com um colar esquisito em volta do pescoço escorregadio, havia um sapo do tamanho de um adulto. Os olhos de Sophia se arregalaram, mas todos ao redor o ignoraram, como se aquilo fosse muito comum. Os vendedores berravam enquanto eles passavam, alguns em português e outros em diversos idiomas, dizendo preços, embrulhando compras e contando o troco.

Além da onda de murmúrios e gritos, Sophia ouvia outro som: mensageiros do vento. Havia pelos menos um pendurado em cada uma das barracas, e muitos ali os vendiam. O ar se enchia do constante badalar, tilintar e ritmo melódicos que a faziam lembrar o apartamento da sra. Clay.

Burr fez uma rápida curva para a direita e então passou abruptamente no meio de uma fileira de vendedores de tecido. Um após o outro, eles gritavam seus preços e exibiam peças de tecidos vermelhos, azuis e roxos brilhantes. Uma velha, em cujo sorriso largo faltavam alguns dentes, balançava uma bandeira de fitas para os passantes, fazendo tilintar o mensageiro do vento pendurado logo acima dela. As barracas que vinham em seguida vendiam penas, jarros de miçangas e carretéis de linhas. Sophia olhava para tudo maravilhada, mas Burr acelerava o passo, e ela tinha que se apressar para acompanhá-lo. Ele virou para a esquerda, onde as barracas vendiam sabão, perfumes engarrafados e incensos. De repente o ar mudou dos aromas saponáceos para os doces, e ela se viu em meio a confeitos. Doces de todos os formatos e tamanhos repousavam em caixas: nogados, caramelos, algodões-doces e merengues. Muitas barracas vendiam guloseimas com as quais Sophia nunca se deparara, e ela só podia inferir que eram doces pelo delicioso aroma que dominava o ar.

— Estamos quase lá — Burr berrou por sobre o ombro.

Sophia não respondeu. Ela mal conseguia recuperar o fôlego. Então Burr se enfiou em uma tenda de cor creme, à direita.

— Mazapán! — ele gritou para o homem alto, de bochechas rosadas, que estava atrás de uma mesa que servia como balcão, cercado por prateleiras de pratos, copos e bandejas.

— Morris! — o homem gritou em resposta, com o rosto exibindo um sorriso. Ele terminou de atender um cliente e então abraçou Burr. Os dois continuaram a berrar um com o outro para se entenderem em meio ao barulho do mercado, mas Sophia havia parado de prestar atenção. Uma mulher entregou ao filho pequeno uma colher que acabara de comprar. Com um olhar de deleite, o garoto mordeu a ponta do talher e se afastou, seguindo sua mãe, com a boca lambuzada de chocolate. Sophia olhou para o conteúdo da mesa, que estava coberta por uma toalha. Mazapán, ela notou, era vendedor de chocolates.

Mas não era um tipo comum de chocolate. Qualquer um que passasse pela barraca diria que Mazapán era na verdade um oleiro. Sua mesa tinha pilhas altas de lindas louças: pratos, tigelas, bandejas, jarros, garfos, facas e colheres; um prato para bolo, uma bandeja de servir e um prato para manteiga; uma longa procissão de bules de café com os mais delicados bicos. As peças eram decoradas com pinturas de flores e intrincados desenhos de todas as cores. Sophia estava impressionada. Ela tocou uma pequena xícara azul para experimentar e lhe pareceu estar tocando uma de verdade! Ela olhou com curiosidade para o homem que havia criado aquilo tudo, que ainda conversava aos gritos com Burr, e então sua atenção se voltou para a vendedora da barraca ao lado — uma mulher pequena, com uma expressão feroz, que discutia com um dos clientes.

— Eu aceito cacau, prata ou papel. Eu não sei de onde você é, mas aqui não pode pagar com figuras.

O homem magro que segurava um pequeno retângulo negro disse algo, e a mulher respondeu muito brava:

— Eu não me importo se é um leitor de mapas. Não pode pagar com ele. — E arrancou o embrulho da mão do homem, apontando para algo atrás de si. — Se quer negociar mapas, vá ver a mulher que vende mapas.

Sophia via tudo, com os olhos arregalados. O homem magro que vestia um casaco sujo se inclinou para frente para fazer uma pergunta, mas não conseguiu segurar a atenção da vendedora por muito tempo; ela já estava atendendo outro cliente. Quando ele a puxou pela manga, a mulher olhou para ele de cara feia.

— Sim — ela foi curta. — A que vende cebolas.

Virando-se para olhar para trás, Sophia viu de relance uma mulher atrás de vários cestos cheios de cebolas. Burr ainda conversava animadamente com Mazapán, que havia começado a guardar sua mercadoria. Theo não estava em lugar nenhum. Ela achou que ele os estava seguindo pelo mercado, mas agora não tinha muita certeza. Dando uma última olhada para Burr, Sophia decidiu que o chapéu dele seria um ótimo ponto de referência e se embrenhou na multidão.

Se já era difícil se espremer pelo mercado com Burr, sozinha era ainda mais complicado. As pessoas a empurravam e jogavam na direção de várias barracas. *Parece que estou num bonde feito de gente*, ela pensou. Então viu de relance uma cesta cheia de cebolas. *E ali é a minha parada*. Ela se contorceu ao máximo, usando os cotovelos talvez com mais força do que necessário, e, um momento depois, estava encostada nas cestas. Perto dela, o homem magro se inclinava para falar com a vendedora.

A mulher balançava a cabeça enquanto ele falava.

— Sinto muito, senhor. Tenho apenas mapas de cebola. Como o senhor pode ver, o mercado de Veracruz é pobre em mapas. Todos os vendedores de mapas ficam em Nochtland.

O homem se afastou, desanimado, se juntando à multidão. Ele parecia exausto, como se estivesse viajando por muito tempo. *Um explorador de outra era, com pouco dinheiro*, Sophia pensou, com simpatia. Ela o observou indo embora e então se virou para as cestas cheias de cebolas. Uma das mais próximas dela tinha um pequeno papel preso à borda onde se podia ler NOCHTLAND. Outra cesta dizia XELA, e outra ainda SAN ISIDRO.

— Para onde está indo, querida? — a vendedora perguntou bem alto. — Tenho mapas para qualquer lugar das Triplas Eras e para muitos outros também. — Os cabelos escuros, entrelaçados a dezenas de gardênias perfumadas, estavam puxados para trás e presos em um coque, e ela tinha minúsculas folhas e flores pintadas com tinta verde-escura na testa.

Sophia hesitou por um momento.

— Nochtland — ela disse, por fim.

— Estão bem na sua frente, então — a mulher comentou alegremente. — Mas, francamente, você não precisa dessas cebolas se estiver partindo daqui. Apenas siga a estrada principal. Não tem como errar. Leva cerca de dois dias se estiver viajando em bons cavalos.

Pareciam cebolas amarelas comuns, de casca acobreada.

— Como funcionam?

— Como é, querida?

— Como elas funcionam? São mapas de verdade? — Sophia desejou poder olhar para elas através do mapa de vidro, mas ainda era dia, e o mercado lotado não era lugar para algo tão precioso.

A mulher não parecia surpresa.

— Você não é daqui?

Sophia balançou a cabeça.

— Sou de Boston, Novo Ocidente.

— Bem, estas são Cebolas Encontra-Caminhos. Com a garantia de que foram plantadas no solo nativo de seus locais. Cada camada da cebola leva você adiante até que encontre seu destino.

— O que quer dizer com "leva você adiante"? — Sophia perguntou, fascinada.

— Atenção, elas não te levam necessariamente pelo caminho mais rápido ou fácil — disse a mulher. — Elas te levam até onde você quer chegar.

Sophia enfiou a mão na bolsa para pegar o dinheiro.

— Você aceita dinheiro de Novo Ocidente?

— Cacau, prata ou cédulas das Triplas Eras. Mas vou aceitar dinheiro de Novo Ocidente. Posso trocar com uma taxa cambial melhor.

Sophia estava pegando o dinheiro quando repentinamente sentiu um empurrão violento vindo da multidão atrás dela.

— Cuidado — disse, irritada. E então sentiu um braço em torno de sua cintura, e alguém a puxando para longe da barraca e para o meio da multidão. — Ei! — ela exclamou. Enquanto agarrava o dinheiro e a mochila, e tentando se manter em pé, ela olhou para a pessoa que a havia agarrado e notou, com surpresa, que era Theo. — Você está machucando o meu braço — ela berrou.

Theo ignorou seus protestos.

— Vamos lá — ele disse, arrastando-a para a frente. Ele serpenteava por entre a multidão, mantendo a cabeça baixa e segurando firme o pulso de Sophia.

— Theo, o que foi? — ela resfolegou, quando teve chance. — É o Montaigne?

Por um momento, ele pareceu não reconhecer o nome. Ele franziu a testa, olhou por sobre o ombro e os conduziu para um local atrás da barraca que vendia artigos de couro.

— É o Montaigne? — Sophia perguntou de novo, aumentando a voz.

— Não é o Montaigne — ele disse bruscamente. — É um pirata que eu conhecia.

Sophia se deu conta de que, além da confusão habitual do mercado, havia uma confusão ainda maior vindo na direção deles. Gritos raivosos irromperam quando duas pessoas foram lançadas contra uma barraca, fazendo-a desmoronar.

— Um pirata? — Sophia perguntou, perdendo o ar enquanto eles corriam por um espaço apertado entre duas barracas de artigos de couro. — Por que ele está atrás de você?

— Não dá para explicar agora. Apenas temos que fugir dele.

Eles saíram numa parte mais calma do mercado onde todas as barracas estavam repletas de cestos.

— Aqui — Sophia disse, se contorcendo para escapar da mão de Theo. Ela correu até um dos vendedores. As cestas altas eram largas o bastante para caber o conteúdo de um guarda-roupa inteiro... ou as pessoas que usavam essas roupas. — Agacha — ela disse, rapidamente.

— *Nessa coisa?* — Theo soltou.

— Ele está vindo — Sophia alertou, ouvindo gritos próximos.

Theo congelou por um instante, então subitamente se agachou. Sophia pegou a cesta mais próxima e a virou por cima dele. Parecia mais uma entre as muitas do estoque do vendedor.

— Não se mexa — ela sussurrou. E então se apressou até a vendedora assustada e lhe entregou as notas que tinha na mão. — Por favor, nós as devolveremos em alguns segundos.

A mulher assentiu de leve. Então embolsou o dinheiro sem dizer uma palavra e gentilmente empurrou Sophia para trás da barraca. Dizendo algo que Sophia não conseguia entender, ela lhe entregou uma cesta pequena e semiacabada.

Um homem irrompeu na praça calma. Ele olhou em todas as direções, respirando alto e pesadamente. Os cabelos loiros chegavam à altura da cintura, e a barba balançava como braços de água-viva. Cabelos e barba eram ornamentados com miçangas e sinos prateados que tilintavam todas as vezes que ele virava a cabeça. As botas de couro gastas estavam revestidas de terra amarela, e o casaco de couro cru que ele usava era tão comprido que a barra, em farrapos, arrastava-se pelo chão. Quando ele se virou na direção dela, seus punhos se apertaram, e Sophia viu que cada dente dele era feito de metal. Eles eram pontiagudos e tinham um contorno chanfrado, como a ponta de velhas facas que são afiadas muitas vezes. Eles brilharam à luz do sol, assim como a prata em seu cabelo e a longa faca que ele sacou do cinto. Ele continuava olhando para Sophia — ela não conseguia tirar os olhos dele — e então, lentamente, caminhou na direção dela.

Em seguida, apontou a faca para o peito dela.

— O. Que. Você. Está. Olhando? — ele rosnou, apunhalando-a com cada palavra como se fosse outra faca.

Sophia não podia evitar. Ela ainda não estava com medo; estava apenas fascinada.

— Seus dentes — ela sussurrou.

O homem a encarou pelo que pareceu uma hora. E então, subitamente, começou a gargalhar. Ele ergueu a faca e a passou lentamente pelos dentes, criando um retinir fraco.

— Gostou deles, docinho? Que tal um beijo?

Sophia balançou a cabeça devagar. Ela o encarou, e os dentes do corsário desapareceram em sua carranca.

— Pode dispensar o beijo se me disser para onde o garoto foi — ele falou.

# 19
## O Bala

> *24 de junho de 1891:*
> *O desaparecimento de Shadrack (dia 4)*
>
> *A maioria dos primeiros relatos da Grande Ruptura descreve o testemunho da passagem de um ano enquanto o tempo estava suspenso. Mas o profeta Amitto afirma ter visto todo o passado e o presente durante sua revelação, vivendo cada dia de vinte horas como qualquer outro. Desse modo, As crônicas da Grande Ruptura foram organizadas em trezentos e sessenta e cinco dias: cada dia que ele supostamente viveu durante o período. Os dias são comumente entendidos como capítulos. Os nülistianos seguem a prática de se nomearem com a primeira palavra do capítulo correspondente ao dia em que se juntaram à seita.*
>
> — Shadrack Elli, *História de Novo Ocidente*

Shadrack havia viajado muito em trens elétricos, mas nunca estivera em um trem como o Bala. A locomotiva era fiel ao nome, mais veloz e mais leve nos trilhos do que qualquer outra em que ele já havia andado. O interior também era mais bem equipado. Shadrack passara por uma cozinha totalmente funcional e um escritório muito bem mobiliado antes de ser colocado à força em sua cela improvisada. Com as mãos e os pés presos a uma cadeira, ele se viu sentado em um pequeno quarto sem janela. As ripas de madeira da porta trancada permitiam a entrada de fracos feixes de luz. Quando a luz diminuiu, seu relógio interno o alertou de que passava da hora dezessete.

Seus pensamentos viajavam rápido como o trem, acompanhando a velocidade com que o Bala seguia para o sul. Agora estava óbvio para ele, em retrospecto, que as fronteiras de fato estavam mudando. Os sinais haviam estado lá durante anos, mas seu suposto conhecimento da Grande Ruptura o impediu de ver seus significados. Ele se amaldiçoou por ter sido tão estúpido. Ele havia violado um de seus mais valiosos princípios: *Observe o que vê, não o que espera ver.*

*De que adiantou ser cartógrafo*, ele se repreendeu, *se não consegui nem ver de verdade o mundo ao meu redor?* Agora, por causa de sua cegueira, ele havia colocado Sophia em perigo duas vezes. Ele a enviara para fugir das ambições de uma louca, rumo à destruição.

Haviam se passado umas boas dezoito horas quando a porta de repente se abriu. O Homem de Areia levantou com seus ganchos a cadeira para passá-la pela porta e colocá-la de frente para o centro da sala adjacente.

Shadrack piscou diante da iluminação. Ele estava em um escritório mobiliado de modo imponente, como o resto do Bala, com janelas largas, carpetes grossos e uma variedade de mesas e cadeiras. Os Homens de Areia se colocaram ao lado das portas.

Blanca estava sentada no meio da sala, em uma longa mesa. Nela, havia uma folha de cobre e, ao lado, dois baús cheios dos equipamentos de cartografia de Shadrack, que os Homens de Areia haviam empacotado quando o levaram da East Ending Street.

— Eu não vou enganar você, Shadrack — Blanca disse, com a voz melodiosa. — Embora eu saiba por qual rota sua sobrinha esteja viajando, ela e seu companheiro são bastante engenhosos; eles fugiram dos homens que enviei para encontrá-los.

Shadrack tentou não demonstrar muito claramente seu alívio. E então se perguntou: *Um companheiro?*

— Isso torna sua situação mais difícil, porque significa que estou menos paciente. — O véu balançou de leve. — Como sabe, preciso de duas coisas de você: o destino de Sophia e a localização da *carta mayor*. Então vou lhe dar duas opções. Uma para cada coisa de que preciso. — E ergueu a folha quadrada de cobre, que brilhou sob a luz amarela. — Você pode desenhar um mapa que me leve até a *carta mayor* e me dizer para onde Sophia está indo — disse, retirando a outra mão que estava embaixo da mesa e revelando o terrível bloco de madeira com os arames amarrados —, ou pode usar o bloco — continuou, quase gentilmente.

Shadrack olhou fixamente para o colo, usando o pouco de energia que ainda tinha para esconder o pânico que sentiu ao ver o bloco de madeira e os fios metálicos. Depois de alguns momentos, ele disse:

— Já conversamos sobre isso, e você já tem minha resposta.

Blanca permaneceu em silêncio por um momento e então se levantou.

— Você torna as coisas mais difíceis, Shadrack. Eu não gosto de ter que bancar a valentona, mas você não me deixa outra escolha. — Sua voz era fúnebre. Ela se virou para o mais jovem dos dois homens e ordenou: — Mantenha as mãos e as pernas dele amarradas, Choroso. Se ele concordar, retire o bloco e me chame. Se não o fizer em vinte horas, aperte-o mais.

Shadrack imaginou coisas, ou Blanca havia falado com Choroso com um tom mais pessoal? O rosto do jovem rapaz, ele notou com surpresa, estava intacto. O cabelo castanho era bem curto, e o rosto bem barbeado. Ele pressionou os lábios enquanto Blanca o instruía. Assim que ela saiu, fez uma carícia gentil no braço de Choroso. A porta se abriu, e Shadrack rapidamente viu o interior do próximo vagão: um assoalho de madeira, uma luz fraca, um carrinho de mão repleto de areia.

Ele fez o possível para evitar engasgar enquanto os homens colocavam o bloco de madeira entre seus dentes. Mas não resistiu; eles só enfiariam o bloco com mais força se fosse preciso. Os fios lhe apertavam as bochechas e ele se manteve imóvel. Concentrou toda a sua atenção em limpar a mente para não engasgar. Se engasgasse ou sentisse ânsia de vômito, seu rosto puxaria os fios, e eles o cortariam. Shadrack respirou fundo pelo nariz até sua pulsação se estabilizar. No momento em que se sentiu mais calmo, ele soube que não seria capaz de ficar com o bloco por mais que alguns minutos. Ele olhou para os dois homens, que o observavam.

O mais velho tinha no rosto as cicatrizes familiares e a expressão vazia que, naquele momento, também já lhe era familiar. Ele segurava o gancho como se fosse uma extensão da própria mão: casualmente, quase sem pensar. Os niilistianos cicatrizados não tinham nada do fervor habitual que Shadrack havia visto nos seguidores de Amitto. Faltava-lhes a paixão entusiasmada que os niilistianos carregavam consigo como se fossem tochas; não, os olhos desses homens sugeriam perda, confusão e um sentimento de busca sem objetivo. Mas o jovem sem cicatriz, Choroso, era diferente. Ele parecia um niilistiano *de verdade*: os olhos eram focados e brilhavam de convicção. Eram verde-escuros, e olhavam para Shadrack sem se esquivar. Embora não houvesse compaixão ali, eles pareciam sugerir algo a mais: um propósito claro.

Shadrack pensou rapidamente. Primeiro, ele teria que se livrar do bloco. Ele não seria capaz de escapar imediatamente, mas seria possível distrair os guardas, e esse era um bom começo. Ele travou o olhar em Choroso e concordou. Imediatamente o jovem soltou os fios e retirou o bloco de madeira.

— Chame-a — ele disse ao mais velho.

— Espere — Shadrack disse, virando-se na cadeira. — Escutem-me. — O mais velho já estava caminhando em direção à porta. — Quatro de junho — ele disse rapidamente. — "Um choroso é um amaldiçoado, que carrega a face do mal. Toda dor é do mundo falso, não pertence ao verdadeiro. Não confie nos chorosos, e não chore mais."

O mais velho parou e se virou para olhá-lo, como se as palavras tocassem os limites de algo terrivelmente remoto que ele tinha de se esforçar para lembrar. O jovem segurou seu medalhão e murmurou:

— Verdade de Amitto.

Shadrack disse com um meio-tom de urgência.

— Verdade, de fato. Mas ela está escondendo a verdade de você... a verdade sobre a passagem do livro com a qual você foi nomeado. "Não confie nos chorosos", Amitto diz — ele diminuiu a voz até o ponto de um sussurro, forçando o homem a se inclinar. — Eu sei que você ouviu o choro, assim como eu, na mansão. Você vai negar? — O silêncio do homem foi uma resposta eloquente. — Eu posso provar que esse choro, esse mal — Shadrack forçou — que ela está escondendo de você, está muito próximo.

O mais velho não se moveu; ele encarava Shadrack, perturbado, como se ainda tentasse entender as palavras que ele havia citado das *Crônicas da Grande Ruptura*. Choroso, olhando atentamente para Shadrack, deliberava.

— Como? — ele finalmente perguntou.

— Você sabe o que causa os choros? De onde eles vêm?

O jovem hesitou e balançou a cabeça.

— Ninguém sabe. Se você sabe, me conte.

— Não posso. Não tem como, só mostrando — Shadrack disse. — Se me der minhas ferramentas, eu mapearei a memória que lhe permitirá ver.

— Não dê nada a ele — disse o mais velho, refletindo.

— Diga a ela que estou desenhando o mapa que pediu — Shadrack insistiu. — Eu prometo, Choroso... Vou lhe mostrar a verdade de Amitto.

Choroso o olhou de cima, a força da obediência e o fervor niilistianos lutando feito água e fogo nos olhos verdes. Ele tinha obrigações e lealdades nesse mundo, mas nada superava seu compromisso com a verdade de Amitto. O fogo venceu. Ele se inclinou na direção de Shadrack e disse, sem deixar a voz sair para que o Homem de Areia mais velho parado perto da porta não ouvisse.

— Muito bem. — E então se levantou e declarou em voz alta: — Você vai desenhar o mapa que ela ordenou ou nenhum outro.

Shadrack baixou a cabeça, fingindo-se de intimidado.

— Cinzas — o jovem Homem de Areia disse, virando-se para o mais velho. — Vá e diga a ela que ele concordou. Eu vigiarei enquanto ele desenha o mapa.

## 20
## Nos portões

*26 de junho de 1891: 10h#*

*Bem-vindo à Estalagem Ensueño. Por favor, conduza seu cavalo até o estábulo e ancore sua arboldevela após se apresentar na recepção. Por favor, não traga os animais para o pátio. Nossos pisos agradecem!*

— Placa na entrada da estalagem

NORMALMENTE, MAZAPÁN CONFIAVA EM seguranças contratados para sua proteção na rota entre o mercado de Veracruz e Nochtland, onde ficava seu depósito de chocolate. Sua carroça tinha o selo real — uma folha circundada por uma haste — que atraía bandoleiros. Mas, nesta viagem, Calixta e Burr poderiam oferecer uma proteção mais qualificada. Burr alugou cavalos para si, Calixta e Theo. Sophia, que nunca havia montado, sentou-se na carroça com Mazapán.

Ela estava esperando uma chance de conversar com Theo. O último traço de raiva havia desaparecido enquanto eles caminhavam de volta ao mercado, as mãos do garoto cheias de cicatrizes segurando as dela, e isso deu lugar a um intenso sentimento de ansiedade. Para começar, eles estavam novamente em terra e mais uma vez eram alvos fáceis de Montaigne e seus homens. Agora eles também precisavam se preocupar com o perigoso pirata que estava atrás de Theo.

Sophia não conseguia evitar; ficar brava com ele era impossível. Ela queria saber quem era aquele pirata, por que ele estava perseguindo Theo e se havia o risco de ele voltar acompanhado de outros como ele. Para ela era óbvio, agora que Theo lhe contara a verdade sobre seu passado. Contudo, ele havia lhe contado muito pouco. O que ela mais queria era se sentar e ouvir tudo, do começo ao fim. Mas eles viajavam separados, às vezes ele ia na frente, às vezes atrás, e, com exceção de uma ou outra pergunta sobre o trajeto, ele parecia completamente desinteressado na viagem.

Em vez disso, ela ouvia as histórias de Mazapán. Ele contou a ela sobre sua loja em Nochtland, a rua sinuosa que os levaria a ela e os deliciosos produtos que ele criava em sua grande e iluminada cozinha. Ele falava com o sotaque do sul das Terras Baldias, como a sra. Clay. Suas roupas — botas de couro fino, calças de algodão brancas e uma camisa com vinhas bordadas — pareciam bem normais nas Terras Baldias, mas teriam se destacado em Boston. A considerável barriga, os cabelos ondulados castanhos e um enorme bigode pareciam se lançar para a frente e para trás quando ele ria. Sophia estava escutando parcialmente e sempre que podia olhava para trás, para ver se alguém os seguia. Só quando Mazapán entregou a ela as rédeas e disse: "Muito bem, agora se concentre e os mantenha num passo contínuo", ela se deu conta de que o bondoso vendedor de chocolates estava fazendo o possível para distraí-la. Então se sentiu repentinamente grata e um pouco envergonhada.

— Por que chamam você de Mazapán? — ela perguntou. — Esse é seu nome completo?

Ele sorriu.

— Na verdade, meu nome é Olaf Rud. Mas ninguém aqui consegue pronunciar. Sabe, meu pai era um aventureiro do Reino da Dinamarca... um lugar que hoje jaz no extremo norte do Império Fechado. Ele estava viajando por aqui quando a Ruptura aconteceu. Depois disso, ficou claro que não poderia voltar; todos que ele havia conhecido e amado desapareceram.

Sophia assentiu, intrigada. Ela havia lido sobre esses viajantes abandonados — exilados que haviam perdido suas eras natais —, mas cada caso era diferente e unicamente interessante.

— Então ele ficou. E, com ele, seu nome incomum, que ninguém conseguia pronunciar. Todos me chamam de Mazapán. Que é a palavra em espanhol para marzipã, e espanhol é um dos muitos idiomas que as pessoas ainda falam nas Triplas Eras. No passado, eu era conhecido pelos meus marzipãs.

— Por que no passado? Você não faz mais marzipãs?

Seu bigode se aquietou.

— Ah, essa não é uma história muito feliz.

— Não me importo — Sophia disse. — Se você não se importar de me contar.

Mazapán balançou a cabeça.

— Não, eu não me importo com o passado. Eu lhe conto, embora tenha medo de que isso não lhe passe a melhor impressão de Nochtland. Mesmo assim, tenho certeza de que você vai descobrir os encantos do lugar. Sabe, eu aprendi a fazer marzipã com meu professor, um chefe de cozinha que poderia ter usado o talento para qualquer coisa, mas optou pelos doces. Com ele, eu também aprendi a fazer chocolate, algodão-doce e merengue... todos os tipos de confeitos. Bem, meu professor não era jovem quando comecei a aprender com ele, e faleceu um ano depois que abri minha loja. Muitos de seus negócios passaram para mim, e eu fiz o possível para alcançar a qualidade de seus doces. Tive sorte em atrair a atenção da corte e comecei a servir banquetes para a família real, no palácio do imperador Sebastian Canuto.

Sophia estava maravilhada.

— Banquetes de *doces*?

— Ah, sim... e nada mais. Acho que eu conseguiria cozinhar um pouco de feijão se minha vida dependesse disso, mas tenho que deixar para minha mulher os alimentos que sustentam. Eu não sou muito bom em nada além de doces. Os banquetes eram bem completos, em seus mínimos detalhes. Tudo na mesa... a toalha, as bandejas, a comida, as flores... tudo era feito de doce. As bandejas eram de chocolate, como aquelas que você viu, mas a comida e as flores geralmente eram de algodão-doce e marzipã. O prazer desses banquetes estava na maneira como esses doces estavam disfarçados. Todos pareciam comida de verdade, flores de verdade e pratos de verdade. E é um dos mais simples e eternos prazeres da humanidade saber que se está sendo enganado pelas aparências. Eu também adorava os banquetes; eu criava festas cada vez mais fantásticas com os pratos mais elaborados e detalhados. Mas, infelizmente, alguém usou minhas demonstrações de enganação inocente para um propósito bem menos inocente. No aniversário de dezesseis anos da princesa Justa, o banquete foi o mais resplandecente que eu já havia servido à realeza antes. Todos os membros da corte estavam lá; o imperador, sua esposa e sua filha estavam na ponta da mesa. Eu tinha feito orquídeas de marzipã para decorar, já que era a flor favorita da imperatriz. Você já ouviu falar da Marca da Vinha?

— Um pouco. Eu não entendi bem o que é.

Mazapán balançou a cabeça.

— A meu ver, é simplesmente mais uma das infinitas diferenças que nos distinguem uns dos outros. Meu cabelo é castanho, o seu é liso, o do Theo é preto. Simplesmente diferentes. Nas Terras Baldias, existem aqueles que nutrem um grande orgulho por ter um tom particular de cabelo ou de pele. Eu acho isso muito ridículo. Mas, continuando... A imperatriz tinha a Marca da Vinha. O cabelo dela não era como o seu ou o meu; ele era de raízes de orquídea.

Sophia enrugou o nariz.

— Raízes de orquídea?

— Para você, sem dúvida, parece estanho. A corte toda considerava aquilo o máximo da beleza. Eram fios finos e claros de raiz de orquídea que a imperatriz ondulava e arrumava em estilos chamativos. Naturalmente, isso deu a ela certo amor e afinidade pela orquídea em si. Sua filha Justa herdou esse traço.

— Ela tinha raízes na cabeça também?

— Não, o cabelo de Justa também trazia a Marca, mas tinha formato de grama, longa e verde. Eu não a vejo desde que ela era criança, mas me disseram que é muito bonito.

Sophia diplomaticamente não disse nada para contrariá-lo.

— Eu havia criado as orquídeas de marzipã especialmente para a imperatriz, e havia vasos espalhados por toda a mesa. Quando o banquete começou, os convidados experimentaram a comida, as flores, os utensílios e até mesmo os pratos. A certa altura, eu observava da lateral da sala, para assegurar que tudo estivesse indo bem, então a imperatriz pegou uma orquídea de marzipã e a comeu. Eu sabia que ela faria isso; havia banquetes em que ela não comia nada além das flores! Ela comeu outra, e outra. E então, de repente, vi que algo terrível havia acontecido. O rosto da imperatriz ficou horrível. Ela agarrou a garganta e em seguida o estômago. Depois caiu para frente, sobre a mesa, com o fabuloso cabelo espalhado por sobre os pratos. Imediatamente, o salão todo estava a seus pés. Um médico apareceu no mesmo instante, mas era tarde demais; a imperatriz estava morta. Ela morreu por causa de uma orquídea muito rara e venenosa que alguém colocara entre as flores de marzipã.

Sophia perdeu o fôlego.

— Acusaram você?

Mazapán balançou a cabeça.

— Felizmente, não. Fui interrogado, claro, mas logo perceberam que eu não tinha nada a ganhar com a morte da imperatriz.

— Que terrível — ela disse, com simpatia.

— Realmente. Embora eles nunca tenham me culpado, o imperador nunca mais quis outro banquete como aquele, o que é natural. E eu, de minha parte, embora não tenha sido acusado, não pude evitar de me sentir um pouco responsável. Se eu não tivesse criado as orquídeas de marzipã, ninguém seria capaz de colocar a flor venenosa no meio delas.

— Mas isso é ridículo! — Sophia exclamou. — Eles tiraram vantagem do fato do banquete parecer muito real.

— Sim — Mazapán balançou a cabeça. — Mas por que trazer tal perigo para dentro do palácio novamente? Eu desisti do marzipã, do algodão-doce e do merengue. Fiquei com os pratos de chocolate e utensílios, porque, pelo menos, eles não podem ser usados para o mal. O pior que pode acontecer se alguém morder um dos meus pratos ou taças que foi substituído é quebrar um dente! — ele riu.

— Acho que você tem razão — ela acrescentou, depois de um momento. — A princesa Justa deve ter ficado arrasada por perder a mãe.

— Sem dúvida ficou — Mazapán disse, com um tom incerto. — Como falei, eu não a vi mais desde seu décimo sexto aniversário, mas ela era uma criança estranha. Ela era... Como posso dizer?... Fria. Não sei se era realmente desprovida de emoções ou simplesmente tímida, mas ela parecia não ter aquele encanto habitual das crianças, tanto que nunca cheguei a gostar muito dela. Se o que eu ouvi é verdade, ela se tornou uma mulher reservada. — Ele fez uma pausa, perdido em pensamentos por um momento. — Vamos trocar de cavalos — continuou. — Há um lugar à frente.

O terreno por onde passavam era plano, e a vegetação ao lado da estrada havia sido arrancada para evitar que ladrões se escondessem e emboscassem os viajantes. Eles passaram por alguns vendedores carregando caixas de madeira nas costas e um par de corsários.

Sophia notou que os mensageiros do vento, tão predominantes no mercado de Veracruz, também eram encontrados em intervalos regulares em postos na beira da estrada. Seu tilintar constante se tornara familiar, quase reconfortante.

— Isso serve para marcar outro caminho? — ela perguntou.

— Ah... não — Mazapán disse, acompanhando seu olhar. — Esses são uma forma de advertência. Eles avisam os viajantes sobre possíveis furacões. Vocês têm furacões no norte?

— Não sei bem.

— Furacões podem ser grandes ou pequenos, largos ou finos, mas todos eles são mortais. Poderosas paredes de puro vento que o arrastam com a força de um ciclone.

— Como tornados.

— Sim, muito parecido; é como um muro de tornados. Faz semanas que estão prevendo a aproximação de um furacão vindo do sul. Os mensageiros do vento vão anunciar a chegada dele para que as pessoas nas estradas e cidades possam se esconder no subsolo. Ah... chegamos.

Eles fizeram uma refeição rápida na estalagem que, para o alívio de Sophia, estava deserta. Enquanto Burr e Theo trocavam os cavalos, Sophia ficou com Calixta e Mazapán perto da carroça, mantendo uma vigilância ansiosa na estrada vazia.

Uma estranha silhueta apareceu no horizonte, movendo-se na direção deles em alta velocidade. Ela estava prestes a chamar Calixta, mas ficou tão abismada que não pôde acreditar no que seus olhos viam.

Parecia uma árvore movida a vela — um fino barco de madeira duas vezes maior que a carroça de Mazapán, propelida por largas velas verdes. Enormes folhas cresciam na base do mastro e eram amarradas na ponta, captando o vento. As rodas esféricas, entrelaçadas como cestas de madeira fina, eram pintadas de dourado. O navio parecia flutuar, planando levemente sobre as rodas altas. Uma garota um pouco mais velha que Sophia apoiava-se preguiçosamente na amurada da popa.

Sophia observou, encantada, até que a coisa se tornou apenas um ponto no horizonte.

— Mazapán, o que era *aquilo*?

— Ah! Você nunca viu uma arboldevela?

Ela ergueu as sobrancelhas.

— Boldevela, para encurtar. É um tipo de embarcação com velas vivas e casco de madeira.

— Você tem uma? — ela perguntou, ansiosa.

Ele riu.

— Elas são muito caras para as pessoas comuns. Mas não são tão raras assim. Você verá outras em Nochtland, nas estradas e nos canais.

Eles trocaram os cavalos mais duas vezes antes de pararem para pernoitar num posto bem no meio do caminho entre Veracruz e Nochtland. Sophia cochilara muito nos últimos quilômetros, repousando a cabeça no braço de Mazapán. Quando percebeu que os cavalos marchavam com lentidão, ela abriu os olhos e procurou seu relógio. Era uma hora pelo horário das Terras Baldias e passava das duas no horário de Novo Ocidente.

— O dono desta estalagem aqui reservou um quarto para mim — Mazapán disse a ela. — Se tivermos sorte, ele terá outro vazio. Daqui a pouco estaremos alojados e dormindo.

Depois de levarem os cavalos para o estábulo, eles seguiram pelo corredor coberto de azulejos até o prédio principal. O selo real ao lado da porta e um imponente retrato da família real no hall de entrada anunciavam que aquela estalagem era uma habitação licenciada. Mazapán acendeu uma vela que pegou em uma pilha deixada sobre uma mesa ali e os guiou por um corredor até o pátio interno da estalagem. Sophia e Calixta ficaram em um dos quartos que estavam abertos, e Burr, Mazapán e Theo ficaram em outro. Sonolenta, enquanto trocava de roupa, Sophia se deu conta de que não tinha tido chance de falar com Theo durante todo o dia. Ela tremia. O quarto tinha uma aparência cavernosa, as paredes sem acabamento, o teto alto com vigas e os lençóis rígidos por secarem ao sol. Mas Sophia mal notou tudo isso. Ela se deixou cair na cama estreita e adormeceu no mesmo instante.

### *27 de junho, 3h: Na estalagem*

SOPHIA ACORDOU NO ESCURO, com o coração acelerado. O pesadelo que acabara de ter ainda rodeava em sua mente como neblina. Ela podia ouvir o lamento: o choro pungente da Lachrima que, em seu sonho, tornava-se cada vez mais alto até obliterar qualquer outro som.

A estalagem estava quieta, e o tilintar delicado dos enfeites, balançando levemente na brisa noturna, era tudo que ela conseguia ouvir. Ela alcançou o relógio, e os dedos tremeram quando abriu o familiar disco de cobre para ver a hora. Mas o quarto estava escuro demais.

Sophia se vestiu e pegou a mochila. Olhou para Calixta, uma silhueta branca sob os lençóis da outra cama, abriu a porta e saiu para o ar frio da noite.

Tateando pelo corredor cheio de azulejos até o pátio interno da estalagem, sentiu que o pesadelo se dissipava. Jasmins da noite se agarravam às vigas, enchendo o ar de uma doçura intoxicante. Seu relógio, sob a luz do céu noturno, mostrava que passava pouco das três. Ela seguiu para a entrada do pátio, na direção dos estábulos. Os mensageiros do vento pendurados nas vigas dos corredores abertos ressoavam suavemente quando ela passava por baixo deles.

Um jardim rochoso, com cactos e bancos de madeira, separava o quarto dos hóspedes do estábulo. Ela parou, surpresa, ao ver que alguém estava sentado sozinho sob o luar. Era Theo. Ele se virou ao ouvir que alguém se aproximava e deslizou para o lado, dando lugar no banco.

— Não consegue dormir também? — ele perguntou.

Sophia balançou a cabeça.

— Eu tive um pesadelo. E você?

— É, não conseguia dormir.

Ela o observou. Suas botas gastas estavam desamarradas. Ele olhava atentamente para a escuridão da noite, como se aguardasse algo vindo dela.

— Você está preocupado com o pirata?

— Não muito.

Sophia hesitou. Ela queria saber mais, mas não queria ouvir outro monte de mentiras. Então se armou de sua expressão pensativa e decidiu arriscar.

— Por que ele estava perseguindo você?

Theo deu de ombros, como se quisesse dizer que não valia a pena contar aquela história.

— O nome dele é Jude. Normalmente ele costuma ficar bem mais ao norte, perto de New Orleans. Lembra que eu te contei sobre a garota que, mais ou menos, me criou? A Sue? Ela era uns dez anos mais velha do que eu, e era muito boa em montaria, uma das melhores. Ela se juntou à gangue de Jude por um tempo. Eu descobri há alguns anos que ela tinha morrido porque Jude a mandou sozinha em um assalto e avisou para as pessoas que ela estava indo. Ele a jogou em uma armadilha.

— Isso é terrível — Sophia disse.

— Ele não gosta que ninguém seja melhor, mais esperto que ele. Bem, eu sabia que seria questão de tempo até Jude começar a vagar para o lado de Novo Ocidente. Nas Terras Baldias não existem leis, e os piratas fazem o que querem, mas em Novo Ocidente... New Orleans tem a maior prisão que já vi. Eu simplesmente fiz questão de denunciar que Jude havia explodido todas as linhas ferroviárias que estavam construindo nas Terras Baldias — ele sorriu satisfeito. — Em seguida, fiquei sabendo que o prenderam por um ano e meio.

— Isso é verdade?

— Claro. Os piratas não gostam da ideia de existir trilhos nas Terras Baldias, porque isso faria com que chegasse mais gente e tivesse mais cidades e mais leis.

Sophia o examinou criteriosamente por um momento.

— Então você não fez nada de errado — ela disse.

— Eu não me importo se o que fiz foi errado ou não. Eu dei o troco, não dei? Ele fez com que Sue morresse... Ele mereceu.

— E você não tem medo de que ele te siga?

Theo deu de ombros novamente.

— Duvido que ele faça isso. — Ele piscou e estalou os dedos, formando a pistola de costume. — Além do mais, Jude não é nada comparado aos caras que estão caçando *você*.

O coração de Sophia acelerou novamente.

— Espero que eles não saibam onde estamos.

— Não vi nem um fio de cabelo deles ainda.

— Mas acho que descobri por que eles querem o mapa.

Theo olhou para ela, interessado.

— Por quê?

— Bem, lembra que eu te contei que os niilistianos acham que o nosso mundo não é real?

— Sim.

— Shadrack me disse uma vez que eles acreditavam numa lenda sobre um mapa chamado *carta mayor*: um mapa enorme e muito poderoso, que contém o mundo todo. Os niilistianos acham que ele mostra o mundo verdadeiro, o mundo que foi destruído pela Grande Ruptura, e não apenas o nosso mundo. Mas ninguém sabe onde ele está.

— E o vidro que está com você pode encontrar a *carta mayor*.

— Sim. Se ele for algo que não se pareça com um mapa típico — ela se lembrou das cebolas no mercado —, o vidro o deixará visível. Mas eu não tenho ideia de como é a *carta mayor* ou onde ela está. Shadrack falou dela como se não existisse de verdade.

— Mas esses caras acham que existe.

— Exatamente.

— Sabe — Theo disse, pensativo —, seu tio passou por um bocado de coisas para impedir que eles o encontrassem... o vidro. Talvez *ele* ache que a *carta mayor* é real.

— Já pensei nisso. Mas o mapa de vidro tem seu próprio valor. Quer dizer, ele pode ser usado para todo tipo de coisa. Não apenas para o que os niilistianos querem.

— É verdade, eu acho.

Sophia ficou em silêncio por um momento.

— Espero que Veressa saiba.

Theo chutou as botas para longe e descansou os pés sobre o banco, dobrando as pernas e as abraçando.

— Você já pensou em como vai encontrá-la?

— Assim que chegarmos em Nochtland, vou perguntar onde fica a academia. Aquela onde eles estudaram. Tenho certeza de que eles se mantêm informados sobre todos que passaram por lá. Acho que é o primeiro passo.

— Sim. E então com certeza ela saberá onde está Shadrack.

Ela desejou ter tanta certeza quanto ele.

— Espero que sim. Eu realmente não sei. — E fez uma pausa. — Talvez devêssemos ter seguido os Homens de Areia quando tivemos a chance. Eles poderiam ter nos levado até Shadrack.

— De jeito nenhum; nós fizemos a coisa certa. Veja, você está fazendo o que ele pediu. Mazapán deve conhecer a academia. Calixta pode até ter ouvido falar sobre ela. Você perguntou? — Sophia balançou a cabeça. — Então você vai encontrar Veressa. E ela saberá o que fazer.

Sophia não respondeu. Ela permaneceu sentada em silêncio, ouvindo o som dos mensageiros do vento.

— Eu gosto dos piratas — ela disse, do nada. — Tivemos sorte de nos encontrar com eles.

Theo sorriu.

— Sim. Eles são confiáveis. Você pode contar com eles.

— E tive sorte de encontrar você também. — E olhou para ele enquanto falava.

O sorriso de Theo tremeu como uma vela ao vento, mas então voltou, simples e calmo sob o luar, e Sophia achou que estava vendo coisas.

— Não é à toa que me chamam de Theo Sortudo.

### 8h30: Na estrada para Nochtland

UMA CHUVA FORTE COMEÇOU a cair, e Mazapán parava de tempos em tempos para verificar se a lona sobre a carroça estava segura.

— Desculpa, Sophia — disse mais de uma vez. — Mas, se os pratos estiverem molhados, vou ouvir um monte em casa.

— Tudo bem — Sophia disse, encolhendo-se ao máximo sobre o estreito toldo da carroça. Ela desejava muito vestir as roupas sobressalentes que estavam em seu baú abandonado, provavelmente guardado em algum depósito perdido ao longo da ferrovia.

Calixta e Burr cavalgavam lado a lado, embaixo de largos e coloridos guarda-chuvas, absortos em uma conversa. Theo seguia atrás da carroça, parecendo indisposto até para cavalgar ao lado dos outros. Quando ela olhou para o garoto, ele rapidamente desviou o olhar para as rédeas e evitou contato visual. *Ele se parece comigo quando estou mal-humorada*, Sophia pensou. Ela estava perplexa. Quando eles partiram, por volta da hora quatro, Theo parecia estar de muito bom humor.

Passava um pouco da hora dezesseis no relógio de Sophia quando ela viu algo na estrada à frente deles. No começo, achou que fosse apenas um grupo de viajantes, mas, conforme se aproximava, ela se deu conta de que eram muitos viajantes — centenas deles —, todos parados na estrada. Eles haviam chegado na fronteira de Nochtland. Ela quase conseguia ver o perfil alto da cidade, através da chuva pesada e da escuridão que caía.

— Estão revistando todos que querem passar pelos portões — Mazapán explicou com um suspiro. — Receio que vamos ficar aqui durante horas. Eu esqueci que as festividades do eclipse vão acontecer em breve. Todos que moram por essas redondezas vêm para cá para participar. Esse fenômeno ocorre muito raramente, e os astrônomos dizem que este será o primeiro eclipse lunar total desde a Grande Ruptura.

Sophia estava cansada demais para começar uma conversa com ele. Ela podia ver as velas de uma boldevela bem à frente deles na longa fila. Calixta e Burr diminuíram o passo para cavalgarem ao lado da carroça, e Theo rapidamente se aproximou.

— Vou ver qual o tamanho da fila — ele avisou. Antes que alguém pudesse dizer algo, ele esporeou seu cavalo e se afastou em alta velocidade. Segundos depois, foi engolido pela escuridão.

— Por que ele vai ver o tamanho da fila? — ela perguntou a Mazapán, preocupada.

— Vai saber! Longa é longa. Vamos ficar aqui até pelo menos nove horas. Vinte horas, para você — ele acrescentou com um sorriso. — Que alívio meu dia ser onze horas mais curto. Assim não vou ter que esperar tanto.

Sophia sabia que ele estava tentando distraí-la.

— Não é desse jeito que funciona — ela disse com um sorriso fraco, olhando para a chuva. Na frente deles havia um grande grupo de andarilhos. Eles passavam lentamente, encolhendo-se em seus casacos. Quando a fila começou a andar, Sophia viu que Theo voltava. Ele se aproximou da lateral da carroça, e ela percebeu que a expressão dele estava mais cansada. Ele estava pálido, e os olhos estavam tensos de ansiedade.

— O que está acontecendo? — ela perguntou imediatamente, pensando no pirata do mercado. — Você viu alguém na fila?

Theo se inclinou na direção dela.

— Eu disse que a deixaria a salvo em Nochtland, não disse?

— Sim — Sophia respondeu, agora ainda mais preocupada.

— Bem, chegamos — ele disse, com a voz dura. — Você manteve sua palavra, e eu a minha. — Ele se inclinou ainda mais, puxando o rosto dela na direção dele, e dando-lhe um desajeitado beijo no rosto. — Adeus, Sophia.

Em seguida virou o cavalo e galopou na direção contrária, voltando para Veracruz.

Sophia se levantou.

— Theo! — ela gritou. — Para onde você está indo?

Por um momento, ela teve a impressão de que ele se virou para olhar por sobre o ombro, e então se foi.

— Deixe-o ir, Sophia — Mazapán falou, fazendo-a se sentar novamente. — Sinto muito, criança, mas você está ficando ensopada. Pegue esse casaco e tente se aquecer. — E colocou o braço em volta dela. — Ele foi embora! — gritou Mazapán em meio à chuva, explicando para Burr e Calixta, que tentavam perguntar o que tinha acontecido. — Não, ele não explicou por quê. Apenas partiu — ele repetiu.

— Simples assim — Sophia disse, sem emoção.

# PARTE 3
# Armadilha

## 21
## O botânico

> *28 de junho de 1891: 5h04*
>
> *De acordo com as páginas desenterradas em um armazém abandonado perto da costa ocidental, existiu, em algum tempo, uma cidade que se estendia continuamente ao longo do Pacífico, de latitude treze a quinze. A data das páginas é desconhecida, e restam apenas alguns segmentos muito fragmentados da Cidade do Pacífico, como as páginas a denominam.*
>
> — Veressa Metl, *Geografia cultural das Terras Baldias*

A CIDADE DE NOCHTLAND SE estendia por muitos quilômetros ao longo de um largo vale. Protegida por muros altos, era mais uma ilha que uma cidade, não apenas por ser entrecruzada por hidrovias, mas também porque seus habitantes raramente se aventuravam para fora dela. Os comerciantes iam e voltavam de Veracruz, intelectuais viajavam ao sul para as universidades em Xela, e aventureiros seguiam para as terras selvagens do norte, na costa do Pacífico. Contudo, os habitantes de Nochtland permaneciam dentro de seus limites territoriais, satisfeitos em ter tudo o que desejassem dentro de sua teia de ruas estreitas e de seus vastos jardins. Era uma cidade rica, onde cacau, cédulas e pratas da coroa trocavam de mãos facilmente. Cosmopolita, porque pessoas de muitas eras diferentes haviam ficado sabendo de sua beleza e foram morar ali. Era também uma cidade generosa para aqueles que tinham a Marca da Vinha.

Nochtland, por si só, parecia ter a Marca da Vinha. Os muros externos eram cobertos por trepadeiras, videiras, corriolas e buganvílias. De longe, a massa floral chegava a aparentar algo vivo: uma criatura adormecida, esparramada no fim de uma longa estrada.

Se pudesse, a princesa Justa Canuto, de cabelos verdes como a grama, teria banido o metal, aquela substância desprezível, mas, sem ele, a cidade pararia de funcionar. Então, com uma autorização especial, pela qual os cidadãos laboriosamente lutaram, foi permitido o uso cauteloso e restrito dos metais: porcas e parafusos, acessórios, fios, fechaduras, chaves, fivelas e pregos.

Os advogados de Nochtland se enriqueceram pastoreando tais pedidos pelos tribunais. É claro que para a família real não havia essas restrições, e algumas pessoas reclamavam, com certa amargura, que enquanto esperavam dois anos pela permissão para possuir uma agulha de ferro para bordar, os portões de Nochtland, mal escondidos pelas plantas, protegia a cidade com puro ferro trabalhado.

Os viajantes esperaram a noite toda na chuva, e, quando finalmente chegaram aos portões de Nochtland, Sophia já dormia profundamente. Ela havia ficado acordada até tarde, olhando fixamente para a chuva grossa, ouvindo as últimas palavras de Theo e sentindo a leve pressão de seus lábios contra sua face, até que todo o corpo e a mente ficaram entorpecidos. Finalmente, ela adormeceu apoiada no ombro de Mazapán. Quando acordou no meio da noite, viu o céu negro e os guardas perto do portão — silhuetas altas, com longas capas e usando capuz —, inspecionando a carroça de Mazapán. E então embarcou novamente num sono inquieto, abrindo os olhos somente quando Mazapán gentilmente sacudiu seu ombro.

— Já chegamos, Sophia — ele disse. — Acorde. Você vai querer ver essa cidade ao amanhecer. Não há hora melhor.

Sophia se sentou sonolenta e olhou ao redor. Enquanto emergia do sono, o sentimento de entorpecimento frio persistia. Calixta e Burr seguiam a poucos metros adiante da carroça; os portões estavam bem atrás deles. A lembrança de Theo entrou sorrateiramente em sua mente, como um pequeno e prateado peixe nadando na água gelada, e, tão rápida quanto surgiu, se foi. Ela levantou a cabeça, olhou em volta e vislumbrou Nochtland pela primeira vez. Esperava, ansiosa e animada, por entrar na cidade, mas agora não sentia nada.

A chuva havia cessado, deixando apenas nuvens finas e esparsas que se tornavam azuis conforme a manhã surgia. As ruas de pedra ainda estavam escuras. Mensageiros do vento retiniam por todos os lugares, como se estivessem engajados em uma longa conversa murmurante. Os cavalos que puxavam a carroça desciam penosamente uma longa e reta estrada, contornada por árvores que pingavam água da chuva e enchiam a manhã com o perfume de flores de limão. Atrás das árvores, altos muros de pedra, e, para além deles, árvores ainda mais altas que se espalhavam pelos jardins fechados da cidade. Algumas dessas árvores eram tão largas e cheias que pareciam amontoados de casas, e Sophia notou que um dos enormes troncos era circulado por uma escadaria que levava a uma casa construída no alto, sobre os galhos.

Ela podia ouvir ruído de água por todos os lados. Uma fonte no muro à sua direita jorrava uma corrente borbulhante da boca de um peixe de pedra; espiches nos altos muros dos jardins esguichavam água da chuva no pavimento de pedras. A carroça passou por uma ponte sobre um longo canal; ele se estendia para longe dos dois lados, contornado por muros baixos e longos jardins. Sophia viu de relance um sem-número de telhados vermelhos das casas que ficavam ao longo do canal quando o cruzaram. E então a estrada se estreitou; dos dois lados, as paredes de pedras eram pontilhadas por portas baixas e janelas de madeira fechadas. As casas de árvores atrás deles estavam com as cortinas fechadas e em silêncio. Nochtland inteira ainda dormia.

Quase inteira: havia uma criança espiando por trás de uma cortina. Quando seus olhos se encontraram, Sophia sentiu uma súbita angústia perante a visão daquela face tão surpresa quanto perdida. Ela enfiou a mão nos bolsos e segurou seu relógio e o carretel. Aquilo a acalmou: o tempo passava pacificamente, e os Destinos haviam sido bondosos. Eles lhe levaram Theo, mas lhe deixaram Calixta, Burr e Mazapán, que, certamente, certificavam-lhe uma viagem segura.

A carroça virou uma esquina, e, de repente, eles se encontraram em uma larga avenida arborizada.

— Essa é a estrada que dá nos portões do palácio — Mazapán disse.

— Sua loja é aqui perto?

— Bem perto, mas não estamos indo para a minha loja. Eu a deixarei com Burton e Calixta no palácio. Você pode descansar lá.

Sophia demorou alguns segundos para entender suas palavras.

— No palácio? — ela perguntou, confusa.

Mazapán sorriu.

— Você deu sorte com seus companheiros de viagem. Burton é muito amigo do botânico real, e você aproveitará as melhores acomodações que Nochtland tem a oferecer. Muito melhores que a minha casa — ele disse, piscando. — Olhe! Atrás daquela cerca ficam os jardins reais.

Do outro lado de um longo muro de pedras que acompanhava a lateral sul da avenida, havia uma cerca alta de ferro forjado. Além da cerca, uma densa barreira de zimbros e, mais ao fundo, uma fileira de árvores mais altas que se estendiam até o horizonte.

— Daqui é difícil, mas talvez você consiga ver o palácio através das árvores — Mazapán disse. — A maior parte dele é feita de vidro, e, quando o sol se põe, sua superfície brilha como se fosse um milhão de espelhos.

Alguns metros à frente, Calixta e Burr haviam feito uma pausa em uma enorme fonte sobre o chão de pedras, uma piscina larga e rasa que ladeava um jato d'água tão alto quanto uma palmeira.

— Já estamos quase chegando aos portões — Mazapán disse, desacelerando a carroça até parar.

Calixta desceu e andou até eles.

— Pobrezinha — ela disse a Sophia. — Dormiu a noite toda com essas roupas molhadas.

Sophia notou a pena em sua voz.

— Estou bem — respondeu, sem graça.

— Eu prometo — Burr afirmou, levando seu cavalo até ela — que o café da manhã e cobertores quentes estão a poucos passos daqui. — E se inclinou na direção da carroça. — Mazapán, meu amigo, não temos como agradecer.

— Não foi nada — ele respondeu, apertando a mão de Burr, enquanto Sophia descia. — Venha me ver quando terminar seus afazeres — ele disse, dando uma piscadela para a garota. — E passe mais tarde para comer um chocolate!

— Obrigada, Mazapán — Sophia respondeu, se esforçando para sorrir. — Eu irei. — E observou enquanto a carroça dava a volta na fonte, seguindo pela longa avenida na direção das ruas estreitas de Nochtland.

— Por que você não continua montada enquanto eu puxo as rédeas? — Burr perguntou a Sophia.

— Tudo bem — ela concordou. Ele a levantou e a sentou no cavalo. Então guiou o animal, passando pela fonte até uma fila de guardas parados diante de portões imponentes. De ferro forjado, eles se arqueavam por cima de cinco lanças, dispostas de um lado a outro.

Como aqueles que ela vira quando estava meio dormindo perto dos portões da cidade, os guardas usavam longas capas, capuz e máscara feita inteiramente de penas, que mostrava nada além de olhos impassíveis. Altas plumas tremiam sobre suas cabeças. Os braços nus, cobertos por fitas de couro enroladas bem apertado, ou pintados e tatuados com densas linhas espiraladas, seguravam longas lanças com pontas de obsidiana. Sophia se lembrou da fantasia de Theo no circo e se deu conta de que Ehrlach havia tentado, com sua capacidade limitada, recriar a imagem dos guardas de Nochtland.

Apesar dessa aparência amedrontadora, Burr papeou com os guardas como se fossem piratas do *Cisne*.

— Bom dia, rapazes. Estamos aqui para ver o botânico real, como sempre.

— O botânico sabe que você está aqui? — o guarda mais próximo perguntou.

— Não. Não desta vez.

— Enviaremos alguém com você, então — ele respondeu, e um dos guardas deu um passo à frente. — Quem é a garota?

— Apenas uma nova recruta.

Calixta guiou o cavalo um passo adiante.

— Ela puxou a mim — ela disse, sorrindo largamente. — É muito impaciente.

O guarda balançou a cabeça, parecendo bem familiarizado com os Morris. Ele abriu o portão e fez um gesto para que entrassem.

Eles trilharam um caminho de cascalho que cruzava os jardins e seguia até o palácio, o chão de pedrinhas coloridas descrevia um padrão contínuo como uma tapeçaria por todo o trajeto. Em seguida, ele os levou por um túnel de altos arbustos de zimbros, e, quando emergiram dali, os jardins do palácio repentinamente saltaram à vista.

Sophia nunca havia visto nada tão lindo. Imediatamente à sua frente havia um extenso espelho d'água, cheio de lírios aquáticos. Dos lados do espelho, dois pés de gardênias, pontilhados por botões brancos, e, ao lado delas, três limoeiros plantados em meio à grama. Passeios de cascalho seguiam em todas as direções pelos jardins, circulando fontes de pedra. Em cada canto do espelho d'água e por todos os passeios havia estátuas dos ancestrais da realeza que trazia a Marca da Vinha: faces imóveis esculpidas em mármore claro, com asas frondosas e braços ramificados completamente brancos contra o verde dos jardins.

Além do espelho d'água, estava o palácio. Era comprido e retangular e se erguia em múltiplos domos. Como Mazapán havia dito, era feito quase que completamente de vidro, que reluzia ao sol da manhã como madrepérola. Duas enormes estufas de vidro verde-claro o flanqueavam. O guarda os conduziu por um dos lados do espelho d'água, e Sophia olhou para o fundo raso e viu peixinhos brilhantes nadando por entre os lírios. O cheiro de gardênia e flores de limão enchia o ar enquanto passarinhos pululavam entre os galhos.

Eles não foram levados até a escadaria de pedra em frente ao palácio, onde outra fileira de guardas encapuzados vigiava, mas até as estufas verdes do lado direito. O guarda os deixou na porta baixa da estufa e se afastou levando seus cavalos. Enquanto aguardavam, Sophia ficou em silêncio, ouvindo as fontes e os pios urgentes dos pássaros.

A porta da estufa finalmente se abriu, e um homem pequeno e magro irrompeu por ela.

— Burton! Calixta! — ele gritou. Em seguida, jogou os braços em volta de Burr, apertando-o com força, e tentou fazer o mesmo com Calixta sem esmagá-la. O homem usava estranhos óculos com muitas lentes, que lhe circundavam os olhos como pétalas e piscavam à luz do sol. Voltando os olhos grotescamente ampliados para Sophia, o homem perguntou:

— E quem é essa?

— Martin — Burr disse —, essa é Sophia, de Novo Ocidente. Sophia, esse é meu bom amigo Martin, o botânico real.

Então o rijo homenzinho retirou as lentes, e Sophia se viu diante de um rosto dos mais comuns: fino, profundamente enrugado de tanto rir e coberto por um chumaço de cabelos brancos despenteados. O nariz comprido, como o gnômon de um relógio de sol, apontava para frente e um pouquinho para esquerda. Ele observou Sophia com seus olhos grandes e castanhos e lhe estendeu a mão, inclinando-se levemente enquanto segurava a dela.

— É um prazer conhecê-la, Sophia — ele disse. — E que maravilha ver vocês dois — ele se voltou para Burr e Calixta. — Que surpresa! Mas não vamos ficar aqui parados. Entrem, entrem!

O botânico os levou rapidamente por um corredor. Sophia notou que ele mancava discretamente, mas isso não o deixava mais vagaroso. Entre seguir Martin e ainda responder às suas perguntas, Sophia mal notou os cacaueiros, os montes de samambaias e as delicadas e frágeis orquídeas que enfeitavam o caminho. O ar morno estava dominado pelo cheiro da vegetação.

— Vocês passaram hoje pelos portões da cidade? — Martin perguntou por sobre o ombro.

— Esperamos na chuva a noite inteira — Burr admitiu.

— Pobrezinhos! A fila devia estar interminável, com o eclipse daqui a três noites. Você chegou a dormir, Sophia?

— Um pouco — ela disse, sem fôlego, tentando acompanhá-lo.

— Gosta de ovos? — ele girou sobre os calcanhares e ficou de frente para ela.

— Sim — Sophia respondeu, quase trombando nele.

— Ótimo! — Martin disse, continuando sua corrida pela estufa. — Teremos ovos, chocolate e pão de cogumelos. — E murmurou algo que Sophia não conseguiu ouvir. — Vou deixar que durmam uma ou duas horas — acrescentou —, antes de começarmos nosso trabalho.

Sophia imaginou em que deveria consistir aquele trabalho, mas evitou perguntar. Um momento depois, Martin abriu uma porta no fundo da estufa.

— O apartamento do botânico real — ele disse, fazendo sinal para que entrassem. — Por favor, sintam-se em casa.

## 22
# O solo das eras

> 28 de junho de 1891, 6h34
>
> Baseadas em pesquisas contínuas com amostras coletadas por toda a região das Terras Baldias, nada menos que 3.427 discretas eras foram identificadas dentro do território. A extensão coberta pelas amostras, se o método estivesse correto, datava de mais de cinco milhões de anos. Mas essa extensão estava espalhada por toda a região, e algumas áreas continham uma diversidade bastante limitada. Por exemplo, as Triplas Eras, assim como Nochtland, Veracruz e Xela, como era de conhecimento geral, representavam principalmente três eras, com poucas amostras de outras.
> — Veressa Metl, *Solos locais: implicações para a cartografia*

O BOTÂNICO REAL TINHA um papel tão importante no palácio — e, de fato, em todo o território das Terras Baldias —, que a função lhe proporcionava uma residência particular nos fundos, conectada às estufas. Assim como Shadrack, Martin tinha seus aposentos abarrotados com todas as ferramentas de sua profissão. Uma grande cozinha, um laboratório, um escritório, uma sala de jantar com uma mesa para vinte pessoas e quatro quartos repletos de estranhos equipamentos científicos, livros sobre botânica, zoologia e geologia e, é claro, centenas de plantas. No entanto, diferentemente de Shadrack, Martin mantinha o lugar bem organizado, e o caos de vegetação e equipamentos era cuidadosamente contido em dúzias de prateleiras e pesados armários de vidro que se acocoravam nos cantos de cada cômodo.

Depois de lhes servir os ovos e os pães de cogumelos prometidos — enquanto falava sem parar sobre o cultivo do cacau, com o qual ele fazia o chocolate quente para os seus hóspedes —, Martin relutantemente permitiu que seus visitantes descansassem. Como Burr já conhecia o caminho, desapareceu enquanto bocejava.

— O quarto dos fundos? — Calixta perguntou, mostrando a direção para Sophia.

— Sim — ele respondeu. — Durmam bem!

Um espaçoso banheiro, bem iluminado pela luz do sol, com chão e paredes azulejados — e mais de uma dúzia de vasos de orquídeas — ficava adjacente ao quarto. Ciente da peculiaridade de Calixta em se tratando de roupas e cabelo, Sophia apreciou muito sua bondade em se oferecer para ser a segunda a se banhar.

Ali, na residência do botânico, Sophia se sentia quase tão segura quanto em Boston. Ela se deitou na banheira de porcelana e observou o brilho do sol nos azulejos enquanto o calor da água envolvia seu corpo. Passou o sabão por sobre a pele e então ficou imóvel, deixando os músculos relaxarem. Finalmente saiu da banheira e se enrolou em um roupão, sentindo o algodão macio contra a pele. Enquanto amarrava o cordão na cintura, sentiu um longo suspiro se formando no peito, e então, de repente, o entorpecimento frio em sua mente rachou e se derreteu. Ela soluçou, engasgou e descobriu que estava chorando.

Em seguida se curvou, aos prantos.

— Pronto, pronto — disse Calixta, abraçando Sophia e esfregando-lhe as costas. O choro parecia encontrar um modo de sair à força, em dolorosos estremecimentos. Sophia não sabia de onde aqueles soluços fortes vinham, mas sabia que o horror do desaparecimento de Shadrack havia ficado, de alguma forma, mais fácil de tolerar com a presença de Theo, e agora ele se fora. E Shadrack...

A garota arquejou com dificuldade. Shadrack podia estar morto, pelo que ela sabia.

— Isso mesmo, querida — Calixta sussurrou, enquanto as lágrimas de Sophia diminuíam. — Bote tudo para fora. — Depois de um tempo, Calixta lhe deu um apertão e um sorriso reconfortante. — Vamos desembaraçar seu cabelo antes de você ir para a cama.

Calixta secou o cabelo de Sophia com uma toalha e então o penteou, cantarolando baixinho. O gentil puxão do pente e a suave canção sem palavras deixaram Sophia insuportavelmente sonolenta. Ela mal se lembrou de que engatinhara até uma das grandes camas, na qual tinha de subir por uma pequena escada. Uma camisola de algodão que não era a dela, mas que lhe servia bem, foi colocada ao lado da cama. Ela se enfiou nela e adormeceu no momento em que se deitou.

Quando acordou, não sabia onde estava, mas então se lembrou e se levantou.

Algo havia mudado enquanto ela dormia; Sophia se sentia bem como há eras não se sentia. A espera agonizante na chuva, a deserção de Theo, a longa viagem de Veracruz, o interminável enjoo a bordo do *Cisne*, a infortunada viagem de trem por Novo Ocidente: tudo havia acabado. Ela se sentia dolorida e machucada, com se seu corpo e sua mente tivessem sido amassados, mas, pelo menos, o pior havia passado. Uma inesperada onda de alívio percorreu seu corpo.

Calixta havia fechado as persianas de madeira, e a luz do sol vazava por entre as fendas, enchendo o quarto com uma pálida luz âmbar. Ela dormia profundamente na outra cama. Sophia desceu a escada o mais silenciosamente possível e procurou na mochila o relógio de bolso. Passava das dez, pela horário de Novo Ocidente, o que significava que metade do dia já havia se passado.

Ela não conseguiu encontrar suas roupas, mas alguém havia deixado um vestido branco com vinhas bordadas de azul na cadeira próxima à cama. Surpreendentemente, ele serviu; o algodão passado exalava um leve perfume de goma e lavanda. O par de chinelos azuis ao lado da cadeira era só um pouco mais largo. Ela pegou sua mochila e a jogou por sobre o ombro. Enfiou o relógio e o carretel no bolso do vestido e silenciosamente fechou a porta do quarto atrás de si.

Por alguns segundos, ficou parada nas pedras frias do corredor, deixando que seu recém-descoberto senso de recuperação se ajustasse. Ela quase podia sentir seus membros recobrando a força. Então ouviu a inconfundível risada de Burr em um quarto próximo e seguiu pelo corredor até encontrar a porta do laboratório aberta. Martin estudava algo através das lentes e conversava animadamente com Burr, que estava em pé ao lado dele, sorridente.

— Não se parece com nada que você já viu! — Martin exclamou. — Eu não consigo sequer datar... É assustador! E você disse que um marinheiro pegou isso em uma ilha... Onde mesmo?

— Dormiu bem? — Burr perguntou, vendo Sophia na porta.

— Sophia! — Martin sorriu, piscando rápido através das lentes. — Como foi seu sono?

— Muito bom, obrigada. Calixta ainda está na cama.

— Deixe-a dormir — Martin disse, puxando-a para onde estava, perto da mesa. — Burr disse que você vem de uma família de cientistas. Você tem que ver isso.

— Você vai ter que explicar — Burr interferiu. — Eu ainda não contei nada a Sophia sobre seu trabalho.

— Já vou, já vou — Martin disse, puxando impacientemente um banquinho baixo para perto da mesa. — Suba, vamos. Suba.

Mesmo envergonhada, Sophia subiu.

— Olhe dentro do vidro! — Martin exclamou, animado. — Ah! — ele disse, tirando repentinamente os óculos. — Você vai precisar deles. — E os encaixou no rosto de Sophia. Tudo ao redor dela virou um borrão colorido. — Aqui — Martin disse, gentilmente inclinando a cabeça dela, na direção da mesa.

Sophia se pegou olhando para o que parecia ser uma rocha do tamanho de um punho com listras douradas. Confusa, ela olhou para aquilo e então tirou os óculos. Ali na mesa havia um jarro cheio de areia.

— Eu não entendo — ela disse.

— Este solo — Martin disse — foi encontrado por um marinheiro em uma ilha remota... Onde mesmo? — ele perguntou a Burr.

— Ao sul das Índias, perto da costa da Patagônia Tardia.

— E parece ser de uma era da qual não conhecemos nada. Eu não consigo sequer adivinhar de qual era ele vem, mas sei que é de uma desconhecida só de olhar para a areia!

— Como pode saber? — Sophia perguntou, em dúvida.

— Porque essa areia é feita pelo homem!

— Como isso é possível?

— Não é! — O botânico riu, deliciado. — Isso é que é tão extraordinário. É completamente impossível, e mesmo assim foi feito. Esse solo vem de uma era da qual não sabemos nada... acho que é de um futuro extremamente distante. *Mas quem sabe?* Pode ser de uma era passada. — Ele ergueu as sobrancelhas e sorriu.

— Eu realmente não entendo — Sophia disse outra vez.

— Venha — Martin disse, puxando-a peremptoriamente para fora do banco. — Siga-me.

Ele mancou rapidamente para o outro lado da sala.

Sophia o seguiu o mais rápido que pôde, e Burr se juntou a eles em uma mesa redonda perto da janela. Preso a ela, havia um mapa cheio de números e anotações a lápis.

— A Terra — Martin disse, empolgado — tem provavelmente cerca de quatro bilhões e meio de anos. Isto é... datado de nosso tempo. Embora as Terras Baldias contenham uma vasta coleção de eras, grande parte delas encontra-se no raio de cem anos nos quais as Índias Unidas e Novo Ocidente também pertencem. Você pode dizer que estamos mais ou menos na mesma era-hemisfério. Mas outras partes do mundo contêm eras que estão a milhares, ou mesmo milhões, de eras de distância das nossas. Minha pesquisa... uma pequena parte dela — ele qualificou — consiste em datar as várias eras por meio de seus solos.

Sophia examinou o mapa mais de perto, mas as anotações numéricas continuaram ininteligíveis.

— Então todos esses números são datas?

— É mais fácil pensar neles desse jeito, sim — Martin falou. — Acredito que meu método seja o mais direto e empírico para identificar cada era de nosso mundo. Burr coletou amostras de solo para mim, ou melhor, seus colegas fizeram isso, e, como você pode ver, conseguimos identificar muitas eras por todo o nosso hemisfério — afirmou Martin, com um orgulho notável. Em seguida, ele sorriu para Burr, que rapidamente lhe retribuiu o sorriso.

— Isso é muito impressionante — Sophia disse educadamente. Ela entendia a importância da pesquisa de Martin, mas o mapa ainda era um mistério para ela.

— Mas isso não é tudo! Vamos mostrar a sala verde para ela — o botânico disse ansiosamente para Burr.

— À vontade.

— Vamos testar esse novo solo, que tal? Venha! — Ele mancou em direção ao outro extremo da sala, onde Sophia viu uma porta estreita de vidro que não havia notado antes. Ela levava diretamente para uma pequena estufa: uma estufa dentro de uma maior, por onde eles haviam passado naquela manhã. — Aqui — Martin disse de maneira grandiosa, apontando para vasos e gamelas na maior parte vazios — é onde acontecem os grandes experimentos!

— Que experimentos?

O entusiasmo de Martin era contagiante.

— Os experimentos com o solo, é claro! — E se inclinou até que seu longo nariz quase se encostasse ao dela. — Os experimentos *botânicos*! — ele sussurrou. — O que fazemos — ele continuou, endireitando-se e voltando-se para uma gamela de plantas estranhas — é combinar sementes e mudas diferentes com solos de diferentes eras. O resultado às vezes é *extraordinário*. — Ele puxou um dos vasos próximos da prateleira e o ofereceu a Sophia.

— O que você acha que é isso? — ele perguntou.

— Parece um morango — Sophia disse, hesitante.

— Exatamente! — Martin respondeu. — Mas experimente — continuou, pegando um dos frutos da planta e lhe entregando.

Ela olhou para aquilo com ceticismo por um momento e então o jogou na boca.

— Não é — ela disse, mas então sua boca foi inundada por um sabor inesperado. — Espere, tem gosto de cogumelos!

Martin se sentia ainda mais satisfeito agora.

— Sim, cogumelos! Impressionante, não é? Estes são os que eu usei para fazer o pão. Eu não sei por quê, mas morangos têm gosto de cogumelos quando plantados nesse solo, ao norte das Terras Baldias. É muito curioso — ele observou, colocando o pé de morango de lado. — Aqui temos meus mais novos experimentos com o mapeamento de vegetação. — E apontou para uma longa mesa que parecia uma horta comum. — Anis, aipo e cebolas, principalmente.

— Ah! Eu vi um mapa de cebola no mercado em Veracruz — Sophia disse no mesmo instante. — Como eles funcionam?

— Ah, são bem simples de desenvolver, na verdade — Martin respondeu, modestamente. — As plantas têm a maior parte de sua estrutura moldada pelo solo nativo. O solo é magnetizado, como uma bússola, então os vegetais ou raízes levam essa radiação de volta ao solo onde eles foram plantados, como uma forquilha de radiestesia, se é que você me entende. Isso funciona melhor com algumas plantas do que com outras. — Ele coçou a cabeça. — Por alguma razão, os abacaxis sempre levam para o oceano.

Ele pegou um vaso vazio.

— Mas o que estou realmente ansioso para testar é esse solo feito pelo homem que Burr encontrou. A amostra? — ele pediu.

Burr obsequiosamente entregou um recipiente de vidro, e Martin pegou um punhado de solo do pequeno jarro.

— Vamos ver — ele murmurou, abrindo uma longa gaveta e revirando dúzias de pequenos envelopes de papel.

— Petúnias? Laranjas? Manjericão? Podemos usar uma muda. Mas acho que eu gostaria de tentar... sim. Vamos usar esta. — E ergueu um envelope pardo. — Ipomeias!

Ele enfiou o dedo no envelope e retirou pequenas sementes que foram colocadas no vaso de terra. E então cuidadosamente afofou o solo e o aguou com um regador de cerâmica.

— Em alguns dias veremos o que vai nascer — ele disse, batendo as mãos para tirar a terra animadamente. — E, se eu estiver certo, será algo notável.

— Que outros experimentos o senhor faz? — Sophia perguntou, intrigada.

Martin não teve a chance de responder, porque Burr repentinamente soltou um grito alarmado, segurando o braço de Sophia e a afastando do vaso.

Uma pequena gavinha verde, ágil como uma cobra, serpenteava para fora da terra e pelo ar. Enquanto eles observavam, a haste verde se dividiu em duas, e dela brotou uma delicada folha no formato de espada que continuou crescendo para o alto. De repente, o pequeno vaso explodiu, e uma densa teia de raízes prateadas irrompeu pelo balcão, agarrando-se e espalhando-se sobre ele. O broto verde, repleto de folhas, chegou ao teto da estufa. Finos brotos pipocavam como arames, espiralando pelo ar. E então um botão branco apareceu perto de uma das folhas. Outro botão, e então outro, se materializaram. Quase que simultaneamente, os botões brancos se tornaram verdes e então azuis bem claros, tornando-se roxo-escuros enquanto cresciam e se alongavam. Finalmente, em uma súbita erupção, as ipomeias floresceram com dúzias de pequenas sombrinhas se abrindo ao mesmo tempo. Mas essa não foi a coisa mais surpreendente. O que mais assustou os mudos observadores foi o *som* que vinha das flores. Uma dezena de altas vozes que tocavam como flautas emitiu um idioma desconhecido que não era bem fala nem bem música: um chamado alto e ondulante que Sophia tinha certeza que trazia uma espécie de palavras, embora ela não pudesse entendê-las. Martin foi o primeiro a dar um passo à frente na direção da planta.

— Tome cuidado, Martin! — Burr exclamou.

— Não há nada a temer — Martin retrucou, aterrado, esticando o braço na direção da planta. — Está descansando no momento. É impressionante — ele disse, mais para si do que para os outros. — Suas raízes são feitas de *prata*. Eu me pergunto se... sim. O caule é matéria vegetal. É realmente fantástico. — E se virou para Burr e Sophia com uma expressão de assombro. — Essa ipomeia não se parece com nada que eu já tenha visto. É apenas metade da planta.

— E o resto dela é o quê? — Burr perguntou, tenso.

— Acredito que tenha sido feito pelo homem. — Martin balançou a cabeça. — Não inteiramente, mas quase. Um híbrido. Ela cresceu como uma planta, mas sua substância é parcialmente metálica. Eu já li sobre tais plantas em uma história obscura da coleção da minha filha. Mas acreditei que fosse algo hipotético, ficcional ou fantástico. Eu nunca imaginei que tais plantas pudessem existir de verdade.

— Por que ela está fazendo esse som? — Sophia perguntou.

Martin sorriu.

— Não faço ideia. Mas vou descobrir. — E deu uma última olhada na ipomeia. — Temos muito a fazer! Eu vou até a biblioteca, e vamos examinar essas flores sob lentes mais poderosas, e então talvez eu teste outra amostra. — Ele secou os olhos, que estavam úmidos de emoção. — Que descoberta! — exclamou, apressando-se de volta a seu laboratório, acompanhado de Sophia e Burr, que fecharam a porta da estufa com uma expressão alegre no rosto.

— Talvez devamos considerar a questão, Martin — Burr disse, seguindo o velho enquanto ele rodeava o laboratório juntando suprimentos. — Lembre-se que certos experimentos tiveram... consequências inesperadas.

— Besteira — Martin retrucou, ausente.

— *Besteira?* — Burr exclamou. — E a trepadeira estranguladora? E que tal o labirinto de buxo, que teria matado cinco serviçais reais se você não o tivesse exterminado com veneno? E a macieira de sangue, que agora, pelo que eu ouvi, se tornou fonte de inúmeras histórias de terror criadas para evitar que as crianças passeiem sozinhas pelo parque? Ou as batatas de dentes afiados? Ou o elmo andante? *Martin!*

Martin olhou para cima, assustado.

— Que foi?

— Há algo estranho com aquela flor. Aquela voz me perturba. Não temos como saber a verdadeira natureza dela. Devemos ser um pouco mais cuidadosos. Por favor.

O botânico olhou para o alto relógio de nove horas perto da porta que dava para o pátio.

— Quase hora do almoço — murmurou para si mesmo. — Vou pedir a ela que procure na biblioteca. Ipomeia. Não, isso não vai dar certo. Solos? Solos manufaturados? — Ele balançou a cabeça. — Não vai ter nada sobre isso.

— Martin — Burr repetiu em tom grave.

O velho sorriu para ele.

— Desde quando você é tão sério, Burton? Isso não combina com você. Devemos agarrar a oportunidade! Uma descoberta como essa ocorre uma vez em cada era!

— É você que está me fazendo ser sério. Normalmente eu jogo o cuidado e a precaução para o ar, mas eu aprendi que devemos prestar atenção. Devo ser a voz da razão para você. Considere as circunstâncias gerais. Considere... — Ele fez uma pausa. — Lembre-se do oleandro sussurrante — ele disse gentilmente. — Ele também podia falar.

Martin hesitou.

— Oleandro sussurrante? — Sophia repetiu, em voz baixa.

— Era uma coisa totalmente diferente — Martin finalmente disse. — É uma comparação absurda!

Burr respirou fundo, claramente frustrado.

— Martin, só estou pedindo que tome cuidado. Raízes de prata... nesse palácio? Você será acusado de traição.

Martin revirou os olhos com uma impaciência exagerada.

— Estou lhe dizendo, Burton, não tem perigo.

— Que perigos você está ignorando agora? — alguém perguntou.

Sophia se virou, esperando ver Calixta, mas, em vez dela, viu uma mulher franzina com o cabelo preso no alto da cabeça. Ela usava um vestido longo e apertado, que se arrastava pelo chão; era coberto por pequenas flores de seda azul-escuras. Um colar de pérolas circulava seu pescoço. O vestido deixava seus braços nus, e a princípio Sophia achou que havia uma longa linha de lantejoulas correndo do pulso até os ombros da mulher. Então, enquanto ela se juntava ao grupo, Sophia notou que eram espinhos: cada um não muito maior que uma unha, e eram verde-claros, levemente curvados, e pareciam bem afiados. A mulher sorriu gentilmente para Sophia. Ela parecia jovem, mas sua expressão era séria e pensativa, como se emprestada de um rosto bem mais velho. Sophia subitamente entendeu o que significava quando as pessoas diziam que ela tinha uma "sabedoria além de seus anos". O significado estava ali, no rosto daquela mulher. Ela sorriu de volta. A mulher se virou para Martin, e Sophia notou que seus cabelos negros estavam cheios de pequenas flores azuis.

— Minha querida, você chegou no momento certo. Preciso de sua ajuda imediatamente! — ele exclamou, apressando-se na direção dela.

— É um grande prazer vê-la novamente — Burton disse, beijando a mão da recém-chegada.

— Igualmente, Burr — ela sorriu. — Como está Calixta?

— Querida, não temos tempo para isso — Martin exclamou, segurando sua mão. — Você deve ver o solo que Burr me trouxe. É extraordinário. Você simplesmente não vai acreditar...

— Pai — ela disse gentilmente. — Não vai me apresentar para sua outra convidada?

Martin caiu em si.

— Claro, claro... desculpe, querida. Esta é Sophia, uma amiga de Burr e Calixta. Sophia — ele disse, virando-se para ela com uma pequena reverência —, esta é a bibliotecária real e cartógrafa da corte. Minha filha, Veressa.

# 23
## Os quatro mapas

> 28 de junho de 1891: 11h22
>
> *Tranque a porta, cesse o choro*
> *A Lachrima vai sentir o seu agouro.*
> *E se ela seguir o seu temor*
> *Você à noite vai ouvir o seu clamor.*
>
> — Cantiga de Nochtland, primeira estrofe

SOMENTE QUANDO VERESSA MURMUROU "Prazer em conhecê-la" é que Sophia finalmente encontrou sua voz.

— *Você* é Veressa? — ela exclamou, as palavras saindo alto demais de sua boca. — A *cartógrafa*?

— Sim — Veressa respondeu, surpresa e entretida. Sophia se sentiu tonta. Ela esticou a mão tentando se apoiar na mesa e Veressa a segurou. — Você está bem?

— Você... meu tio — Sophia disse, tentando se recompor. — Meu tio me enviou para encontrar você. Eu vim de Boston para te encontrar. Meu tio, Shadrack Elli. Você sabe onde ele está?

Foi a vez de Veressa encarar a garota com os olhos arregalados.

— Você me assustou — ela disse, a voz pouco mais alta que um sussurro. — Há muitos anos não ouço esse nome.

Sophia mordeu o lábio enquanto o desapontamento percorria seu corpo. Ela tinha esperança de que, de alguma forma, uma vez que a encontrasse, Veressa saberia o que havia acontecido com Shadrack e planejaria seu resgate. Sua mão se fechou em volta do carretel de linha que trazia no bolso. *Por que me guiaram com tanta facilidade a Veressa*, Sophia perguntou aos Destinos, *se ela não pode me levar até Shadrack?*

— Venha — Veressa disse gentilmente. — Vamos sentar e conversar sobre isso — continuou, pousando a mão no ombro de Sophia e guiando-a gentilmente na direção da cozinha.

Martin e Burr as seguiram e ficaram por ali, indecisos, enquanto ela e Sophia se sentavam diante de uma longa mesa.

— Agora — ela disse —, conte-me tudo, começando por como as coisas eram antes de Shadrack enviar você até mim.

Sophia explicou o melhor que pôde, embora fosse difícil para ela saber o quanto Veressa já sabia sobre os mapas de vidro, as ferrovias e inúmeras outras coisas. Veressa a interrompeu para fazer perguntas: uma vez, durante a história que Sophia narrava sobre a sra. Clay, a respeito da Lachrima, e uma segunda vez, ao contar sobre Montaigne. Além disso, ela ouviu atentamente, apertando a mão de Sophia e a encorajando, quando o relato se tornava muito confuso e difícil. Quando Sophia terminou, ela ficou pensativa por vários minutos.

— Posso ver as duas mensagens de Shadrack e o mapa? — ela finalmente perguntou.

Veressa leu os bilhetes rapidamente e então segurou o mapa de vidro contra a luz por um momento. Ela o colocou na mesa, soltando um longo suspiro.

— Eu não pensei que isso aconteceria desse jeito — ela disse —, embora estivesse predestinado a acontecer. — Ela olhou para seu pai. — Desculpe, Papá, mas tem algumas coisas que eu não lhe contei e que você vai ouvir pela primeira vez. — E olhou para a mesa. — Eu tive boas razões para não contar.

Martin se sentou abruptamente, parecendo mais assustado por isso do que por qualquer outra coisa que acontecera naquele dia.

Veressa tocou o mapa de vidro por um momento e estremeceu, como se visse algo em sua superfície.

— Eu conheço esse mapa — ela disse em voz baixa. — Shadrack e eu o encontramos juntos, muitos anos atrás. Parte de mim deseja que nunca o tivéssemos encontrado. — E balançou a cabeça. — Vou contar tudo o que aconteceu.

### 11h31: Veressa conta sobre Talisman

— SHADRACK E EU NOS CONHECEMOS quando éramos estudantes, como a sra. Clay lhe contou. Ela estava certa sobre sermos próximos. — Veressa fez uma pausa. — Muito próximos. Mas algo... — ela continuou rapidamente — se colocou entre nós. O que a sra. Clay não sabe é a extensão do nosso trabalho em cartografia. Ela não poderia saber sobre a dedicação e a paixão com que nós o executávamos. A criação de mapas com todos os materiais, vidro, argila, metal, tecidos, além de outros, era parte de nossos estudos, naturalmente. Entretanto, descobrimos em uma de nossas aulas que havia outros materiais para cartografia que eram proibidos em nossa escola. Nossos professores não poderiam nos dizer quais eram, mas, cada vez mais, encontrávamos informações sobre um ex-professor que havia sido demitido porque insistia em fazer experimentos com eles. Ele se chamava Talisman, ou Talis... eu não sabia se esse era o nome completo dele. Se eles tivessem nos contado sobre os experimentos terríveis de Talisman, ficaríamos desgostosos e perderíamos todo o interesse. Mas o silêncio de nossos professores só nos deixava mais curiosos. Eu não lembro qual de nós dois surgiu com a ideia de encontrar Talisman, mas, uma vez que a ideia tomou conta de nós, nem Shadrack nem eu pudemos afastá-la. Pouco a pouco, reunimos a história e descobrimos que ele vivia sozinho num lugar não muito distante de Nochtland, mas fomos sábios o suficiente para escrever a ele antes de tudo. Dissemos que éramos estudantes de cartografia e que desejávamos aprender os métodos dele. Para nossa surpresa, ele respondeu quase que imediatamente. Talisman disse que seríamos muito bem-vindos e que ficaria feliz em dividir seus conhecimentos conosco. Pessoalmente, achamos que ele era ainda mais gentil e acolhedor, porém mais velho e cansado do que imaginávamos... Seu rosto era o de alguém que havia passado por muita dor. Sua enorme casa estava arruinada, mas ele fez o possível para que nos sentíssemos confortáveis. Ele nos mostrou os quartos onde ficaríamos e o escritório onde iríamos trabalhar. Eu lembro que ele conversou conosco por poucos minutos antes de sair para preparar o jantar. Ele não tinha empregados e parecia morar sozinho. Esses foram os únicos minutos que tivemos paz. Shadrack e eu seguimos até a sala de jantar, como Talisman nos instruiu, e esperamos por quase uma hora. Não havia sinal dele. Depois de passada uma hora, começamos a ouvir um som estranho em algum lugar distante, mas dentro da casa. Era o som de lamentos. Eu estava inquieta, mas Shadrack me confortou, dizendo que não sabíamos nada sobre a dor que Talisman sentia. Tínhamos apenas que esperar, ele insistiu. Outra hora se passou, e então outra, mas não havia sinal de Talis. O som do choro aumentava e finalmente se tornou tão presente que me senti desesperada para ir embora. Mas depois ele simplesmente sumiu, e eu me forcei a esperar um pouco mais. Então, subitamente, quando era quase a hora nove, Talisman apareceu na porta da sala de jantar. Eu disse que era Talisman, mas ele estava quase irreconhecível. Ele acenava os braços furiosamente e gritava conosco em uma língua que não entendíamos. Shadrack e eu nos abraçamos, aterrorizados. Mas logo percebemos que ele não queria nos fazer mal. Na verdade, era quase como se ele não pudesse nos ver, como se ele olhasse através de nós. Ele gritava para alguma coisa que estava diante dele, berrando para o ar. E então, tão repentinamente quanto havia chegado, ele se virou e saiu. Shadrack e eu fugimos para o meu quarto. Colocamos uma cadeira encostada na porta e passamos a noite toda sentados. Ouvimos os sons de lamentos aumentando e sumindo até as primeiras horas da manhã, mas não vimos Talisman novamente. Nós já havíamos feito planos de fugir o mais breve possível, enquanto ainda estava claro, mas, ao amanhecer, ouvimos uma leve batida na porta. Shadrack cuidadosamente removeu a cadeira. Para nosso assombro, Talisman estava parado no corredor, arrependido e descabelado, implorando nosso perdão. Ele parecia não se lembrar do que ocorrera, mas ele suspeitava de que tudo estava errado. Foi doloroso ver como ele tentava se desculpar, mesmo ignorando completamente tudo o que havia feito. "O jantar estava do gosto de vocês?", ele perguntou, ansioso. Nós respondemos que não havíamos jantado. "Eu sinto muito", ele disse, com lágrimas transbordando dos olhos. "Eu não consigo... não sei como me desculpar. Por favor, me deixem compensar com o café da manhã." Teria sido cruel negar isso a ele. Nós o seguimos até a sala de jantar, completamente perplexos com aquela mudança de situação, e seguimos para tomar nosso desjejum. Depois, Talisman pareceu ter recuperado um pouco de sua energia, e, sem que ninguém perguntasse, ele começou a falar de cartografia. "É uma honra para mim que vocês tenham mostrado interesse em meus métodos", ele disse. "E estou muito feliz por compartilhá-los com vocês. Como sabem, ninguém mais os pratica, e temo que, quando eu me for..." Uma sombra passou por seu rosto quando ele disse isso. "... não haverá ninguém para continuar." Nós garantimos a ele que não conhecíamos nada sobre seus métodos, que éramos simplesmente estudantes entusiastas, abertos a todo tipo de experimentos. "Ótimo", respondeu ele, com o rosto se iluminando. "Vocês não acham notável que o principal método para ler mapas de memória seja o toque? Como é que a ponta dos dedos pode ter essa habilidade de transmitir memória para o cérebro? Na verdade", ele continuou, cada vez mais entusiasmado, "não é apenas a ponta do dedo, mas todo o corpo humano responde às memórias armazenadas em um mapa. Tentem isso... com o cotovelo, o pulso, o nariz... tanto faz. É como se a pele humana fosse uma grande esponja, simplesmente esperando para absorver as memórias! Na verdade, é exatamente esse o caso... nós *somos* esponjas e *absorvemos* memórias". Então ouvi pela primeira vez a teoria que já havia sido confirmada por outros estudiosos. Na época, eu não tinha certeza se acreditava ou não em Talisman, mas agora acredito, sem dúvida. Ele aplicava seus conhecimentos para fins impressionantes, mas não havia dúvida de que suas observações eram verdadeiras. "A Grande Ruptura", Talis continuou, "dividiu o mundo em formas que estamos apenas começando a entender. Mas uma coisa sabemos: Existem fronteiras, linhas falhas, limites de eras que foram resultados da Grande Ruptura. Eu sempre procurei entender essas fronteiras. Como elas são? O que aconteceu ao longo delas quando a Ruptura aconteceu? Talvez nunca venhamos a saber completamente, mas podemos tentar. Eu imagino uma grande e ofuscante luz que cauterizou a terra por uma linha torta." Ele riu. "Mas talvez eu esteja sendo fantasioso. O que nós sabemos, sem sombra de dúvida, é o que aconteceu com aquelas pessoas que estavam *na linha falha* quando a Ruptura aconteceu." Shadrack e eu olhamos para ele, surpresos. Aquilo era um fato inesperado. "Vocês nunca pensaram nisso?", ele nos perguntou, igualmente surpreso. "Eu estive obcecado por essa questão. E *agora eu sei*. Essas pessoas desafortunadas caíram num grande abismo do tempo. Todos os eventos que já aconteceram no lugar onde elas estavam passaram por elas, como a luz ofuscante quando passa por um prisma. Vocês conseguem imaginar o que tal acontecimento faria com vocês? Podem ao menos começar a conceber o prejuízo para a estrutura humana, para a mente humana, o fato de ser atirado no tempo infinito?" Ele balançou a cabeça, aterrorizado por sua própria pergunta. "Contrariando o que vocês podem pensar", ele continuou, "essas pessoas não morreram. Ah, não... muito pelo contrário. Elas passaram para o *além*-tempo, estendendo a vida por décadas, talvez até séculos, para além do natural. Todavia, elas se perderam, irremediavelmente. Um milhão de memórias que não pertencem a elas permaneceu ecoando no cérebro delas. Considerem: o preto é a ausência de cor, enquanto o branco é a soma de todas as cores. Qual é o resultado quando todas essas memórias estranhas são forçadas em uma mente? O vazio total, o branco total. A mente dessas pessoas se torna vazia. E também o rosto. Assim como o rosto alegre de uma velha exibe as rugas de cada uma de suas risadas, um velho amargo exibe os vincos de cada olhar carrancudo, e um velho guerreiro traz as cicatrizes de cada batalha, assim o rosto mostra os traços de cada memória que a mente dessas pessoas engoliu. Elas usam a face do nada."

Sophia, tão absorta que estava na história de Veressa, perdeu o fôlego.

— É claro! É por isso que nenhuma delas existe em Boston.

Veressa concordou.

— Naquele momento eu entendi e pude ver que Shadrack também. "A Lachrima", ele disse. "Sim!", Talis exclamou. "O que chamamos de Lachrima, a que chora pela superabundância de memórias, entre as quais suas próprias se perderam completamente: a Lachrima que chora até que sua longa vida desapareça e que, antes que ela expire, não é nada mais que um som, um lamento. Elas são as verdadeiras almas perdidas desta terra." Então eu me dei conta do significado do que havíamos ouvido no dia anterior. "É possível", perguntei a ele, "que exista uma Lachrima aqui, em sua casa?" Ele se levantou da cadeira. "Sigam-me!", disse, saindo apressado da sala. "Vocês ouviram uma Lachrima que vive comigo por quase três anos!" Ficamos assustados. "Sim!", ele disse sem fôlego. "Três anos!" Então parou repentinamente e colocou a mão úmida sobre o meu braço. "E eu tenho tentado *salvá-la*." Ele continuou apressado, atravessando os corredores espiralados, e nós o seguimos, tensos e horrorizados. Finalmente, no final de um longo corredor, chegamos a uma porta fortemente acorrentada. Recuperando o fôlego, Talis retirou uma chave do bolso e destrancou o imenso cadeado que mantinha a corrente no lugar. "Quietos", ele sussurrou, "ela está dormindo." Então lentamente ele abriu a porta. A sala era pequena, com o teto alto; a luz brilhante do dia entrava na sala por uma janela gradeada. Abaixo da janela havia uma cama estreita, e, à primeira vista, não consegui identificar o que vi sobre ela. Era uma figura, uma figura feminina apenas parcialmente escondida pelos lençóis brancos. Havia algo envolto ao redor dela e de repente percebi que era o braço da Lachrima. Era completamente colorido com estranhos desenhos que achei que fossem uma estranha estampa das roupas. E então a Lachrima se virou em nossa direção, e eu vi o longo e pálido cabelo que se arrastava sobre sua cama e pelo chão. E o rosto... ah, o rosto. Estava horrivelmente ferido e cicatrizado, como se houvesse sido repetidamente cortado em longas linhas. "Vejam!", Talisman sussurrou, apontando para a criatura, tremendo de orgulho. "Minha grande invenção cartográfica. Eu desenhei o mapa *sobre a pele dela*." A partir desse momento, eu entendi que a teia de marcas ininteligíveis que eu havia tomado por roupas eram na verdade linhas de tinta desenhadas sobre o corpo da Lachrima. Shadrack franziu a testa. "Mas o que você fez com o rosto dela?", ele perguntou. "Com cuidadosas incisões, por duas vezes quase encontrei seus traços escondidos!", Talisman exclamou. Eu estremeci, segurando o braço de Shadrack, e um grito deve ter escapado de meus lábios, pois a Lachrima subitamente se esticou e ergueu a cabeça. Ela nos olhou em silêncio. O rosto horrivelmente marcado parecia uma paródia do rosto humano, e então de repente ela soltou um terrível e comovente grito. Cobrindo o rosto com mãos que estavam, assim como os braços, cobertas por inescrutáveis marcas, ela gritou e berrou diversas vezes, como se estivesse em agonia. Os berros formavam palavras: "ME AJUDEM, ME AJUDEM!" Eu disparei para fora da sala, arrastando Shadrack comigo, e Talis nos seguiu apressado, trancando a pesada porta. Mas eu não abafei os gritos da Lachrima e senti que, se eles continuassem, eu poderia enlouquecer. Então notei, pelo rosto de Talisman, que ele era ainda mais afetado por eles do que eu. Ele caiu de joelhos, repentinamente, e olhou para nós. "Dadá?", ele disse, com a voz gorgolejante e alta de um bebê. "O que há de errado com ele?", perguntei. "Eu não sei", Shadrack respondeu. "Ele aparentemente acha que é uma criança." Os gritos da Lachrima continuavam, e eu sabia que não suportaria muito mais. Eu me virei e corri pelo corredor, fugindo do som e da visão assustadora de Talisman ao chão, apoiado nas mãos e nos joelhos. Shadrack correu atrás de mim, e, embora tenhamos nos perdido pelos corredores mais de uma vez, finalmente encontramos o caminho de volta para a sala de jantar e de lá para os quartos, onde fomos juntar nossas coisas. Nós agarramos tudo e corremos na direção dos estábulos, onde havíamos deixado os cavalos de aluguel. Eu tremia dos pés à cabeça e mal conseguia segurar a sela. Quando já estávamos com os animais prontos, o som da Lachrima diminuiu e finalmente parou. Mesmo assim, eu só queria sair dali o mais rápido possível. De repente, Talisman irrompeu pela porta do estábulo, seguindo cambaleante em nossa direção. Eu senti um medo irracional tomando conta de mim. "Por favor", ele disse com a voz fraca. "Esperem... eu suplico." Eu não teria esperado, mas Shadrack hesitou, levado pela pena. O velho homem parecia abatido e exausto, e eu compreendi sua constante expressão de dor, mesmo quando ele não estava sob o feitiço da Lachrima. Ele carregava um pacote cuidadosamente embrulhado nos braços, e, enquanto andava em nossa direção, ele o mudou de mão e estendeu a mão livre para nós, em súplica. "Eu imploro", ele disse novamente, com a voz rouca. "Esperem." "Estamos partindo, Talisman", Shadrack disse com firmeza. "Eu sei, eu sei", ele disse, cabisbaixo. "Eu sei que aquilo assustou vocês. Assusta a mim também, mas eu devo explicar. *Alguém* precisa saber. Os gritos da Lachrima confundem minha noção de tempo. Eu me perco... eu não sei quem sou, onde estou, nem *quando* estou." "Liberte a Lachrima", Shadrack implorou. "Venha conosco. Vamos encontrar um médico para você em Nochtland. Sua mente ainda pode ser restaurada com cuidado e descanso." Talis balançou a cabeça. "Eu não posso. É o trabalho de uma vida. Eu quero recuperar a mente daquela criatura, mesmo que isso custe a minha própria." "Mas você não consegue ver o mal que você está fazendo? Você não está recuperando nada!" "Estou desenhando o mapa da vida dela em sua própria pele. E então ela se lembrará de sua vida, sua única e verdadeira vida." "Eu lhe peço mais uma vez: tenha misericórdia para com ela e parta conosco", Shadrack argumentou, segurando o braço do velho. Talis o afastou e entregou o pacote a Shadrack. "Se você precisa ir, leve isto com você. Eles são muito valiosos para serem deixados aqui, onde em breve podem se perder junto comigo." E sorriu debilmente. "Não tenha medo... São mapas como aqueles que vocês conhecem. Eles trazem a chave para um grande mistério, e não merecem ser enterrados com um velho." Shadrack os aceitou, sem palavras, e Talis se afastou. Ele ergueu o braço como se estivesse se despedindo e saiu dos estábulos. Shadrack parecia hesitar, debatendo consigo mesmo sobre o que fazer. E então ele colocou o pacote na bolsa da sela e montou em seu cavalo. "Vamos sair daqui", ele me disse. Nós voltamos para Nochtland sem fazer nenhuma parada. Não conseguíamos sequer falar sobre o que havia acontecido. De volta à academia, nos sentamos indiferentes às nossas mesas, pensando apenas no que havíamos visto, naquela criatura atormentada, e em como fizemos pouco para salvá-la. Shadrack veio até meu quarto no dia seguinte com o pacote que Talisman havia dado a ele. "Acho que devemos abrir juntos", ele disse. Dentro do pacote, cuidadosamente embrulhado, encontramos quatro mapas: vidro, argila, metal e tecido. Quatro mapas que se encaixavam e contavam uma história trágica. Apesar do horror que sentimos durante nossa visita, reconhecemos que os mapas eram, de fato, chaves para um grande mistério. Depois de estudá-los, chegamos à mesma conclusão: eles continham uma lembrança de como a Grande Ruptura havia acontecido.

Todos que estavam à mesa ficaram sem ar, e Veressa olhou para o mapa de vidro.

— Nós só não conseguimos concordar — ela continuou com uma voz desanimada — a respeito do que fazer com os mapas. Com o mapa de vidro, em particular, já que além de ser um mapa de memória, também é claramente um rastreador de mapas, uma lente usada para identificar e desenhar outros mapas. Shadrack acreditava que deveríamos usá-los para exploração, para descobrir onde a Ruptura havia acontecido. Sua teoria era de que, se seguíssemos os mapas, encontraríamos a *carta mayor*, o lendário mapa de água que mostra o mundo vivo. A ideia ocorreu a nós dois; na verdade, entre cartógrafos, ela teria ocorrido a qualquer um. Mas eu... — Veressa fez uma pausa, balançando a cabeça — eu temia que o mapa nos levasse a algo terrível. A *carta mayor* é uma lenda perigosa, e levou muitos exploradores à decepção ou à morte. Alguns dizem que é um mapa de água comum. Outros, que há um grande poder nele: que a *carta mayor* não apenas mostra todos os mundos possíveis... passado, presente e futuro... como também tem o poder de mudá-los. Uma mudança no mapa produz uma mudança no mundo. Quem pode saber se tal coisa é verdade? Mas isso pouco importa; o rumor a respeito de tal poder é o bastante. As pessoas acreditam no que querem. Eu me preocupo com o que aconteceria se os mapas caíssem nas mãos erradas.

Martin esticou o braço por sobre a mesa e segurou a mão de sua filha.

— Shadrack e eu não conseguimos resolver nossa diferença de opinião — ela disse, com tristeza. — E nossas discussões se tornavam cada vez mais amargas. Eu acho que, apesar de tudo, estávamos sofrendo de culpa. A Lachrima havia nos pedido ajuda e nós fugimos. Finalmente, a título de compromisso e para respeitar os meus desejos, Shadrack concordou em separar os mapas para minimizar seu poder em potencial. O mapa de vidro era um instrumento formidável, mas sozinho não poderia contar a história completa sobre a Ruptura. Eu sei que ele o tem usado com a mais completa sabedoria, levando em conta sua excelente qualidade na criação de mapas extraordinários. Ele tem usado o Rastreador de Vidro apenas para acrescentar conhecimento ao mundo da cartografia, e tem mantido sua existência em segredo. Entretanto, sua reputação correu o mundo. Até aqui, ouvi rumores de algo que se tornou conhecido como "Rastreador de Vidro Poliglota". E era inevitável que, conforme sua reputação crescesse, também crescesse a cobiça de exploradores e cartógrafos em encontrá-lo. Os outros três mapas são meramente enfeites sem a camada de vidro. Eu estou com eles. Shadrack e eu nos separamos de uma maneira ruim. Ele me escreveu apenas uma vez, para dizer que havia voltado à casa de Talisman, mas que a mente daquele homem já havia chegado a um ponto além da recuperação. Shadrack libertou a Lachrima, que fugiu na mesma hora, e trouxe Talisman para Nochtland, onde o colocou em um hospital do convento. De tempos em tempos, eu o visito. Ele é como uma criança agora, perdido em seu mundo particular que o resto de nós não pode ver. Mas de Shadrack eu nunca mais tive notícias... até agora — ela sorriu palidamente para Sophia. — E assim, com você, o mapa de vidro retorna à Nochtland.

— Mas onde estão os outros três, minha criança? — Martin exigiu saber. — Eu nunca vi tais mapas por aqui.

Veressa suspirou.

— Estão a salvo na biblioteca. Os quatro mapas estão juntos mais uma vez.

## 24
## Na areia

> 26 de junho de 1891:
> O desaparecimento de Shadrack (dia 6)
>
> *Arboldevela: Termo usado para descrever a arbol de vela, ou árvore a vela, veículo impulsionado pelo vento e usado para trafegar tanto na terra quanto no mar. Os primeiros modelos foram desenvolvidos para a corte de Leopoldo. O armazenamento de energia eólica gerada pelas velas é usado para impulsionar o veículo com rodas entrelaçadas que se convertem em rodas de pá quando usadas na água. Comum nas Triplas Eras e na periferia nortenha.*
> — Veressa Metl, *Glossário de termos terrabaldianos*

SHADRACK SABIA QUE EM breve eles abandonariam o trem, porque os Homens de Areia passaram a manhã toda guardando os pertences de Blanca. Ele tentou manter a mente focada na tarefa diante de si. Ele havia rapidamente transferido suas memórias para uma folha retangular de cobre, e agora o minucioso trabalho de ordenar e revelar essas memórias na folha de um mapa havia começado. Shadrack se inclinou sobre a folha de cobre com uma lente de aumento, estudando o padrão de oxidação que havia criado. Suas ferramentas — um microscópio, um conjunto de pequenos martelos e cinzéis, uma maleta cheia de pequenos frascos contendo líquidos coloridos e um braseiro com pedaços de carvão frios — repousavam ao seu lado, sobre a mesa. Choroso estava por perto, observando o progresso de Shadrack com deliberada paciência. Os dois mal haviam trocado uma palavra, mas Choroso de alguma maneira comunicado a mentira deles para Blanca, e ela não havia retornado.

Shadrack estimou que o trem já estivesse quase chegando aos limites das Terras Baldias. Ele não tinha noção de para onde Blanca poderia ir depois que os trilhos acabassem. Seu tempo era curto; ele teria que tentar fugir muito em breve.

Enquanto desenhava gentilmente no metal, a porta subitamente se abriu. Blanca entrou, seguida por quatro Homens de Areia.

— Estamos saindo do Bala — ela anunciou. — Sua sobrinha embarcou em um navio chamado *Cisne* em New Orleans, com destino a Veracruz. — A voz soou como se ela estivesse sorrindo. — Então estamos seguindo para o sul. Quando chegarmos à fronteira, embarcaremos em uma boldevela e viajaremos para Veracruz.

Shadrack a ignorou deliberadamente.

— Eu lhe ofereço essa informação por cortesia — Blanca acrescentou. — E para lhe assegurar que logo estará junto de sua sobrinha. Seu mapa da localização da *carta mayor* deve ficar pronto a tempo. — A atenção dela se voltou para o mapa de cobre. — Você já o completou?

— Ainda não — Shadrack disse rapidamente.

— Deixe-me vê-lo — ela disse.

— Eu gostaria de finalizá-lo antes que o leia.

Blanca esticou a mão na direção da mesa e pegou o mapa.

— Um fósforo, Choroso.

O rapaz hesitou um segundo antes de retirar uma caixa de fósforos do bolso da jaqueta. Ele acendeu um palito e o segurou diante de si. Blanca segurou o mapa na frente da chama, e então o colocou na mesa; toda sua superfície se encheu de desenhos inescrutáveis. Ela rapidamente retirou uma das luvas e colocou a ponta dos dedos na superfície de cobre. Shadrack estava tenso.

Por vários segundos ela ficou imóvel; então retirou a mão do mapa como se ele a queimasse.

— Essa não pode ser sua localização, porque esse lugar não existe mais. *Como você conhece esse lugar?* — ela sussurrou. — *Me diga como você o conhece!* — O medo e a raiva cavalgaram em suas palavras e dominaram a sala, palpáveis e esmagadoras. Choroso se encolheu e tropeçou ao recuar.

Shadrack sentiu o sangue pulsando até os ouvidos quando se levantou abruptamente da cadeira.

— Eu ia perguntar a mesma coisa — ele respondeu, tentando ficar calmo. Apenas o som da voz daquela mulher era suficiente para fazer com que o coração mais firme parasse por um segundo.

— *Como você conhece esse lugar?* — Ela quase engasgou com o próprio grito.

Nem mesmo Choroso havia visto Blanca em tal estado. Os outros homens a encararam, aterrorizados e paralisados.

— Eu estive lá — Shadrack disse calmamente. — E você também.

— *Você mentiu para mim* — Blanca berrou, começando a dar a volta na mesa. — *Você me enganou.*

— Eu disse que desenharia um mapa para você.

Ela foi na direção dele a passos largos, sua fúria se derramando como chamas em uma casa incendiada, e por um momento Shadrack acreditou que ela fosse se jogar em cima dele. Ela parou, o rosto sob o véu, a centímetros do dele; Shadrack esperava que a qualquer momento fosse sentir a força daquela raiva explosiva. E então, de repente, ela se acalmou visivelmente, como se o fogo tivesse sido contido, e Shadrack não ouviu nada além de sua respiração nervosa. O véu balançava diante de seu rosto.

— Agora eu vejo como você é — ela disse, com a voz trêmula. — Você é cruel. Terrivelmente cruel por me fazer lembrar daquele lugar. Como pôde?

— Eu não tive a intenção de ser cruel — Shadrack disse, com uma voz sincera, mas firme. — Minha intenção era mostrar que eu a entendo. — Ele encarou o véu. — Se você os deixasse ver o mapa — ele acrescentou suavemente —, eles também entenderiam.

Blanca se virou repentinamente, eletrizada.

— Quem mais sabia disso?

Os Homens de Areia balançaram a cabeça. Choroso olhou para ela com fogo nos olhos, mas não disse nada.

— O que ele disse que iria desenhar? — Blanca exigiu saber.

— Ele disse que iria explicar meu nome. A origem dos choros. Eu quero entender a verdade — Choroso acrescentou com firmeza, e talvez imprudentemente.

Ela o encarou em silêncio. Quando falou novamente, sua voz havia mudado.

— Você quer entender a verdade, é claro — ela disse com calma, quase docemente. — Como eu fui idiota em deixá-lo solto por tanto tempo, Choroso. Você vai entender a verdade, certamente. — E se virou para Shadrack. — E *você* vai me pagar caro por me enganar. Você pode até se salvar por ser indispensável, mas não pode salvar mais ninguém.

Ela rapidamente deu a volta na mesa e fez um sinal para os homens petrificados que permaneciam encostados na parede.

— Traga-os — ela disse bruscamente, apontando para Choroso e Shadrack.

Os dois foram quase arrastados para um vagão adjunto. O carrinho de mão que Shadrack ouvira tantas vezes estava parado em um dos cantos. No meio do vagão havia uma ampulheta do tamanho de um homem. Estava deitada, suspensa dentro de um trilho circular de metal. Cada câmara da ampulheta era feita de folhas de vidro em forma de pétalas e soldada nas pontas. Uma câmara estava fechada e cheia de areia. A outra, vazia e aberta, tinha uma das pétalas que se abria para fora, como uma delicada porta. Shadrack imediatamente se deu conta do que estava prestes a acontecer.

— Não — ele gritou, tentando se libertar. — Você não ganhará nada fazendo isso.

— Você perdeu sua chance de negociar comigo — Blanca disse friamente. E então se dirigiu ao Homem de Areia. — O bloco e a camisa de força.

— As memórias dele são inúteis para você!

Choroso havia parado de lutar. Ele permanecia estoico, seu olhar introspectivo, como se contemplasse uma memória distante. Seus dedos tocaram levemente o amuleto no pescoço. Dois Homens de Areia o forçaram a colocar a camisa de força, que prendia seus braços em volta do corpo, e a amarraram bem apertada em suas costas. Um capacete de lona e madeira foi colocado em sua cabeça, cobrindo seus olhos. E então enfiaram o bloco em sua boca e puxaram os fios metálicos até o capacete.

— Se você fizer isso — Shadrack disse, com a voz se endurecendo —, não levantarei um dedo para ajudá-la.

— Acho que vai mudar de ideia quando sua sobrinha estiver usando o bloco — disse Blanca, e Shadrack congelou. — Estou simplesmente lhe oferecendo uma demonstração aqui. Lembre-se, Shadrack. Não fui eu quem causou isso... foi você. Você não me deu outra escolha.

Os Homens de Areia empurraram Choroso para a câmara vazia. Ele caiu desajeitadamente, com o rosto erguido e os joelhos puxados na direção do peito. Shadrack podia ver os arames de metal do bloco apertando sua pele. Os Homens de Areia fecharam a porta de vidro. E então giraram a ampulheta, deixando-a em pé para que Choroso ficasse esmagado e indefeso no fundo da câmara. A areia começou a se derramar por cima dele. Choroso se esforçou para respirar, e sua compostura cedeu. Ele começou a chutar inutilmente o vidro, batendo a cabeça contra ele. Mas isso só fazia com que os fios cortassem seu rosto, e o sangue se misturasse à areia.

— É o bastante, tirem-no dali! — Shadrack gritou. — Já entendi o recado. — Ele lutava para se soltar, mas outro Homem de Areia prendeu seus braços para trás. Ele assistia a tudo enquanto Choroso se contorcia cada vez mais, indefeso, e a areia continuava a cair constantemente, inexoravelmente.

— Podem virá-lo agora — Blanca finalmente disse.

Os dois Homens de Areia viraram a ampulheta mais uma vez, para que Choroso fosse carregado para o alto, e a areia que o engolira começasse a se despejar na outra câmara. Todos esperaram em silêncio. Choroso não se debatia mais. Ele permanecia inerte.

— Tirem-no de lá — Blanca disse, quando a câmara se esvaziou. Ela observava, de braços cruzados, enquanto os Homens de Areia deitavam a câmara vazia e seguravam as fivelas da camisa de força com seus ganchos para erguerem Choroso. Ele estava mole quando o colocaram no chão, soltaram as amarras da camisa de força e removeram o capacete e o bloco de madeira. Ele ficou deitado com os olhos fechados. Dois longos e sangrentos riscos se estendiam da boca até as orelhas.

— Quanto ele perdeu? — Shadrack perguntou, entorpecido. — Ele vai ficar como Carlton?

O trem parou repentinamente, e os Homens de Areia se colocaram em ação.

— Chegamos à fronteira — Blanca disse. — Descarreguem os baús e tudo o que estiver no escritório. Eu preciso de vinte minutos para converter essa areia. Não me perturbem até que eu termine. — E então ela se dirigiu a Shadrack. — De Carlton eu tirei tudo. Mas Choroso será como esses outros — ela disse friamente. — Sem o fardo da maioria de suas memórias, mais ainda assim homens conscientes. Ainda se lembrando vagamente de algumas coisas, o que significa ser um niilistiano. Para desconfiarem da realidade do mundo, para acreditarem no que não se vê e perseguirem isso cegamente. Meus Homens de Areia — ela acrescentou, quase afetivamente, enquanto olhava para Choroso, que jazia no chão. E então se virou e deixou o vagão.

# 25
## A biblioteca real

*28 de junho de 1891: 13h48*

*Avegetal: Termo depreciativo usado particularmente entre os habitantes de Nochtland para descrever alguém que é considerado digno de piedade, fraco ou covarde. Parte da família de palavras derivadas da frase "Marca da Vinha", para designar aqueles que são fisiologicamente marcados por motivos botânicos.*

— Veressa Metl, *Glossário de termos terrabaldianos*

SOPHIA AINDA NÃO CONSEGUIA acreditar que havia carregado algo tão precioso em sua mochila por tantos dias: não apenas um rastreador de vidro, mas um mapa de memória da Grande Ruptura! Agora ela já não tinha mais certeza se Montaigne e os niilistianos queriam usá-lo para encontrar a *carta mayor*, e Veressa se viu inclinada a concordar.

Veressa se ofereceu para mostrar a eles o outro mapa, então foram todos até a biblioteca do palácio, onde ela os retirou de um cofre. O Rastreador de Vidro não podia ser usado porque ainda era dia, mas ler os três outros mapas juntos era arrebatador. Cada um deles teve sua vez de ler o mapa de camadas que possivelmente contava a história da Grande Ruptura, e todos ficaram em silêncio, perdidos no passado. Sophia se esforçou para juntar as três partes que acabara de ver com as lembranças do mapa de vidro. *Como é que elas se encaixam?*, ela se perguntou.

Veressa guardou novamente os três mapas no cofre da biblioteca e os levou de volta ao palácio. O chão era de pedra, coberto por grossos tapetes de pétalas ou folhas frescas. Enquanto eles percorriam o corredor cheio de agulhas de pinheiro perfumadas, Sophia escutou um leve tilintar, como o som de sinos de vidro, e ficou surpresa ao ver Veressa correr até a parede e se ajoelhar. Martin a seguiu de pronto, abaixando-se cuidadosamente sobre a perna ruim.

— Todos se ajoelhem perto da parede — Veressa sussurrou com urgência. Calixta, Burr e Sophia fizeram o que lhes foi pedido, embora isso tudo parecesse a ela, e especialmente aos piratas, muito estranho. Eles não tinham o costume de se ajoelhar diante de ninguém.

O tilintar ficou mais alto, e então Sophia viu uma lenta procissão virando no corredor. Era composta de mulheres usando vestidos de seda verde-claros que se estendiam pelo chão, com saias adornadas com sinos de vidro, e orquídeas que lhes enfeitavam os cabelos, elaboradamente penteados.

Uma das mulheres tinha o cabelo longo e solto. Ele tinha um verde brilhante — da cor de um campo virgem — e chegava até a cintura. Dobrado nas costas, havia algo parecido com duas longas folhas de eucalipto que cresciam de suas omoplatas. Eram asas.

— Saudações, Botânico Real — disse a princesa Justa. — Bibliotecária Real. — Ela tinha o mesmo sotaque que Veressa e Martin, agudo e com os erres arrastados, mas seu tom era alto e imperioso, como se falasse de uma grande altura.

Veressa e Martin murmuraram seus cumprimentos, sem erguer os olhos do chão. Calixta, Burr e Sophia, por sua vez, olharam fixamente para a frente — nem para o chão nem para o séquito real. Sophia não conseguiu se segurar e olhou diretamente para a princesa. O olhar de Justa passou pelo pequeno grupo e finalmente repousou em Sophia, que sentiu um arrepio quando a princesa a olhou com desdém, dos pés à cabeça, ou melhor, dos joelhos à cabeça.

— O que são *essas coisas*? — ela perguntou friamente.

Todos que estavam no corredor se viraram para olhar. Os acompanhantes da princesa pareceram se assustar em uníssono e um alarmante tilintar de sinos se ouviu enquanto eles se encostavam na parede oposta.

— Perdão? — Sophia disse, mais humildemente do que pretendia.

— Em suas orelhas — a princesa exigiu saber.

A mão de Sophia se ergueu até a orelha direita.

— Ah — ela disse. — Meus brincos. — Então olhou ansiosa para Veressa e ficou alarmada ao ver sua expressão aflita.

— Prata, se não me engano — a princesa retrucou. Ela estava sorrindo, mas não havia alegria em seu sorriso.

— Sim — Sophia admitiu.

A princesa olhou friamente para Veressa.

— Estamos surpresos com os visitantes que você escolheu trazer para o palácio — ela disse. — Se não a conhecêssemos bem, pediríamos que explicasse suas intenções. Esta família real tem sido incansavelmente perseguida, nossa própria mãe foi vítima da conspiração de ferro, e continuamos vivos graças a uma estrita vigilância. Seu desejo é nos expor ao perigo?

— Não duvide de minhas intenções, Alteza. Ela é apenas uma criança... É uma estrangeira — Veressa disse respeitosamente, sem olhar para cima. — Ela não tem nenhuma intenção ao usar isso.

Uma longa pausa se seguiu, enquanto as mulheres que aguardavam se exasperavam e seus muitos sinos tilintavam.

— Confiaremos em seu julgamento nesta questão — Justa disse finalmente. — Mas considere isso um aviso. Você deve lembrar que pessoas com a Marca do Ferro são criaturas que não têm razão de existir. As masmorras deste palácio estão cheias de covardes que tentaram nos destruir. Pessoas de fora e daqui mesmo. Enviar uma criança para fazer o que eles querem é precisamente o tipo de ataque que tentariam.

Veressa murmurou um pedido de desculpas. A princesa levantou a cabeça, deu um passo à frente e continuou, os tilintares de vidro diminuindo enquanto a procissão desaparecia ao virar em outro corredor.

Os cinco se colocaram de pé.

— Sinto muito, Veressa! — Sophia gritou. — Eu esqueci!

— Minha querida, você não fez nada de errado — Martin disse a ela.

— É claro que não fez! Isso é um completo absurdo — falou Veressa, enquanto seguia a passos firmes pelo corredor. — Vejam o nível de fanatismo e intolerância que tomou conta dessa família real. Imagina se opor por causa de um par de brincos de prata.

— Ainda bem que mantemos nossas espadas e revólveres escondidos — Calixta disse alegremente.

Veressa e Martin pararam de repente.

— *Não me diga que vocês fizeram isso!* — Veressa exclamou, sussurrando. Martin olhou para os lados, como se as paredes pudessem ouvi-los.

— Nós nunca os deixamos para trás — Burr disse com firmeza. — E eles estão *muito* bem escondidos.

— Você certamente poderia ser preso se os guardas os descobrissem! Meu pai e eu não poderíamos de intervir. Na verdade, eles podem até nos prender também, e todos iríamos nos juntar aos pobres tolos que estão nas masmorras.

— Sinto muito, Veressa — Calixta prosseguiu. — Mas sempre os trazemos quando visitamos vocês. Por que seria diferente agora?

— Não faço ideia — Veressa respondeu, com a voz baixa e tensa. — Vocês estão correndo um risco extraordinário. O palácio tem sido mais vigiado do que o normal por causa das festividades do eclipse que acontecerá daqui a dois dias e por causa do furacão que se aproxima pelo norte.

Os piratas se entreolharam.

— Precisamos partir — Burr concluiu. — Nossas desculpas por termos colocado vocês em perigo.

Veressa suspirou.

— Não, *eu* é quem peço desculpas — ela disse arrependida. — A situação é ridícula, e fico embaraçada em nome da princesa, por sermos tão pouco hospitaleiros. Por favor, fiquem pelo menos até amanhã. Para o nosso próprio bem, eu não peço para que fiquem durante o eclipse, mas está muito tarde para partirem hoje.

Martin balançou a cabeça, exasperado.

— Eles não deveriam ter que partir. Mas concordo que é mais seguro se assim o fizerem — admitiu.

Sophia tirou silenciosamente os brincos enquanto voltavam para a residência do botânico real. A desconfiança de Justa se abateu sobre os cinco como um veneno. Eles não pareciam concordar com o que fazer em seguida. Eles concordaram que encontrar Shadrack era essencial e discutiram sobre como lidar com Montaigne e os Homens de Areia, mas formular um plano sem nenhum conhecimento real de quem eram estes homens ou de onde eles estavam se provou impossível. Eles estavam frustrados.

Sophia ouvia tudo, mas sua mente vagava para os quatro mapas. Havia algo neles que a incomodava, exigindo sua concentração como se fosse uma charada, agindo como um parasita, esquivo e urgente. Suas memórias eram tão detalhadas e reais que ela poderia jurar que eram suas próprias lembranças — mas, é claro, era assim que os mapas de memória funcionavam. Enquanto os outros davam voltas e mais voltas em sua discussão, Sophia tentou desvendar a charada desenhando em seu caderno, sem encontrar solução.

Seus pensamentos continuaram durante o jantar — bolo de milho e flores de abóbora — e mais tarde, na cama, ela pegou o atlas de Shadrack em busca de algo que pudesse ajudá-la. No entanto, quanto mais ela lia, mais obscura a charada lhe parecia, e nada explicava o motivo pelo qual as memórias dos quatro mapas lhe pareciam tão estranhamente familiares. Ela finalmente se voltou para a prateleira de livros que havia no quarto, procurando uma distração, e encontrou um volume intitulado *A vida da realeza de Nochtland*.

Havia pouca coisa sobre a infância da princesa Justa. Mas, em contraste, a história que Mazapán havia lhe contado sobre a morte da imperatriz tomava várias páginas, especialmente porque ele não havia descrito as terríveis consequências.

O IMPERADOR DESCOBRIU, graças à vital assistência de seus conselheiros, que uma dupla de irmãos com a Marca do Ferro havia astuciosamente escondido seus metais e ascendido a posições de prestígio. Elad e Olin Spore não confessaram, apesar do rigoroso interrogatório, mas especula-se que eles colocaram as orquídeas com o propósito de envenenar a imperatriz e então atacarem o imperador fragilizado. Se esses eram seus planos, foram duramente desfeitos. Muito longe de estar fragilizado, o imperador sentenciou ambos à morte. E então vasculhou a corte em busca de outros que pudessem trazer a Marca do Ferro, e finalmente buscou conforto na Religião da Cruz, embora ele nunca tenha sido um crente. A corte foi reduzida a alguns poucos conselheiros, e o imperador ordenou penalidades cada vez maiores para aqueles que possuíssem ou usassem qualquer tipo de metal. Entretanto, nunca se soube ao certo quem envenenou a imperatriz. Alguns meses depois de sua morte, o imperador começou sua prolongada e nobre missão de conquistar as partes mais distantes de seu território.

Sophia suspirou. Não era de surpreender, ela refletiu, que a princesa Justa demonstrasse tamanha intolerância.

### 19h27

SOPHIA ACORDOU NO MEIO da noite e encontrou o quarto completamente escuro. Ela podia ouvir a respiração de Calixta na outra cama, mas não foi aquilo que a acordara. Então se deu conta de que fora seu sonho. Ela estava sonhando com os quatro mapas. Todos eles haviam retornado para a biblioteca assim que a lua apareceu, porém, mesmo juntando todos eles, nenhuma resposta nova havia surgido, mas algo que ela lera neles havia ficado em sua mente e chegado até seus sonhos. Sophia se sentou e remexeu na mochila, que repousava ao lado do travesseiro; então enfiou o atlas dentro dela e a jogou sobre o ombro antes de se arrastar até a pequena escada ao lado da cama. Ela vestiu os chinelos e se apressou para fora do quarto, abrindo e fechando silenciosamente a porta atrás de si.

Enquanto seguia pelo corredor escuro, ela prestava atenção nos ruídos noturnos ao seu redor: grilos no pátio; o murmúrio das fontes do jardim para além das paredes; o calmo tilintar dos mensageiros do vento, delicados e agudos, ou vibrantes e profundos. Sophia ficou surpresa ao ver a porta da sala de trabalho de Martin aberta e a luz vazando através dela. *Talvez não seja tão tarde como estou achando*, ela considerou, pegando o relógio em seu bolso. Passava da hora dezenove. Curiosa, ela espiou o laboratório.

Plantas enchiam as superfícies de madeira e se penduravam em cada centímetro do teto. Vasilhas de vidro cheias de terra, aglomeradas ao lado de grandes frascos de água azul e pequenos conta-gotas verdes. Martin estava em um banco, examinando algo através de seus enormes óculos. Sophia ficou atônita ao ver sobre a mesa algo que se parecia com uma perna de madeira vestida com a meia e o sapato de Martin na ponta. Parecia não haver nada em sua perna esquerda, do joelho para baixo.

— Martin? — ela chamou.

Ele pulou de seu assento.

— Sophia! — ele disse. — Você me assustou. — E retirou os óculos. — O que você está fazendo acordada?

— Eu tive um pesadelo — Sophia disse, incerta sobre o conteúdo de seu sonho.

— Ah, bem... acontece. Lugar estranho e acontecimentos estranhos. — Então ele notou que ela olhava fixamente para a perna. — Ah! Você ainda não tinha visto minha prótese?

Ela balançou a cabeça, envergonhada por ele ter notado que ela a olhava fixamente, mas aliviada pelo fato de que ele parecia não se importar.

—- Ainda não... É de madeira?

Martin pegou a perna e olhou para ela, criticamente.

— De fato, é de madeira. Madeira frágil e sem vida, temo.

— O que aconteceu com sua perna de verdade? — Sophia perguntou. — Quer dizer, sua antiga perna?

Ele piscou para ela.

— Eu a perdi em uma aventura. Antes de eu ser velho — ele disse, colocando de lado a prótese —, antes de eu ser manco, antes mesmo de eu me tornar um botânico... Eu fui um explorador!

— *Você foi um explorador?* — Sophia perguntou, encantada.

— Sim, fui. Não um explorador muito bom, como se vê por aí. Em uma região remota ao norte das Terras Baldias, eu descobri um vale cheio de estranhos animais.

— Que tipo de animais?

— Feras enormes... Algumas tão grandes quanto a minha estufa! Obviamente, eram de outra era. Bem, eu tolamente acreditei que estaria a salvo entre elas porque observei que só comiam plantas e nada de carne. Mas... — ele disse, sorrindo pesarosamente — eu não considerei que para elas eu provavelmente parecia uma planta.

— O que quer dizer?

Martin ergueu a perna direita. O tornozelo tinha uma cor estranha. De um verde esbranquiçado, como o tronco de uma faia.

— Está vendo? Minhas pernas são mais tronco de árvore do que músculos e ossos.

— Eu não sabia! — Sophia pensou nas "lantejoulas" do braço de Veressa: espinhos vivos, assim como o tronco vivo que era a perna de Martin.

— Nem eu achei que me parecia tanto com um raminho suculento! — Martin riu. — Eu estava feliz, fazendo anotações, quando uma das feras subitamente abaixou sua enorme cabeça, me deu um leve empurrão e arrancou meu pé com uma mordida!

— Que horrível! — Sophia exclamou.

— Não foi pitoresco — Martin admitiu. — Felizmente, eu não estava viajando sozinho, e meus companheiros me salvaram. Quando voltei para casa, um bom escultor criou essa perna de madeira para mim. Eu ainda manco — ele disse — e não posso mais ser um explorador. Mas, na verdade, eu sou grato àquela fera gigante. Se não fosse por ela, eu nunca teria descoberto a botânica.

Sophia teve que sorrir.

— Acho que é verdade.

— Espero que isso não lhe faça ter mais pesadelos.

— Não, acho que não — ela disse, virando-se para sair. — O senhor vai trabalhar a noite toda?

— Só mais um pouquinho. Vejo você de manhã. Durma bem.

Felizmente, o errático relógio interno de Sophia não afetava sua bússola interna. Embora o palácio estivesse bem escuro e ela só tivesse ido à biblioteca uma vez, Sophia não teve dificuldade em encontrar o caminho. As agulhas de pinheiro que cobriam o chão abafaram completamente seus passos. Sophia se certificou de que estava sozinha, e então deslizou silenciosamente por entre o par de portas até a sala deserta e pouco iluminada.

Mais cedo, sua atenção havia estado tão focada nos quatro mapas que ela nem havia pensado em olhar ao redor. As elevadas estantes de livros eram interrompidas por seis janelas altas que davam vista para os jardins, deixando que a luz pálida e prateada da lua entrasse; uma estreita escada espiralada levava à galeria que percorria toda a extensão das estantes. As sombras se agrupavam no canto do teto, além do alcance das fracas luzes das luminárias de mesa.

Ela atravessou o tapete de folhas de samambaia até o cofre de madeira onde Veressa mantinha os mapas de Talisman; ela havia mostrado a Sophia como ele funcionava, a porta era feita de intricadas peças móveis, como um quebra-cabeça. Após pegar os mapas, ela puxou uma cadeira e usou sua respiração, assim como a água e os fósforos deixados na mesa, para despertar os três primeiros mapas. E então segurou o mapa final, o Rastreador de Vidro, diante da luz da lua, colocando-o em cima dos outros.

Assim que os tocou, as memórias novamente inundaram sua mente. A lembrança de fugir, cheia de medo, através da multidão, não havia mudado. Mas os outros mapas acrescentaram uma complexidade que quase transformava tudo. O mapa de metal, que lhe permitia ver as estruturas construídas pelo homem, trazia as memórias de estar dentro de uma pirâmide incrivelmente alta. A longa espiral se estendia até o pico. As paredes ao redor dela eram feitas de algo quase transparente, como vidro congelado. *Não*, Sophia se corrigiu: *vidro embaçado, porque partes dele estavam completamente limpas.* Havia painéis coloridos, como obras de arte, nas paredes, mas ela não os via claramente; quem quer que fosse o dono das memórias havia passado por eles muito rápido, na intenção de fugir. Quando ela alcançou o topo da pirâmide, viu o objeto pesado que em breve empurraria pela borda: uma pedra redonda. Ela andou até o topo, se apoiou na pedra e a empurrou. Não a viu cair, mas sentiu o impacto quando as paredes à sua volta estremeceram.

O mapa de argila permitia que ela visse a paisagem diante da alta torre — um vasto terreno marcado por altos picos que aparentavam ser imensos edifícios brancos. E o mapa de tecido mostrava um clima estranho, como ela nunca havia visto. Relâmpagos reluziam continuamente além das paredes da pirâmide, iluminando o céu cinzento. Uma neve constante caía, batendo nos vidros embaçados.

Mas não era isso que Sophia mais queria ver. Ela esperou, e então a lembrança surgiu: ela saiu pela porta para um terreno coberto de neve e se virou para ver enquanto a pirâmide inteira desmoronava em uma explosão de vidros quebrados e nuvens de neve. Ela se virou e olhou ao longe, onde algo quase imperceptível, um ponto negro na neve, se movia em sua direção. Parecia uma pessoa. Conforme ela se aproximava, Sophia viu o cintilar de algo que a pessoa segurava. E então a memória se esvaneceu.

Sophia estava certa de que conhecia aquela pessoa. Havia algo na maneira como ela corria em sua direção. Ou talvez fosse simplesmente o sentimento, a certeza dentro do mapa da memória, de saber quem ela era. O que era o brilho na mão dela? Algo que estava segurando, certamente... um espelho? Uma lâmina? Um relógio? Podia ser qualquer coisa. Ela abriu os olhos com um suspiro, preparando-se para ler o mapa mais uma vez.

— Você realmente gosta de bibliotecas, não é?

Sophia ficou de pé imediatamente, procurando a porta.

— Quem está aí? — ela sussurrou.

Alguém se moveu nas sombras perto da porta. Ela ouviu uma risada baixa, e então o tempo parou subitamente quando a figura se colocou sob a luz amarela da luminária de mesa.

Era Theo.

# 26
## As duas marcas

*29 de junho de 1891: Hora #*

*Furacão: Fenômeno climático comum no norte das Terras Baldias. Embora tenha se originado depois da Grande Ruptura, o furacão é tema de inúmeras lendas. Algumas sustentam que os furacões "falam". Observadores científicos não encontraram evidência de tal alegação; eles descreveram sólidas paredes formadas por ventos de forças variantes. O furacão mais forte registrado tinha um raio de oito quilômetros e cobriu um espaço de seiscentos quilômetros em dez dias.*

— Veressa Metl, *Glossário de termos terrabaldianos*

SOPHIA OLHAVA FIXAMENTE PARA Theo, com o coração acelerado, mas não importava o quanto ela olhasse para ele, não era o suficiente. Apenas um dia havia se passado, e mesmo assim parecia muito mais. Ele ainda usava as roupas de Shadrack — amassadas e um pouco empoeiradas — e as botas gastas que havia pegado do sapateiro em Boston. Sua expressão era imperturbável, seu sorriso, imprudente como sempre.

— O que você está fazendo aqui? — ela sussurrou.

— Então não está feliz em me ver? — Theo perguntou, sentando-se confortavelmente em uma das cadeiras.

Sophia enrubesceu.

— Eu perguntei o que você está fazendo aqui. Como conseguiu entrar?

— Eles não vigiam o muro inteiro, só as partes próximas aos portões.

Parte dela queria dar um passo à frente e tocá-lo, para saber se ele realmente estava de volta; parte dela sentia um revoltante sentimento de injúria e incerteza, que parecia surgir sempre que Theo estava por perto.

— Eu simplesmente não entendo — ela finalmente disse.

— Eu não poderia abandonar você com aqueles piratas, não é? — ele respondeu com um sorriso.

— Eu gostaria que você oferecesse pelo menos um décimo da confiança que aqueles piratas oferecem — ela retrucou, com a voz perigosamente instável.

— Eu sou confiável — ele protestou. — Estou aqui, não estou?

— Mas você foi embora. Por que não entrou com a gente pelo portão? Por que teve que entrar sorrateiramente? Você poderia ter se metido em encrenca. As pessoas aqui, além de Veressa e Martin, não são amigáveis.

Agora era a vez de Theo olhar fixamente.

— Você encontrou Veressa?

— Sim. Essa é a biblioteca dela — Sophia disse, transformando a voz mais uma vez em um sussurro enquanto Theo olhava ao redor. — Ela é a bibliotecária real e a cartógrafa da corte. O pai dela é o botânico real. Eles conhecem Burr e Calixta há anos.

Theo soltou um assobio baixo.

— E ela sabe onde seu tio está?

Sophia balançou a cabeça, incapaz de olhá-lo nos olhos.

— Bem, de qualquer forma, encontrar Veressa foi uma coisa boa — ele disse, com a voz adquirindo um novo tom. — Calixta e Burr ainda estão aqui?

— Você não os viu?

— Não. Eu pulei os muros do palácio na noite passada. E passei por aquele negócio que parece uma estufa. Quando vi você atravessando o corredor, eu te segui.

— Na noite passada?

Theo se virou para as janelas.

— Olha! Está quase amanhecendo.

Sophia procurou seu relógio. Ele estava certo, era quase a hora seis. O sentimento de confusão e incerteza ao ver Theo ainda a dominava, fazendo a conversa parecer estranha e ensaiada. As palavras que ela queria dizer e as perguntas que queria fazer flutuavam, presas e caladas, por sua mente. *O que espantou você? Fui eu? Outra coisa? Você sempre planejou voltar? Você vai embora de novo?*

— Onde você e os piratas estão instalados?

— Ao lado da estufa, com Veressa e o pai dela... Martin.

— Bem, você precisa falar com ele — ele disse, com a voz estranhamente grave.

— Por quê? O que há de errado?

— Aquela coisa que está vindo do norte, de que todos estão falando... não é um furacão.

— O que é? — Sophia perguntou, sentindo a ansiedade crescendo.

— Os corsários que eu encontrei na estrada viram milhares de pássaros voando do norte, a toda velocidade. Eu não acreditei neles no começo, mas então eu também vi. Os pássaros não fazem isso quando é apenas um furacão.

— Mas então, o que é? O que está acontecendo?

Quando Theo estava prestes a responder, eles ouviram os passos pesados dos guardas do palácio em patrulha pelas salas. Ele se levantou lentamente da cadeira, mantendo o olhar na porta.

— Conte a Burr e Calixta a respeito dos pássaros — ele sussurrou. — Não tenho tempo para explicar o resto, e não posso ficar aqui. Se me encontrar fora dos portões da cidade daqui a uma hora, eu conto tudo pra você. Leve suas coisas para que a gente possa partir.

— *Partir?* — Sophia rapidamente se levantou e juntou os quatro mapas, esquecendo que três deles não eram dela, e os enfiou apressadamente na mochila.

— Por que você não me conta agora?

— Eu te encontro do lado de fora dos portões — Theo disse, com o olhar ainda na porta. O som de passos se esvaneceu.

— Me conta agora. Só pra garantir.

Theo se virou lentamente e a olhou nos olhos. Ele estava com uma expressão curiosa, que Sophia nunca havia visto em seu rosto antes. Assustada, ela se deu conta de que o havia magoado.

— Você realmente não confia em mim.

Sophia não sabia o que dizer, porque ele estava certo. Ela queria acreditar nele; em parte ela acreditava, mas como poderia? Tudo a respeito dele era incerto e imprevisível. Era bem provável que ele desaparecesse novamente, como havia feito nos portões de Nochtland.

— Desculpa — ela sussurrou. — Mas eu nunca sei o que você vai fazer. — Ele a encarou por vários segundos e então soltou um rápido suspiro.

— Há algum lugar onde eu possa me esconder enquanto você se apronta para partir?

Sophia foi pega desprevenida pela mudança de ideia dele.

— Sim — ela disse, depois de um momento. — Estaremos seguros com Veressa e Martin.

— Está certo — ele disse, apontando com a cabeça para o corredor. — Vamos, então.

Eles se moveram rápida e silenciosamente por sobre o tapete de samambaias e, depois de verificar se estava tudo bem, entraram no corredor. Em seguida, foram em direção aos aposentos do botânico. Felizmente não encontraram ninguém.

Enquanto seguiam na ponta dos pés pelo corredor aberto da casa de Martin e Veressa, Sophia notou que havia luzes na cozinha.

— Alguém já acordou — ela sussurrou.

Eles encontraram Martin preparando um elaborado café da manhã perto da lareira azulejada que servia de forno e fogão. Ele olhou para Theo e Sophia quando entraram.

— Olá! Quem é ele?

— Martin, este é o Theo — Sophia disse, apressada. — Ele viajou de Novo Ocidente para Nochtland comigo. E tem algo urgente para nos contar a respeito do furacão que está vindo do norte.

Theo assentiu.

— Não é um furacão.

Martin digeriu suas palavras.

— Melhor acordar os outros, então — ele disse, resoluto, secando as mãos no avental.

### 29 de junho de 1891: 6h33

— THEO! — CALIXTA EXCLAMOU enquanto entrava na cozinha. — De onde você brotou?

Enquanto trocava de roupa rapidamente, Sophia encontrou dificuldade em persuadir Calixta a deixar o quarto sem sua habitual e demorada toilette, mas a capitã pirata havia entendido a urgência da situação.

— Estive aqui o tempo todo — disse Theo, erguendo as sobrancelhas e evitando a pergunta. — Não tenho culpa se você não percebeu.

Calixta riu enquanto lançava os braços ao redor dele e lhe dava um beijo na bochecha.

— Estamos felizes de ter você de volta, mesmo sendo um escrotinho. Você fugiu sem dar explicação e nos deixou com o coração partido — ela o repreendeu, olhando para Sophia.

Sophia enrubesceu.

— Onde está Burr?

Martin estava dando os toques finais no café da manhã quando um Burr sonolento entrou.

— Ah, Melaço, senti sua falta. Onde você estava, seu moleque? Por que abandonou a gente? — E envolveu Theo em um abraço.

— O salário não era muito bom — Theo respondeu, abraçando-o também.

— Eu o proíbo de nos abandonar novamente, Mel. Olhe para nós. Tivemos que confiar em nossa inteligência, e olhe aonde viemos parar... num buraco improvisado na parede onde nem nos alimentam direito. — Ele pegou um dos bolos amarelos e redondos que Martin estava tirando do forno.

— Bem, eu vim salvar vocês — Theo concluiu, com o rosto impassível.

— Veressa, esse é o Theo — Sophia disse a Veressa, quando ela se juntou a eles.

Theo fez uma leve reverência.

— Theodore Constantine Thackary.

Veressa estendeu a mão.

— Entendi direito quando você disse que entrou escondido no palácio? Que ninguém o impediu?

— Eu pulei o muro.

— Não acredito que os guardas não viram você — ela disse, um tanto alarmada. — Quer dizer, espero que não tenham visto. Viram?

— Eu acho que não, mas, mesmo que tivessem visto, eu tinha que vir. Estou aqui pra dizer que vocês precisam sair da cidade. — Ele permaneceu em pé enquanto a cozinha se enchia de gente, e agora sua impaciência era mais visível. — *O mais rápido que puderem.*

— Diga o que você viu, Theo — Sophia incitou.

— Eu tomei a estrada para o norte, sabe? Aquela que fica ao oeste de Nochtland. Encontrei alguns corsários lá ontem de manhã, alguns que eu já conhecia. Eles me disseram que tinham visto pássaros migrando para o norte. O que não fazia sentido, porque não é a época certa para isso. E que os pássaros não estavam em bandos, estavam apenas voando, milhares deles, de todos os tipos, juntos.

Martin estava servindo o café da manhã, mas, um a um, eles colocaram os talheres sobre a mesa e perderam todo o interesse na comida.

— Um furacão não faria com que os pássaros migrassem para o norte desse jeito — Veressa disse lentamente.

— Sim. Foi o que dissemos. E então um dos viajantes nos contou sobre a Lachrima.

— Contou o que sobre a Lachrima? — Sophia perguntou. Apenas Martin continuava comendo seus ovos. — Ele disse que havia uma era, bem ao sul. Uma era desconhecida, povoada inteiramente por Lachrimas. — Todos, exceto Martin, olharam fixamente para Theo. — E agora elas estão marchando para o norte.

Depois de um longo silêncio, interrompido apenas pelo som da mastigação de Martin, Sophia continuou:

— Isso não faz sentido. Veressa nos contou ontem, Theo, que as Lachrimas nasceram ao longo das fronteiras da Ruptura. Elas foram criadas pelas próprias fronteiras.

— Aonde você quer chegar, Sophia? — Burr perguntou.

— É o seguinte — ela disse, pensando alto. — Me parece estranho que ninguém saiba nada sobre as Lachrimas em Novo Ocidente. É claro que elas estariam nas Terras Baldias, se elas foram criadas ao longo das fronteiras, e as fronteiras estão em *todo lugar* das Triplas Eras. — Ela fez uma pausa. — Mas por que todas essas Lachrimas apareceriam de repente?

— Eu já disse — Theo tomou a palavra. — Elas vivem nessa era ao sul e decidiram marchar para o norte.

— Mas isso não parece correto. Todas as histórias que eu já ouvi sobre as Lachrimas não dizem isso. As Lachrimas não andam por aí juntas; elas são solitárias, não são?

— É verdade — Veressa concordou.

— Mas e se... — Sophia pensou nas histórias de Veressa e da sra. Clay, nas anotações de Shadrack e na distante lembrança dos mapas lidos na sala escondida da East Ending. E então duas imagens surgiram em destaque. Os mapas das Índias Orientais que ela havia lido no dia em que Shadrack desaparecera: aquele com as lembranças de um calmo convento; e o outro, desenhado uma década depois, mostrando somente uma calmaria mortal.

— E se uma era ao sul daqui subitamente mudasse, e uma nova fronteira aparecesse? — E então ela continuou: — *É dali* que as Lachrimas estão vindo, da nova fronteira.

Todos olharam surpresos para ela, menos Martin.

— Entendo o que quer dizer — Veressa afirmou. — Se concordarmos que as Lachrimas são pessoas normais que se transformaram por causa do súbito aparecimento de uma nova fronteira, o aparecimento dessa fronteira seria identificável pela repentina emergência das Lachrimas. Sim, pode ser isso.

A mesa ficou em silêncio. Martin colocou de lado os talheres, tomou o resto do café e limpou a garganta energicamente.

— Bem — ele disse muito alto. Era a primeira vez que ele falava desde que todos estavam reunidos na cozinha. — Acredito que é aqui que eu devo entrar. — O grupo se virou para olhá-lo. — O jovem Theo está certo. Devemos sair do palácio e... da cidade. E você, minha querida — ele disse para Sophia —, "também está certa". — Ele empurrou a cadeira para trás e deu um tapa na mesa, dramaticamente. — E tenho uma prova para lhes mostrar. — Ele retirou dois pequenos frascos de vidro do bolso. Nos dois parecia haver terra. — Eu finalmente procurei as coordenadas da ilha, Burton — ele disse. — E descobri por que achei tão estranho quando vi a amostra pela primeira vez. Isto — ele disse, erguendo o frasco na mão direita — é uma amostra que Burr me trouxe ontem de um notável solo feito pelo homem. Ele foi coletado em uma ilha muito pequena, a uns oitenta quilômetros da costa oriental da Patagônia Tardia. E isto — ele disse, erguendo o outro frasco — é uma amostra de um solo da era vinte que ele me trouxe há quase um ano. O que eu não notei até a noite passada é que essas amostras foram *tiradas da mesma ilha.*

Eles demoraram alguns segundos para entender o significado daquilo.

— Isso quer dizer que o solo da mesma ilha mudou — Sophia disse. Então ela soube que estava certa; os mapas das Índias *mostravam* duas eras diferentes.

Veressa ficou boquiaberta.

— Por Deus, pai... Não apenas estão surgindo novas fronteiras, mas elas estão se movendo!

Todos à mesa irromperam em perguntas.

— Sim — Martin disse, sobrepondo-se à desordem. — Nós não sabemos como, por que ou qual será o efeito disso, mas as fronteiras realmente estão se movendo. Eu achei que isso poderia ser um incidente isolado, mas o que Theo diz torna mais provável que a mudança seja uma mudança continental e que ela esteja ocorrendo por toda a extensão da Patagônia Tardia. Se as circunstâncias fossem diferentes — novamente, ele ergueu a voz para silenciar as exclamações —, eu não recomendaria que deixássemos Nochtland. Afinal, nossos melhores recursos para entender esse mistério estão aqui, em meu laboratório e — ele se dirigiu a Veressa — em sua biblioteca. Mas temo que minha próxima prova mude essas possibilidades.

Para a óbvia confusão de Veressa, seu pai lhe lançou um olhar apologético e cobriu a mão dela com a sua.

— Sinto muito, querida. — E então, para o total assombro de todos, ele começou a enrolar as pernas das calças. — Como vocês veem — ele disse, falando com dificuldade enquanto se inclinava para a frente —, depois de meu extraordinário experimento de ontem com as ipomeias, que Burr e Sophia tiveram sorte o bastante para testemunhar, eu me perguntei a respeito do potencial desse curioso solo feito pelo homem. — Ele havia enrolado a perna direita da calça até o joelho, e todos na cozinha puderam ver claramente a textura de madeira de sua perna boa. — Na noite passada eu tive uma inspiração repentina — Martin continuou, com a voz um pouco abafada, enquanto ele começava a enrolar a perna esquerda da calça. — Eu pensei comigo mesmo... Se isso teve um resultado tão surpreendente e imediato com uma semente, o que faria com uma muda? Ou, nesse caso, com um toco?

Ele se levantou, bastante sem fôlego por causa do esforço.

Do joelho para baixo, sua perna era de prata sólida.

— *Pai!* — Veressa exclamou, correndo até ele. — *O que você fez?*

— Isso é inacreditável! — Burr exclamou, em voz baixa.

Sophia se aproximou e tocou a prata fria de seu tornozelo.

— E sim — Martin disse pesarosamente. — Temo que isto seja bem real e permanente. Enquanto Sophia e Burr observavam os experimentos, a ipomeia criou raízes de prata. Não tenho certeza se o toco cresceu como um galho ou uma raiz, e aqui temos a resposta. Parece que agora eu tenho uma perna com a Marca da Vinha, e outra com a Marca do Ferro. — Ele balançou a cabeça e olhou fixamente para eles. — E, por causa disso, duvido intensamente de que seja uma decisão sábia da minha parte permanecer no palácio.

Veressa se colocou de pé.

— Não... Devemos partir o mais rápido possível. — Sua voz era calma, mas firme. — Você vai ficar aqui e arrumar as nossas malas, enquanto eu digo a Justa que ela deve evacuar a cidade. Então, quando eu voltar, partimos juntos.

— Não devemos viajar por terra — Calixta objetou. — O *Cisne* será bem mais rápido.

— Concordo — Burr acrescentou. — Podemos zarpar imediatamente... Levaremos dois dias para chegar a Veracruz. Todos vocês são muito bem-vindos para vir conosco. — Ele se virou e olhou para Sophia, cujos olhos fitavam o chão. — Sophia?

Sophia fechou as mãos em volta das alças da mochila, que, naquele momento, parecia indescritivelmente pesada. Parecia a coisa errada a fazer; ela não esperava ter que partir tão cedo. Sua mente percorria tudo que ela havia descoberto desde que chegara a Nochtland. Aquelas descobertas eram significantes, e havia algo importante a fazer. Eles não podiam partir. Não naquele momento. Mas, mesmo assim, parecia não haver outra saída.

— Obrigada, vou voltar para o *Cisne* também.

— Então devemos nos preparar — disse Veressa, começando a limpar a mesa. No entanto, enquanto os demais se apressavam para o pátio, eles ouviram algo inesperado: uma forte batida na porta de madeira que separava a casa do botânico do castelo.

# 27
## Com mão de ferro

> 29 de junho de 1891: 7h34
>
> Jardins do Palácio, diretrizes para o solo:
> Jardim de rosas do lado oeste: importar APENAS dos Estados Papais
> Jardim e fonte centrais: nativas (Terras Baldias centrais)
> Periferia, arbustos de zimbro: norte das Terras Baldias, litoral
> — Anotações de Martin sobre os jardins

— QUEM É? — PERGUNTOU VERESSA, em frente à porta fechada que levava ao palácio.

— A guarda real requisita a entrada, srta. Metl — uma voz respondeu. — Um intruso foi visto entrando na estufa. Precisamos vasculhar o lugar. — Assim que o guarda terminou, um coro de cães latindo irrompeu.

Alarmada, Veressa olhou para os amigos e para o pai. Martin rapidamente desenrolou as pernas das calças.

— Acabamos de acordar. Não podem voltar mais tarde?

— Sinto muito. Temos ordens de vasculhar agora. Se a senhorita não abrir, teremos que entrar à força pelas estufas.

— Está bem, está bem — ela respondeu, com a voz enganosamente calma. — Só me deem um minuto para encontrar meu roupão.

Houve uma pausa, e então uma resposta concisa.

— Um minuto.

Veressa correu para o pátio.

— Todos vocês... Não temos tempo. Escondam-se nas estufas e tentem sair daqui, se conseguirem.

— Certamente que não — Burr disse, indignado. — Calixta e eu nos apresentaremos quando você abrir a porta.

— Não posso permitir que se arrisquem. Uma vez que os cães se aproximem de meu pai — que desviou o olhar assim que ela olhou para ele —, não vai valer mais a pena proteger a nossa vida.

— Não seja tola — Calixta disse, pegando Sophia e Theo pelos braços. — Isso é mais um motivo para ficarmos. Eu escondo esses dois, junto com minha espada e a pistola. Burr, você faz o mesmo — ela disse com firmeza. Burr saiu da sala a passos largos. — E vamos garantir que eles não vasculhem todos os quartos. Venham comigo, queridos — Calixta disse, calma, mas rapidamente. — Vamos atender a porta enquanto vocês dois esperam aqui no quarto.

Ela jogou a pistola e a longa espada em um dos baús ali e o trancou.

— Eu duvido muito que eles queiram vasculhar o lugar todo depois que terminarmos de falar com eles, mas, se quiserem, tenho certeza de que vocês notaram que essa janela dá para o jardim — Veressa disse, apontando para fora.

Sophia e Theo assentiram. Calixta se empertigou, instintivamente colocando a mão sobre o coldre antes de lembrar que ela não estava com ele. Por um momento, a linda pirata pareceu estranhamente vulnerável enquanto deixava as mãos descerem até a saia. Mas se recuperou rapidamente.

— Volto já!

Assim que ela se foi, eles encostaram o ouvido na porta, tentando identificar algum som. Primeiro, ouviram a voz clara de Veressa enquanto ela recebia os guardas. Houve alguma conversa; Sophia ouviu uma voz grossa, mas não conseguiu saber quantos guardas havia. Os gemidos e latidos dos cachorros pontuavam as conversas. Então, o que parecia ser a voz de Martin se lançou em um longo monólogo sem pausas, seguido por um breve silêncio, e após, inesperadamente, um grito. Sophia não identificou de onde havia partido aquele grito. Um momento depois, ela ouviu o inconfundível tinir de uma espada atingindo a pedra. Os cães irromperam em uivos desenfreados. Sophia e Theo olharam um para o outro, alarmados.

— Seus confiáveis piratas — ele sussurrou. — Acho que em terra o contramestre ignora as ordens do capitão.

Houve um aumento gradual da confusão, e então um disparo foi feito, provavelmente da pistola de Burr. Em seguida, alguém veio correndo pelo corredor. Tentou abrir a porta do quarto e viu que estava trancada.

— Abra essa porta! — uma voz gritou.

Sophia e Theo correram para a janela, saltando com facilidade por sobre o peitoril até o chão enquanto as batidas na porta se tornavam mais urgentes. Por um instante, eles ficaram agachados no canteiro de flores, olhando para o jardim. Sophia abraçou com força sua mochila. Atrás deles, as batidas se tornaram golpes.

— Eu vim por ali — Theo disse, apontando. — No canto atrás dos arbustos, tem uma barra solta na cerca.

Sophia notou um longo passeio contornado por cercas vivas de buganvílias que cortavam diagonalmente o jardim.

— Se formos por ali, eles não poderão nos ver.

Enquanto corriam, Sophia olhou por sobre o ombro mais de uma vez, mas tudo que ouvia era o som de água corrente e o chilrear de pássaros. No abrigo de buganvílias, era como se o castelo nem existisse. Até mesmo os pináculos de vidro e as altos paredões de arbustos ao longo do jardim estavam fora do alcance de visão.

Guardas gritavam em uma parte distante do jardim, mas, assim que chegaram ao fim do caminho, o som da água correndo ficou mais alto. Eles emergiram repentinamente em um gramado com uma alta fonte de pedra; tritões e sereias se agrupavam em volta de uma enorme bacia, e um grande jato d'água caía sobre eles em largos arcos. Sophia viu através da bruma da fonte o que ela já esperava: os altos arbustos de zimbro no canto sudeste do jardim. Eles deram a volta na fonte e correram na direção dos arbustos.

— Onde está a saída? — ela perguntou, nervosa.

De repente, um apito estridente, como o grito distorcido de um pássaro, soou no outro extremo do jardim. Sophia e Theo se viraram para ver um guarda se aproximando com a lança em punho, a capa balançando atrás dele e a máscara de penas tremendo enquanto ele corria. Ele deslizava como uma ave de rapina em direção a seu alvo. Theo saltou para os arbustos, procurando uma saída.

— Aqui! Por aqui! — ele exclamou. Então ele pegou as mãos de Sophia e a puxou por uma estreita abertura entre os arbustos, até a cerca de ferro. Depois remexeu a base da cerca, testando as barras, para tentar encontrar a que estava solta. Quando a encontrou, começou a forçar para soltá-la.

Sophia enfiou o rosto na cerca viva e viu, horrorizada, que o guarda estava apenas a uns dez passos dali, com os dentes à mostra pelo esforço, à medida que diminuía a distância.

— Theo — ela disse, com a voz em pânico —, ele está vindo.

— Saiu! — Segurando uma barra de ferro de dois metros de comprimento, Theo empurrou Sophia pelo vão recém-aberto e a seguiu em direção à rua. Um segundo depois, o guarda se atirou contra a cerca, tentando, furiosa mas inutilmente, passar por ela; a ave de rapina subitamente se viu presa em uma gaiola. As penas amassadas contra as barras de ferro enquanto ele olhava com raiva por trás da máscara. E então parou de lutar e sorriu.

Sophia se virou com um mau pressentimento. Outro guarda se erguia diante dela, com a lança em punho. Por um momento que pareceu eterno, ela não conseguiu se mexer. Sua máscara feroz lhe dava o aspecto de um caçador, e seus braços nus se tensionaram enquanto ele apontava vigorosamente a lança para ela e para Theo.

E então algo inexplicável aconteceu.

Theo lançou para a frente a mão direita — um gesto inútil de autodefesa — e segurou a ponta da lança. A lâmina de obsidiana tingiu sua palma e parou, mas a força do golpe arrastou os dois na direção da cerca. Sophia ficou comprimida entre as barras de ferro e Theo, que continuava com a mão erguida. Eles ficaram ali, presos como borboletas, enquanto o guarda piscava, surpreso, continuando a lutar inutilmente contra a mão direita de Theo. Então o garoto ergueu a barra de ferro com a mão esquerda e a girou, atingindo o guarda nas costelas. O homem gemeu, liberando um pouco a pressão, e isso foi o suficiente para que os dois se soltassem. Eles atravessaram a avenida correndo, esquivando-se da lança, que voou atrás deles.

Em seguida, mergulharam nas ruas estreitas de Nochtland, os pés retumbando pelas ruas de pedra. Nenhum dos dois se virou para olhar para trás enquanto passavam por pedestres e tropeçavam pelo pavimento desnivelado, correndo por avenidas e ruas laterais.

— Aqui! — Theo gritou ao avistar um beco estreito.

Eles pararam abruptamente. Respirando com dificuldade, incapazes de ouvir quase nada além da própria respiração, eles apuraram os ouvidos e esperaram a chegada de algum guarda que pudesse tê-los seguido.

— Eles não estão mais atrás de nós — Theo disse, sem ar. Então eles procuraram algum lugar para se esconder no beco. Quando estavam próximos do canal, Sophia viu uma borda de pedra, embaixo de uma das pontes. Eles deslizaram pela margem e engatinharam aliviados até o úmido abrigo. Encostados na parede e bem escondidos da rua, eles se sentaram na sombra para descansar.

— Me mostre sua mão — Sophia exigiu.

Theo, ainda recuperando o fôlego, estendeu a mão com a palma para cima sobre o joelho de Sophia. Ela sentiu a garganta se fechar quando viu a ferida aberta, sangrando. E então, como ela imaginara — tarde demais, no momento em que ficaram presos aos muros do palácio —, ela viu o brilho metálico dentro da ferida. Os ossos de ferro de Theo haviam parado a lança.

Agora ela entendia por que ele tentava, tão obstinadamente, ficar longe de Nochtland, e o risco que ele correra ao entrar ali. Com força, ela rasgou as longas mangas da camisa de algodão, mergulhou uma delas na água do canal e limpou o sangue da ferida. Com a outra manga, ela enfaixou a mão de Theo, na altura da articulação dos dedos. Ele não reclamou nem resistiu; só permaneceu sentado, com a cabeça contra a parede da ponte e os olhos fechados.

— Vai fechar rápido — ele disse, cansado. — Sempre fecha.

Sophia se recostou. Ela sentia as lágrimas correndo pelo rosto e as secou asperamente.

— Desculpe por não ter concordado em te encontrar fora do palácio esta manhã — ela disse, engolindo em seco. — Eu devia ter confiado em você.

Ela queria abraçá-lo para que ele soubesse como ela estava arrependida, mas não conseguiu.

Theo sorriu, com os olhos ainda fechados.

— Não fique assim. Não há motivo para confiar em um mentiroso.

Sophia não sabia dizer se ele estava mentindo ou não. Ela segurou a mão enfaixada de Theo e ficou em silêncio, olhando a água brilhante do canal se tornar escura à medida que passava silenciosamente por sob a ponte.

### 8h42: Sob a ponte de Nochtland

A MANHÃ SE PASSOU, e o tráfego na ponte se tornou mais barulhento. Uma vez que a exaustão imediata cessou, Sophia começou a se sentir inquieta e desconfortável naquele rebordo de pedras. Eles não podiam sair da cidade sem saber o que havia acontecido com Veressa, Martin e os piratas. Talvez, Sophia pensou, eles pudessem viajar até Veracruz para conseguir ajuda da tripulação do *Cisne*, mas a viagem de ida e volta demoraria quatro dias. Nesse meio-tempo, as Lachrimas já os teriam alcançado. Ela verificou as horas; eram quase nove pelo horário de Novo Ocidente.

Theo abriu os olhos.

— Sim — ele disse. — Acho que devemos ir.

— Não podemos partir sem eles. Pelo que eu sei, eles serão julgados e sentenciados por traição.

— Eu sabia que você ia dizer isso. Normalmente, eu discutiria com você, mas precisamos deles se quisermos embarcar no *Cisne*. Além do mais — ele acrescentou com um sorriso, quando Sophia olhou com cara feia para sua lógica egoísta —, acho que podemos realmente ajudá-los.

Sophia teve de sorrir de volta.

— Claro que podemos — ela disse, embora tenha soado mais confiante do que se sentia. Por um momento, ela ouviu o gorgulho da água calmamente passando sob a ponte. — Você acha que Justa vai evacuar a cidade?

— Sem chance. Mesmo que Veressa tenha a oportunidade de contar a ela, Justa não vai acreditar. Eles provavelmente acharão que tudo é parte de uma grande conspiração da Marca do Ferro. Pense nisso. Martin tem uma perna de prata. Burr sacou a espada e a pistola. E não há nada que prove o que eu disse a respeito das Lachrimas. Eles provavelmente estão sentados em alguma masmorra nesse momento.

— A cidade ainda pensa que é apenas um furacão que se aproxima do norte.

— Sim, e eles vão esperar que os mensageiros do vento anunciem — disse Theo, soltando uma bufada irrisória.

— Então, se eles não evacuarem a cidade — Sophia pensou em voz alta —, eles ainda terão a tal festa do eclipse amanhã. Martin disse que dura a noite toda. Vêm pessoas de todos os lugares para participar. — Ela fez uma pausa. — *Todo tipo* de pessoas.

Theo a olhou, pensativo.

— Entendo o que está pensando. Podemos nos esgueirar e eles não vão nos notar — ele assentiu. — Boa ideia. Mas vamos precisar de disfarces.

— E de algum lugar para ficar até lá. Talvez possamos ficar com Mazapán. — Sophia fez uma pausa. — A não ser que os guardas achem que vamos para lá.

— É o que vão pensar. — Theo flexionou os dedos da mão machucada enquanto olhava para o canal. — Você sabe onde é a loja dele?

Sophia balançou a cabeça.

— Ele a descreveu para mim, mas não disse onde fica. Podemos perguntar.

Eles deixaram a segurança da ponte com certa relutância, escalando a margem até a rua iluminada pelo sol, cheia de pedestres, carroças puxadas por cavalos e boldevelas. Atentos à procura de guardas, caminharam na direção do centro da cidade. Theo perguntou a uma velha senhora que vendia violetas se ela sabia de uma loja de chocolates de um vendedor conhecido como Mazapán, e ela lhes deu a informação sem hesitar: seguindo por um beco estreito a poucos quarteirões dali. Quando a viu, Sophia reconheceu o toldo na frente da loja, como Mazapán havia descrito.

Mas era tarde demais. A loja estava cercada por guardas com longas capas e ferozes máscaras de penas. Ao lado dela, Theo prendeu a respiração.

— Já estão aqui — ele sussurrou, surpreso.

— Mas Mazapán não *fez* nada!

— Eles devem ter prendido Burr e Calixta. Mazapán os trouxe para Nochtland. Eles farão perguntas para ele — Theo disse, sombriamente.

— Pobre Mazapán — falou Sophia, balançando a cabeça e voltando para o beco. — Temos que ir para outro lugar.

# 28
## Navegando para o sul

> 28 de junho de 1891:
> O desaparecimento de Shadrack (dia 8)
>
> *E, quando ouvir seu coração batendo,*
> *Cada sonho e toda a paz que você sente*
> *A Lachrima vai dilacerar totalmente*
> *Com o pavor de seu grito horrendo.*
>
> — Cantiga de Nochtland, segunda estrofe

A PEQUENA CABINE ONDE Shadrack já havia passado um dia e uma noite era em muitos aspectos similar à cabine de um navio. Duas camas estreitas entaladas na parede, em frente a uma escotilha de onde se podia ver a estrada enquanto a boldevela navegava por ela. Mas, diferentemente de um navio, a boldevela tinha, no centro, o formato de uma árvore maciça. As cabines eram construídas em meio às raízes, e, atrás de suas paredes, havia a terra que sustentava o crescimento da árvore. Os quartos tinham cheiro de terra, e a ocasional raiz se entrelaçava pelas paredes. Shadrack podia ver pouco mais que isso, já que os niilistianos haviam amarrado suas mãos e pés, e o jogado na cama de cima. Em certos momentos, quando a boldevela era impelida por ventos mais fortes, ele tinha que se esforçar para não sair rolando.

Em circunstâncias normais, o tempo haveria passado com uma lentidão esmagadora, mas, para Shadrack, era ainda pior, em virtude de seu estado de espírito. Escapar agora lhe parecia impossível. Ele havia esperado ganhar a confiança de Choroso, talvez até sua ajuda, mas, em vez disso, havia feito com que Choroso perdesse a memória, ficando assim sem seu melhor aliado. Agora Shadrack só podia contar consigo mesmo, ainda assim, preso e jogado no canto de um navio que viajava por terra em direção ao sul, a uma velocidade incrível. Completamente incapaz de salvar a si mesmo — que dirá Sophia.

As Geadas do Sul seguiam para o norte, destruindo tudo em seu caminho. Ele lutou contra as cordas para extravasar sua frustração. Pelo que sabia, as geadas já haviam chegado a Nochtland. Elas chegariam, e a cidade desapareceria, deixando nada além da marca de seus lagos e canais. Sophia desapareceria para sempre. Ele permaneceu imóvel por um momento; seria ainda mais inútil se acreditasse no pior. Ele tinha que acreditar que ainda havia tempo e que encontraria uma oportunidade para escapar.

Eles navegaram desde que embarcaram no veículo, e Shadrack estimou que já deviam estar nas Terras Baldias. E, mais provavelmente, ponderou, não parariam até que chegassem a Veracruz. Essa seria sua próxima oportunidade. A qualquer custo, ele precisava se libertar quando chegassem ao litoral.

Por volta do meio-dia, fizeram uma parada repentina. O som parecido com o de uma tempestade distante chegou até ele. Momentos depois, alguém atravessou o convés correndo, e a porta se abriu com força. Para seu assombro, um Homem de Areia o puxou da cama de cima, cortando-lhe as cordas em um movimento selvagem.

— Não fique aí parado. Precisamos de toda ajuda que conseguirmos, ou vamos todos morrer.

Sem esperar para ver se seu prisioneiro o seguiria, ele se virou e correu. Depois de um instante de hesitação, Shadrack saiu da cabine correndo e seguiu pelo estreito corredor.

Quando chegou ao convés, ele entendeu na mesma hora a urgência da situação. A boldevela quase colidira com um furacão de aparência estranha, e todos os Homens de Areia, com seus ganchos presos ao casco, se esforçavam para recuar o navio antes que ele fosse sugado e destruído. O mastro todo, incluindo as largas folhas verdes que faziam as vezes de velas, erguia-se em direção ao furacão, como um broto de árvore em uma tempestade. O vento uivava e gemia como se cercasse sua caça, arrastando o navio para dentro de seu abraço destrutivo, palmo a palmo.

Subitamente ele notou que, sem a boldevela, Blanca não teria como persegui-lo. *Esta é a minha chance*, ele pensou, correndo até a escada de corda na lateral do navio. A escada descia até certo ponto, então ele se soltou e caiu os últimos três metros, as pernas se curvando embaixo dele.

Em pé depois de rolar, ele cambaleou, mas logo se endireitou. Depois seguiu para o oeste, de punhos fechados e braços firmes, correndo paralelamente à parede de vento, tentando ficar longe o bastante para que não fosse arrastado em direção ao furacão, mas era como lutar contra a maré. Ele achava que tinha aberto uma boa distância entre ele e o furacão, mas, quando olhou para a esquerda, se deu conta de que estava muito mais perto do que pensava. Enquanto desviava para o norte, insistentemente, seus pulmões começaram a sentir as pontadas de ar seco e do esforço. Ele se virou e começou a correr para trás, com o intuito de ver se o navio já havia sido destruído; mas ele ainda estava parado, como se estivesse à beira de um precipício, a centenas de metros de distância.

O terreno era seco e reto, com algumas rochas surgindo aqui e ali. Shadrack não sabia qual era a extensão do furacão nem se seria capaz de alcançar a extremidade dele; ele só sabia que tinha de correr. Em algum lugar ao sul, Sophia esperava por ele.

Então olhou por sobre o ombro e viu a boldevela, um borrão negro ao longe. Era sua imaginação ou estava maior do que momentos atrás? Ele se virou e, com a pouca força que lhe restava, continuou a correr.

# 29
## A árvore sem folhas

> 29 de junho de 1891: 13h51
>
> *Mente de metal: Termo depreciativo usado nas Terras Baldias, especialmente em Nochtland, para descrever uma pessoa cuja mente é "feita de metal". A única parte do corpo humano que pode ser feita de metal, pelo que sabemos, é o esqueleto, entretanto, o termo é usado de forma figurativa e não literária. Ter a "mente de metal" significa ser crasso, brutal, violento ou estúpido.*
> — Veressa Metl, *Glossário de termos terrabaldianos*

SOPHIA E THEO HAVIAM caminhado por mais de duas horas no horário de Nochtland quando ela avistou a árvore condenada. Se eles não estivessem tão cansados de se esconder e de desviar cada vez que viam um guarda do palácio, talvez nem tivessem feito uma pausa. Mas eles estavam exaustos, e a cidade parecia sinistramente desprovida de lugares onde eles pudessem se esconder.

A árvore ficava bem longe do palácio e do centro da cidade. Na base, uma placa de madeira avisava: CONDENADA. RAIZ APODRECIDA. DECRETO MUNICIPAL 437. AGENDADO PARA DERRUBADA EM 1º DE AGOSTO. A árvore realmente havia apodrecido da raiz à copa, mas o enorme tronco ainda suportava os galhos largos, desprovidos de folhas, que ultrapassavam em altura as construções ao redor. Alguns dos degraus que subiam em espiral pelo tronco estavam soltos, e mais alguns haviam caído e simplesmente desaparecido. A casa que havia entre seus altos galhos parecia abandonada, com vidros quebrados e telhas faltando. Obviamente, estava abandonada havia algum tempo.

Sophia e Theo se entreolharam.

— Você acha que é seguro? — ela perguntou.

— Se conseguirmos chegar lá em cima, sim. — Theo colocou o pé no primeiro degrau e o testou. — Eu subo primeiro. Enquanto o assoalho aguentar, estaremos bem.

Sophia observou ansiosamente enquanto ele escalava, verificando se ninguém mais os olhava. Felizmente, eles estavam em uma parte mais calma da cidade, e o único som que ela ouvia vinha de muitos quarteirões de distância. Ela perdeu Theo de vista à medida que ele subia os degraus espiralados, do outro lado do tronco.

— Até agora, tudo bem — ele gritou para baixo, acenando e a encorajando a segui-lo. Ele subiu os degraus finais até a casa da árvore e então desapareceu lá dentro.

Sophia olhou para cima, nervosa, perdendo a noção de quanto tempo ele ficara lá dentro. Finalmente, Theo se inclinou por sobre uma das janelas.

— É demais! Suba aqui.

Segurando-se no tronco áspero com as duas mãos, Sophia escalou cuidadosamente a escada em espiral. Ela estava aflita demais para apreciar a vista da cidade que se desdobrava abaixo dela.

— Não é *incrível*? — foram as primeiras palavras de Theo enquanto ela passava abaixada pela porta. A princípio, foi difícil ver por quê. A sala estava quase vazia, com exceção de uma longa mesa de madeira e um fogão muito amassado faltando o tubo da chaminé. Havia um par de cadeiras viradas perto da escadaria que levava para o segundo andar. Mas então ela viu as janelas. Cada uma tinha um tamanho e um formato diferente, de pequenos quadrados a enormes diamantes, cada uma oferecendo uma vista magnífica de Nochtland.

Sophia olhou ao redor, estupefata.

— É linda. E deve ter sido ainda mais linda antes da árvore apodrecer.

Theo correu até a escadaria em espiral, e Sophia saiu de seu devaneio para segui-lo. O segundo andar tinha o teto inclinado e janelas redondas. Um espelho rachado estava apoiado na parede, e um velho colchão de algodão repousava dobrado ao lado dele.

— Eles nem deixaram um lugar pra gente dormir!

Theo abriu o colchão com um chute e se sentou nele, experimentando. Sophia desabou ao lado do amigo, aliviada. Por um instante, ela fechou os olhos, grata pelo momento de calma, e respirou fundo; o ar tinha cheiro de madeira úmida. Ela queria se deitar no colchão velho e esquecer a cidade estranha e assustadora que jazia além daquelas paredes de madeira. Então imaginou a casa como fora um dia, com as folhas verdes da árvore viva, o amarelo brilhante das cortinas que esvoaçavam na brisa e uma mesa azul perto da janela redonda — um lugar perfeito para desenhar.

Em seguida, com um suspiro, ela abriu os olhos e olhou para o teto inclinado.

— Então, do que precisamos para entrar no palácio?

— Disfarces. Bons. Bem elaborados, e algo para cobrir nosso rosto.

Sophia se sentou devagar e abriu a mochila.

— Eu ainda tenho dinheiro de Novo Ocidente — ela disse. — Podemos comprar algumas coisas.

— Me mostre quanto você tem. — Ele esticou a mão ferida, pedindo o dinheiro. — Tudo bem — ele disse, depois de contá-lo. — Fique aqui. Vou comprar algumas coisas que sirvam como disfarce.

— *O quê?* Não... eu vou com você.

Ele balançou a cabeça.

— Se formos juntos, será mais fácil nos reconhecerem. Os guardas estão procurando por duas pessoas. E, além disso, você chama a atenção. Eu pareço ser das Terras Baldias, mas você não. — Sophia olhou para ele, consternada. Theo segurou sua mão, e, quando falou novamente, sua voz era séria. — Você sabe que eu vou voltar.

— Eu sei — Sophia disse, frustrada. — Claro que eu sei. Eu só não queria ficar aqui sentada, esperando. Como está a sua mão?

— Está boa.

— Você não pode carregar nada com ela.

— Posso sim. Confie em mim. Será mais seguro. E mais fácil.

Ela balançou a cabeça, resignada.

— Tudo bem.

Ele se levantou e enfiou o dinheiro no bolso.

— É melhor eu ir — ele disse, olhando por uma das janelas arredondadas. — Daqui a pouco já é noite, e as lojas vão fechar.

— Quanto tempo acha que vai demorar? — ela perguntou ansiosamente, levantando-se também.

— Talvez uma hora. Pode escurecer enquanto eu estiver fora. Vou tentar comprar algumas velas — ele acrescentou, olhando ao redor para o quarto vazio. Sophia o seguiu pela escada em espiral até o primeiro andar e então observou enquanto ele descia pelo tronco da árvore.

— Volto logo — ele avisou baixinho, e ela acompanhou com o olhar enquanto Theo partia.

Sophia endireitou as duas cadeiras que estavam perto da escada e as colocou ao lado da mesa de madeira. Sentou-se pesadamente, repousou o queixo na mão e olhou para a sala.

Não é que ela não acreditasse em Theo — o problema não era mais esse. Ela sabia que ele tinha intenção de voltar, mas inúmeras coisas poderiam acontecer para impedir que ele voltasse para a casa na árvore apodrecida. Os guardas poderiam vê-lo; alguém poderia perguntar sobre sua mão e desconfiar da resposta; o corsário do mercado poderia topar com ele novamente. Ela permaneceu sentada, o céu escureceu e o tempo se estendeu interminavelmente. O que aconteceria se Theo não voltasse? O crepúsculo se tornaria noite, a cidade toda adormeceria, e ela ficaria na casa da árvore, esperando. E então o céu clarearia, o dia chegaria, e ela teria que se aventurar de volta ao coração da cidade e encontrar um modo de passar pelos guardas em frente à loja de Mazapán. Só de pensar nisso, sentiu uma pontada no estômago. E se ela não conseguisse passar por eles? Todo seu dinheiro havia acabado. Mesmo se pudesse sair da cidade sem ser vista, ela não teria como comprar comida e teria que percorrer todo o caminho até Veracruz para buscar ajuda da tripulação do *Cisne*. Se, por algum milagre, conseguisse, como ela voltaria para Novo Ocidente? Era quase 4 de julho; depois disso, com as fronteiras fechadas e as inevitáveis filas em cada ponto de entrada, seria muito mais difícil. E se ela acabasse fora das fronteiras de Novo Ocidente, perdida? *Eu nunca vou conseguir*, pensou. *Seria melhor eu voltar e me entregar no palácio.*

Ela verificou o relógio; Theo tinha saído havia mais de duas horas. *Isso é estúpido*, ela pensou. *Não vai adiantar nada ficar aqui sentada, me lamentando. Preciso fazer alguma coisa.*

Ela se recompôs, abriu a mochila e tirou os mapas. Sophia deixara o mapa de vidro desperto e os leu todos uma, duas, três vezes. Então se ateve a uma estranha aparição que surgia no final das memórias: uma figura segurando um feixe de luz em uma mão, correndo em sua direção. A cada vez que ela via aquela imagem, ela lhe parecia mais familiar. *Vou ler os mapas novamente*, pensou. *E desta vez saberei quem é.* Mas nada mudava, a não ser a desesperadora sensação de familiaridade. Ela suspirou e colocou o mapa de lado. Havia algo neles... Parecia que haviam sido feitos para ela, que o significado de tudo aquilo estava a seu alcance, mas ainda faltava algo.

Então ela abriu o caderno de desenhos, e, sob a fraca luz do pôr do sol, desenhou a esmo, deixando o lápis vagar pelo papel. Ela se pegou desenhando os contornos de um rosto familiar: lá estava Theo, sorrindo maliciosamente no centro da folha, quase prestes a piscar para ela. Ela notou, surpresa, que a semelhança era grande. Não havia capturado bem seu rosto, mas as feições eram reconhecíveis — muito melhores que sua primeira tentativa após vê-lo no cais. Ela voltou às páginas do caderno e comparou os dois. O garoto risonho que ela havia desenhado daquela vez era completamente diferente daquele que ela veio a conhecer. *Ehrlach o disfarçara com penas*, Sophia pensou, *e eu o disfarço com minha própria ideia do que eu desejo que ele seja.*

— Esse sou eu?

Sophia se virou na hora e viu Theo em pessoa, com os braços carregados de pesadas compras, parado à meia-luz.

— Você voltou! — ela exclamou, inundada de alívio. — Que susto, eu não ouvi você subindo.

Ele riu e largou os pacotes na mesa.

— Eu não cheguei de mansinho, honestamente. Toda a guarda do palácio poderia ter invadido isto aqui, e você não ouviria.

— Estou muito feliz que tenha voltado.

— Eu demorei bastante, desculpa — Theo falou com sinceridade. — Mas veja tudo o que consegui. — Ele remexeu em um dos pacotes e tirou um maço de velas. Depois acendeu uma, pingou cera na mesa de madeira e a grudou ali.

— Alguém te viu?

— Só vi um guarda o tempo todo, e ele não me notou — Theo disse presunçosamente. — Eu fiquei longe do centro e consegui tudo em lojas mais distantes. Olhe para isso — ele disse, tirando um tecido verde que brilhava como se estivesse salpicado de ouro.

Sophia perdeu o fôlego.

— É lindo... O que é isso?

— Um longo véu. Você pode apenas jogá-lo por cima da cabeça... Eu te mostro. Ninguém vai ver o seu rosto. E te trouxe isto também — ele continuou, tirando um vestido verde-claro com finas alças feitas de plantas. — Provavelmente está um pouco grande, então você pode usar isto para ajustar.

— Ele entregou a ela uma pequena caixa de madeira com um ornamento e a abriu para revelar um pacote de agulhas feitas de ossos, um pequeno par de tesouras de obsidiana e madeira e quatro carretéis de linhas diminutos.

— Theo — Sophia disse quase sem fôlego —, essas coisas são lindas. O dinheiro realmente deu para tudo isso?

— Eu guardei a maior parte do dinheiro. Vamos precisar dele para comer.

Ela levou alguns segundos para entender.

— Você roubou essas coisas? — ela finalmente perguntou.

Theo olhou novamente para ela, com o olhar escuro e sério sob a fraca luz da vela.

— É claro que roubei. Eu tive que roubar. Por que você acha que fui sozinho? O dinheiro não daria para comprar mais do que um par de meias. Você quer entrar no palácio ou não?

— Eu devia saber.

— Ah, por favor. Eu *tive* que roubar essas coisas. Não podemos chegar lá sujos, vestidos como mendigos. Não tinha escolha.

— Você poderia ter *dito* — ela retrucou rapidamente. — Você poderia apenas ter dito que o dinheiro era suficiente e que tinha de ir sozinho porque pretendia roubar essas coisas.

— Bem, eu não *menti* — Theo respondeu acaloradamente. — Eu *não disse* que o dinheiro era suficiente, e todas as razões que dei para ir sozinho eram verdadeiras. Eu não menti pra você.

— Mas deixou a verdade de fora. É a mesma coisa que mentir!

— Só seria mais fácil não explicar. Você teria discutido comigo, e eu precisava conseguir essas coisas antes de escurecer. Vamos lá, me deixa mostrar o resto. É ótimo — Theo disse, em tom conciliador.

— Tudo bem — Sophia anuiu, tensa.

— Isto é para mim — ele disse, abrindo um pacote grande e retirando dele um longo casaco de veludo. — E alguns curativos extras. E, por mais que eu odeie penas, só existem máscaras feitas com elas. E peguei estas para combinar e esconder a minha mão. — E lhe mostrou uma máscara coberta por uma plumagem azul brilhante e luvas para esconder a gaze de algodão.

— É tudo perfeito — disse Sophia, desanimada. — Tudo o que você conseguiu.

Theo se sentou e olhou para ela do outro lado da mesa.

— Não fique brava.

— Eu só não entendo por que você tem sempre que mentir.

— É só que... eu não sei. É muito mais fácil não ter que explicar cada coisinha. — E girou a máscara nas mãos.

— Mas você mente sobre coisas que não são pequenas. Como sobre o que aconteceu com seus pais.

— Bem, é. Eu não gosto de ficar amarrado.

— Amarrado?

— Você sabe o que quero dizer. Se você conta tudo para alguém, é como ficar nas mãos dessa pessoa. Se você mente, você mantém as opções livres, ninguém nunca vai saber tudo sobre você.

Sophia balançou a cabeça.

— Então você nunca conta a verdade?

— Não, eu conto. Eu conto a verdade.

Ela revirou os olhos.

— Às vezes.

— Eu conto — Theo insistiu. — A respeito das coisas importantes, eu conto.

— Por quê? Qual é a diferença?

Ele deu de ombros.

— Eu não sei... Com você eu não me importo.

Ela olhou para a vela tremeluzente.

— Você não me contou por que não podia entrar em Nochtland.

— Eu devia ter contado, eu sei. Mas você podia ter me perguntado. Você pode me perguntar qualquer coisa.

— Está certo — Sophia disse. — Me conte sobre sua mão. Como você descobriu a respeito da Marca do Ferro? Você disse a Calixta que a machucou quando sua casa desmoronou. Acho que isso não é a verdade.

Theo se virou para a pilha de roupas na mesa.

— Certo, vou te contar *a verdade* a respeito disso — ele disse, sorridente. — Mas primeiro, vamos comer.

Ele sacou pão assado, uma garrafa de leite e uma cesta de figos.

— Por esses eu realmente paguei.

Sophia sorriu.

— Obrigada. Isso faz o gosto ficar bem melhor.

Ele acendeu outra vela e empurrou as roupas para o lado. Sophia mais uma vez se esquecera de quanto tempo havia se passado desde sua última refeição, e os dois mergulharam no pão e nos figos, engolindo tudo com leite, direto da garrafa de vidro.

Theo secou a boca com as costas da mão enquanto Sophia se ajeitava na cadeira.

— Tudo bem. Primeiro você precisa entender que fora das Triplas Eras, especialmente ao norte das Terras Baldias, não é grande coisa ter a Marca do Ferro. Até existem alguns corsários que gostam de dizer que têm mais ferro do que têm de verdade, para você ver como são orgulhosos disso. Claro que isso pode trazer problemas para eles. Eu conheci um corsário chamado Ballast que dizia ter cada osso do corpo feito de ferro. Bom, você pode imaginar se um ou dois outros corsários não ficaram felizes de provar que ele estava errado. — Theo riu. — É perigoso se vangloriar de algo assim. Quando eu ainda estava no bando de Sue, eu não tinha mais do que cinco anos. Nós paramos em uma cidade chamada Mercury, onde quase todos os moradores tinham a Marca do Ferro. O médico da cidade tinha um ímã grande, do tamanho de uma janela, que ele usava para descobrir quem tinha a Marca do Ferro. Ele não cortava ninguém, quer dizer, não fazia nenhuma cirurgia, antes de saber o que era de ferro e o que não era.

Sophia se inclinou para a frente.

— Não acredito que isso é tão comum lá.

Theo assentiu.

— Ah, sim, é bem comum. Mas o médico não era. Ele era um dos nossos clientes; foi assim que Sue soube dessa história. E foi um dos livros dela que deu a ele a ideia de usar o ímã.

— Ela tinha livros? — Sophia teve dificuldade em imaginar livros entre corsários e bandos.

— Foi assim que ela conseguiu criar todos nós. Entenda, lá não é como em Novo Ocidente, onde todos os livros são atuais ou antigos. Nas Terras Baldias, existem livros de todos os anos que você possa imaginar. De cada "era", como eles costumavam dizer antes da Ruptura. Sue era uma comerciante de livros... Nós comprávamos livros em uma cidade, e então os vendíamos na próxima, comprávamos mais, e assim por diante.

Sophia mordeu o lábio.

— Deviam ser livros maravilhosos.

— Sim, eram. Foi assim que eu aprendi a ler. Havia todo o tipo de coisas que você podia aprender nos livros. Como acha que eu aprendi sobre os mapas? — Ele ergueu as sobrancelhas. — Bem, o médico comprou um livro de sabe-se lá quando que falava sobre ossos de ferro e ímãs. Ele devia um favor ou dois a Sue. Acho que ela já tinha notado alguma coisa na minha mão... ela não disse, mas talvez tivesse percebido que uma era mais forte do que a outra. Ela pagou ao médico um dólar inteiro para verificar se eu tinha a Marca do Ferro. E só aí eu fiquei sabendo. A Sue tomava conta direitinho de mim — ele disse, brincando com uma casca de pão. — Então ele descobriu que minha mão tinha a Marca.

— E mais nada?

— Não. Só a minha mão. Aí Sue me deu um sermão; ela me disse que eu não devia me gabar por ter a Marca, porque isso poderia me trazer problemas, que eu tinha de tomar cuidado com quem sabia, porque em alguns lugares as pessoas pensariam mal disso — Theo balançou a cabeça. — Bem, não demorou muito para eu começar a ignorar os avisos dela. Eu deixei subir à cabeça o fato de que tinha a Marca, e comecei a usar minha mão para todo tipo de façanhas idiotas. Embora a primeira cicatriz tenha sido por uma boa causa. — Ele mostrou a Sophia o canto da mão. — Um dos garotos caiu em um poço, e eu o alcancei a tempo de impedir que ele despencasse, segurando-o pelo cadarço da bota. Ele fez um corte na pele, mas os ossos de ferro o seguraram — ele riu. — Depois dessa vez, as razões nem sempre foram boas.

— Então o que você disse a Calixta nunca aconteceu?

— Não, claro que não. Eu já te disse... eu nunca conheci meus pais. Mas eu não iria contar para ela sobre a Marca, né? Eu não tinha como saber o que ela pensava a respeito. Como eu disse, é melhor não me amarrar a ninguém contando a verdade.

— Acho que entendo o que quer dizer — Sophia concordou. Estava claro agora que Theo não tinha intenção de fazer mal com suas inúmeras pequenas mentiras. Antes, ela entendera que em algumas situações aquelas mentiras podiam ser úteis, mas não conseguira imaginar em quais. Agora, porém, conseguia. Afinal, ela pensou, surpresa: *Nós vamos mentir para entrar no palácio. Vamos mentir sobre quem somos. E não estou nem ligando.*

Sophia se pegou olhando para seu caderno do outro lado da mesa, para o desenho de Theo vestido de penas.

Como se lesse seus pensamentos, ele perguntou:

— Você ainda não disse... Sou eu no desenho?

Ela corou, se sentindo grata à escuridão na pequena casa da árvore.

— É.

— Você tem boa memória, aquela fantasia era exatamente assim.

— Não, eu desenhei naquele dia. No dia em que te vi.

Os olhos de Theo se arregalaram, surpresos.

— É mesmo?

Sophia assentiu.

— Sabe quando você foi até a minha casa, tentar encontrar Shadrack? — Foi a vez de Theo assentir. — Eu não estava em casa porque tinha ido até o cais. Eu estava te procurando.

Theo estava com uma expressão estranha.

— Como assim?

— Eu tinha visto você na jaula. E depois voltei ao circo para ver se conseguia te soltar. Eu sei... é estúpido. — Sophia riu para esconder o constrangimento. — Mas eu planejava te resgatar.

Por um momento, ele olhou fixamente para ela. E então um sorriso se desenhou devagar em seu rosto.

— Bem, obrigado.

— Mas eu não te resgatei.

Theo, ainda sorrindo, esticou a mão e pegou o último pedaço de pão.

— Devíamos apagar logo as velas — ele disse. — Para que as pessoas nas outras casas não saibam que estamos aqui.

## 30
## O eclipse

*30 de junho de 1891: 16h50*

*Assim como os vários métodos de marcar as horas das Triplas Eras gradualmente deram lugar ao relógio de nove horas, também a variedade de calendários deu lugar ao calendário lunar. As festividades eram organizadas conforme o calendário, e nenhum festival era maior que aqueles reservados para os ocasionais eclipses, lunar ou solar. Frequentemente, eles são marcados por bailes à fantasia, nos quais os foliões cobrem o rosto, assim como o sol ou a lua.*

— Veressa Metl, *Geografia cultural das Terras Baldias*

SOPHIA E THEO PASSARAM o dia seguinte na casa da árvore. Eles desceram duas vezes para comprar comida, mas permaneceram o resto do tempo no alto, em meio aos galhos nus, olhando pelas janelas, para a vasta cidade, e imaginando o que a noite lhes reservava. Talvez fossem as brincadeiras de Theo, ou a noção de que o tempo para o nervosismo já havia passado, mas o fato era que Sophia se sentia calma à medida que o dia ia avançando. Ela sabia o que a esperava e não tinha medo. Quando a noite caiu, eles começaram a vestir seus trajes.

Sophia teve que admitir, olhando-se ao lado de Theo no espelho rachado, que eles estavam quase irreconhecíveis. Os sapatos altos que ele havia roubado acrescentaram vários centímetros à altura deles. A máscara de penas de Theo cobria todo o seu rosto, e o casaco negro o deixava mais encorpado do que ele realmente era. Sua mão enfaixada fora escondida pela luva de penas. O vestido de Sophia caía em seu corpo em ondas de seda, cobertas por folhas de samambaia. Felizmente, a saia era larga o suficiente para esconder o volume de sua mochila, que ela usava por baixo do vestido, amarrada em volta da cintura, como uma anquinha. Ela não usava máscara, mas o véu verde-claro salpicado de purpurina era o suficiente. Olhando para si mesma no espelho, ela conseguia ver apenas o contorno do rosto.

— Parecemos muito velhos — ela murmurou.

— A ideia é essa — Theo respondeu, ajeitando o casaco sobre o peito. — Desde que andemos direito, ninguém vai perceber. — Ele se virou para ela. — Você está pronta?

— Acho que sim. — Sophia respirou fundo e desceu de sua nova e considerável altura. — Vou ter que colocar novamente quando chegarmos ao palácio — ela disse, tirando os sapatos altos. — Adeus, casa da árvore — murmurou baixinho, olhando ao redor da sala condenada antes de descer os degraus. — Obrigada por nos manter a salvo durante esses dias.

Meia hora depois, eles se aproximavam dos portões do palácio. O ar se enchia de música e da conversa dos convidados que chegavam, e Sophia pôde ver no mesmo instante que Theo havia escolhido bem suas fantasias: ninguém se deu ao trabalho de prestar atenção neles. No entanto, Sophia sentiu o coração gelar ao avistar os guardas. Theo apertou o braço da amiga, apontou para alguns convidados extravagantemente vestidos que marcavam seu caminho escandalosamente na entrada, e os dois se insinuaram no meio deles.

Enquanto seguiam adiante lentamente, uma das mulheres se virou e os olhou dos pés à cabeça. Sophia segurou a respiração, preparando-se para gritar. E então a mulher se inclinou para a frente e perguntou:

— Criação de Lorca?

— Sim — Sophia disse, escondendo sua surpresa o máximo que pôde.

— Parabéns por conseguir os serviços dele. Quando eu tentei encomendar o *meu* vestido, ele disse que não poderia mais receber encomendas! — A mulher gesticulou para sua túnica verde-pera, que parecia um pouco enrugada.

Sophia se esforçou em pensar numa resposta apropriada.

— É preciso encomendar com muita antecedência — ela disse, no que esperava ser um tom altivo.

A mulher assentiu sabiamente.

— Tem razão. Farei isso da próxima vez. — E se virou para seguir seus companheiros, mas, àquela altura, o líder do grupo já havia falado com o guarda e todos eles, inclusive Sophia e Theo, já haviam recebido um sinal para que atravessassem os portões.

Sophia soltou um profundo suspiro de alívio.

— Essa foi fácil, não foi? — Theo disse presunçosamente.

Conforme entravam no jardim, ela prendeu a respiração. O lugar estava diferente, com milhares de lanternas penduradas em cada árvore e no alto de cada fonte. A água do pequeno lago reluzia, refletindo as luzes. Grupos de pessoas andavam de um lado para o outro entre os arbustos e pelos passeios, algumas delas carregando longas varas com brilhantes lanternas em forma de lua. Por um momento, Sophia se esqueceu de todos os riscos e se perdeu na música flutuante e nas luzes piscantes do festival do eclipse.

Theo passou direto pelo laguinho, conduzindo Sophia pelo braço enquanto ela se virava para olhar um frágil barco de papel que deslizava sobre ele.

— Vou te mostrar o caminho que aprendi da última vez — ele murmurou.

Sophia não respondeu, consumida que estava pela visão e pelos sons. Um garotinho vestido como um pássaro, com asas cheias de penas, passou correndo por eles, rindo; uma garota maior o perseguia, segurando a saia para que pudesse correr. Sophia observava, com um sorriso estampado no rosto, mas, de repente, o sorriso congelou. Ela agarrou o braço de Theo.

— Que foi? — ele perguntou surpreso. — Os guardas não vão nos reconhecer... — Mas as palavras morreram em sua garganta quando ele viu o homem parado a apenas alguns metros deles, comendo satisfeito um grande pedaço de bolo.

Era Montaigne. Ele não havia notado o jovem homem com máscara de penas e a dama de véu. Ele mordeu outro pedaço de bolo e então se afastou da beirada do lago e saiu caminhando pelos jardins.

— Não acredito que ele te seguiu até aqui — Theo sussurrou.

— Ele deve ter seguido o *Cisne*, e isso significa que ele sabe sobre Calixta e Burr. Se o seguirmos, pode ser que a gente encontre onde eles estão — Sophia disse discretamente, puxando Theo para o lado.

Eles mantiveram o olhar em Montaigne, recuando e ficando bem para trás, seguindo-o enquanto ele continuava a andar pelo jardim, parando ocasionalmente para dar uma mordida em seu bolo ou mergulhar o dedo em uma das fontes. Ele desviou de uma larga pista de dança de madeira, vazia a não ser pela serragem, aguardando os dançarinos que mais tarde comemorariam sob a luz escura. E então virou em um canto e entrou em um gramado rodeado por limoeiros, onde um trio de músicos tocava. Ele circulou em meio às pessoas que assistiam à apresentação do trio e se sentou em uma das cadeiras vazias.

Sophia e Theo observavam através da proteção dos limoeiros. A princesa Justa se sentou com doze acompanhantes, mas o resto da plateia era de estranhos. Veressa e Martin não estavam à vista. Sophia deu alguns passos para a frente para ter uma visão clara de Montaigne, e então parou. Atrás dele havia uma mulher pequena, com o longo cabelo liso puxado para trás e um delicado véu cobrindo o rosto. Sentado ao lado dela, meio escondido e largado na cadeira, como se afundado em melancolia, estava Shadrack.

Naquele momento, Sophia entendeu que dom precioso era a falta de noção do tempo. Para o que uma pessoa normal pareceria uma fração de segundo, pareceu horas para ela. Durante aquele tempo atemporal, ela teve todo o tempo do mundo para pensar. Montaigne a havia seguido e trazido Shadrack com ele. Talvez eles estivessem viajando com Shadrack desde o começo: por toda a ferrovia, para New Orleans, para Veracruz e para Nochtland. Sophia imaginou a viagem, todas as rotas que tomaram e todas as dificuldades que Shadrack devia ter enfrentado. E agora não importava que ele havia chegado a Nochtland; ele estava ali naquele momento, e ela também. Com mais tempo para se decidir, Sophia pensou em como afastá-lo dali.

Ela se pegou novamente parada nos jardins de Nochtland, e seu plano estava completo.

— Ele está aqui! — ela sussurrou com urgência. — Aquele é Shadrack.

— Eu o vi — Theo disse lentamente. — O que você pretende fazer?

— Precisamos de uma distração. A pista de dança. E as lanternas.

Theo entendeu logo de cara.

— Vá até Shadrack. Logo mais eu te encontro.

Ele saiu do esconderijo e seguiu na direção da pista de dança vazia. Sophia ficou para trás, com os olhos fixos em seu tio.

A música aumentou, flutuando por sobre a plateia e atravessando as árvores. A risada dos foliões retinia como mensageiros do vento de vidro. Sophia marcou o tempo de quando uma música acabou e a outra começou. Quando o trio iniciou a terceira música, outro som repentinamente cortou o ar: um grito de alarme. Outro ecoou, e, um momento depois, berros estridentes perfuraram a música e a fizeram parar.

— Fogo! — alguém gritou. — A pista de dança está em chamas!

A plateia se levantou em meio à confusão. As chamas se espalhavam, e Sophia podia ver a expressão preocupada dos convidados. Um alto estalo irrompeu bem atrás dela quando o assoalho de madeira foi totalmente tomado pelas chamas, e de repente todos entraram em pânico. Os acompanhantes da princesa Justa a seguraram pelos braços e a afastaram rapidamente. Os outros convidados correram pela grama, derrubando cadeiras e trombando uns nos outros.

— Água, peguem água!

Sophia ouviu o forte som da água sendo lançada contra a madeira que queimava. Ela manteve os olhos fixos em Shadrack. Ele havia ficado para trás enquanto os outros ao redor dele fugiam, desesperados. Mesmo os gritos, as luzes e o calor do fogo pareciam não o afetar.

Assim que a clareira ficou vazia, Sophia deu um passo à frente. Shadrack estava sentado, imóvel, no fim da fileira de cadeiras. Ela não podia ver seu rosto, mas parecia que ele estava simplesmente encarando as árvores à sua frente. *O que está acontecendo com ele? Por que ele não se mexe?* Sophia subitamente ficou aterrorizada. O que havia acontecido com Shadrack que ele nem sequer se esforçava para fugir ao ver o fogo?

Seu coração se acelerava enquanto ela corria na direção dele. Então ela colocou a mão gentilmente em seu ombro largado.

— Shadrack? — ela disse, com a voz tremendo. Ao ouvir seu nome, Shadrack ergueu o olhar abruptamente. Seus olhos pareciam vazios e confusos ao olhar para aquele rosto oculto. Trêmula, Sophia levantou o véu. — Sou eu, Shadrack. Sophia. — Ela se inclinou para a frente e o abraçou.

— É você mesmo, Soph? — Shadrack perguntou com a voz rouca e os braços se movendo lentamente para abraçá-la.

— Temos que tirar você daqui antes que eles percebam — ela disse desesperadamente, afastando-se, embora não quisesse. — Você está bem? Consegue se levantar?

Ele olhou para seu rosto como se despertasse de um longo sono.

— Achei que você tivesse se perdido. Quando nós chegamos, disseram que você havia morrido tentando fugir do palácio.

— Ah, Shadrack — ela chorou. — Não... não, nós conseguimos fugir.

Ela o abraçou novamente, e Shadrack a apertou tão forte que por um momento ela sentiu que suas costelas iam se quebrar. Por sobre o ombro, ela viu os guardas que ainda tentavam controlar as chamas. Theo corria na direção deles, ainda vestindo a máscara de penas.

— Não acredito que você está aqui. Você está viva — Shadrack disse com um suspiro profundo.

— Eu não acredito que *você* está aqui, Shadrack — ela retrucou, se afastando. — Shadrack, este é o Theo — ela disse, quando ele se aproximou. — Nunca imaginamos... Nós voltamos para ajudar Veressa e os outros. Você sabe o que aconteceu com eles... onde eles estão?

Shadrack superou o choque e, depois de avaliar a comoção em volta do incêndio, levantou-se rapidamente.

— Venham — ele disse, pegando a mão de Sophia. — Eu ainda não a vi, mas sei onde ela está.

Eles correram pelo palácio, passando pelos restos em brasa da pista de dança. Os guardas do palácio e os convidados que haviam apagado o fogo com água das fontes tossiam por causa da fumaça acre. Ninguém notou a fuga.

A entrada principal, eles podiam ver mesmo de longe, estava cheia de guardas. As portas da estufa estavam bem fechadas, mas eles experimentaram abrir as janelas dos aposentos de Martin e Veressa, e, para o alívio dos três, descobriram que aquela por onde Sophia e Theo haviam escapado estava destrancada.

Por um momento, pararam no quarto escuro, ouvindo os possíveis sons de perseguição no jardim ou na casa. Mas não havia nenhum. Sophia chutou para longe os sapatos altos, e eles saíram do quarto, esgueirando-se pelo corredor na direção da porta que conectava a casa ao palácio.

— Eles vão notar que você sumiu — Sophia sussurrou enquanto Shadrack abria a porta.

— Eu sei — ele disse laconicamente. — Temos que nos apressar. — Ele parecia ter um mapa do palácio na cabeça e dobrava sem hesitação em cada canto. Eles atravessaram corredores vazios, forrados por folhas de eucalipto que exalavam um forte odor, até que chegaram a uma escadaria larga de pedras que levava para baixo.

— O andar dos serviçais — Shadrack disse, ofegante. — A entrada para as masmorras deve ser aqui.

Os corredores se estreitavam, e os passos apressados ecoavam nas pedras nuas do chão. No entanto, aquelas passagens estavam, por força da situação, vazias; as atividades requeriam todos os empregados disponíveis. Os quartos, estreitos e desocupados como celas de um convento, estavam todos desertos. Eles viraram em um corredor e repentinamente se encontraram num beco sem saída. Shadrack parou.

— Não, não é aqui — ele disse para si mesmo. — Deve ser... — ele voltou. — No lugar onde fica a guarda.

Depois de hesitar por um momento, Shadrack deu meia-volta e seguiu na direção oposta, passando pelas escadas. Eles correram pelos longos e cavernosos cômodos que abrigavam a guarda real. Estes também estavam vazios, embora cheios de equipamentos e armas, e, no fundo da sala mais larga, depararam-se com uma entrada arqueada, iluminada por tochas, que dava para uma escada.

— É isso — ele disse, olhando para trás. A escada sombria parecia seguir eternamente para baixo. No fundo, eles encontraram uma passagem escura e úmida, cujas paredes eram cobertas, surpreendentemente, por vinhas verdes que se torciam e se enrolavam em densas espirais. Enquanto seguia correndo, Sophia passou a mão sobre as folhas geladas.

Subitamente, o corredor se abriu em uma vasta câmara com o teto alto e abobadado. As paredes estavam cobertas pelas mesmas trepadeiras. Velas colocadas em potes fundos de argila pontilhavam o chão, e, no centro da sala, havia algo que se parecia com uma piscina vazia. Enquanto passavam por ela, respirando com dificuldade por causa do esforço, Sophia percebeu que aquilo era um poço. Ela se aproximou da borda e olhou para dentro.

O poço tinha mais de seis metros de profundidade, e suas paredes eram cobertas por cacos de vidro irregulares e afiados. No fundo, agrupados em volta de uma pequena fogueira, estavam os quatro infelizes prisioneiros: Veressa, Martin, Calixta e Burr.

— Sou eu, Sophia — ela gritou para baixo, com a voz ecoando pela câmara.

Ao vê-la, os quatro se levantaram.

— Sophia! — Veressa gritou. — Você tem que sair daqui!

Shadrack e Theo surgiram na borda do poço.

— Não vamos embora sem vocês — Shadrack disse. — Tem uma escada aqui. Vamos descê-la para que vocês possam subir.

— Onde estão os guardas? — Burr questionou. — Como passaram por eles?

— Estão lá fora — Sophia disse. — Estão todos vendo o eclipse.

Shadrack e Theo abaixaram a escada de madeira enquanto Burr a segurava lá embaixo. Então, um a um, eles subiram. Martin foi o primeiro, galgando lentamente degrau por degrau, por causa de sua perna de prata, e, quando emergiu em segurança, abraçou Sophia.

— Minha querida, não sei se foi sábio de sua parte vir até aqui.

— Tínhamos que vir, Martin — ela disse, inclinando-se na direção dele.

Calixta foi a segunda a subir, e então Veressa. Burr as seguiu, saltando o último degrau.

— Certo. Agora, como damos o fora daqui, Veressa? — ele perguntou.

Ela estava prestes a responder quando, de repente, ouviram um som. Todos se viraram ao mesmo tempo e viram a companheira de Montaigne, a mulher do véu, parada na porta, cercada por mais de uma dezena de guardas de Nochtland. Ela se aproximou a passos largos, com mais guardas surgindo no corredor atrás dela, ameaçadores como abutres, apontando lanças para o pequeno grupo parado perto do poço.

— A princesa Justa estava certa, afinal — a mulher disse, a voz doce enchendo a câmara cavernosa. Seu delicado véu balançava enquanto ela falava. — Ela me assegurou que você voltaria para ajudar seus amigos. Eu achei que você tivesse bom senso — continuou suavemente, andando na direção de Sophia. — Pela primeira vez, estou feliz por estar errada.

Shadrack estendeu o braço na frente de Sophia.

— Deixe-a em paz, Blanca — ele disse com a voz rouca.

Blanca balançou a cabeça e começou a retirar as luvas.

— Chegou o momento que sempre estivemos esperando, Shadrack. Você simplesmente escolheu não acreditar nele. — E estendeu a mão nua na direção da garota. — Eu fico com a mochila, por gentileza. — Sophia não se moveu. — Você pode não se importar com sua própria segurança, mas certamente há pessoas aqui que você não gostaria que fossem atravessadas por uma lança, não é?

Sophia se virou relutantemente a fim de pegar a mochila que estava embaixo do vestido, e, depois de uma luta desajeitada, ela conseguiu soltá-la, entregando-a a Blanca. Suas mãos se tocaram por um momento, e Sophia sentiu a pressão dos dedos gelados da mulher.

— Obrigada — Blanca falou. E, sem perder um só segundo, abriu a mochila e retirou os quatro mapas. Então passou os dedos trêmulos por sobre eles carinhosamente e ergueu o mapa de vidro como se fosse um troféu, olhando para ele. Sophia fitou a parede da caverna através do tesouro que ela havia acabado de perder. — Você precisa entender, Sophia — Blanca disse suavemente — que eles pertencem a mim. Por três anos eu dividi meu lar com eles... eles são praticamente meus. Eu poderia ter lido cada um deles milhares de vezes, mas não pude.

Com um movimento ágil, ela levantou o véu, e, sob a luz tremulante das velas, Sophia viu que a mulher não tinha rosto, apenas uma pele mortalmente pálida. A carne exibia cicatrizes profundas, como se dezenas de facas a houvessem cortado, muitas e muitas vezes.

## PARTE 4
# Descoberta

## 31
## O traço na mão

> *1º de julho de 1891: 2h05*
>
> *As masmorras são de outro período, provavelmente do início das Triplas Eras. Amostras de solo retiradas de criptas subterrâneas do palácio imperial em Nochtland sugerem que a extensa arquitetura ali data de muitos anos antes do solo da superfície, sobre o qual o palácio foi construído. Em outras palavras, a estrutura visível do palácio, que existe desde a Grande Ruptura, pertence a uma era diferente da de suas fundações.*
>
> — Veressa Metl, *Solos locais: implicações para a cartografia*

ANOS ANTES DE BLANCA saber do avanço das geadas, ela tentou enriquecer sua companhia ferroviária estendendo os trilhos pelos territórios indígenas de Novo Ocidente até Nochtland. E, como era de se esperar, a princesa Justa pareceu favorável ao investidor que prometeu conectar a isolada capital às cidades mais ricas do norte. Com o tempo, Blanca provou ser mais do que uma peça-chave para a insular monarca, facilmente conseguindo o monopólio da rota ferroviária e depois a persuadindo com a notícia de que um mero furacão se encaminhava para o norte.

Mas não era um furacão que se aproximava rapidamente de Nochtland, sob a luz oculta da lua eclipsada. O que havia começado como um movimento imperceptível na longínqua Tierra del Fuego havia progredido dia a dia em uma rápida e errática progressão que deixava pouco tempo para a fuga. As geadas haviam passado por Xela e se dirigiam para o norte, obliterando qualquer coisa em seu caminho.

Uma fronteira irregular dividia as vastas planícies e montanhas das Terras Baldias das reluzentes Geadas do Sul. No ponto onde as duas eras se encontravam, uma luz brilhante, selvagem e imprevisível como uma tempestade de raios, pungia o ar da noite. Todos que viam aquilo fugiam aterrorizados, e os poucos que viam de relance os relâmpagos distantes no horizonte compreendiam o que significavam: ver as luzes provava que já era tarde demais.

Os prisioneiros de Justa voltaram para o poço envolto em cacos de vidro nas profundezas do palácio de Nochtland, e Sophia, Theo e Shadrack foram forçados a se juntar a eles. Blanca mais uma vez havia enganado a princesa, dessa vez com uma história a respeito de uma elaborada conspiração da Marca do Ferro, engendrada nas Índias e executada com a ajuda dos infiltrados no palácio. A mente desconfiada de Justa aceitou a história sem hesitar, e ela colocou os prisioneiros nas mãos de Blanca.

No começo, em meio às conversas urgentes, os prisioneiros mal notaram as paredes ao redor deles. Shadrack descreveu sua captura, a ambição de Blanca pela *carta mayor*, a longa viagem para o sul e sua tentativa frustrada de fugir. Sophia contou a ele tudo que havia acontecido desde que ela descobrira seu desaparecimento em Boston. E Veressa relatou como a perna de prata de Martin havia sido detectada quando um dos cães do palácio a farejou; Burr impulsivamente sacou sua pistola, e eles foram jogados nas masmorras imediatamente. Mas depois que Theo repetiu os rumores sobre as Lachrimas que seguiam para o norte, e que Shadrack explicou que o avanço delas sem dúvida resultaria na rápida invasão das fronteiras das Geadas do Sul, um silêncio pairou sobre eles. Nada, aparentemente, poderia impedir que a Era de Gelo inexoravelmente apagasse tudo que houvesse em seu caminho, criando uma infinidade de Lachrimas diante dela.

Apenas Sophia não estava abatida. Ela se recostou no ombro de Shadrack enquanto ele falava com Veressa, indiferente ao chão imundo e à penumbra sombria. A alegria de estar reunida com seu tio, Theo e os outros a fez reviver, e o rosto resignado deles só a enchia de mais determinação. Ela não podia acreditar que haviam viajado para tão longe apenas para serem engolidos pelas geleiras. *Os Destinos nos deram o bastante*, ela pensou, segurando seu relógio e o carretel de linha no bolso, *e temos que tirar o máximo do que nos foi dado*. Sua mente acelerou na direção do perigo que os aguardava. Ela não conseguia imaginar o advento das Geadas do Sul, mas a imagem de incontáveis Lachrimas fugindo dos locais que haviam sido apagados lhe era bem vívida. Ela estremeceu. Ver o rosto mutilado de Blanca já havia sido suficientemente horrível.

— Me conta novamente por que o rosto dela é daquele jeito — ela disse a Shadrack, que fez uma pausa na conversa.

— Você quer saber por que ela é cheia de cicatrizes?

Ela assentiu.

— Você se lembra da história de Veressa sobre nossa visita à casa de Talisman, há muitos anos? Como eu disse, da primeira vez que eu a vi, percebi que Blanca era a Lachrima que ele manteve aprisionada lá.

— Sim, mas *por que* ele cortou o rosto dela?

Shadrack balançou a cabeça.

— O homem enlouqueceu. Ele acreditava que, de algum modo, poderia cortar a pele dela para encontrar o rosto embaixo.

— Pobres desgraçados — Veressa murmurou. — Os dois.

Enquanto ela falava, um trio de guardas surgiu na borda do poço e começou a descer a escada de madeira. Os prisioneiros olharam para cima, em expectativa.

— Apenas a garota pode subir — disse um dos guardas. Os outros apontaram as lanças para baixo, como que para reforçar a ordem. — A garota chamada Sophia.

— Ela não vai sem mim — Shadrack gritou.

— Apenas a garota.

— Vou ficar bem, Shadrack — Sophia disse. — De qualquer modo, não temos escolha.

— Faça-a subir — o guarda ordenou novamente.

— Ela está certa, Shadrack — Veressa segurou a mão dele e o afastou de Sophia. — Deixe-a ir.

Sophia começou a subir cuidadosamente os degraus de madeira, com os olhos fixos em suas mãos, sem ousar olhar para os cacos de vidro a centímetros dela. Quando chegou ao topo, os guardas a levantaram pelos braços. Ela viu de relance por sobre o ombro o grupo abandonado no fundo do poço, e aquela visão lhe deu um nó na garganta.

Os guardas a acompanharam através das salas cavernosas e então pelos quartos desertos dos serviçais. Emergindo em um vasto pátio de pedra, Sophia sentiu os olhos sendo atraídos para uma peculiar luz no céu. A face da lua já estava quase encoberta, como se usasse um véu escuro. Sophia ficou surpresa por ouvir música e risada ao longe — as festividades do eclipse, que a ela pareciam ter acontecido dias atrás.

O sentimento de irrealidade continuou quando entraram numa construção nos fundos do palácio, com vista para o jardim. O ar opulento tirou o fôlego de Sophia. Atapetada por pétalas amarelo-claras, a sala principal era iluminada por altos candelabros de vidro com velas acesas dentro que lançavam um tremeluzente padrão de luzes douradas e sombras escuras. Buquês de flores brancas haviam sido colocados sobre os móveis, exalando um perfume doce e forte, e cordões ligados a claros sinos de vidro se penduravam perto das janelas abertas. O retinir baixo que emitiam fez com que Sophia se lembrasse da sra. Clay.

Mas não era a sra. Clay que a esperava. Blanca estava parada ao lado de uma das janelas, com o véu novamente cobrindo-lhe o rosto.

— Deixem-na comigo — ela disse rapidamente aos guardas. — Esperem lá fora.

Os guardas deixaram Sophia perto de um par de cadeiras de brocado. Blanca se ajeitou em uma das cadeiras e fez sinal para que Sophia se sentasse na outra. A fraca música que atravessava as janelas fechadas não conseguia distrair Sophia da imagem do rosto cheio de cicatrizes que ela havia visto na masmorra; ela olhou fixamente para o véu, incapaz de pensar em qualquer outra coisa além do que estava embaixo dele.

E então, com um movimento fluido, Blanca o levantou. Sophia mais uma vez se abalou com a face macabra, onde as cicatrizes eram tantas que a transformavam em uma massa de carne enrugada.

— Isso mesmo — Blanca disse suavemente. — Conte-as. Conte-as e imagine a dor que eu senti, e como não sinto a mínima em causar dor aos outros. Você deveria saber disso, antes de decidir que vai resistir à minha vontade com sua concepção infantil de certo e errado. — Ela disse aquelas palavras de modo doce, como se prometesse a Sophia algo maravilhoso. — O que você sabe sobre a dor? Nada.

A dor que Blanca descrevia era genuína — isso estava claro — e de fato ela havia sofrido mais do que Sophia jamais entenderia. Enquanto ela se forçava a olhar para as cicatrizes, Sophia sentiu seu terror escoando e sendo substituído por uma onda de simpatia pela criatura que se sentara diante dela, que tivera suas preciosas memórias roubadas e então recebera o fardo das novas.

— Você está certa — Sophia disse, permitindo-se olhar diretamente para onde deveriam estar os olhos de Blanca. — Eu não conheci a dor como você. E espero nunca conhecer.

— Então seu tio lhe contou, como eu ganhei as minhas cicatrizes?

Ela assentiu, paralisada pelas linhas que se amarrotavam e se moviam pela face de Blanca enquanto ela falava.

— Como você consegue ver e falar? — Sophia soltou.

O rosto de Blanca se tornou imóvel como gelo, e o coração de Sophia disparou. Ela não tinha intenção de fazer aquela pergunta. Mas não conseguiu evitar: além da simpatia, ela sentia curiosidade.

E então, para sua surpresa, Blanca riu.

— Nunca conheci uma criança como você. Vejo que você realmente não se assusta facilmente. Não é de espantar que seja sobrinha de seu tio. — E balançou a cabeça. — Para responder à sua pergunta — Blanca disse, com a voz direta, sem a presença da doçura envolvente —, ninguém sabe como é que as Lachrimas podem ver, falar e sentir cheiros, apesar de terem perdido seus traços.

Sophia considerou aquilo por um momento.

— Eu nunca encontrei outra Lachrima, mas eu não achava que elas podiam falar e... se comportar como você.

— Geralmente não conseguem. Mas, como vê, eu sou diferente. — E fez uma pausa. — Vou explicar como, já que respeito seu senso inquisitivo. Conheci muitas pessoas que sentiram horror ao verem meu rosto, mas poucas com o desejo de entendê-lo. — A Lachrima mudou de posição em sua cadeira, e seu rosto ficou parcialmente oculto pela sombra. — Alguns dias atrás, quando eu lia o mapa que seu tio havia desenhado daquele lugar... aquele inferno onde eu sofri por três anos... eu não pude entender como ele conhecia tudo aquilo. — Sua voz foi perdendo força. — Eu não queria me lembrar daquilo, mas então eu me lembrei do rosto dele. Foi seu tio que veio, no final, e abriu a porta para minha liberdade.

Sophia sentiu o coração se encher de orgulho.

— Mas seu tio não sabia de tudo o que havia me acontecido lá. Está vendo isto? — Ela ergueu a mão nua. Uma linha cinza-clara havia sido pintada em sua palma, traçando um longo vinco que se curvava na direção do pulso.

— O que é?

— O cartógrafo fez com que minha face arruinada se tornasse ainda pior. Ele desenhou centenas de mapas na minha pele, em vão. Mas, sem saber... ou sabendo... ele desenhou uma linha real, e foi essa. Quando ele criou esta linha, apenas algumas semanas antes de eu ser libertada, eu me lembrei de tudo da minha vida passada. Tudo veio a mim instantaneamente, e, quando eu toco minha palma com os dedos da outra mão, é como se eu estivesse lendo minha própria história.

— Tudo?

— Todas as lembranças que eu tinha no dia em que se perderam — Blanca suspirou. — Eu me lembrei do meu lar... da minha era. — Sophia pôde ouvir um sorriso na voz da Lachrima conforme ela continuava. — A maravilhosa Era Glacine. Eu me lembro de ser apenas alguns anos mais velha que você é agora quando a Grande Ruptura aconteceu. A bela e terrível Ruptura, que me fez sentir como se eu caísse em um poço infinito de luz. — Blanca se levantou, andou até a janela e olhou para os jardins com os sinos de vidro tilintando suavemente. — Foi no dia em que fiz vinte anos. Eu havia ido ao nosso Salão das Lembranças para passar meu aniversário entre seus belos mapas. — Ela viu o olhar inquisitivo de Sophia. — Era uma grande câmara, com mapas que recontavam a história da cidade. A Era Glacine tinha muitos edifícios desse tipo. — Blanca fez uma pausa. — Na verdade, você já viu um deles.

Sophia piscou, surpresa.

— Já vi?

— Os quatro mapas — ela respondeu calmamente. — As memórias contidas nos quatro mapas aconteceram nesse salão.

Sophia se lembrou da longa subida pela escada em espiral, das muitas pessoas em volta dela e do lento desmoronamento do edifício.

— Mas isso significa que a Ruptura aconteceu na sua era?

— Eu não sei — Blanca disse tão suavemente que Sophia quase não conseguiu escutar. — Não sei. Ainda estou tentando... — E sua voz de repente foi cortada pela frustração. — Ainda estou tentando entender os mapas. O que eu sei — ela continuou com mais firmeza, virando-se para Sophia — é que a *carta mayor* explicará tudo.

Ela cruzou a sala, abriu um armário baixo e voltou segurando algo que entregou para Sophia: sua mochila.

— Creio que há outras coisas de valor para você aqui além dos mapas. — Sophia pegou a mochila em silêncio e a segurou contra o peito. — Eu não posso impedir as geadas, mas tenho apelado para que seu tio faça o que ele puder, não apenas pela minha era, mas por todas as eras: para o mundo.

Agora eu faço um apelo a você também. Você é a única que pode persuadi-lo. — A voz triste e musical de Blanca encheu Sophia de um súbito pesar por todas as coisas que ela nunca veria, uma vez que as Geadas do Sul transformassem o mundo em gelo. Ela nunca veria as eras distantes que ansiava explorar; ela nunca veria Boston novamente, ou a casa da East Ending; e nunca mais, pensou desesperadamente, veria seus pais, que ela esperava ainda estarem em algum lugar distante, desejando que fossem encontrados.

— Este Novo Mundo está acabando — Blanca continuou, como se lesse os pensamentos de Sophia. — Mas ainda podemos determinar o que tomará o seu lugar. Se seu tio me ajudar a encontrar e a reescrever a *carta mayor*, podemos nos assegurar de que o mundo emergirá da destruição inteiramente renovado, transformando-se em um mundo *bom*. Agora que eu li os quatro mapas, estou mais convencida do que nunca. Ele é nossa única esperança.

— Shadrack não fará isso — Sophia disse resoluta, mas sem hostilidade. — Mesmo se ele pudesse. É o que ele diz.

O tilintar dos sinos de vidro se misturava às risadas e à música distantes que eram trazidas dos jardins.

— Talvez seu tio não tenha lhe contado — Blanca finalmente disse — como a *carta mayor* é completa. O mapa mostra tudo que aconteceu e tudo que vai acontecer. Você sabe o que isso significa?

Sophia olhou para as cicatrizes na face de Blanca, e a fraca faísca de uma ideia se formou em sua mente.

— Acho que sim.

— Significa que, se Shadrack ler o mapa, ele poderá lhe contar tudo que você quiser saber. *Qualquer coisa*. Todas as suas curiosidades sobre o passado serão satisfeitas. A *carta mayor* permitirá que você saiba, de uma vez por todas, o que aconteceu com Bronson e Minna Tims muitos anos atrás.

Sophia sentiu uma forte pontada no canto dos olhos.

— Sim, estou a par do desaparecimento deles — Blanca disse gentilmente. — Eu sei muito sobre você, Sophia. Sei do passado ilustre de sua família; sei que você e Shadrack são inseparáveis; sei que você não tem noção do tempo. As lembranças que Carlton Hopish tinha de você eram muito carinhosas. — Ela fez uma pausa. — Não posso lhe trazer de volta seus pais — ela continuou, com a voz pesada de tristeza —, mas com a *carta mayor* posso lhe dizer com certeza o que aconteceu com eles.

Sophia olhou fixamente para o colo e se esforçou para conter as lágrimas. *Dizer com certeza o que aconteceu com eles*, ela pensou, entorpecida.

Como se sentisse sua confusão, Blanca se inclinou para a frente.

— Pense no que isso significaria.

E então se levantou graciosamente e caminhou devagar até um guarda-roupa que ficava encostado na parede.

— Você já viu um mapa de água?

— Não — Sophia disse sem emoção. — Eu estava começando a aprender sobre os mapas.

— Talvez isso lhe interesse — Blanca disse, entregando a ela uma tigela branca e uma garrafa grande de vidro. — Eles são raros. Requerem habilidade e paciência que poucos possuem. São feitos de condensação. Gota a gota, o cartógrafo encapsula os significados do mapa em água vaporizada, e então junta esses vapores para criar o todo. Este foi feito em uma caverna no extremo norte das Geadas Pré-Históricas. O cartógrafo, que também era um explorador, recontou sua jornada até lá.

Blanca colocou a tigela sobre a mesa entre elas, tirou a rolha da garrafa e despejou seu conteúdo. Para Sophia, aquela parecia uma tigela de água comum, exceto pelo fato de que estava imóvel de forma pouco usual.

Blanca voltou ao guarda-roupa, pegou o mapa de vidro e o colocou por sobre a tigela.

— Você vê como ele muda a aparência da água?

Sophia observou a tigela cheia de luz brilhante e assentiu.

Blanca pôs o vidro de lado, ergueu uma pequena pedra branca sobre a tigela, que voltou a ter uma aparência normal.

— Agora observe a superfície. — A pedra caiu de seus dedos para dentro da tigela. As ondulações na água ganharam formas extraordinárias, erguendo-se como colinas, mergulhando em vales rasos e curvando-se em espirais inigualáveis acima da borda. Linhas finas e coloridas ondularam sobre a água, dando-lhe forma, textura e profundidade.

Sophia ficou sem ar e se inclinou para ver mais.

— Como você o lê?

— É preciso anos de estudo. Eu mal consigo entendê-los. Seu tio — ela acrescentou — é a única pessoa que conheço capaz de ler e escrever mapas de água. As duas coisas são difíceis, mas podem ser feitas. O Rastreador de Vidro diante de você torna a tarefa mais fácil; é um dos mais poderosos instrumentos do mundo, e com ele seu tio certamente poderá revisar o mapa que você vê na sua frente.

Sophia não conseguia tirar os olhos do terreno cheio de linhas coloridas.

— É lindo — ela sussurrou.

— Imagine um mapa como este, mas tão grande quanto um lago e com os mistérios do mundo escritos nele — Blanca murmurou. — Você não desejaria vê-lo? Você não deseja olhar para o mundo vivo na superfície da água? Fazer suas perguntas e obter seus segredos? — Ela gentilmente abaixou o Rastreador de Vidro e se sentou. Diante dela repousava uma tigela de água comum com uma pequena pedra no fundo.

Sophia se recostou com um suspiro. Ela ouvia as risadas vindas do jardim e deixou os olhos vagarem do mapa de água para a face de Blanca. O sentimento de tristeza, ao imaginar as eras que se perderiam sob as geleiras, mudou tão repentina e rapidamente quanto a superfície da água. O que jazia adormecido dentro dela de repente emergiu, ganhando uma forma definitiva. Ela viu claramente o curso que deveria seguir, como se estivesse desenhado em um mapa. Então se levantou.

— Me dê a chance de conversar sozinha com Shadrack — Sophia disse a Blanca. — Eu o convencerei.

# 32
## Inundação relâmpago

> 1º de julho de 1891: 2h21
>
> *Diga-me se a Lachrima já ouviu*
> *A voz das eras perdidas.*
> *Que ao meu lado já chorou, já sofreu*
> *Quando eu não imaginava o preço dessa acolhida.*
> *Viajei a vida toda buscando me esconder*
> *da dor que ela colocou dentro de meu ser.*
> *E ainda a ouço, mas sua voz não é igual*
> *E ouvi-la vagamente ainda é o meu mal.*
>
> — "O lamento da Lachrima", primeira estrofe

MESMO AQUELES QUE ESTAVAM além do alcance das geadas começaram a ver sinais de seu avanço: sinais inescrutáveis, nunca vistos desde a Grande Ruptura, de uma era se desintegrando nas fronteiras. Tempestades uivantes tomaram as ilhas das Índias Unidas; ondas colossais atingiram suas praias; furacões de vários quilômetros de extensão irromperam como espíritos exilados sobre os desertos ao norte das Terras Baldias; em cidades do extremo norte, como Nova Akan, cidades e fazendas ficaram paralisadas diante da chegada sem precedentes de uma tempestade de neve. E as mudanças não foram apenas no solo; abaixo da superfície visível da terra e por toda a área central das Terras Baldias, os lençóis freáticos emergiram, impelidos por uma força poderosa capaz de transformar tanto as rochas quanto o solo.

Theo foi o primeiro a notar, logo depois que Sophia foi levada, quando a máscara de penas que ele havia jogado em um canto do poço voltou flutuando para ele. Com um grito, ele se colocou de pé.

Burr rapidamente se aproximou.

— O quê? O que é isso?

— A água está se infiltrando... muito rápido — Theo apontou para a poça crescente no canto.

— Com que velocidade? — Veressa perguntou calmamente.

Martin colocou o ouvido na terra por alguns segundos e então se levantou, o rosto sujo e os olhos arregalados.

— Devíamos chamar os guardas.

Calixta começou a gritar na mesma hora, e Burr juntou sua voz à dela, berrando na direção da borda distante do poço. Depois de um segundo, Theo se juntou a eles, enfiando dois dedos na boca e emitindo um assobio pungente.

— Está enchendo muito rápido? — Shadrack perguntou, a voz tensa.

— Eu prevejo a chegada de um maremoto subterrâneo — Martin disse. — E provavelmente em minutos. A água vai retroceder novamente, mas não antes de inundar o poço.

— Os cacos de vidro vão se soltar? — Veressa perguntou com ansiedade, olhando para as paredes cravejadas.

— O solo tem somente alguns centímetros de espessura. Vai depender se os cacos estão alojados no solo ou nas rochas sob ele.

— Você quer dizer que é possível que os cacos...

— Sejam lançados da parede junto com a corrente de água — Martin falou de modo sombrio. — Sim.

De repente, a parede perto deles rugiu, e, com um breve ruído, um pedaço de solo, pedras e cacos de vidro despencaram ao chão. Em seguida, a inundação do poço começou, e, em segundos, eles já tinham os tornozelos imersos em água fria. Por um momento, todos pararam de gritar e observaram, assustados, a água subindo em volta deles. Então Calixta respirou fundo e soltou um grito agudo, que os outros ecoaram, redobrando seu esforço de alertar os guardas.

Martin observava as trepidações da parede.

— Melhor assim. Libera a pressão. Pode evitar uma abertura maior. Isso é bom — ele disse, tentando sobrepor os gritos e se fazer ouvir.

Nenhum guarda ainda havia aparecido, e a água já chegava até os joelhos. Shadrack notou, alarmado, que alguns dos cacos menores já haviam se soltado e caíam — ainda inofensivamente — na água que subia. Ele começou a sentir a garganta ficando rouca.

— Como eles não estão ouvindo? — Veressa perguntou, exasperada, com a voz trêmula.

— E se eu usar as luvas para cobrir minhas mãos — Theo disse, hesitante — e escalar pelos cacos?

Burr se virou para ele.

— Eu já havia pensado nisso. Duvido que você se corte, com suas botas e luvas. Mas o problema é o vidro, nenhum pedaço é grosso o suficiente para aguentar o seu peso. Você vai cair antes de subir dois metros.

— E se você subir nos ombros de Shadrack e eu subir nos seus? E então eu saltar?

— Não vai funcionar — Shadrack disse. — Pense comigo, pelas minhas estimativas, isso colocaria sua cabeça na borda do poço. Mesmo se conseguirmos manter um equilíbrio extraordinário, como você chegaria à beirada sem lançar seu corpo contra os cacos?

— Parem de fazer planos e gritem, por favor? — interrompeu Calixta. — Assim que a água estiver alta o suficiente, e isso vai acontecer logo, já que está na altura da minha cintura, então vamos ficar no meio e flutuar até o topo. Círculo do tubarão.

— Você está certa — Burr disse na mesma hora. Vendo a confusão de Theo, ele explicou. — Algo que aprendemos depois que um tubarão medonho comeu nosso barco a remo. Fazemos um círculo, com os braços dados, batendo os pés.

— É nossa melhor chance — Shadrack concordou. Todos continuaram a gritar com toda a força dos pulmões, mas sabiam que a água passaria da altura da cabeça deles antes que alguém aparecesse.

Minutos depois, Veressa, Calixta e Theo foram forçados a começar a bater os pés.

— Ok, círculo do tubarão agora — Burr disse, puxando-os para perto. — Braço direito por cima, braço esquerdo por baixo. — Então ele colocou o braço direito sob o ombro de Martin, e o esquerdo sobre o de Veressa. — Opa, com exceção de Veressa. Esses espinhos são lindos, mas muito afiados.

Ele passou o braço esquerdo por baixo do braço de Veressa. Com Calixta, Theo e Shadrack, eles formaram um círculo apertado.

— Se começarmos a ir na direção dos cacos, Calixta e eu empurramos com o pé na direção contrária.

Martin, depois Burr, e finalmente Shadrack, que eram os mais altos, começaram a bater os pés. Não houve mais gritos. Os piratas conseguiram fazê-lo sem dificuldade, mas os outros, que não haviam passado anos no mar, logo estavam sem fôlego e cansados.

— Anime-se, tripulação — Burr disse com um sorriso. — Podia ser muito pior. Na verdade, não há nenhum tubarão. E logo estaremos fora desse maldito poço.

— Agradeçam à água — Calixta disse, sorrindo de volta. — Não poderíamos ter planejado uma fuga melhor nem se quiséssemos.

Os outros exibiram um fraco sorriso. Os minutos se passaram. Shadrack mantinha o olho na parede e estimava a curta distância até a beira do poço. A água já estava na metade quando Martin subitamente desistiu.

— Não consigo mais bater os pés... essa perna de metal — ele estava sem fôlego. — É como carregar uma âncora.

— Tem razão — Burr disse calmamente. — Shadrack e eu seguramos você, descanse um pouco. Dobre o outro joelho e apoie a perna de metal sobre ele.

Martin fez o que foi dito e suspirou aliviado.

— Desculpa — ele conseguiu dizer.

Em silêncio, os outros continuaram a bater os pés.

— Não vai cantar algo para nós, Calixta? — Burr perguntou. — Ajudaria a passar o tempo.

— Se tivesse gritado metade do que gritei — Calixta retorquiu —, você não teria fôlego nem para perguntar isso.

Conforme Shadrack sentia as pernas ficarem entorpecidas por causa da água gelada e do movimento ininterrupto, ele se deu conta de que estavam a poucos metros do topo do poço e ergueu os olhos.

— Eles estão aqui — ele resfolegou.

Os três homens olhavam para o poço, atônitos.

— Não fiquem aí parados — Veressa disse, cansada. — Tirem-nos daqui.

— Eu nunca achei que ficaria tão feliz em ver um guarda de Nochtland — resmungou Theo.

# 33
## A vinha noturna

*1º de julho de 1891: 3h12*

*Os gemidos de dor e gritos incontidos*
*Deixam-me sem fala, sem consciência, desatento*
*Depois de tantos anos ouvindo seu lamento*
*Fico cada vez mais duro, mais forte e entorpecido.*
*O som que eu temo e a dor da qual fujo*
*Destruíram minha vida e a deixaram sem sentido.*
*E agora preciso ouvir novamente seu canto sujo*
*Para me lembrar de um tempo que hoje é perdido.*
— *"O lamento da Lachrima", segunda estrofe*

QUANDO OS GUARDAS LEVARAM Sophia de volta às masmorras, para sua surpresa, ela descobriu que os prisioneiros não estavam mais no poço. Eles estavam sentados em volta de um dos potes contendo velas que pontilhavam o chão. Os homens se afastaram sem dizer nada, trancando a pesada porta. Somente quando Shadrack colocou os braços em volta dela, foi que ela notou que eles estavam todos ensopados. Veressa e Martin tremiam de frio. Theo estava perto do fogo tentando secar sua capa. Calixta sacudia miseravelmente o cabelo.

— Você está bem? — Shadrack perguntou, aflito.

— O que aconteceu? — Sophia perguntou em resposta.

— O poço onde estávamos inundou. Demorou muito até que os guardas ouvissem nosso chamado — Shadrack disse pesarosamente. — Mas isso não importa. *Você* está bem? O que ela queria?

Sophia mal parecia ouvi-lo.

— Então agora eles vão deixar vocês aqui? Estamos sozinhos?

— Você viu Blanca? — ele insistiu. — O que ela queria com você?

— Ela quer que eu te convença — ela disse, sem olhar para o tio, mas analisando a enorme câmara — a modificar a *carta mayor*.

— Sophia — Shadrack disse, segurando-a pelos ombros. — O que aconteceu? Sua mente está em outro lugar... O que você está procurando?

— A entrada. Quando nós viemos aqui mais cedo, eu a vi... Havia uma entrada do outro lado da sala. Se eles nos deixaram aqui...

— Não é uma saída — Veressa disse, cansada. — Ela leva a um labirinto de corredores em ruínas. Eles só nos deixaram aqui porque sabem que nunca entraríamos ali. Meu pai e eu já entramos lá para retirar amostras de solo. Ninguém foi além daquele ponto desde o último cartógrafo da corte — e aqui ela fez uma pausa —, que desapareceu tentando mapeá-lo.

— Eu sabia! — Sophia gritou, para a surpresa de todos. Em seguida ela correu até a parede mais próxima, onde as vinhas pálidas que cresciam no corredor e enchiam as masmorras estavam pouco iluminadas pela luz das velas. — É aqui, Shadrack! — ela berrou, incapaz de conter sua excitação. — Eu vi através do mapa de vidro quando Blanca o segurou. Antes, quando ela o tirou da minha mochila.

Shadrack balançou a cabeça, sem compreender.

— O que é aqui, Soph? O que você quer dizer?

— Eu vi através do Rastreador de Vidro — ela disse impacientemente. — Essas vinhas não são apenas plantas, são um *mapa*.

Ao ouvirem isso, os encharcados prisioneiros, que ainda estavam sentados perto do fogo, se levantaram e se juntaram a ela, em frente à parede. Shadrack examinou as vinhas, maravilhado.

— Você tem certeza? — ele disse lentamente.

— Tenho certeza. Martin — ela perguntou —, você sabe que tipo de planta é esta?

Ele balançou a cabeça.

— Seu nome popular é Vinha Noturna, mas eu nunca fui capaz de identificar suas origens. Essa vinha é extremamente rara e só cresce em lugares subterrâneos.

Imóvel ao lado de Shadrack, Veressa examinou detalhadamente aquelas folhas pálidas.

— Não há inscrição nem nenhum tipo de legenda. Pode ser o início de um mapa, mas não um completo.

— Estou inclinado a concordar — Shadrack disse. — Ou, se isso é um mapa, está além da minha habilidade de ler — ele admitiu, soltando a vinha e balançando a cabeça, arrependido. — Eu não tenho ideia de como...

— Mas não está nas *folhas* — Sophia o cortou. — Está na *planta inteira*. Olhe! Você nota que há uma vinha que nasce do chão, e outra que nasce da parede? Ali, perto da porta, há uma terceira. E são todas idênticas!

— Idênticas como? — Veressa perguntou, enquanto comparava as três.

— O padrão de como crescem da parede, as vinhas se espalham exatamente da mesma maneira, com as mesmas voltas e giros. Como um mapa — Sophia terminou, triunfante.

Enquanto ela falava, seus ouvintes permaneciam petrificados. As trepadeiras pálidas, tão delicadas em aparência e mesmo assim tão fortes por crescerem na pedra úmida, estendiam-se pela parede em centenas de finos galhos. O padrão era denso, fazendo com que fosse quase impossível determinar se eram realmente iguais, mas, se alguém seguisse a rota de uma única vinha, ficava claro que as plantas eram, de fato, idênticas.

— Como é que você notou isso? — Veressa perguntou, passando a mão pela parede e admirando a planta. — Elas são incrivelmente complexas.

Shadrack riu, perplexo e satisfeito.

— São seus olhos de artista, Soph — ele gritou, pegando-a pelos ombros. — Seus olhos de artista! — Ela sorriu quando ele a soltou. E Theo, piscando, capturou o olhar de Sophia, estalando os dedos e apontando com as mãos em forma de arma, aprovando.

— E você acha que esse é o mapa do labirinto? — Veressa perguntou, interrompendo Sophia.

— E por que não seria? Eu não sei como nem por quê, mas acho que os mapas do labirinto nascem do próprio labirinto.

— Isso é maravilhoso, simplesmente maravilhoso — Martin sussurrou, traçando os dedos carinhosamente ao longo das curvas da vinha.

— Mas onde é a saída? — Veressa continuou. — A vinha acaba em si mesma.

— Não tenho como ter certeza — Sophia admitiu. — Mas olhem, olhem para essas... — ela disse, apontando para três flores brancas de pétalas frágeis — Elas nascem da parede, em direção ao alto. Vocês não acham que elas representam três formas de sair do labirinto?

Os outros consideraram a vinha noturna em silêncio.

— É impossível saber ao certo — Shadrack disse, pensativo, passando a mão pelos cabelos.

Sophia pegou seu caderno rapidamente.

— Se pudermos desenhá-la — ela disse —, então teremos um mapa do labirinto.

— Vai ser muito arriscado.

— Certamente — Veressa concordou —, mas não vejo opção melhor. Não temos outros meios de fugir, e duvido que tenhamos muito tempo... Talvez um dia.

— É melhor do que ficar aqui, esperando — Burr colocou, e Calixta anuiu.

Shadrack respirou fundo.

— Então temos que nos apressar.

### 4h02: Desenhando a vinha noturna

QUASE UMA HORA DEPOIS, Sophia, Veressa e Shadrack ainda estavam desenhando a vinha noturna, cada um criando uma cópia na esperança de que ter o mapa duplicado corrigiria quaisquer discrepâncias. Os olhos de Sophia doíam por causa da concentração e da luz fraca, enquanto ela rabiscava as últimas poucas linhas e começava a verificar o mapa.

— Sabe... — ela disse suavemente para Theo — você ia gostar. Eu menti para Blanca. Foi fácil.

Theo se deitou de barriga para baixo e virou o rosto para ela.

— O que eu te disse? — Ele sorriu. — É bem útil, não é?

— Eu disse a ela que tentaria persuadir Shadrack a ajudá-la.

Ele sacudiu a cabeça fingindo estar desanimado.

— Logo você estará mentindo para mim. Eu vou ter que ficar de olho em você a partir de agora.

Sophia riu. Ela havia verificado o mapa duas vezes; Veressa e Shadrack ainda estavam trabalhando. Então ela guardou sua folha na mochila, fechou os olhos e descansou a cabeça sobre os joelhos. Ela estava novamente vestida com suas roupas e suas botas confortáveis, que trocou enquanto Calixta segurava seu casaco, protegendo-a. Theo foi o seguinte. Eram os únicos com roupas secas.

— Ei — Theo disse, erguendo a mão enfaixada —, você ainda tem aquela caixinha de costura? Isso aqui está caindo.

— Eu a guardei — Sophia disse, abrindo os olhos. — Mas não está mais aqui.

Ela havia encontrado as roupas deles, os curativos extras, o atlas de Shadrack, seus lápis e seu caderno quando abriu a mochila que Blanca havia devolvido a ela. Mas a caixinha de costura não estava lá.

— Ela era tão bonita. — Não havia nada que ela pudesse usar. E então algo lhe ocorreu, e ela enfiou a mão no bolso, pegando o carretel de linha prateada que a sra. Clay havia lhe dado.

— Perfeito — Theo disse quando viu aquilo, e estendeu a mão.

Enquanto Sophia passava a linha prateada em volta do curativo para mantê-lo no lugar, seus pensamentos viajaram para outras paragens. Não tinha como saber se ela veria a sra. Clay novamente, tampouco um modo de a sra. Clay saber, quando ela dera a linha de prata para Sophia, que algum dia ela serviria para um propósito tão inesperado. *Essa linha estava destinada a ser usada para isso?*, ela perguntou aos Destinos. Ninguém sabia o que os Destinos haviam planejado; o futuro era realmente inescrutável. Enquanto ela fazia um nó na linha em volta do pulso de Theo, tal pensamento lhe deu uma inesperada esperança. *Nada é concreto. As geadas ainda não chegaram aqui.*

Shadrack e Veressa haviam finalizado, e, enquanto comparavam rapidamente seus mapas, Burr fez duas tochas com pedaços da camisa, fixados em dois longos cacos de vidro retirados do poço.

— Devemos nos apressar — Martin disse ansiosamente — antes que os guardas voltem.

— Nós *estamos* nos apressando, pai — respondeu Veressa, olhando para o desenho da vinha noturna feito por Sophia. — Mas não podemos nos perder; temos que ter certeza que os mapas estão certos antes de partirmos.

Burr entregou uma tocha para Calixta.

— Isso é o melhor que pudemos fazer. Talvez seja preciso queimar todas as nossas roupas até acharmos a saída.

— Queime as suas — Calixta reclamou. — Porque com certeza as minhas não vão.

### 4h17: Entrando no labirinto

EM GRUPO, ELES SEGUIRAM em frente, com o eco fraco de seus passos atravessando o chão da câmara subterrânea. As chamas tremulavam ameaçadoramente, e a fumaça subia em espirais até o teto escurecido. Quando chegaram à entrada escura na outra extremidade, o ar frio do labirinto os atingiu. Eles ficaram em silêncio por alguns instantes.

— Logo vamos ver a luz do dia — Veressa disse, respirando fundo.

Ela foi na frente, segurando seu mapa, iluminado pela tocha de Calixta, seguida por Theo, Martin e Sophia; Shadrack e Burr, também munidos de mapa e tocha, seguiam atrás, na retaguarda. O chão barrento levava a uma longa e reta passagem cortada diretamente na pedra. Estava claro que ela não era usada a um bom tempo. Martin teve que andar com cuidado, evitando escorregar, e depois de alguns passos colocou as mãos no ombro de Theo para se equilibrar.

Eles depararam com uma curta escada, que descia ainda mais pelo subterrâneo.

— Aqui é a primeira virada — disse Veressa, quando chegaram à base dos degraus. — Concordam comigo que devemos virar para a esquerda, Shadrack? Sophia?

Eles haviam traçado a rota mais simples para atravessar o labirinto, e, se a teoria de Sophia estivesse correta, eles teriam apenas que segui-la para encontrar o caminho para fora. O túnel pelo qual Veressa os guiou era bem mais estreito que o primeiro, e as pedras pesadas dos dois lados eram frias ao toque. Uma atmosfera úmida e gelada substituiu o ar enfumaçado da caverna onde estavam presos.

— Esta é muito menor — Sophia disse a Martin.

— Por isso os túneis são tão confusos — ele respondeu com dificuldade. — As poucas amostras de solo que peguei confirmam que foram construídos em muitas eras diferentes. Existem várias redes de túneis, algumas foram deliberadamente integradas por mãos humanas, e outras, pelo que parece, se uniram por acaso. Então, como você pode ver, é um labirinto que atravessa muitas eras.

— Quantas?

— Ninguém sabe. Talvez quatro, talvez quatrocentas. Eu mesmo nunca havia ido além da entrada.

Passo a passo, túnel a túnel, eles serpentearam pelo labirinto escuro. Era quase como se estivessem andando sem sair do lugar, tanto que Sophia sentiu o tempo lhe escapando. Ela começou contando seus passos na tentativa de acompanhá-los, e, conforme o fazia, sentia certa descrença a respeito de quão longo o labirinto seria. Quando chegou a duzentos e setenta passos, o ar começou a ficar mais quente, e alguém no início da fila exclamou com surpresa.

— O que você encontrou? — perguntou Shadrack.

— Um tipo de cripta — Veressa respondeu, esperando os outros se juntarem a ela.

Eles haviam chegado a uma sala baixa cujo chão de pedra era coberto com indecifráveis escrituras gravadas. Os nichos na parede eram parecidos com prateleiras, e, quando Burr e Calixta aproximaram suas tochas, Sophia viu pilhas de roupas amassadas.

— Burr! — Calixta exclamou.

Uma enorme espada jazia sobre uma das pilhas. Ela a pegou na mesma hora e fez um movimento para experimentar.

— Pesada, mas muito eficiente. Obrigada, camarada — Calixta murmurou para a pilha de roupas. Sophia segurou o carretel de linha prateada no bolso, agradecendo aos Destinos.

— Deve haver mais. — Burr aproximou a tocha dos outros nichos.

Enquanto procuravam pela cripta, Sophia escutou um som baixo, como o distante retumbar de passos.

— Alguém ouviu isso?

— Deve ser resultado da inundação relâmpago — Martin disse. — Devem estar acontecendo muitas mudanças no solo abaixo de nós. — Naquele momento, Burr encontrou outra espada. Ele a pegou ansiosamente e eles saíram da câmara.

Além da cripta, havia uma sala circular com cinco entradas arqueadas. Veressa verificou seu desenho e seguiu pelo segundo túnel da direita, por mais uma passagem estreita com o assoalho de madeira apodrecido. Sophia recomeçou a contar seus passos enquanto observava os sapatos de Martin diante dela. Na marca dos cem, ela notou que o botânico furtivamente tirou a mão do bolso e deixou cair algo.

— O que você está fazendo, Martin? — Sophia perguntou em voz baixa.

— Apenas um pequeno experimento, querida. — Ela não podia ver seu rosto, mas o imaginou piscando para ela. — Tenho algumas sementes nos bolsos.

Ela contemplou com certo temor o tipo de experimento que Martin pretendia fazer quando ouviu uma súbita exclamação de Veressa. Eles haviam chegado num beco sem saída.

— Pegamos o caminho errado em algum lugar — Veressa disse, preocupada, olhando para seu mapa. Shadrack se juntou a ela, e eles compararam as rotas. — Eu achei que estivéssemos aqui. — Ela apontou para o papel. — Sophia?

Sophia se juntou a eles, segurando seu mapa perto da tocha.

— Acho que seguimos esse caminho por engano — Shadrack disse, retraçando a volta.

— Vamos voltar, então — disse Veressa, com a voz tensa de frustração. — Você poderia ir na frente por um tempo.

— Tudo bem — ele concordou, pegando o mapa.

Eles voltaram pelas duas passagens, e Shadrack os levou por um túnel baixo cujo chão era curvado, como se estivessem dentro de um cano. Sophia contou seus passos enquanto eles se aprofundavam cada vez mais no labirinto. O ar ao redor deles era surpreendentemente variado — seco e quente em alguns lugares, frio e úmido em outros —, mas a escuridão permanecia absoluta. As vinhas noturnas cresciam irregularmente pelas paredes do labirinto. Agarrando-se teimosamente às pedras quebradas e enfiando-se em vãos estreitos, as vinhas claras cresciam, atrofiadas e distorcidas.

As conversas foram morrendo lentamente, e eles seguiram em silêncio. Os sons de seus passos e da respiração pesada se transformavam enquanto eles andavam, amplificados nas altas cavernas e diminuídos quando abafados pelo limo grosso dos corredores. Os túneis pareciam seguir em frente interminavelmente, e o labirinto os levava cada vez mais para o fundo. Eles pararam diversas vezes para que Shadrack consultasse o mapa, e, ao pararem pela quinta vez, Sophia ouviu novamente o som.

— Alguém ouviu isso? — ela perguntou. — Parece... pessoas correndo.

— Eu também ouvi — Veressa respondeu atrás dela. — Mas não são pessoas. É o barulho de água corrente.

Sophia balançou a cabeça, sem se convencer daquilo, mas não disse nada. As paredes de pedra se estreitaram até quase a largura dos ombros de Burr, e então, para sua surpresa, uma quebra no muro transformou a passagem. A parede de pedra esburacada deu lugar a suaves tijolos verde-acinzentados, e o ar parecia menos parado.

— Essa é uma era diferente — Martin murmurou, sem tirar a mão do ombro de Theo. Eles seguiram por aquele corredor por quase duzentos passos, virando quase sempre à direita nas bifurcações.

O som que Sophia havia escutado foi substituído pelo inconfundível som de água corrente. *Veressa devia estar certa*, Sophia pensou. *Era mesmo só água.*

— Cuidado com o degrau! — Shadrack gritou para trás. Sophia observou que cada um que seguia diante dela saía de seu campo de visão, e que, quando Theo se abaixou repentinamente, eles passavam por uma abertura no chão. Martin desceu pelo buraco e Sophia o acompanhou. Calixta entregou a tocha a Sophia e também pulou. Sophia olhou ao redor, analisando aquelas estranhas paredes. Pedras brancas e lisas tingidas de verde, com depressões rasas e adornos curiosos — estátuas calcificadas e manchadas, em virtude do longo sepultamento. Shadrack já seguia pelo corredor, subindo um curto lance de degraus que atravessava um arco e desaparecendo um instante depois.

Sophia ouviu exclamações dos que estavam na frente da fila, e esperou impacientemente. O ar em volta deles mudou novamente, tornando-se quente e úmido, com um cheiro forte de terra. Então Martin cambaleou, saindo de seu caminho, e ela se descobriu em uma vasta câmara, tão larga quanto a masmorra do palácio. Mas, obviamente, aquele lugar nunca havia sido uma masmorra. Enquanto Burr caminhava, cuidadosamente, estendendo a tocha, pedaços dela se tornavam visíveis. As paredes curvadas, onde as vinhas noturnas cresciam livres, subiam dois ou três andares acima. Estátuas brancas de figuras em pé — homens e mulheres com longas e obscurecidas faces — encontravam-se em nichos nas paredes e em intervalos ao longo de uma escadaria que cruzava a sala em diagonal. Uma torrente de água limpa descia os degraus, desaparecendo em um túnel escuro.

Sophia olhou em volta, maravilhada. Não havia dúvida. Aquela sala não era uma sala — era um jardim subterrâneo. Apenas a vinha noturna havia sobrevivido, mas as passagens de pedra e as pálidas urnas espalhadas pelo chão de terra mostravam onde as plantas costumavam crescer. Parado perto dela, Martin se inclinou e pegou uma pitada de solo entre os dedos. Sua voz era apressada e dominada pela admiração:

— Acho que estamos nas ruínas de uma era perdida!

## 34
# Uma era perdida

> *1º de julho de 1891: Hora #*
>
> *Certos resquícios arquitetônicos são particularmente difíceis de datar, já que até mesmo em suas eras correspondentes podiam ser considerados ruínas. Por exemplo, as ruínas de um terremoto podem sobreviver por quinhentos anos, assim como em algumas eras monumentos e habitações sobrevivem por centenas de anos. Desse modo, as ruínas — abandonadas, parcialmente desintegradas e completamente desabitadas — parecem pertencer a uma era antiga quando de fato pertencem a uma era posterior.*
>
> — Veressa Metl, *Geografia cultural das Terras Baldias*

ENQUANTO OS OUTROS SE espalhavam, admirando as esculturas e a cascata de água, Sophia se agachou ao lado de Martin.

— O que é uma era perdida? — ela perguntou.

— Perdida — Martin disse — no sentido de que essas ruínas são de uma civilização que entrou em declínio *em sua própria era.*

— O que o senhor quer dizer com isso?

— Entenda — ele disse, seguindo animadamente para as escadas, esquecendo-se de qualquer exaustão. — Quando a Grande Ruptura aconteceu, essas ruínas apareceram. Isso significa que elas *já eram* ruínas. Eu diria que esse jardim subterrâneo já foi abandonado e tem silenciosamente se desintegrado por... — ele fez uma pausa, esfregando o mármore pálido — talvez seiscentos anos.

— Seiscentos anos? — Sophia exclamou. Então olhou para a escadaria e percebeu, assombrada, que Theo, afundado até os joelhos na água, estava subindo os degraus. — Theo?

Ele se virou para acenar. Ele estava a mais de dez metros de distância dela, perto da entrada em arco por onde as águas desciam.

— Está realmente quente — ele gritou lá para baixo. — E tem algo aqui em cima.

Lentamente, os outros se agruparam perto da escadaria e olharam para cima.

— Está incrivelmente quente — Veressa disse, experimentando a água. — Deve haver alguma fonte termal embaixo dessas cavernas.

Theo subiu os últimos degraus.

— Não consigo ver — ele gritou, com a voz fraca sob o barulho da água corrente. — Mas parece ser uma caverna enorme.

— Adiante — Burr disse, ansioso, subindo os degraus.

Shadrack franziu a testa, pensativo, escrutinando seu mapa.

— Deve ser isso. Nós viemos pela única entrada onde não havia água corrente. De acordo com o mapa, nós devemos virar. Veressa? Sophia?

Sophia concordou, lendo seu próprio mapa sob a luz da tocha de Calixta.

— Eu acho que sim.

— Vamos tentar — Veressa concordou.

Um a um, eles subiram a escadaria. A água morna imediatamente entrou nas botas finas de Sophia, e, mais de uma vez, ela quase escorregou. E ficou feliz ao ver que Shadrack estava ajudando Martin.

Os outros haviam chegado à entrada e estavam parados na margem. Com as tochas ao alto, Sophia notou que a água emergia de um aqueduto raso cortado na pedra. Todos se viraram na direção de uma vasta caverna que podiam sentir, mas ainda não podiam ver. O murmúrio da água vinha das profundezas das trevas, ecoando calmamente. Segurar as tochas ainda mais alto só fazia com que o chão abaixo se iluminasse pouco. Eles não conseguiam ver nada além da entrada para o jardim subterrâneo abaixo e uma pequena parte do aqueduto.

No pouco tempo em que o grupo ficou parado ali, ponderando sobre a profundidade da caverna escura, Martin enfiou a mão no bolso e jogou uma semente no chão de pedra.

— O que foi isso? — Veressa perguntou, apreensiva.

— Nada — Martin respondeu. — Só uma semente.

Enquanto ele falava, um estranho farfalhar, distinto do murmúrio das águas, soou na escuridão. Depois de um momento de hesitação, Burr ergueu sua tocha e deu um passo à frente. E então parou, atônito. Um galho pálido irrompeu da terra solta. Burr se abaixou como se fosse arrancar a vinha com o braço.

— Espere! — Martin exclamou. — Deixe-a aí! — Eles observaram em silêncio enquanto a vinha se espiralava pelo ar, transformando-se em uma jovem planta diante de seus olhos. — Eu tenho largado sementes por aí — ele explicou rapidamente, sem tirar os olhos da planta que crescia — na esperança de que isso acontecesse.

O pequeno caule engrossou, lançando galhos em todas as direções. Suas raízes metálicas perfuravam o chão da caverna, ancorando firmemente a pequena árvore. E então seus galhos começaram a dar pequenas folhas que se desenrolavam, exibindo um prateado pálido. Enquanto o tronco brotava para cima, as folhas se esticavam para além da fraca luz das tochas. E então, para o assombro de todos, as folhas começaram a emitir uma brilhante luz prateada que iluminava como a lua o recesso escuro da caverna.

O brilho pálido da árvore lançava apenas a luz suficiente para que pudessem ver que o espaço diante deles se estendia além do que haviam imaginado. Uma grande cidade subterrânea jazia diante deles. A fina passagem de água da qual haviam emergido os levava direto a ela, passando por sobre um arco de metal que parecia ser o marco de entrada da cidade. Apesar do aqueduto, a cidade estava no mais completo silêncio. Altas torres e espigões lançavam sombras na luz prateada, como pedras e monumentos de um cemitério lotado.

Eles ficaram em silêncio, admirados, olhando para aquelas ruínas. Finalmente, Shadrack disse:

— Existe alguma menção deste lugar que você conheça? — ele perguntou a Veressa.

— Nenhuma. Nunca li ou ouvi falar nada a respeito.

— Então somos os primeiros a explorá-lo — afirmou Shadrack, com a voz tensa de animação.

Martin mancou e passou a mão suavemente pelo tronco da árvore prateada.

— Que gênios eles devem ter sido! É por isso que as raízes são metálicas. Para alcançar sob as rochas... ou sob o gelo.

— Pai? — Veressa o chamou, indo atrás dele.

Martin enfiou a mão no bolso e largou algo no chão.

— Querida — ele disse, sorrindo, com um lado do rosto iluminado pela luz pálida das árvores e outro pela luz amarela da tocha de Burr. — Uma avenida de bordos brilhantes, que levam até os portões da cidade.

Enquanto ele falava, a semente que havia caído ao solo se abriu e fincou raízes finas na terra. Uma delgada haste irrompeu para cima, atirando galhos pálidos para o ar como se fosse fumaça saindo do fogo. O tronco engrossou, alguns galhos se estenderam para cima, e os demais, frágeis, subitamente se encheram de pequenos botões que, em um único movimento, abriram-se em delicadas folhas. Eles tinham a forma de folhas de bordo, mas brilhavam com uma luminescência anormal. Martin ficou parado, olhando para eles, e então juntou as mãos em reverência em volta do tronco.

— Que lindo — sussurrou.

— Pai, tenha cuidado — Veressa disse, segurando seu braço. — Não sabemos o que essas sementes podem fazer.

— Não são as *sementes*, minha querida — Martin disse, virando o rosto para ela. — É o chão, a terra. A terra *desta era*. E pensar que isso esteve aqui por todo esse tempo.

— Então você conhece essa era?

— Sim e não — Martin disse lentamente. — Essa é a mesma era que Burr encontrou, de onde ele retirou o solo que me deu essa perna de prata. — Ele se inclinou e pincelou um pouco de terra com a ponta dos dedos. — Maravilhosa. Não é uma fonte termal. É o *solo* que aquece a água. A terra tem propriedades que geram calor. — Os outros se abaixaram e pressionaram as mãos contra o chão. Sophia arfou, surpresa. A terra estava quente como se estivesse há horas sob o sol. — Olhem aqui! — Martin exclamou, apontando para o aqueduto. — O solo na base do aqueduto está ficando vermelho como fogo, como rocha derretida.

Veressa se virou para Shadrack.

— Onde você acha que estamos? Será que estamos perto de encontrar a saída?

— Nós já percorremos mais de quatro quilômetros desde o palácio de Nochtland — ele disse. — Quatro quilômetros e meio a sudeste. Você concorda, Sophia?

Sophia concordou, distraidamente.

— Quatro quilômetros e meio — ela disse, olhando para a cidade deserta. Ela podia ver, mesmo a distância e sob a luz fraca lançada pelas árvores, que os prédios estavam incrustados com séculos de acúmulo mineral: ásperos, superfícies cintilantes como rochas de sal cobriam as paredes, tetos e altos postes onde algum dia existiram lâmpadas. *Quanto tempo faz que ninguém coloca os pés aqui?*, ela se perguntou. A emoção da descoberta e a necessidade de exploração que ouviu na voz de seu tio percorreram rapidamente todo o seu ser. *Talvez a história da vovó Pearl seja real*, ela pensou. *Talvez o garoto que destruiu a cidade esteja aqui.*

Veressa se inclinou sobre o mapa, franzindo a testa enquanto passava os dedos pelas sinuosas rotas subterrâneas.

— Viajando a sudeste quatro quilômetros e meio. Devemos estar embaixo de onde? Não há estrada aqui. Isto é... — Ela olhou para a frente, e então seus olhos se arregalaram. — Aqui é o lago Cececpan. Estamos quase embaixo dele. O lago deve estar... — ela ergueu a cabeça para olhar para a caverna — quase diretamente acima de nós. — Eles ergueram o olhar ao mesmo tempo até o teto, como se esperassem ver o lago ali, pairando sobre a cabeça deles.

— Lago Cececpan — Shadrack repetiu. — Pode ser...

— É uma grande coincidência, e nada mais — Veressa o cortou, abaixando o mapa. — Mas a localização da *carta mayor* não interessa — ela disse com firmeza. — Estamos procurando a saída, e acredito que ela está bem ao lado do lago. Se a ideia de Sophia sobre as flores estiver correta, a passagem está em algum lugar por aqui.

— Eu concordo. Está em algum ponto da cidade.

— Da cidade? — Veressa ecoou, em dúvida. — Certamente não seria mais provável que ela estivesse em uma das paredes da caverna?

Sophia se afastou da sedutora vista da cidade.

— Sim, eu acho que sim, também... Deve estar na parede.

— Pode ser que a passagem desça um pouco antes de subir — Shadrack insistiu, seguindo em frente. A lógica e a experiência sugeriam que Veressa e Sophia estavam certas, mas a cidade abandonada era uma grande tentação. Estava bem ali, intocada, silenciosa e cheia de mistérios, esperando para ser explorada.

— Procurar uma entrada pela cidade vai demorar muito — Veressa objetou. — O resto de nós pode vasculhar a área da caverna para economizar tempo.

Shadrack hesitou.

— Muito bem, podemos ter visão uns dos outros com as tochas.

— E as árvores! — Martin acrescentou. — Posso largar mais sementes, e elas iluminarão o caminho.

— Muito bem — Shadrack concordou. — Theo e Sophia podem vir comigo. Burr e Calixta, vocês vão com Veressa e Martin dar uma vasculhada na área.

— Pegue algumas sementes, Sophia — Martin disse, entregando-lhe um pequeno punhado tirado do outro bolso.

Enquanto os piratas e os Metl se afastavam, Sophia caminhou ao lado de Theo e Shadrack, lançando sementes. As enormes árvores brotavam atrás deles, e ela viu outra linha se erguendo ao longo dos limites da caverna. Rapidamente, até mesmo os cantos mais escuros foram parcamente iluminados pela luz prateada, e Sophia observou com espanto o alto teto abobadado. Ela estreitou os olhos e viu um trecho negro na parede.

— Olhe — ela disse para Shadrack. — Não parece um buraco ou uma passagem?

— Pode ser — ele respondeu, ausente, olhando rapidamente para cima. — Se for, Veressa vai encontrá-lo. — Sophia notou uma linha ziguezagueando para longe do ponto negro. — Aquelas devem ser as escadas que levam para cima.

Quando chegaram à entrada, Shadrack parou por um momento, descansando a mão contra a arcada esverdeada. Os portões, como o resto da cidade, estavam incrustados com os depósitos minerais que os faziam brilhar sob a luz prateada. A treliça rendada do arco acima estava quebrada em algumas partes, desintegrada pelo ar salgado e pelo calcário.

— Isso aqui é bem antigo — Shadrack observou. — E não é desta era. Estamos na presença de algo que eu achei que veria — ele disse. — As ruínas de uma era futura. É notável. Uma oportunidade como esta pode nunca mais aparecer — ele disse, levando Theo e Sophia na direção dos portões. — Poucas pessoas tiveram tanta sorte como nós. Mesmo que nunca mais saiamos desse lugar, fomos privilegiados em vê-lo.

— Mas nós *vamos* sair daqui, não é? — Sophia perguntou, ansiosa.

Shadrack parecia não ouvi-la.

— Venha, vamos vasculhar a cidade.

É impossível saber qual era a aparência original dos edifícios, pois eles haviam sofrido uma transformação completa. As altas torres, conectadas às outras por pontes, criavam uma segunda rede de passagens acima das ruas. Muitas portas haviam se calcificado, fechadas e seladas para sempre. Outras permaneciam abertas como olhos tristes, suas salas vazias encarando-os cegamente. O chão sob seus pés era duro, mas as sementes que Sofia deixou cair ali criavam raízes mesmo assim, quebrando a rocha e brotando rápido das vinhas prateadas que escalavam as paredes de pedras calcárias e irrompiam em botões brilhantes, exalando um cheiro suave. Não havia sinal de vida humana; os prédios estavam desprovidos até dos mais escassos móveis. A marca mais visível feita pelas pessoas que haviam habitado a cidade eram as esculturas que ficavam na frente de quase todos os edifícios. Esculpidas em pedras verde-claras, como aquelas do jardim subterrâneo, estavam completamente deformadas pela calcita. Se não fossem inegavelmente esculpidas pelas mãos humanas, seria possível que a cidade inteira não fosse mais do que uma fantástica escultura criada pela própria terra.

Eles não viram nada na cidade que sugerisse uma passagem ou uma escadaria que levasse para o nível superior. Sophia perdera de vista os outros que circulavam a área, embora achasse que poderia ouvi-los por sobre o som constante das águas correntes. A voz deles foi trazida subitamente em sua direção; baixas e distorcidas pelo eco na câmara, soavam diferentes. Ela parou por um momento, apurando ansiosamente o ouvido, e então as estranhas vozes se dissiparam, e a água borbulhante que atravessava a cidade, em valetas rasas, as afogou. Ela balançou a cabeça para limpar a mente e continuou.

Quando estava prestes a lembrar Shadrack da escadaria esculpida na parede, outra coisa lhe chamou a atenção. Ela parou na hora. Havia algo estranho no ar, ela percebeu: um cheiro... não, uma mudança de temperatura. E, de repente, estava quase congelante.

Theo e Shadrack também pararam e se viraram um para o outro.

— Está mais frio aqui? — Theo perguntou. As próprias palavras responderam à sua pergunta quando seu hálito se tornou uma brisa branca.

Sophia sabia o que estava para acontecer, mas não sentiu medo, apenas choque. Eles estavam atrasados; a mudança havia chegado. As geadas se moviam acima deles, e um súbito retumbar, como o rugido de um trovão, explodiu e os envolveu. O chão começou a tremer, como se estremecesse sob o peso de algo insustentável, e os prédios em torno deles também tremeram. E então as paredes da terra gemeram em agonia, e Sophia teve certeza de que iriam explodir, desmoronando diante de seus olhos. Em seguida, subitamente, tão rápido quanto começaram, os gemidos pararam e a cidade ficou imóvel. Sophia olhou ao redor, estupefata. *Só isso?*, ela pensou. *Por que ainda estamos aqui?* Ela se largara no chão e ficara ali, rastejando-se, exausta. A terra entre seus dedos continuava reconfortantemente quente. Ela olhou para Shadrack e Theo, que traziam a mesma expressão confusa no rosto.

E então ela ouviu outro som, inteiramente inesperado: o estampido de uma pistola. *Os piratas não estão com suas pistolas*, Sophia pensou, aturdida. De repente, um som agudo ecoou acima dela, e um pedaço de rocha calcificada atingiu o chão a seu lado. Ela se virou, mal acreditando em que seus olhos viam: abaixado, perto de uma das torres, um Homem de Areia apontava um revólver diretamente para ela. Parados ao lado dele, outros três reforçavam a guarda.

# 35
## Embaixo do lago

> *1º de julho de 1891: Hora #*
>
> *Em algumas partes das Triplas Eras, há uma grande devoção às Crônicas da Grande Ruptura. Em Xela, os crentes celebram o "findia", ou seja, um dia que vai significar o fim do mundo humano. Seguidores das Crônicas afirmam que a Grande Ruptura foi a primeira de muitas, e que a Ruptura Final causará o fim de todos os dias.*
>
> — Veressa Metl, *Geografia cultural das Terras Baldias*

BEM ACIMA DELES, A mais de trinta metros de rochas, as geadas atravessavam o lago Cececpan. O gelo cercava o lago, fazendo com que as poucas famílias que moravam às suas margens fugissem para o norte, em direção a Nochtland. As levas de refugiados do extremo sul já haviam passado apressadas pela cidade, convencidas de que nem mesmo os altos muros de pedra poderiam lhes oferecer segurança. Embora as Geadas do Sul ainda estivessem longe da vista da cidade, ninguém mais podia negar seu inexorável avanço. Uma fila de boldevelas se formava para atravessar os portões do norte, seguida por filas ainda maiores de pessoas que viajavam a pé ou em carroças. O êxodo para o norte havia começado.

Mas as geadas ainda não haviam chegado a Nochtland, e, naquele momento, haviam parado nas margens do lago Cececpan. Embora o lago já não fosse mais visível, ele ainda estava lá. Parecia ter sido engolido por um enorme pedaço de gelo com o perfeito formato de uma pirâmide. O gelo lutava contra o solo quente que protegia o lago e as partes dos túneis abaixo dele. A vasta cidade subterrânea permanecia dominada pelo ar frio, mas, além dela, onde os túneis e cavernas foram abertos na terra comum, a água havia congelado completamente, marmorizando as rochas com veias de gelo. A água gelada soltava as pedras, causando inúmeros tremores e desmoronando paredes nas cavernas subterrâneas. Conforme as rochas se ajustavam, os tremores paravam e o ar gelado tomava os túneis.

Na cidade subterrânea, Sophia corria rápido, as botas molhadas grudando no chão. Ela e Theo seguiam Shadrack às pressas pela cidade, para longe dos revólveres dos Homens de Areia e das pedras que caíam pelo impacto de suas balas. Sophia tentou chamá-lo, mas mal conseguia encontrar a voz, tamanha a falta de fôlego. Eles haviam chegado a uma avenida estreita, e, enquanto Shadrack desacelerava para encontrar uma saída mais fácil, Sophia conseguiu dizer:

— Shadrack, por aqui. — Ela apontou, certa de que poderia ver a escadaria e a abertura no alto da parede da caverna. E assim que o fez, uma bala atingiu a torre perto dela e um pedaço de calcário branco caiu sobre sua cabeça.

— Então vá — Shadrack respondeu com urgência. — Depressa.

Sophia correu, com a respiração ficando cada vez mais dolorosa. Ela virou uma esquina, escorregando no solo desprendido, e acelerou por sobre uma arcada larga que levava ao aqueduto. *Tem que ser essa*, ela pensou, correndo ao lado do aqueduto e seguindo-o por sob duas estreitas pontes.

De repente, ela se pegou perto de um portão idêntico àquele da entrada da cidade, a alguns metros da parede da caverna. E ela estava certa — as escadas estavam lá: cortadas direto na pedra, ziguezagueando vertiginosamente para cima na direção da abertura na parede.

— É esta aqui — ela gritou, virando-se para os outros.

Mas não havia ninguém atrás dela.

Ela parou, imóvel, olhando incrédula para os edifícios pálidos. Então ouviu tiros e o retumbar de passos, mas não pôde dizer se estavam perto ou longe. Ela estava prestes a mergulhar de volta na cidade para procurar Shadrack e Theo, mas então as rochas acima dela estalaram com um ruído alto e ela ficou envolvida numa nuvem de poeira.

Um dos homens a avistara. Ele surgiu ao lado de um prédio a uma boa distância e avançou com determinação. Enquanto segurava o revólver apontado na mão direita, soltou a longa corda do gancho com a esquerda. Sophia tinha apenas duas saídas: correr ou subir as escadas. Pelo que lhe pareceu uma eternidade, ela ficou ali parada, cheia de dúvida, enquanto o homem vinha em sua direção. Então ela se virou e começou a subir o mais rápido que pôde.

Os degraus tinham apenas um metro de comprimento, e não havia corrimão. Ela manteve o olhar para a frente e não olhou para baixo. *Ele não vai subir*, Sophia pensou desesperada, *ele vai atirar em vez de subir*. E, quando ouviu a parede se despedaçando atrás de si, soube que seu palpite estava certo. *Eu preciso me certificar de que os outros me vejam*. Sem parar, ela enfiou a mão no bolso da saia, deixou cair uma semente, mas não esperou para ver se brotava. Suas pernas começavam a fraquejar, e, pela sensação trêmula nos joelhos, ela sabia que caminhava com mais lentidão. O solo embaixo do seu pé cedeu, e ela olhou para baixo horrorizada, a tempo de ver que ele desmoronava em meio às garras do gancho do Homem de Areia. *Continue, continue!*, disse a si mesma ferozmente, cerrando os dentes e se forçando para a frente. Ela fez outra volta e deixou cair outra semente. Havia outra volta e mais outra vinte degraus depois, outra semente, outra volta... *Por quanto tempo mais?*, pensou, sem ousar olhar para baixo. Ela contou, vinte degraus, uma virada, e então mais vinte degraus. E então estava lá, no topo do próximo lance: a estreita entrada na pedra.

Ela correu os últimos vinte passos e se abaixou para entrar. Quando parou para recuperar o fôlego, olhou para a imensa caverna abobadada. A visão a deixou tonta. A cidade parecia pequena, como um agrupamento de pequenas casinhas de açúcar. Ela ainda podia ouvir os ocasionais disparos das armas de fogo. Os Homens de Areia não estavam à vista. As sementes que ela havia largado haviam se tornado árvores brilhantes, escalando as pedras de calcário e lançando uma luz branca pungente dentro da câmera. *Se eles olharem para cima, vão saber para onde eu fui*, Sophia pensou, com a respiração doendo no peito. *Não é possível que não vejam. Posso esperar aqui até que notem.* Ela olhou por sobre a cidade desesperadamente e de repente viu um brilho pálido entre alguns prédios — um rápido lampejo prateado.

Não era uma tocha nem a lâmina de uma espada; mas lhe lembrava algo. *Uma luz refletida em um espelho, uma luz através do vidro de uma janela, alguma outra coisa... o que será?* Lá estava o lampejo novamente, e ela notou que era a mão de Theo, enrolada na linha prateada. Ela respirou fundo.

— Theo!

Um pedaço de rocha desmoronou na parede ao lado de sua perna. O Homem de Areia ainda estava muitos lances escada abaixo, e o ângulo dos degraus não lhe permitia um disparo direto. Mas ele continuaria subindo, e, cedo ou tarde, chegaria à entrada.

Sophia se virou angustiada; ela tinha que continuar. Além de tudo, era impossível ver dentro do túnel. Ela lançou uma semente e esperou, aflita, enquanto a planta escalava a parede do túnel, ganhando vida com centenas de botões. O ar cheirava a madressilva; as flores brilhavam como pequenas estrelas, e, enquanto cresciam, Sophia viu que o largo túnel subia em uma escadaria larga de pedra.

— *Mais escadas?* — ela gritou, desesperada.

Ela mantinha as forças andando numa velocidade comedida, e sempre que a luz fraca das árvores diminuía, ela deixava cair outra semente para que aquelas flores cheirosas iluminassem seu caminho. Logo o som dos disparos desapareceu, e ela não pôde ouvir nada além de seus próprios passos e da respiração acelerada. Embora não houvesse sons de passos atrás dela, ela não se permitiu acreditar que havia despistado seu perseguidor.

A escalada parecia interminável. Seus pés nas botas molhadas se moviam desajeitadamente. Ela sabia que devia continuar subindo, mas se sentia desesperada por ter deixado os outros. *Eles vão ver as árvores*, pensou com convicção. *Vão ver as árvores e vão saber para onde eu fui.* E tentou manter a noção do tempo contando os passos. *Um passo por segundo. Uma semente a cada cinquenta passos.*

Quando chegou aos quinhentos passos, suas pernas começaram a tremer. Aos oitocentos passos, ela teve certeza de que não poderia continuar. Mas, se parasse, certamente perderia a noção do tempo. E, se descansasse um momento, uma hora inteira se passaria sem que ela notasse, e o homem que a perseguia a alcançaria. *Preciso continuar*, pensou, desesperada. *Somente alguns segundos.* Suas pernas pareciam parar por vontade própria. Ela se apoiou contra a parede no escuro e fechou os olhos. Seus joelhos tremiam com tanta força que ela mal podia ficar em pé. Com um soluço involuntário, Sophia desabou, agachando-se e descansando a cabeça sobre os joelhos dobrados. Ela contou minuciosamente: *um, dois, três, quatro, cinco, seis...*

Os segundos se passaram. Sophia contou e se deu conta de que, conforme a contagem aumentava, acontecia com ela a coisa que ela mais temia: ficar sozinha, em um lugar onde o tempo passava invisível, onde ela podia fechar os olhos e acordar de repente e descobrir que dias, meses, anos haviam se passado. *É disso que tenho medo. É disso que sempre tive medo.* Mas tal pensamento não lhe trouxe horror. Em vez disso, parecia lhe trazer certa clareza. *O que realmente me mantém aqui, no presente? Nada. Eu posso abrir os olhos e estar no futuro. Em vez das memórias de uma vida inteira, eu tenho...* Ela abriu os olhos e encarou a escuridão. Ela havia se esquecido de contar. O silêncio ao redor dela era absoluto. Vários pensamentos se passaram rápida e simultaneamente pela sua mente, e seus olhos se arregalaram.

Ela teve a nítida lembrança de estar no convés do *Cisne*. A voz de vovó Pearl surgiu da escuridão, clara e doce:

— *O que mais existe lá fora que ninguém vê porque está olhando as horas?*

— Sem amarras ao tempo — Sophia sussurrou alto no escuro. — Futuro, passado, presente... não faz diferença pra mim. Eu posso vê-los pelo que são.

Ela se levantou cambaleante. A visão da mão de Theo, envolvida pela linha prateada, brilhando na câmara subterrânea, encheu sua mente de luz. *É Theo*, ela percebeu, *era Theo quem corria em minha direção quando a torre caiu.* Ela se lembrou da primeira vez que leu o mapa de vidro, a bordo do trem, sentada na frente de Theo, sob a luz da lua. E então ela o leu novamente, e mais uma vez, e cada vez a mesma imagem — cada vez mais conhecida, mais dolorosamente próxima — aparecia ao final. As memórias pareciam tão vivas, tão familiares, tão reais!

— Posso vê-los pelo que são — Sophia murmurou.

Sem mais contar, sem sentir mais necessidade disso, ela se levantou e subiu. Suas pernas pareciam se lançar sem esforço, apesar da exaustão e da escuridão.

Ela enfiou a mão no bolso e procurou outra semente. Então notou, surpresa, que era desnecessário. Ela conseguia ver os passos diante de seus pés. Uma luz fraca se estendia diante dela vinda do topo das escadas. Sem parar para olhar, ela seguiu em frente. Subitamente, uma rajada de ar gelado atingiu seu rosto e ela ergueu a cabeça. Havia uma abertura a apenas alguns passos diante dela. Sophia deu o passo final. Entorpecida, derrubou a semente presa entre os dedos.

Ela estava à beira de um lago congelado, dentro de uma alta pirâmide com paredes de vidro. Além das superfícies congeladas, a neve caía silenciosamente enquanto relâmpagos iluminavam o céu cinzento ao longe. Era exatamente como ela havia visto tantas vezes antes na superfície dos quatro mapas. *Todos achamos que as memórias nos mapas vinham do passado*, ela pensou, *mas elas vêm do futuro. São as minhas memórias. As lembranças de como eu destruí este lugar.*

# 36
## Um mapa do mundo

*# de julho de 1891: Hora #*

*Cartografites: Ferramentas pertencentes à função de cartógrafo. Em partes do mundo conhecido onde se acredita que os cartógrafos possuem habilidades da adivinhação, as cartografites são tidas como instrumentos de grande poder. A crença tem base em fatos verdadeiros, já que as ferramentas dos cartógrafos frequentemente encontram objetos de outras eras.*

— Veressa Metl, *Glossário de termos terrabaldianos*

UMA LONGA E ESPIRALADA sacada circulava as paredes da pirâmide, deixando intocado o lago congelado no meio. Sua superfície assemelhava-se a uma chapa de mármore claro, que não ocultava completamente as notáveis águas abaixo. Sophia não precisava do Rastreador de Vidro para saber que o lago era o mapa — o maior mapa que ela já vira. A *carta mayor*.

Nas margens dele, ela podia ver os jatos de luz se mexendo como pequenos peixes presos embaixo do gelo. Perdida por um momento no tempo, ela pensou em como as memórias que ela estava prestes a criar haviam encontrado um jeito de entrar nos quatro mapas. Sua mente desdobrou horas de deliberação em um único e iluminado segundo.

*Eu havia esquecido*, Sophia pensou, *o que um mapa realmente é: um guia para o caminho que devemos seguir. O mapa de vidro não continha memórias. Ele continha direções. Ele estava dizendo o tempo todo o que ela, e só ela, deveria fazer.*

Ela deu um passo à frente para olhar mais de perto a *carta mayor* e se ajoelhou para apertar a palma contra a superfície gelada. O gelo queimou e acalmou sua mente. Ela ficou ali um longo tempo, com a mente perdida nos movimentos gentis que acenavam de baixo. Enquanto retirava a mão, ela se sentiu completamente calma. O gelo havia resfriado seus pulmões e suas pernas doloridas. Sua mente estava renovada. Ela respirou fundo para se purificar, então se virou na direção da sacada curva e novamente se preparou para subir.

*Vou subir até o topo*, pensou, resoluta, *e de lá vou empurrar a pedra que trará a torre abaixo. É isso que o mapa diz que devo fazer.* Mas então algo inesperado aconteceu. Ela pisou na sacada, colocou a mão contra a parede para se segurar, e uma súbita rajada de memórias encheu sua mente. Ela se afastou e olhou para a parede mais de perto. Os cubos de vidro, escorregadios e levemente úmidos, estavam vivos com imagens delicadamente gravadas. Enquanto erguia o olhar, ela entendeu que todos os blocos na pirâmide eram um mapa cuidadosamente colocado ali: um mapa com memórias das Geadas do Sul.

Ela não conseguiu resistir à tentação de andar lentamente, passando os dedos pelas superfícies lisas, deixando as memórias a dominarem.

Também se lembrou dos dias escuros, sem a luz do sol, e dos longos períodos de frio pungente que parecia congelá-la até os ossos. Ela se recordou de buscar abrigo em cavernas cheias de neve e se esforçar para ficar aquecida diante das chamas fracas alimentadas com ossos de animais. Mas então as memórias mudaram, e ela começou a entender que as pessoas haviam esculpido suas vidas no gelo. O mundo daquela era resumia-se a um vasto território gelado. Geleiras se estendiam pela terra, interrompidas apenas pelas águas congelantes do mar. Não havia solo, nem vida vegetal e quase nenhuma luz do sol. Os habitantes escavavam suas casas nas geleiras e buscavam alimento no oceano. Por centenas e centenas de anos, eles sobreviveram com nada mais que isso.

E então Sophia se lembrou de que um deles recebera um mapa. Não havia memórias de onde esse mapa viera. Pintado em couro de foca, ele mostrava uma rota que seguia através do coração das geleiras até as cavernas, nas profundezas da terra. Cavernas que eram secas, quentes e escuras. Eles haviam construído seus lares nas câmaras debaixo da terra, escavando espaços cada vez maiores nas cidades subterrâneas que não paravam de crescer. Eles nunca haviam abandonado completamente o mundo de gelo que havia lá em cima, mas, com o tempo, passaram a viajar cada vez menos entre os dois mundos.

Sophia fez uma pausa no mapa que lhe trouxe as memórias dos primeiros experimentos com o solo. Enquanto continuava, com os dedos passando levemente por sobre o vidro, ela se maravilhou com as descobertas contidas ali. Ela não as entendia, mas podia ver a tarefa trabalhosa de encontrar solos raros e as tarefas ainda mais árduas de transformar, transmutar e finalmente inventar solos.

Ela estava quase a meio caminho do topo da pirâmide, andando devagar, sem notar a escadaria vazia. Multidões preenchiam sua visão enquanto as memórias passavam como flashes diante dela.

As descobertas no solo haviam levado a plantar coisas novas — coisas que cresciam em pequenos espaços de solo subterrâneo, sem a presença de luz solar, e coisas que cresciam no solo espalhado sobre o gelo. Conforme os solos se adaptavam, mais raízes cresciam de modo mais sofisticado, incorporando metais que permitiam que elas abrissem caminho no gelo e conseguissem sustento até da rocha e do gelo mais inóspitos. As plantas eram cultivadas para todos os propósitos: iluminar as cavernas subterrâneas, prover comida onde as plantações comuns não seriam capazes de crescer, encher túneis labirínticos com vozes que mostrassem o caminho.

Conforme cresciam as realizações dessas pessoas, crescia também sua ousadia, e algumas migraram para o mundo de gelo que havia acima. O solo milagroso daquela era lhes dava a certeza de que nenhum clima seria duro demais; eles não tinham limites. Construíram belas cidades sobre as geleiras, enchendo os continentes, transformando os antigos dias de frio intransponível em um pesadelo distante. E se tornaram exploradores. Em sua expansão intrépida por todo o globo, aprenderam a criar mapas de memória. A cartografia na Era Glacine atingiu o auge de suas realizações.

Sophia parou. Ela tirou a mão da parede e afastou sua mente das memórias que acabara de absorver. Algo a interrompeu, mas ela não tinha certeza do que era. Ela ouvira um som dentro da pirâmide? Não... não era um som; era algo mais. Ela aproximou o rosto da parede clara e olhou para o mundo além dela. A estranha tempestade de neve e relâmpagos continuava, mas, de onde ela estava, no alto, viu pela primeira vez que a pirâmide estava cercada por toda uma cidade. Quase invisíveis na geada, os prédios brancos se estendiam por largas avenidas. Ela viu, também, a visão que a distraiu dos mapas: havia pessoas andando aqui e ali no chão ao longe.

Ela não podia distinguir, daquela altura, quem eram. Ela não sabia se Shadrack e Theo estavam entre eles, se haviam encontrado a saída dos túneis, ou se as pessoas das Geadas do Sul andavam pelas ruas congeladas, alheias ao fato de que alguém de outra era escalava sua pirâmide, com a intenção de destruí-la.

Sophia sentiu um espasmo de desconforto e continuou caminhando cheia de propósito, subindo os degraus rasos. Ela sabia que havia perdido a noção do tempo. Os céus continuavam da mesma cor, mas a estranha tempestade elétrica que se dava acima da geada não deixava claro se era manhã, tarde ou noite. Pelo que ela sabia, muitas horas deviam ter se passado.

De tempos em tempos, enquanto subia os degraus, tentou ver as pessoas que havia encontrado antes. Mas, quanto mais alto subia, mais difícil ficava. Elas haviam se tornado pontos minúsculos, movendo-se imperceptivelmente no gelo. Quando chegou ao topo da pirâmide, os raios de luz se tornaram mais brilhantes e ferozes. Sobre ela, uma sacada arredondada subia da parede até quase o pico da pirâmide.

De lá, Sophia pôde ver além dos muros, em todas as direções. Ao sul, a face escarpada da geleira se estendia até o horizonte. Ao norte, estavam as planícies desertas das Terras Baldias e os contornos cinzentos de Nochtland. A cidade parecia lamentavelmente pequena de tal distância: não mais do que uma pedra no caminho da geleira.

No centro da sacada, havia uma esfera de pedra quase tão grande quanto ela, e, equilibrada em cima dela, uma reprodução em miniatura da própria pirâmide, feita de vidro. Seus olhos vagaram por toda a extensão da parede até lá embaixo, por sobre os milhares de mapas que se espiralavam até a base da pirâmide. Eles recontavam a longa e contínua história daquela era. *Certamente*, Sophia pensou, *o mapa no pedestal é o último, as últimas memórias guardadas para a criação da pirâmide.*

Antes de se aproximar, ela caminhou até a beira da sacada. A vista a deixou tonta. Ela deu um passo para trás, se recompôs e então se inclinou cuidadosamente para a frente. O lago congelado estava completamente visível. O mapa do mundo estava embaixo dela, criado por alguma mão desconhecida, com algum instrumento desconhecido, aprisionado embaixo do gelo. Ele não estava imóvel. Uma luz incansável parecia se mover através dele, alterando as cores e o padrão abaixo da superfície. Sophia estava hipnotizada, sem compreender o que acontecia. Que visão do mundo ele refletia? Que possibilidades do passado e do futuro ele capturou em suas profundezas congeladas?

Ela se afastou da amurada com uma sensação de tristeza pungente. *Como vou poder destruir tudo isso?*, pensou. Não havia dúvida em sua mente de que as memórias dos quatro mapas estavam destinadas a serem dela, mas ela não poderia se obrigar a fazer aquilo que tornaria aquelas memórias reais. Abaixo da superfície jazia um mundo de conhecimentos, visões, verdades. Ela imaginou a corrente fina de água que carregava em si a história de como seus pais haviam partido de Novo Ocidente, para nunca mais serem vistos. Estavam ali, em algum lugar embaixo do gelo, os segredos da vida de seus pais. Sophia foi dominada por uma saudade tão grande, que não conseguiu perceber, até que finalmente *soube*, que estava afundando na amurada.

Enquanto se inclinava para a frente, ouviu um som inesperado — um passo. Alguém a seguira. Alguém havia escalado até o topo da pirâmide sem ser visto e estava prestes a surgir na sacada ao lado dela. Sophia se preparou para encarar o Homem de Areia com o revólver que a perseguira na caverna subterrânea. Ela não sentiu medo, mas manteve o estômago endurecido, como se preparado para um golpe súbito.

Mas não era o homem com o revólver. Enquanto a pessoa que a seguia aparecia em sua frente, Sophia recuou inadvertidamente. O véu não estava mais ali, e a face cheia de cicatrizes era pálida e contrastava com o cabelo solto, despenteado e emaranhado por causa da neve.

Blanca a encontrara.

## 37
## O fim dos dias

> **# de julho de 1891: Hora #**
>
> *Findia: Termo usado pelos seguidores das Crônicas da Grande Ruptura para designar o dia em que determinada era chega ao fim. O termo é ambíguo, pois não deixa claro se é usado meramente para designar a conclusão de uma era no calendário ou para marcar a destruição de uma era que dá lugar a outra.*
> — Veressa Metl, *Glossário de termos terrabaldianos*

SOPHIA AGUARDOU DIANTE DO pedestal, observando Blanca enquanto ela entrava na sacada. Por um momento, nenhuma das duas falou. Blanca parecia nem notá-la. Ela passou por Sophia, foi até a amurada e olhou para o lago.

— Eu não me dei conta até que você saiu — Blanca disse — que os mapas descrevem esse momento... aqui, agora. — Ela se virou, e Sophia viu sua face cicatrizada. — Não era a Grande Ruptura em si, apenas um eco distante. — Ela riu baixo, amargamente. — Mas você... você entendeu. Você é uma cartógrafa melhor do que eu, afinal. Talvez porque você não tenha noção do tempo, sua mente voa livre — ela brincou. — Você vê as coisas pelo que elas são, apesar de quando elas são.

Sophia não disse nada. O vestido e a capa de Blanca estavam rasgados, e suas mãos, arranhadas. A Lachrima parecia ter enfrentado algum tipo de batalha contra elementos ou, pior, contra outras pessoas, e Sophia imaginou temerosamente qual seria o estado delas.

— O que aconteceu com você? — ela finalmente perguntou.

Blanca continuou como se não tivesse ouvido.

— Quando eu percebi que eu havia lido os mapas de modo errado, eu corri até as masmorras, apenas para descobrir que você já havia sumido. Os guardas de Nochtland me disseram que vocês fugiram pelos túneis, e eu entendi na mesma hora. Você adivinhou ou leu a verdade nos mapas dessas paredes?

— Adivinhou o quê?

— Que essas Geadas do Sul que se aproximam e o meu lar, a Era Glacine, são uma coisa só?

Sophia balançou a cabeça.

— Eu também não sabia o que significavam os quatro mapas. Eu não sabia de nada até que cheguei aqui e li esses mapas. Os mapas de vidro nas paredes. — Ela fez uma pausa. — E então eu soube que eram sobre este lugar e que eu teria de destruí-lo. — Sophia abaixou a cabeça. — Estou aqui, mas não consigo fazer isso.

Blanca se virou com um suspiro e olhou novamente para o lago congelado.

— Pobre criança. Você realmente não tem noção do tempo. Você sabe quanto tempo passou aqui, desde o momento que deixou as cavernas?

Sophia sentiu o estômago revirar de ansiedade.

— Não.

— Mais de nove horas pelo relógio das Terras Baldias. Vinte e cinco horas pelo relógio de Novo Ocidente. Dois dias já nasceram.

Sophia ficou boquiaberta.

— Você provavelmente ficaria aqui até o fim dos tempos, por conta própria — Blanca disse, melancolicamente.

— Mais de um dia inteiro — Sophia sussurrou, com a voz engasgada. — Achei que talvez tivesse sido só uma hora... ou duas.

— Enquanto você tem contemplado os mapas do Grande Salão — Blanca disse, olhando novamente para Sophia —, eu perdi minha chance de salvar a Era Glacine. As geadas avançaram rápido. Elas já cobriram a *carta mayor*. Estamos atrasadas demais.

— Eu não entendo. Se você queria que a Era Glacine cobrisse a terra, por que simplesmente não esperou que as geadas seguissem seu próprio curso? Por que se incomodar em achar a *carta mayor*?

— Você ainda não foi além do Salão — Blanca disse, com um cansado aceno de mão. — Você ainda não viu como a Era Glacine está agora. — Seu suspiro parecia carregar anos de exaustão. — Do momento em que seu tio me libertou, meu objetivo era voltar para minha era. Eu finalmente encontrei meu caminho para a Tierra del Fuego, onde eu descobri uma parte da Era Glacine, completa e intacta. Você tem ideia... consegue imaginar... a alegria que eu senti diante da oportunidade de andar mais uma vez em minha própria era? De estar em *casa*? Eu ansiei tanto para ouvir minha língua... para ouvir meu nome... — Ela proferiu um som que não parecia uma palavra, mas que sugeria, por sua entonação, uma leveza vívida: feliz, brilhante e de alguma forma jovem. — Você deve saber o que quero dizer. Você mal saiu de Novo Ocidente, e, mesmo assim, tenho certeza de que está louca para voltar para lá.

Sophia sabia que não era a mesma coisa, mas relembrar seu lar, na East Ending, fazia com que ela tivesse uma noção do que Blanca estava sentindo.

— Acho que sim.

— Bem, então — Blanca disse, com a voz cativante —, imagine como seria voltar para Boston, sua cidade amada, e encontrá-la deserta, em ruínas. Sem uma viva alma em lugar nenhum. Apenas os restos das vidas que um dia a ocuparam.

Sophia não pôde evitar olhar através das paredes da pirâmide para a cidade de gelo abaixo.

— A era estava deserta?

Blanca soltou uma risada amarga.

— Completamente deserta. Toda a Era Glacine era uma concha vazia, um casco sem vida. Seu povo havia morrido havia muito. Suas cidades caíram em ruínas. Tudo que restava era gelo e pedra. O mundo do qual eu me lembrava não existia mais... tinha sumido.

— Mas eu não entendo. — Sophia recuou para se apoiar na parede. — Não é *esta* a era a qual você pertence? Uma era com pessoas vivendo nela?

— Ao que parece, ninguém pode voltar ao mundo de seu próprio passado. — Blanca parou ao seu lado. — Esta é, de fato, a minha era. Mas eu tinha vinte anos na época da Ruptura, e, quando eu voltei, mais de oitenta anos haviam se passado. A Era Glacine, como eu a conheci, estava destruída. O gelo triunfou. Cada coisa viva pereceu. Nada sobreviveu, a não ser as geleiras.

— Mas eu vi pessoas andando lá embaixo — Sophia protestou.

— Você viu as Lachrimas — Blanca disse, objetivamente. — Elas nasceram dessa nova fronteira. Há centenas delas. São as únicas criaturas que irão habitar essa era agora. Ao compreender a destruição total da minha era, eu dei tudo como perdido. Mas então eu ouvi o mito niilistiano e acreditei que poderia haver verdade nele; senti esperança novamente. Se eu pudesse encontrar a *carta mayor*, seria capaz de reescrever a história e evitar a destruição; seria capaz de fazer toda a Era Glacine viver novamente. — Blanca encarou a vastidão congelada além das paredes. — Enquanto eu buscava a *carta mayor*, descobri que a era estava avançando para o norte. Como uma tumba em expansão, as geleiras estavam dominando a terra, e a *minha* era, a maravilhosa era que eu conheci e amei, nunca mais existiria. — Ela colocou a mão na parede da pirâmide. — Eu cheguei tarde demais. Tarde demais.

Atordoada, Sophia olhou para a cidade vazia. Olhou para o sul, por sobre toda a vasta imensidão branca, imaginando os milhares de quilômetros de deserto gelado, as cidades congeladas desmoronando lentamente, os refúgios subterrâneos se desintegrando. As geleiras estavam tomando tudo em seu caminho. Sophia olhou para o rosto repleto de cicatrizes de Blanca, e teve certeza de que viu a dor em sua expressão sem traços. *O que pode ser pior*, ela pensou, *do que perder não apenas a família, os amigos, o lar, mas todo um mundo vivo?* Então ela estendeu a mão cuidadosamente e a colocou sobre a de Blanca.

— Sinto muito — sussurrou.

Blanca apertou a mão de Sophia. Enquanto as duas observavam, a tempestade sobre elas se encaminhava para o norte, passando por sobre a pirâmide e seguindo as geadas que avançavam. Blanca se virou de costas e soltou a mão de Sophia.

— A tempestade está se movendo rápido — ela disse, mais para si do que para Sophia. — Não temos muito tempo. — Ela alcançou seu casaco, retirou dele os quatro mapas e os entregou para Sophia, que os segurou por um momento, surpresa, antes de os guardar na mochila. E então Blanca retirou do pescoço a echarpe de seda que havia sido seu véu e a colocou sobre a pirâmide que repousava em cima da pedra arredondada. — Pegue este mapa — ela disse. — Ele contém algumas das perguntas que você busca.

Sophia segurou a pirâmide enrolada na echarpe.

— O que você vai fazer?

— Devemos dispersar as águas da *carta mayor*.

— Mas por quê?

— Eu sei que é difícil aceitar sem explicação, criança, mas as geleiras vão parar de avançar se tirarmos a *carta mayor* de seu caminho. Devemos evitar que o mapa se torne parte da geleira.

— Eu não entendo — Sophia disse, desesperada.

— Ele é um mapa vivo do mundo. Uma vez que seu conteúdo congela, a terra também congela, entende? — Sophia assentiu, hesitante. — Então, se pudermos fazer com que as águas do mapa escorram para o solo quente que existe lá embaixo, as geadas irão parar. — Ela fez uma pausa. — Você sabe o que devemos fazer... Você já viu. — A voz de Blanca era gentil, reconfortante. — Vamos rolar essa pedra para dentro do lago. Quando ela cair, vai destruir o leito do rio, e as águas serão canalizadas para os túneis subterrâneos. Elas se tornarão ilegíveis, sim, mas pelo menos estarão a salvo.

— Mas o salão vai desmoronar! Todos os mapas, e as águas lá embaixo. Shadrack nunca as lerá. Eu nunca descobrirei...

Blanca olhou para ela em silêncio, suas cicatrizes franzindo de pena.

— Eu sei, criança, eu sei. Eu sei a perda que teremos. Mas você deve entender: a *carta mayor* lá embaixo está congelando enquanto conversamos. O mapa vivo do mundo vai virar um sólido bloco de gelo. É muito tarde para que eu reescreva a história da minha era, e é muito tarde para que você leia a sua história. Se preservarmos o mapa, você não poderá lê-lo, mas talvez alguém possa, no futuro. As águas devem ficar unidas, para que possam representar o mundo mais uma vez. Você seria um obstáculo para tal possibilidade?

Parecia à Sophia que todas as perdas pelas quais ela havia passado durante todos aqueles anos haviam aumentado, gota a gota, até se tornarem uma poça tão grande quanto aquele lago. Agora ela estava acima dele. Podia cair nele e se afogar, ela sabia, e não havia escolha a não ser mergulhar.

— Não — ela sussurrou.

— Eu sabia que você diria isso — Blanca respondeu gentilmente. — Então me ajude a derrubar a pedra. — E se jogou contra o mineral. Seu rosto ficou horrivelmente contorcido enquanto ela empurrava com toda a força, mas a esfera permanecia imóvel. Sophia ficou parada, paralisada pela indecisão, mas então colocou a mochila e os mapas de lado e foi ajudá-la. No momento em que acrescentou seu próprio peso, a pedra cedeu e começou a rolar.

— Depressa! — Blanca gritou. — Afaste-se! — E empurrou com toda a força, para que a esfera rolasse cada vez mais rápido e finalmente chegasse à beira da sacada de onde cairia, estilhaçando a amurada e caindo em silêncio na direção do lago abaixo.

O tempo desacelerou, e a pedra parou no meio do ar. Era como se Sophia estivesse diante de uma janela, por onde ela podia ver o desaparecimento de todas as verdades que ela nunca descobriria, os mistérios que permaneceriam mistérios para sempre. E então, para sua surpresa, ela viu um rosto. Era o seu próprio: a triste e desamparada criança que havia esperado perto da janela empoeirada de sua imaginação. A criança não parecia assustada pela perspectiva de ver o vidro estilhaçado; pelo contrário, ela parecia aliviada e até feliz. Afinal, a janela nunca lhe dera a visão que ela tanto queria; só a mantivera ali dentro, longe do mundo.

Depois, o tempo correu rápido. Um choque violento perfurou o ar quando a pedra atingiu a superfície do gelo. As paredes começaram a tremer, e, em seguida, uma súbita explosão, aumentada por causa da água, atingiu a pirâmide com toda a força. O lago havia se rompido.

Ela gritou inadvertidamente.

— Você deve ir — Blanca disse. — Depressa!

Sophia agarrou a mochila rapidamente, enfiando o mapa da pirâmide das Geadas do Sul junto com os outros.

— Você não vem?

Blanca permaneceu inerte no centro da sacada, que havia começado a tremer enquanto a parede que a segurava estremecia sobre o gelo que se quebrava.

— Não tenho motivo para ir — ela disse. — Vá!

— Por favor, venha comigo.

— Para onde eu iria? Sou uma pária. Sempre fui. Eu não pertenço ao mundo dos homens, por causa do meu rosto. Eu não pertenço ao mundo das Lachrimas, por causa das minhas memórias. Eu não pertenço a nenhuma era viva, porque o mundo do qual eu fiz parte acabou. Não tenho lugar; não pertenço a lugar nenhum; não sou nada.

Sophia sentiu as lágrimas escorrendo pelo rosto e estendeu a mão para Blanca novamente. Mas talvez a visão daquelas lágrimas tenha feito Blanca se lembrar da verdade por trás de suas próprias palavras, pois um terrível grito escapou de seus lábios: um lamento, um choro impossivelmente triste. Ela caiu de joelhos, cobriu o rosto com as mãos, e seu lamento encheu o ar, ecoando pelas paredes quebradas e preenchendo o salão com o som de uma dor inexplicável.

Sophia não suportou.

— Adeus — ela sussurrou, e correu na direção dos degraus para iniciar a longa descida. As paredes desabaram ao seu redor, e ela não ousou parar para olhar o gelo que se quebrava lá embaixo. Com a mão esticada, continuou. E, de repente, quando tocou a parede, a visão dos quatro mapas irrompeu diante dela. Enquanto a ponta dos dedos esbarrava no vidro, as imagens gravadas pareciam conter mais que memórias; Sophia sentia o tropel das pessoas ao seu redor, falando com ela com urgência de dentro dos mapas, enviando seus feitos evanescentes para o mundo uma última vez.

Enquanto corria, Sophia ouviu o grito de Blanca reverberando pelo salão, e ela se deu conta de que também estava chorando alto, um choro áspero de angústia arrancado da garganta. Seus pés pareciam instáveis, e, subitamente, os degraus se curvaram. O topo da pirâmide havia desmoronado, lançando-se ao lago que se esvaziava. A tempestade de neve invadia com força o salão.

— Ainda não, ainda não! — Sophia gritou, correndo mais rápido. Ela tropeçou, e os degraus golpearam dolorosamente suas pernas e costas, mas ela agarrou a mochila e se segurou com o pé. Mancando, continuou correndo.

Em seguida, percebeu que, enquanto virava o último lance e via a parede sobre ela se dobrar para dentro como uma folha de papel caindo, ela não sabia onde estava a saída. Ela havia entrado pelos túneis e não havia visto nenhuma abertura no chão. Sua mão ainda pairava sobre a parede, tentando conseguir conforto nas pessoas ao redor dela. Eram apenas memórias, mas tinham vida própria. Elas não falariam com ela? Não apontariam com urgência um lugar na parede da pirâmide? Subitamente, Sophia ouviu um par de vozes que parecia emergir da confusão: um homem e uma mulher gritavam para ela com confiança e doce encorajamento. *Voe, Sophia, voe!* Ela olhou para a frente e viu, assustada, uma abertura triangular que permanecia intacta. Não era mais do que uma fenda na parede. Ali estava a saída.

Contudo, a fenda estava a muitos passos de distância. Quando Sophia chegou à base da escada, ela notou, horrorizada, que o chão havia se desintegrado. Ela estava parada em um pedaço de gelo flutuante. Então pisou o mais rápido que pôde, correu e pulou para outro pedaço que flutuava diante da entrada. Ela estava quase lá. Só mais alguns passos. Ela pisou devagar no gelo, e, quando saltou repentinamente na direção da fenda, a placa de gelo se despedaçou, deixando apenas água gelada para trás.

Sophia correu pela neve e olhou para o terreno enorme e congelado. Em seguida, um som irrompeu atrás dela. As poderosas paredes se estilhaçaram: folhas de vidro se chocavam umas contra as outras, fragmentando-se em pedaços. Sopros de neve e gelo explodiam enquanto as paredes despencavam. Era uma pilha de pedregulhos: mapas destruídos sobre um lago vazio, águas infundindo para o solo quente abaixo. E em algum lugar lá no fundo estava Blanca. O ar ficou imóvel.

E então, com um sentimento de terror e expectativa, Sophia se virou lentamente e se afastou do salão destruído. Ela veria aquilo? Ele ainda estaria ali? Ela estreitou os olhos e olhou para o norte. Não havia nenhuma nuvem de tempestade na direção de Nochtland. O sol brilhava com força sobre o gelo. E lá, na extremidade da geleira...

O coração de Sophia acelerou. Um súbito brilho surgiu na superfície branca: um reflexo de algo pequeno, porém brilhante, como uma estrela apressada num céu ainda claro.

## 38
## Vento amigo, mão amiga

> *2 de julho de 1891: 10h#*
>
> *Lachrima: Palavra latina para designar "lágrima". Relacionada à mesma palavra vernacular. Nas Terras Baldias e em outros lugares, é usada para descrever os seres sem rosto que são mais constantemente ouvidos do que vistos. O som de seus lamentos é lendário, e diz-se que ouvir o choro de uma Lachrima é saber a extensão completa da dor humana.*
>
> — Veressa Metl, *Glossário de termos terrabaldianos*

Enquanto o Salão das Lembranças desabava, a luz brilhante que percorria as bordas das geleiras sumiu, e a lenta invasão cessou. O gelo ficou imóvel nas planícies fora de Nochtland, e uma nova mudança começou. O sol forte começou a derreter as geleiras, liberando uma rasa corrente de água, como se um bloco de gelo derretesse sobre uma mesa. No começo, a mudança foi imperceptível, mas, conforme o sol continuava a brilhar no gelo, tornou-se impossível ignorar. As águas subiam sobre as planícies em uma silenciosa inundação.

Alguns, pelo menos, estavam bem preparados. Perto do enorme penhasco de gelo que formava a extremidade da geleira, uma magnífica boldevela com velas verdes brilhantes corria por sobre as águas a toda velocidade. Contornou a beira da geleira, seguiu em frente em suas rodas altas, até que a água subiu e levantou o navio. Ele continuou navegando, com as rodas fazendo-o avançar e com o vento frio inflando-lhe as velas. Parado diante do leme e gritando ordens, estava o educado pirata Burton Morris.

— Eu disse CORDA, não *balde* — Burr berrou para Peaches, que corria em sua direção com um balde e uma vassoura.

Os piratas do *Cisne*, mais uma vez, foram bem-sucedidos em manter sua fama. Viajando por terra quando souberam das notícias sobre uma estranha frente fria que seguia para o norte, eles conseguiram a mais magnífica boldevela que puderam encontrar na estrada de Veracruz e navegaram com ela até Nochtland. E encontraram a cidade toda imersa em desordem. Talvez tenha sido mais do que sorte o fato de vovó Pearl ter insistido em uma rota pelo sudeste, diretamente para a assustadora geleira. Nas colinas rochosas a sudeste da cidade, perto do lago Cececpan, fizeram uma parada repentina, enquanto ela mantinha a cabeça erguida e alerta, ouvindo.

— Mas como é que você consegue ouvir alguma coisa nessa tempestade? — Peaches protestou.

— Silêncio, Peaches — ela disse. — Há uma caverna aqui perto? — ela perguntou, voltando-se interrogativamente na direção dele.

Então eles navegaram diretamente até a abertura escura da caverna que haviam avistado nas colinas, chegando bem a tempo de ver Burr, Calixta e outros quatro espeleologistas emergindo dos túneis. Agora todos estavam navegando com o vento, correndo rapidamente na direção da pirâmide, que desabava numa lufada de neve branca.

SOPHIA CORREU NA DIREÇÃO do fraco lampejo prateado que se movia pelo gelo na direção dela. Suas botas pareciam se agarrar à neve e grudar nos seus pés, formando duas bolas enormes. Ela achou que aquela visão estava ficando maior, então parou para chutar a neve das botas. Sua respiração se tornava cada vez mais difícil à medida que ela se inclinava para a frente e continuava correndo.

E então, depois do que pareceram horas, ela viu claramente: Theo acenava com a mão enfaixada com a linha prateada. *Agora eu vejo o que os Destinos planejaram*, Sophia pensou enquanto resfolegava. *Vejo como definiram tudo cuidadosamente.* Eles se chocaram, Theo rindo enquanto abraçava Sophia, que, por sua vez, cambaleava nas botas cobertas de neve.

— Você a pôs abaixo! — ele gritou.

Sophia balançou a cabeça, deixando que grandes lufadas de ar branco ganhassem o ar.

— Eu não fiz isso.

— Como assim, não fez? Olhe! Ela veio toda abaixo.

Ela se virou e viu a neve se ajustando sobre as ruínas do grande salão.

— Blanca... Nós duas destruímos.

— Blanca? — Theo estreitou o olhar. — Onde ela está?

Sophia balançou a cabeça.

— Ela não conseguiu... — Sophia lamentou, segurando as alças da mochila com força e afastando o olhar da pirâmide destruída. — Ela se foi.

O olhar de Theo permaneceu nas ruínas, mas então ele se virou.

— Vamos sair desse gelo... Estou congelando. — Ele olhou para trás e riu. — Os piratas tomaram um navio!

Eles correram a passos lentos até a borda escarpada da geleira que formava a fronteira da Era Glacine, ofuscados pela forte luz do sol.

— Como estão os outros? — Sophia perguntou, sem fôlego, mas ansiosa demais para não perguntar.

— Estão todos no navio.

— Como conseguiram sair dos túneis?

— Shadrack. É como se ele tivesse o mapa todo na cabeça. Ele correu por lá até que despistamos os Homens de Areia. Calixta e Burr lutaram com eles e tomaram um par de pistolas. Mesmo assim, levamos horas para encontrar uma saída.

Sophia sentiu uma onda de alívio. Shadrack estava salvo.

Eles diminuíram a velocidade quando chegaram na inclinação à beira da geleira. Cambaleando pela elevação afiada do gelo, começaram a escalar em direção ao cume. Os dois escorregaram mais de uma vez; a superfície áspera se tornava mais escorregadia sob a luz feroz do sol. As mãos de Sophia começaram a ficar dormentes à medida que ela se segurava no gelo para se apoiar. Theo ia na frente dela, e, um segundo depois, ele soltou um grito exultante.

— Chegamos no topo! Olhe — ele disse, apontando. — Está tudo derretendo.

Sophia olhou para baixo e viu uma cena inimaginável, inesquecível. A cidade de Nochtland era pouco maior que um caroço cinzento ao longe. E, em volta dela, como um punhado de areia negra na pedra branca, havia milhares e milhares de pessoas. Sophia não sabia se a multidão se estendia da cidade até as margens das águas, que continuavam a subir. Fugindo do avanço das geadas, as pessoas corriam, cavalgavam ou marchavam para o norte. Alguns viajavam em carroças, outros em boldevelas. Alguns tentavam trazer o máximo possível de seus pertences. Outros caminhavam sem nada. As águas já haviam forçado os refugiados para o extremo norte, e, às margens, havia restos de roupas, uma roda de boldevela quebrada e outros detritos flutuando soltos.

Theo acenou e a luz do sol refletiu na linha de prata que mantinha o curativo no lugar.

— Ali estão eles! — ele exclamou, apontando na direção de Nochtland, para uma alta boldevela que seguia na direção deles, passando pelos entulhos.

Conforme o navio se aproximava, Sophia viu Burr pendurado no mastro. A embarcação desacelerou, e ele acenou.

— Ei! Ali, náufragos! — ele gritou e atirou algo na direção deles, desenrolando a corda. — Certifiquem-se de que estão bem presos.

Um gancho de quatro pontas atingiu o gelo, e Theo o prendeu com o pé. Enquanto isso, Sophia apertava a mochila contra o peito.

— Você primeiro — ele disse.

Sophia se agarrou à corda com dificuldade, mas assim que seus tornozelos se prenderam em volta dela, a garota conseguiu deslizar para baixo, na direção do mastro do navio. Burr a segurou pela cintura e a puxou para entre os galhos do mastro.

— Consegue descer sozinha? — ele perguntou. Ela assentiu, mas, antes de descer, olhou para Theo. Ele saltou, agarrou-se à corda e, com agilidade, deslizou para baixo. Sophia desceu mais para deixar espaço, como se descesse pelo tronco de uma árvore, e, um segundo depois, olhou para cima e viu Burr colocando Theo em segurança. Com os dois seguros no mastro, Burr cortou a corda. — Vamos partir! — ele gritou.

Assim que suas botas tocaram no convés, Sophia se viu cercada.

Veressa atirou seus braços em torno dela.

— Estávamos muito preocupados com você!

Sophia sorriu, mas seus olhos procuravam por alguém que ela ainda não tinha visto.

— Onde está Shadrack?

— Eu te levo até ele, querida — Calixta disse, conduzindo Sophia pela mão. — Ele está descansando debaixo do convés.

— Estamos aliviados por você estar de volta, Sophia — Martin disse, dando-lhe um rápido apertão no ombro.

A luxuosa boldevela tinha uma escadaria em espiral que descia para um longo corredor; as paredes cobertas por vinhas estavam cravejadas de flores claras. Sophia seguiu Calixta até um enorme quarto. As escotilhas lançavam uma luz clara no quarto e botões-de-ouro nasciam das rachaduras no assoalho. Vovó Pearl estava sentada em uma poltrona bordada ao lado da cama onde Shadrack estava deitado, recostado em várias almofadas. Ele se inclinou para a frente quando elas entraram.

— Sophia! — ele gritou.

— Shadrack! — Em um instante, ela já estava ao seu lado. — Você está bem? — Ela se afastou na mesma hora e olhou para ele, analisando-o. Por que ele estava ali?

Ele sorriu e colocou o cabelo de Sophia atrás da orelha para que pudesse ver seu rosto.

— *Você* está bem?

— Sim. Você não iria acreditar em tudo o que aconteceu.

Ele riu.

— Perfeito. Sente-se ao lado de vovó Pearl e me conte tudo, porque eu vou ficar aqui por um bom tempo. — Ele afastou as cobertas, revelando a perna direita enfaixada.

— O que *aconteceu*?

— Temo que uma daquelas balas malditas tenha me pegado enquanto eu estava lá embaixo. Estou começando a entender por que o povo de Nochtland não gosta muito de metal.

— Está muito ruim? — Sophia perguntou, olhando para o curativo.

— Não muito. — Ele puxou as cobertas. — Descobri que vovó Pearl é uma médica maravilhosa, além de ser adivinha, contadora de histórias, meteorologista e sabe-se mais o quê.

A velha sorriu.

— Ele tem os ossos e o coração fortes. Agora que você está aqui, ele tem tudo que precisa para melhorar.

Sophia a abraçou forte, agradecida.

— Estou muito feliz que *você* esteja aqui — ela disse.

— É maravilhoso ouvir sua voz novamente, querida — a velha respondeu. — Você tem estado ocupada, não é? Precisa se alimentar. E descansar também.

— Acredito que Sophia parou as geadas sozinha, vovó — Calixta afirmou.

— Não. Não fiz isso sozinha.

— Se fez sozinha ou não — vovó Pearl disse, abraçando-a —, a nevasca acabou e o gelo está derretendo. Você está em vento amigo novamente. Não consegue senti-lo?

Sophia foi até a escotilha, inclinou o corpo e viu as águas geladas abaixo, a cidade de Nochtland à frente e o céu azul acima. Ela podia ouvir as velas da embarcação, as folhas batendo ao vento e a voz de Burr e dos outros piratas no convés. Mas também ouviu um som ao longe que fez seu coração se acelerar: um murmúrio constante, como o lamento alto de mil sereias.

Em seguida, entrou novamente na cabine.

— Parece um vento amigo, mas... e esse som? O que é?

— São as Lachrimas, querida. Temo que existam mais Lachrimas no mundo hoje do que existiam antes.

# 39
## A cidade vazia

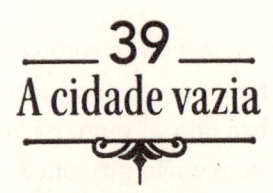

*2 de julho de 1891: 12h31*

*Lunaviar: Esconder pensamentos ou sentimentos apresentando um rosto inexpressivo. A percepção comum de que a lua tem um rosto branco, sem expressão, é aplicada àqueles que apresentam uma expressão alegre ou satisfeita, mas escondem seus sentimentos.*

— Veressa Metl, *Glossário de termos terrabaldianos*

A GELEIRA RECUOU ATÉ os limites do lago Cececpan e então parou, plantando o pé congelado na terra abaixo e virando um ombro frio para o sol acima. A Era Glacine não recuaria mais que isso. E como as geadas cimentaram seu domínio, com suas superfícies duras reluzindo decididamente a sete quilômetros de Nochtland, as fronteiras das eras foram redefinidas.

A vasta e despovoada Era Glacine se alongava dos limites do sul de Nochtland até a ponta do continente. A Patagônia Tardia havia desaparecido. E grande parte da região sul das Terras Baldias também. Onde as eras se encontravam, três cidades diferentes foram abandonadas, suas ruas esvaziadas pela deserção e pelo desastre. Abaixo do solo, a cidade mineral permanecia em sua calcificação silenciosa, suas torres altas brilhando sob a luz lançada pelas árvores dos botânicos. Acima do gelo, na cidade mais ao norte da Era Glacine, os edifícios vazios cercavam as ruínas da grande pirâmide como se estivessem em um luto silencioso. E, em Nochtland, um estranho silêncio recaiu sobre as ruas que costumavam ser muito movimentadas.

Milhares e milhares de refugiados haviam partido, fugindo do avanço das geadas. Nas semanas que se seguiram, eles andaram e vagaram, até que os rumores de que a grande mudança havia terminado chegaram até eles.

Alguns, ao ouvirem isso, pararam onde estavam, largaram suas bagagens, liberaram os cavalos e descansaram. Uma breve pausa se tornou uma longa pausa, até que muitos simplesmente começaram a reconstruir a vida no local onde haviam parado. Novas cidades cresceram numa longa e errática linha que se estendia para o norte.

No entanto, alguns deles não conseguiram acreditar que as geadas realmente haviam cessado e continuaram andando, cada vez mais para o norte, até encontrarem as Terras Baldias Setentrionais. Ali, entre as estranhas pessoas que nunca haviam ouvido falar das geadas, eles largaram seus pertences, aliviados e tentando esquecer a catástrofe que os tirara de seus lares, agora destruídos.

Outros ainda perderam mais que o lar. Era da natureza das Lachrimas buscar a solidão, então pareceu, a princípio, que os milhares de Lachrimas que emergiram da Era Glacine haviam desaparecido assim que vieram à luz. Mas não desapareceram. Muitas das que viviam em Xela, ou nas grandes cidades da Patagônia Tardia, agora vagavam pelas novas terras como criaturas sem rosto, temendo o contato humano, assombrando os limites de cada cidade na rota entre as Terras Baldias e Novo Ocidente.

Conforme a boldevela se aproximava de Nochtland, alguns a bordo pensavam no destino das Lachrimas. Após diligentemente comer e beber o que vovó Pearl colocara diante dela, Sophia ouviu o monótono e distante lamento e pensou em Blanca. Shadrack havia sido encontrado, Nochtland estava a salvo e Novo Ocidente esperava por eles; porém, inexplicavelmente, ela sentia uma incômoda dor. Os gritos de Blanca podem tê-la salvo, tirando-a da pirâmide a tempo, mas também encontraram um caminho até seu coração. Ela não tinha vontade de olhar para o mapa que fizera parte da pirâmide que a salvara. Ela o entregou para Shadrack, sentando-se aos pés de sua cama e segurando a echarpe de seda que havia sido o véu de Blanca. Enquanto torcia o tecido fino nos dedos, pensou nas cicatrizes que ele escondera. Então ela se deu conta de que quanto mais ela via as cicatrizes da Lachrima, menos elas a assustavam. Elas se moviam enquanto Blanca falava; refletiam seus pensamentos e emoções tão claramente quanto um rosto comum o faria. Havia até algo de belo na maneira como aquelas cicatrizes transmitiam a determinação fria e digna que existia por trás delas.

— Sophia — Shadrack chamou —, você precisa dormir um pouco.

— Não estou com sono. Só quero ficar aqui com você.

— Por que não pergunta ao Peaches qual quarto você pode usar e tenta ao menos descansar a cabeça? Se quiser, peça a Veressa vir aqui para me fazer companhia... Ela vai gostar de ver isso.

Era mais fácil concordar. Sophia encontrou os Metl olhando por sobre a lateral da boldevela, para a água gelada que corria abaixo.

— Veressa, Shadrack quer mostrar o mapa para você, aquele que eu trouxe da pirâmide — Sophia disse.

Veressa olhou para ela, pensativa.

— Não cansou de mapas por hoje?

— Sim. Acho que cansei.

— É compreensível. — A cartógrafa repousou a mão brevemente no ombro de Sophia. — Vou descer para vê-lo.

Quando ela saiu, Martin chamou Sophia.

— Olhe para isto, Sophia. — Ela se juntou a ele e viu que as rodas da boldevela estavam novamente visíveis. As águas estavam ficando rasas. O navio estremeceu quando as rodas atingiram o chão, e Burr gritou, ordenando que os piratas ajustassem as velas.

— Estamos quase chegando aos portões de Nochtland — Sophia disse, surpresa, olhando para os altos muros.

— Sim, quase lá — Martin concordou.

— Por que vamos voltar? — Ela olhou com a expressão cansada para os portões sem guardas, que permaneciam estranhamente abertos. — O que será de você e Theo?

— Ficaremos bem. A última coisa com que vão se importar agora é com alguns poucos ossos de ferro.

— Burr quer voltar e procurar por Mazapán — Theo disse, juntando-se a eles. — Todos dizem que ele provavelmente se foi, mas Burr diz que não.

A boldevela passou pelos portões abertos, e todos ficaram em silêncio. Nochtland estava deserta. As fontes e os canais ainda jorravam água, e os jardins, sempre cheios, ainda se estendiam sob a luz do sol. Mas não havia ninguém ali.

— Todos se foram — Sophia disse.

— Ah, tenho certeza que vão voltar assim que perceberem que as águas estão retrocedendo — Martin respondeu.

Enquanto ela olhava para a cidade desolada, achou difícil acreditar naquilo.

— Olhe, tem alguém ali! — Theo disse, apontando para uma mulher que os observava de uma janela.

A mulher acenou.

— A tempestade passou?

— Sim! — Martin gritou, acenando de volta. — Estamos a salvo agora. — E se virou para Sophia. — Viu? Nem todos se foram.

A boldevela se moveu lentamente pelas ruas até que chegou a uma larga avenida no centro da cidade e parou do lado de fora do palácio. Para o assombro de Sophia, os portões dali também estavam abertos. Não havia nem um guarda à vista.

— Estamos em casa! — Martin exclamou.

Enquanto Burr e Theo foram procurar Mazapán, Calixta acompanhou Martin e Veressa até o palácio. Sophia via os piratas descansando e conversando uns com os outros no convés, mas sua mente estava a quilômetros de distância, vendo a face de Blanca se contorcendo enquanto empurrava a pesada pedra pela borda da sacada. As memórias eram tão vívidas como seriam se estivessem em um mapa.

— Sophia?

Ela se assustou. Vovó Pearl havia se juntado a ela.

— Como está, querida?

— É estranho — ela respondeu lentamente.

— O quê?

— Parece que não consigo tirar da cabeça nada do que aconteceu.

— Você viu e ouviu coisas terríveis — a velha respondeu. — E elas não são fáceis de esquecer. E nem devem ser. Seja paciente com você mesma.

— Nós podíamos ter virado Lachrimas. Podíamos estar vagando agora, perdidos, em algum lugar lá fora. — E acenou vagamente para a cidade ao seu redor.

— Esse não era nosso destino. Seu destino — Pearl disse calmamente. — A sua história é diferente.

Sophia refletiu por um momento.

— Sim. Uma história diferente. Aquela que a senhora me contou, sobre o garoto com o rosto cheio de cicatrizes e a cidade subterrânea, foi como se eu visse a história acontecendo. Não exatamente do mesmo jeito, mas mesmo assim foi verdade.

— Ah, sim — vovó Pearl respondeu. — É quase sempre assim com as histórias. Verdadeiras na essência, mesmo quando os acontecimentos e as pessoas que fazem parte delas são diferentes.

Sophia olhou para suas botas esfarrapadas e incrustadas de sal.

— A cidade subterrânea era uma cidade de outra era. O garoto com a cicatriz no rosto era uma mulher. A cidade estava cheia de mapas. Tudo aconteceu como a história diz que seria, só um pouco diferente. — Ela hesitou. — Pelo menos, a maior parte dela. Eu não acredito que as cicatrizes sumiram como na história. Mas, mesmo com essa diferença, as duas histórias são igualmente tristes.

Vovó Pearl deu o braço para Sophia.

— Talvez você esteja certa, mas nunca vai saber. Haverá um tempo em que você verá as cicatrizes desaparecendo.

### 13h40: No palácio de Nochtland

Veressa e Martin voltaram à boldevela algum tempo depois com Calixta e relataram que o palácio havia sido totalmente abandonado. Logo em seguida, Theo e Burr chegaram vitoriosos com Mazapán, sua esposa Olina, e enormes caixotes, cheios de comida e pratos de chocolate. Na fraca luz do entardecer, eles prepararam um banquete no convés do navio.

Burr e Peaches carregaram Shadrack pela escada em espiral, e todas as cadeiras que haviam nas cabines foram trazidas para cima. Foi uma noite de celebração. A refeição estava deliciosa, as louças de chocolate estavam soberbas — servindo tanto como pratos quanto como sobremesa —, com muita fartura para todos. Peaches achou uma harpa que alguém havia deixado para trás em um dos jardins de Nochtland, e por várias horas o doce e embalante som das baladas encheu o ar.

Quando todos se recolheram, Sophia havia se esquecido de suas memórias perturbadoras. A maioria dos piratas voltou com Martin e Veressa para o palácio, onde prontamente tomaram conta das suítes reais. Theo e Sophia ficaram com Shadrack na boldevela. Ela caiu no sono quase que instantaneamente.

No entanto, no meio da noite, acordou suando frio, em pânico, por causa de um pesadelo do qual não conseguia se lembrar. Então ela se sentou, esticou as pernas doloridas e olhou pela escotilha para a lua pálida. Seu coração demorou um pouco para se aquietar.

E, quando isso aconteceu, ela se levantou silenciosamente.

O convés da boldevela ainda estava repleto dos resquícios do banquete. Sophia se afastou da mesa e caminhou até a beirada, repousando os braços na amurada reluzente.

A lua pairava pálida e pensativa sobre o palácio de Nochtland, como a face de um relógio sem ponteiros. Ouvia-se o fraco borbulhar das águas nas fontes dos jardins.

Um passo no convés a fez se virar. Theo se aproximou e apoiou os cotovelos na amurada ao seu lado.

— Sonhos ruins?

— Nem consigo me lembrar sobre o que eram.

— Talvez isto ajude — ele disse, entregando-lhe uma colher de chocolate.

Sophia não se conteve e sorriu. Ela mordeu um pedaço da colher e a deixou dissolver na boca.

— Você ouviu isso? — perguntou.

Theo ergueu a cabeça.

— O quê? As fontes?

— Não, algo mais. Bem longe. — Ela hesitou. — Alguém está chorando?

Se não o conhecesse bem, Sophia diria que Theo parecia quase preocupado.

— Não ouço nada — ele disse suavemente.

— As Lachrimas ainda devem estar na cidade. Quem sabe quantas...

— Você as ouvirá menos quando partir.

Sophia ficou em silêncio por um momento.

— Suponho que agora todos seguirão caminhos diferentes — ela disse, dando outra mordida no chocolate.

— Veressa e Martin disseram que vão ficar até que Justa volte.

— Você acha que ela vai voltar?

Theo deu de ombros.

— Duvido que ela queira... Com o gelo há poucos quilômetros dos portões...

Sophia olhou para a face branca da lua.

— E você? — ela perguntou. — Você vai ficar também?

— Não... Claro que o palácio é legal, mas quem quer ficar sentado o dia todo olhando para as flores? Eu quero fazer coisas, ver lugares novos.

A mente de Sophia se voltou para os piratas e para como Theo havia aceitado a vida a bordo do *Cisne* tão facilmente.

— Tenho certeza de que Calixta e Burr ficarão felizes se você navegar com eles.

— Não sei — Theo respondeu, parecendo em dúvida. — O que eu realmente gostaria de fazer é explorar. — E fez uma pausa. — Você acha que posso conseguir documentos em Novo Ocidente? Shadrack poderia me ajudar?

Sophia sentiu uma inexplicável onda de alegria tomando conta de si, cortando a tristeza como uma corrente. De repente, negociar uma entrada em Novo Ocidente, mesmo com o fechamento das fronteiras em 4 de julho, e esperar pela decisão do parlamento no final de agosto, parecia algo trivial.

— Tenho certeza que ele vai conseguir — ela disse. — Afinal, ele conseguiu os documentos da sra. Clay, não é? E não existe ninguém melhor do que ele para conversar a respeito de exploração — ela continuou, feliz. — Talvez você possa ir com Miles quando ele voltar. Se eu não estiver em aula, eu vou com você.

Theo sorriu.

— Bem, talvez possamos ser exploradores de verão.

Sophia riu.

Então ele esticou a mão enfaixada.

— Você tem chocolate no queixo inteiro — ele disse, limpando o queixo dela com o dedão. Sua mão permaneceu brevemente em seu rosto, e então deslizou para seus ombros. Sophia se encostou confortavelmente nele e olhou para cima, descobrindo um súbito brilho no céu escuro. A face branca da lua olhava melancolicamente para os dois, parecendo ficar um pouco mais próxima.

### 6 de julho de 1891: Partindo de Nochtland

O GRANDE MISTÉRIO SOBRE como e por que a Era Glacine subitamente se manifestara intrigaria cartógrafos de Novo Ocidente, das Terras Baldias e das Índias Unidas por muitos anos. Estava além de seus conhecimentos. Martin postulou, e os outros concordaram, que o fato de eles estarem na cidade subterrânea os salvara. Eles já estavam num bolsão da Era Glacine quando o resto dela chegou, e a fronteira que em outra ocasião teria os transformado em Lachrimas não os tocara. Mas ninguém entendia como a era havia mudado suas fronteiras ou por que a drenagem da *carta mayor* interrompera o progresso das geadas.

    O mapa que Sophia havia trazido com ela da pirâmide parecia conter mais perguntas que respostas. Ele descrevia uma estranha história que começava com tragédias remotas — rumores de pragas e doenças que viajaram através do continente, espalhando medo e pânico. Os animais da Era Glacine caíam enquanto pastavam. Os pássaros desciam ao chão para pegar minhocas ou sementes e ficavam no lugar, mortos. E pessoas também caíam, assim como as cidades e as vilas gradualmente se esvaziavam. Era como se uma era inteira sucumbisse a um veneno invisível. Os cartógrafos não conseguiam oferecer nenhuma explicação: apenas registravam a desintegração gradual de sua era. As memórias do mapa se esvaneciam com os últimos habitantes do que havia sido uma grande cidade, e então terminavam.

    Depois de uma longa conversa com Shadrack, que insistira consideravelmente na questão dos quatro mapas e na surpreendente localização da *carta mayor*, Veressa concluiu que seria melhor que ela e Martin permanecessem nas Terras Baldias. Não havia sinal do retorno de Justa para Nochtland, e rumores diziam que ela estava seguindo para o norte para tentar se juntar ao pai, havia muito ausente. Além disso, seria inútil tentar persuadir Martin a deixar a cidade. Ele ansiava por estudar o solo da Era Glacine — o solo que agora jazia a apenas sete quilômetros de sua porta.

    Sophia confiou o mapa-pirâmide e o enigma contido nele à Veressa, assim como os três mapas que ela havia mantido escondidos por tanto tempo. O mapa de vidro retornaria para Boston.

    Eles permaneceram mais alguns dias em Nochtland, mas então ficou claro que deveriam voltar para casa.

    — Esses livros são para você, Sophia — Veressa disse, já do lado de fora das estufas pela última vez. — Alguns são meus, sobre as Terras Baldias. Acho que você vai gostar deles. E outro, feito por outra pessoa, mas que eu nunca consegui entender o conteúdo. Talvez você consiga.

    Sophia equilibrou a pilha de livros e notou que o do alto tinha um título curioso: *Guia para perdidos, desaparecidos e além.*

    — Obrigada — ela respondeu.

    — É um atlas antigo e adorável. Talvez você o entenda melhor do que eu, já que você é a melhor para entender enigmas cartográficos. — E abraçou Sophia.

— Venha nos visitar assim que puder — Martin disse, abraçando-a também. — Há muito para explorar nessas cavernas. E vamos precisar de uma cartógrafa.

— Você tem Veressa, não tem? — ela brincou.

Martin zombou.

— Vou precisar de mais de uma.

A boldevela pirata os levou para Veracruz, onde embarcaram no valoroso *Cisne* e zarparam para New Orleans. Mas não foi uma viagem agradável; Sophia ainda estava perturbada pelas lembranças de Blanca, e, embora eles tivessem deixado Nochtland e Veracruz bem para trás, ela continuava ouvindo o distante murmúrio que frequentemente a fazia se sentar ereta e em silêncio. Ela sentiu o mesmo enjoo que sentira antes, a bordo do *Cisne*. E, pior, ela sabia que, quando chegassem a New Orleans, ela teria que dizer adeus aos piratas. Theo, sabiamente, deixou-a meditando consigo mesma. Somente Shadrack e vovó Pearl, aquele com grandes planos de explorações futuras e esta com as palavras gentis de reconforto, ousavam chegar perto de Sophia.

— Bem, Soph — Shadrack disse, sentado ao lado dela no convés —, será bom voltar para casa e fazer novos planos. As coisas serão diferentes, é claro, mas acho que de um modo bom. Estou feliz que Theo vá ficar, e não apenas porque ele conhece o oeste melhor do que eu, mas ele tem coragem, aquele garoto. Teremos que conseguir documentos para ele, mas eu posso fazer isso. Nesse meio-tempo — ele disse, ajeitando-se tão repentinamente que até estremeceu —, você vai mergulhar novamente em seus estudos cartográficos. Ainda há muito para aprender! Embora *você* tenha que *me* ensinar algumas coisas, agora — ele acrescentou com um sorriso. — Não é?

Sophia encostou a cabeça em seu ombro.

— É, acho que sim.

— Você *acha* que sim? Você está à frente de uma grande descoberta, Soph!

Mas, por alguma razão, Sophia não conseguia reunir o entusiasmo que, ela sabia, deveria sentir. Tudo o que sentia era náusea.

Quando chegaram a New Orleans, eles se despediram dos piratas, que estavam completamente alegres e nem um pouco preocupados com a impossibilidade de encontrá-los no futuro.

— Tenho certeza que vamos vê-los antes do final do mês! — Burr proclamou, feliz, apertando a mão de Sophia.

— Sem dúvida! — Calixta concordou. — Eles podem não nos deixar passar pelo porto, mas não conseguirão viver sem o rum que entregamos.

— É triste, mas é verdade — seu irmão concordou.

— Acho que eles estão certos, querida — vovó Pearl disse, rindo, enquanto envolvia Sophia nos braços.

— Adeus — Sophia disse, apertando o rosto contra aquela bochecha macia e enrugada. — Mesmo que seja breve, parecerão eras para mim.

— Então faça com que o tempo seja curto, querida — a velha respondeu. — Faça do tempo o que você quiser.

# Epílogo
## A cada um a sua era

### 18 de dezembro de 1891: 12h40

*Quando você perde uma bolinha de gude, um livro favorito ou uma chave, para onde essas coisas vão? Não vão para lugar nenhum. Vão para além. Algumas coisas (e pessoas) vão para além e logo voltam. Outras vão para além e parecem querer ficar. Nesses casos, a única solução para os muito determinados é ir ao encontro delas: ir para além e trazê-las de volta.*

— Autor desconhecido, *Guia para perdidos, desaparecidos e além*

ERA INVERNO EM BOSTON e o ano escolar estava terminando. Sophia pensou, enquanto observava a neve caindo ao voltar para casa, que no dia seguinte poderia não haver bondes se a neve continuasse. E, se os bondes parassem, eles cancelariam as aulas. E, se cancelassem as aulas, ela teria o dia todo livre.

Ela seguiu seu caminho pela East Ending Street e se virou para andar de costas, para ver suas pegadas desaparecendo no chão. O ar estava cinzento e levemente morno, como sempre ficava durante uma nevasca. Então sentiu uma vontade louca de correr quando se aproximou do número 34 e saltou pela neve o resto do caminho, com a mochila pendurada de um lado e o cabelo cobrindo-lhe o rosto. Escalou rapidamente os degraus da casa e abriu a porta com tudo. Colocou a mochila no chão, se sentou e desamarrou as botas.

— Feche a porta, querida! — a sra. Clay disse, indo até a entrada e fazendo isso por ela.

— Não está nem frio! — Sophia exclamou, olhando para cima.

— Está frio o bastante para mim. — Ela sorriu e tirou a toca de tricô de Sophia, que estava molhada por causa da neve. Depois a sacudiu e a pendurou no armário de casacos. — Você quer leite ou café? Estou fazendo um pouco.

— Quero café, obrigada — Sophia respondeu, seguindo-a até a cozinha, só de meias.

Depois que a sra. Clay colocou o café para esquentar, ela pegou duas tigelas do armário. — Por que você não se inclina na janela e pega um pouco de neve da árvore?

Sophia ergueu as canecas prazerosamente.

— Quer um pouco também?

— Não, querida, mas tenho certeza que Theo quer.

Sophia abriu a janela, debruçou-se e retirou a neve do abeto, deixando-a cair na primeira tigela, e depois na outra. Então a sra. Clay despejou xarope de bordo sobre a neve branca, em grossas espirais. Para completar, enfiou uma colher em cada tigela.

— Seu tio está lá embaixo com Miles. Discutindo, pelo que eu ouvi.

Sophia revirou os olhos.

— Sobre a eleição novamente?

Novo Ocidente estava prestes a eleger um novo primeiro-ministro, e os candidatos eram assunto de muitos debates acalorados naquela casa. A Emenda Wharton, que havia fechado as fronteiras para os cidadãos no final de agosto, havia sido duramente derrotada. Os exploradores da East Ending teriam mais tempo para planejar sua expedição. Shadrack esperava que a derrota da agenda extremista de Wharton sinalizasse o sucesso de um candidato mais moderado, enquanto Miles, sempre pessimista, observava que Novo Ocidente estava ficando acostumado com a ausência de estrangeiros e que isso poderia evoluir rapidamente para a intolerância.

— Dessa vez — a governanta falou — é por causa de uma carta de Veressa que um viajante de Veracruz trouxe.

— Veressa! O que ela diz?

— Tem uma carta para você também — a sra. Clay disse como resposta, enfiando a mão no bolso do avental.

Sophia esperava uma carta de Dorothy, mas a letra não lhe era familiar.

— Que estranho! — ela exclamou, bebericando o café enquanto enfiava a carta no bolso. — Veressa enviou mais algum mapa da geleira?

— Não sei dizer. A conversa esquentou a ponto de me fazer subir. Eu só desci por um momento para fazer café.

Sophia pegou a caneca em uma mão e a tigela na outra e saiu cuidadosamente da cozinha.

— Obrigada, sra. Clay.

— Seja boazinha quando descer e diga para o Theo vir pegar a neve dele.

Sophia caminhou o mais rápido que pôde sem derramar, passou pela biblioteca de Shadrack e foi até a estante que levava à sala de mapas. Enquanto descia, ouviu uma parte da discussão acalorada que se dava lá embaixo.

— Estou *dizendo* — Shadrack argumentava —, a neve de lá *não* é igual. É qualitativamente diferente, porque a água é diferente. E a água é diferente porque o solo é diferente. Simplesmente *isso*.

— E como posso acreditar em você sem ao menos ver? — Miles gritou em resposta. — Você não se incomodou em trazer uma amostra. Eu supostamente devo acreditar de boa-fé?

— E como, suplico que me diga, eu traria uma *amostra de neve*? Devo lembrá-lo de que era julho, e até mesmo os trilhos da ferrovia corriam o risco de derreter.

— Eu acho — disse uma voz risonha bem mais jovem — que esse é um problema que não vamos resolver discutindo no porão.

Sophia estava ao pé da escada.

— Veressa enviou algum mapa novo? — ela perguntou. A sala de mapas, que Shadrack reorganizara quando voltou, havia sido restaurada à sua antiga glória. As prateleiras estavam cheias de livros, os armários haviam ganhado vidros novos, e os mapas estavam espalhados por todos os lugares. O único sinal remanescente da destruição era a longa marca na superfície de couro da mesa. Shadrack e Miles estavam de frente um para o outro, debruçados sobre ela; Theo estava na poltrona perto da parede, com as pernas em cima dos braços estofados. Seus olhos se arregalaram ao ver a tigela que Sophia tinha nas mãos.

— A sra. Clay fez um pouco para você — ela disse, segurando a tigela com firmeza. Theo se colocou de pé num salto e correu escada acima. — Olá, Miles.

— Bom te ver, Sophia. — O calor da casa e o esforço da discussão haviam deixado o rosto dele corado.

— A sra. Clay disse que você recebeu uma carta de Veressa — Sophia disse para Shadrack.

— Recebi. — Ele se afastou da mesa e se afundou na poltrona. — E Miles se recusa a acreditar em qualquer trecho dela.

— *Não* foi isso que eu disse — Miles rosnou.

— Eles mapearam mais a geleira? — Sophia perguntou.

— A maior parte da carta relata as novidades da nova academia de cartografia. Eles conseguiram quase cem alunos matriculados para o começo do ano — Shadrack suspirou.

— Cem alunos! — Sophia repetiu.

— Eles estão com o controle do palácio. É o melhor uso que podem fazer dele, imagino. Não mapearam mais nada da geleira, embora tenham feito pequenas expedições, expedições de coleta. Martin continua trabalhando na teoria de que aquele solo feito pelo homem se tornou tóxico demais para a sobrevivência da Era Glacine. Ele tem testado a água da geleira repetidamente e não tem sido capaz de apontar com precisão a origem dessa toxicidade, e é *por isso* que o Miles aqui rejeita a teoria de primeira. Eu estou argumentando — falou Shadrack, levantando-se da cadeira — que só porque Martin não pode provar *o quanto* o solo é tóxico, não quer dizer que ele *não seja*.

Miles revirou os olhos.

— Pelo amor dos Destinos, homem, você não quer nem pensar na possibilidade de que o solo da Era Glacine *foi* tóxico, mas que não é mais? É tudo que proponho. É apenas uma possibilidade entre tantas outras.

Sophia balançou a cabeça enquanto Shadrack se lançava na resposta. Theo voltou, comendo com gosto sua tigela de neve, e ela se juntou a ele enquanto se largava na poltrona.

— Acho que eles precisam pensar na academia agora — ela disse amargamente. — Mas Veressa prometeu que faria mais mapas da geleira.

— Quem te enviou uma carta? — Theo perguntou, curioso, avistando a ponta do envelope no bolso de Sophia.

— Eu não sei. — Ela puxou o envelope e examinou a letra estranha. — Eu te conto quando ler. Vou subir para ver a neve.

Theo rapidamente esticou a mão com cicatriz até Sophia.

— Quantos centímetros?

Sophia respondeu com um sorriso envergonhado, pressionando os dedos na palma.

— Já tem pelo menos uns quatro. Talvez oito amanhã.

— Todos vão estar na rua. Deveríamos ir também.

— Vamos sim... venha me buscar. — Ela riu. — Vou perder a noção do tempo.

O amigo piscou para ela.

— Sem dúvida.

Em seu quarto, ela colocou a tigela de neve aguada e a caneca de café pela metade na mesa e se sentou. Depois abriu a gaveta, retirou o abridor de cartas, que estava ao lado da echarpe de seda de Blanca, e parou para olhar pela janela os pingentes de gelo pendurados nas beiradas. Sua mão escorregou até o bolso, e ela fechou os dedos em volta do carretel de linha prateada que ainda a acompanhava em todos os lugares: presente da sra. Clay e dos Destinos, que a guiaram pelo gelo em outra era.

O ar lá fora parecia tremular, e embora ela não tivesse acendido as lâmpadas, seu quarto se enchia de uma luz cinzenta. Ela suspirou satisfeita. Não havia nada mais lindo do que a calma perfeita que chegava com a neve. Ela se sentou por mais um momento, ouvindo o silêncio que a cobria, com um pequeno sorriso no rosto.

E então voltou para sua mesa. A carta era volumosa e não tinha endereço para retorno. Dentro, havia um envelope terrivelmente judiado, que continha apenas seu nome e a palavra "Boston". Alguém do correio havia escrito do lado: "Favor encaminhar". Sophia cortou o segundo envelope e encontrou ainda outro. Amarelado pelo tempo, trazia seu nome e endereço completo, com letras largas e ornamentadas que fizeram seu coração parar. O envelope não estava selado. Ela enfiou o dedo dentro e retirou um único pedaço de papel, que havia se mantido intacto por muitos anos.

A carta era breve:

*15 de março de 1881*

*Minha querida Sophia,*

*Sua mãe e eu pensamos em você a cada minuto de nossa jornada. Agora, ao nos aproximarmos do fim da expedição, esse pensamento é ainda mais forte. Esta carta levará eras para chegar até você, e, se tivermos sorte, chegaremos antes destas palavras. Mas, se você rece-*

bê-la e nós ainda não estivermos aí, saiba que estamos em busca de vestígios perdidos em Ausentínia. Não pense em vir atrás de nós, minha querida; Shadrack saberá o que fazer. É uma rota muito perigosa. Não desejávamos viajar para Ausentínia. Ela viajou até nós.

Com todo o meu amor,<br>Seu pai, Bronson

# Agradecimentos

Meus agradecimentos póstumos a Sheila Meyer, por seu apoio no início, muitos anos atrás, enquanto eu fazia tentativas desajeitadas de escrever para jovens leitores. Seu encorajamento permaneceu vivo dentro de mim em todos os momentos. Sempre me lembrarei de sua bondade naqueles meus primeiros passos incertos.

Desejo agradecer a Dorian Karchmar, não apenas por encontrar um lar tão maravilhoso para este livro, mas também por acolher um projeto tão diferente, trabalhando comigo durante todas as versões. E a Matt Hudson, por me oferecer comentários detalhados em mais de uma dessas versões.

O maravilhoso lar na Viking não existiria sem Sharyn November, que foi incansável em seu apaixonado, cuidadoso e honrado apoio a este livro. Fui tocada por seu incansável entusiasmo desde que estas páginas chegaram a suas mãos. Gostaria de externar minha admiração à meticulosa leitura de Janet Pascal, às contribuições inspiradas de Jim Hoover e Eileen Savage, e às criações cartográficas maravilhosamente shadrackianas de Dave A. Stevenson.

Sou grata aos muitos amigos que leram as versões deste livro enquanto ele tomava forma. Entre eles, Benny, Naomi e Adam, que me deram conselhos tão necessários para chegar a uma primeira versão da Parte 1. Lisa e Richie, que tão gentilmente leram e responderam a um primeiro rascunho. E, especialmente, Sean, Moneeka, Paul, Alejandra e Heather, pelo entusiasmo oferecido, pelos comentários detalhados, pela verificação dos fatos e pelas excelentes ideias, que fizeram o mundo da Grande Ruptura mais coerente e divertido. Agradeço também a Pablo pelas frequentes contribuições — tão úteis quanto bem-humoradas.

Obrigada à minha mãe, pela fé inabalável em Sophia, e a meu pai, por se aprofundar tão honesta e repetidamente no funcionamento deste mundo.

Um dos grandes prazeres de inventá-lo foi a possibilidade de discuti-lo com todos vocês. Obrigada a meu irmão pela crença inquestionável neste projeto, em todos os seus estágios. E, finalmente, quero agradecer a A. F., por levar cada parte desta história — metafísica, mecânica, personagens e autora — no coração.

Impresso no Brasil pelo Sistema Cameron da Divisão Gráfica da
DISTRIBUIDORA RECORD DE SERVIÇOS DE IMPRENSA S.A.